文学课堂

温儒敏　姜涛　编

图书在版编目（CIP）数据

北大文学课堂/温儒敏，姜涛编.—北京：北京大学出版社，2020.10
（名师大讲堂系列）
ISBN 978-7-301-31689-4

Ⅰ.①北… Ⅱ.①温… ②姜… Ⅲ.①中国文学 – 现代文学 – 文学研究 Ⅳ.① I206.6

中国版本图书馆 CIP 数据核字（2020）第 187115 号

书　　　名	北大文学课堂 BEIDA WENXUE KETANG
著作责任者	温儒敏　姜　涛 编
责 任 编 辑	延城城
标 准 书 号	ISBN 978-7-301-31689-4
出 版 发 行	北京大学出版社
地　　　址	北京市海淀区成府路 205 号　100871
网　　　址	http://www.pup.cn　　新浪微博：@北京大学出版社
电 子 信 箱	pkuwsz@126.com
电　　　话	邮购部 010-62752015　发行部 010-62750672 编辑部 010-62756467
印 刷 者	涿州市星河印刷有限公司
经 销 者	新华书店 650 毫米 ×980 毫米　16 开本　29.5 印张　368 千字 2020 年 10 月第 1 版　2022 年 5 月第 2 次印刷
定　　　价	88.00 元

未经许可，不得以任何方式复制或抄袭本书之部分或全部内容。
版权所有，侵权必究
举报电话：010-62752024　电子信箱：fd@pup.pku.edu.cn
图书如有印装质量问题，请与出版部联系，电话：010-62756370

前言

"中国现当代文学名著研究"是北大中文系的一门招牌课程,在内容安排上别具一格:不着重于现当代文学"史"的源流辨析,对文学流派、思潮、理论也不多做介绍,而是强调"原典"的接受和理解,选取文学史上一系列有代表性的名家名作,深入浅出地进行具体的讲解,指引理解的门径,点拨鉴赏的方法。在授课方式上,这门课采用"名教授共抬"的讲法,由中国现当代文学专业的教师集体承担,轮流讲授,并邀请一批退休的资深教授加盟。这样一来,在同一个讲台上,既有教龄数十载、造诣深厚的名家,也有初出茅庐、思想新锐的年轻学人;每人虽然只讲一次,但可以根据各自的专长,选择最拿手的题目,展示自己研究的精华。学生们也可在一门课上大开眼界,领略不同的授课风格、治学理路,与中文系几代名家近距离接触,感受他们的风采。

2005年由中央编译出版社出版的《北大文学讲堂》,汇集了2002年秋冬季学期这门课的十五篇讲稿,内容涉及鲁迅、周作人、郁达夫、张恨水、茅盾、沈从文、钱钟书、穆旦、张爱玲、汪曾祺、王蒙、北岛、海子等经典作家,授课的阵容也十分强大,是北大中文系中国现当代文学专业教师的一次集体亮相,当时已退休的乐黛云、严家炎、钱理群、孙玉石、洪子诚几位先生的加入,尤为难得珍贵。这本讲稿推出后,受到了专业研究者以及文学爱好者的好评,曾多次重印,据说在坊间还被推选为北大中文系考研必备的参考书。这一次,在原版基础上,本书更名为《北大文学课堂》由北京大学出版社再次推出,内容也更为充实,补充了邵燕君、贺桂梅、张丽华三位老师的讲稿,同时在版式上也略做调整,以更为饱满、清爽的面目与读者再次见面。正如原版前言中写到的:

> 阅读本书,可以身临其境地感受北大,感受北大课堂的现场氛围,神会北大名师激扬讲坛的魅力,可以大致把握现当代文学的脉络,可以丰富进入文学名著的方法,领略经典作品的丰厚意蕴和生存智慧,体味文学带给人生的启示和阳光。

目录

中国新文学长篇小说最早的实践
——茅盾的《蚀》与《子夜》 ………………………… 乐黛云 / 001

荒诞又庄严的复仇正剧
——释《铸剑》 ………………………………………… 严家炎 / 027

一曲充满哲理的爱的交响
——穆旦《诗八首》讲解 ……………………………… 孙玉石 / 045

进入鲁迅的内心世界
——谈《野草》中的哲学与想象力 …………………… 钱理群 / 073

一首诗要从什么地方读起
——北岛的诗 …………………………………………… 洪子诚 / 104

从不同的层面理解作品的丰富意蕴
——怎样读《围城》 …………………………………… 温儒敏 / 127

人事中杂糅的神性与魔性
——沈从文和他的《渔》 ……………………………… 商金林 / 144

古朴、明净的风俗美学
——漫谈汪曾祺的小说 ………………………………… 曹文轩 / 168

文学的北京：春夏秋冬 .... 陈平原 / 195

反思现代的中国和中国人
　　——《活动变人形》解说 .... 张颐武 / 220

真正的幽默是我不幽默
　　——孔庆东《说笑》 .... 孔庆东 / 247

理解现代派诗歌的几个形式要素
　　——以中国1930年代现代派诗歌为例 .... 吴晓东 / 280

头足倒置的繁华梦
　　——从"海上花"说起 .... 韩毓海 / 302

鬼和与鬼有关的
　　——鲁迅《女吊》讲稿 .... 王　风 / 342

《平凡的世界》不平凡
　　——《平凡的世界》现实主义长销书模式分析 .... 邵燕君 / 366

"冲击诗歌的极限"
　　——海子与1980年代诗歌 .... 姜　涛 / 389

女性、革命与日常生活的性别政治
　　——丁玲与《"三八节"有感》 .... 贺桂梅 / 414

象征的技艺
　　——废名小说的"文章之美" .... 张丽华 / 439

中国新文学长篇小说最早的实践
——茅盾的《蚀》与《子夜》

乐黛云，1931年生于贵州贵阳，北京大学现代文学和比较文学教授、博士生导师，曾任北京大学跨文化研究中心主任，北京外国语大学专聘教授及中国比较文学学会会长。

主要著作有《比较文学原理》《比较文学与中国现代文学》《中国知识分子的形与神》《跨文化之桥》《中国小说中的知识分子》（英文版）、《比较文学与中国——乐黛云海外讲演录》（英文版）、《跟踪比较文学学科的复兴之路》；主编《中学西渐专题》8卷、《跨文化沟通个案研究丛书》14卷、《跨文化对话》集刊36卷，与金丝燕合编《编年史：中欧跨文化对话（1988—2005）：建设一个多样而协力的世界》等。

我讲茅盾大概是在三十年前了，后来因为我一直在做比较文学研究，所以很长一段时间都没有再讲茅盾。大家都知道咱们北京大学中文系的比较文学研究所是最早的，我后来一直做比较文学，当然是从现代文学半路出家去做的，因此有很长时间没有和我们的新同学在一起。今天，我心里直打鼓，因为不太了解大家到底喜欢听什么，对大家的情况也不是特别地了解，我的孙女跟大家都差不多大了。两代人之间的交流也比较少，所以很多东西讲得不一定完全对大家的口味，讲的过程中有什么问题，或者听后有什么不明白的，大家都可以提出来，我们可以当堂讨论。

今天我们要讲的是茅盾，茅盾我过去曾经开过一个专题课，讲了大概一个学期吧，讲得非常的具体，所以今天我要把过去讲的内容，浓缩在两堂课里边，我也不知道能不能把最精华的东西告诉大家，那我们就试一试。

茅盾的生平和创作

我想茅盾是一个非常重要的作家，在中国现代文坛上地位的重要，除了鲁迅，可能就算茅盾了。茅盾生于1896年，卒于1981年，他是咱们北京大学的校友，在1913年考进了北京大学，在北大上了三年预科。当时北京大学的预科分为两类，就像现在的中学一样，一类是理工科，一类是文商法。当时茅盾的父亲是非常希望他能够考理工科的，可是他自己的意愿是考文科，他非常喜欢文学，所以在1913年考上了北京大学的文商法预科，1916年毕业。他可以选择上北大的文商法，也可以选择上理工科。可是他的选择非常奇怪，他不要上北大，他离开了，当时就说了两句话：一是说我到北京来这三年中，除了多吃了很多风沙以外，好像并没有太大的收获；二是说这个北京大学的教师，也并不高明。所以他觉得再待下去是浪费他的青春，所以干脆就离开北大，到了上海。

当时的北京，还处在北洋军阀的统治下，文化上非常贫瘠，非常守旧，革命高潮在北京还没有掀起来。大家知道，虽然《新青年》曾在北京办了一段时间，蔡元培——北大的校长也非常重视一些新的思潮，可是实际上，上海还是得风气之先。《新青年》很快就搬到上海去办了，改名为《中国青年》，而且1921年，在上海成立了中国共产党。茅盾的事业也主要在上海展开，1916年一到上海，他就参加了商务印书馆的工作，在那里做一个编辑。后来中国共产党成立，他还是第一批入党的。在上海期间，茅盾做了很多工作。比如过去的文学刊物，像《野玫瑰》呀、《红玫瑰》呀都是消遣性的、看着好玩的。1921年后，茅盾把《小说月报》编辑成了非常现代的、非常进步的、中国的第一个新文学刊物。从《小说月报》，人们开始期待文学刊物能给自己很多新的思想、新的意识，在这方面茅盾的贡献是很大的。在接手《小说月报》编务的同时，他还担任中共中央的联络员，并且阅读了大量中西文学作品，工作、学习是十分繁忙的。到了1925年，北伐战争开始的时候，他到广州去参加一个会议，并担任了中共中央宣传部的秘书。这个宣传部是同国民党合作的，由毛主席担任部长。有一段时间，茅盾可以说和毛主席是相当接近的，也做了很多具体的工作。1925—1926年开始北伐以后，北伐革命军从广州一直打到武汉，茅盾就随军到了武汉。这时候武汉成立了国民政府，茅盾在《国民日报》担任主编的职务。《国民日报》是当时整个北伐革命军的机关报，这个报纸大概办了一年不到，在我们国内似乎已经找不到了——我曾经到处找都没有找到，最后是在美国的密歇根大学找到了，他们有很多北伐革命时的报纸，还有很多"文化大革命"时红卫兵的小报。这些小报中有很多是在香港造假，高价卖给他们的。这些资料很有用，但也不一定真实，我们要学会鉴别。这是一点题外话。

茅盾担任主编的日子也不算很久，大家知道1927年4月有"宁汉分裂"的事件，南京政府同武汉政府分开了，国民党开始对共产党下毒手，大肆在武汉一带屠杀共产党员，这就是所谓的"清党"。我的父亲1926年在北京大学念书，他从北大回我的老家贵州去，正好遇见了大屠杀。但是他不是一个革命者，是一个非常温文儒雅、不问世事的人。他告诉我，当天他的朋友劝他：还是同我们一起去革命吧，到广州去吧。他不肯去，几个月后他去庐山玩，当天下来，那个劝他的共产党员的头就已经挂在了城墙上了。当时的屠杀就是这样的残酷。这个时候，茅盾当然是首当其冲的，他是共产党员，又是毛主席的秘书，还在办《国民日报》，目标非常大。国民党政府通缉他，他就逃走了，逃到了庐山，躲在山上写小说。过去他写过许多论文，研究过许多问题，但他从来没有写过小说。到了庐山这样一个恶劣的环境中，他就开始写小说了，并且一发而不可收，写了很多小说。在1927—1928年间，他写成了《蚀》三部曲，包括三个中篇：《幻灭》《追求》《动摇》。但在庐山躲了一年以后，他的行踪被人发现了，躲不下去了，所以在1928年8月又逃到了日本。到日本后，在1929年中，他又写了一部作品，叫作《虹》。《虹》是一部没有写完的作品，但很有意思的，它主要写的是四川的事情：四川泸州是一个很偏僻的县城，当时有几个女学生在泸州上学，小说写的是她们的一些经历和遭遇。人们当时就有点奇怪：茅盾又没有去过四川，他为什么会写出那么多四川方言？对泸州这么偏远的地方，他为什么知道得那么清楚？人们就有些怀疑。后来在"文革"以后不久，就有一个叫秦玳君的人，突然发表了一个长篇声明，说《虹》根本不是茅盾写的，她说在日本时她和茅盾同居，两人住在一个屋子里头，每天就在一块写这部小说。这部小说主要是她执笔，可是茅盾出了很多主意，给了她很多指点。那我们才恍然大悟，为什么他没有去过四川，却知道那么多四川的事情。这件事情费了许多周折，因为茅盾家里的人认为茅盾和他的夫人感情非常的要好，不可能有这种事。而且这种事你要证明也非常难，也不可能去调查当时两人是怎么同居的，两人关系怎么样，这本书到底谁写了多少。所以这一直就是一个疑案。不过我个人倒是认同这种说法，因为这样就可以解释清楚书的风格和来源。《虹》实际上不能完全算茅盾的作品，或者说只是一部分是而已。

1930年4月茅盾从日本回到了上海，这时候白色恐怖已经过去，左翼作家联盟的成员，像鲁迅等，都可以在上海公开活动。茅盾到上海以后，担任"左联"的执行委员工作，是主要的负责人之一。到1931年，他写了一部非常重要的作品，这就是《子夜》。《子夜》完成以后不久，抗日战争就开始了。到1941年，他又写下了《腐蚀》，小说主要讲的是一个国民党特务的故事。后来他又写了一部长篇小说《霜叶红似二月花》，追溯到清末民初的时代，以几个女性的悲欢离合为中心线索，可惜没有写完。这些都是长篇小说，包含的内容非常丰富，茅盾可以说是中国新文学长篇小说最早的实践者。我们也可以做一点比较，巴金的爱情三部曲是从1929年开始写作的，叶圣陶的《倪焕之》也要稍微晚一点。

下面,我们还要谈谈茅盾的其他创作,那就是他的短篇小说,其中最著名的是他的"农村三部曲":《春蚕》《秋收》和《残冬》。《春蚕》描写一位农民老通宝,养蚕养得非常劳累,而当蚕结了很多茧以后,又换不来钱,因为没有人收购。这反映了当时的农村现实:谷贱伤农,农产品很便宜,农民受到了很大的伤害。虽然丰收了,农民依旧吃不饱。这是《春蚕》。《秋收》是讲种地的事情,《残冬》是写年轻农民开始觉醒去造反的故事。

我认为,比较能代表茅盾写作水平的是他的三部反映农村生活的短篇小说:《泥泞》、"农村三部曲"(《春蚕》《秋收》《残冬》)和《水藻行》。他的农村小说,是有一条内在发展的线索的。首先是《泥泞》,现在很难找到了,可是我认为,这是茅盾创作短篇小说的开端,后来的《茅盾文集》和《茅盾全集》都没有收进去。这是茅盾最早的一部创作,写的是大革命失败后的事情,他经历过大革命,经历过农民运动,他把当时的感受和认识都写在《泥泞》中,写得非常真实。这个小说主要写,当时在农村里抛头露面的,不是那些真正老实的、革命的庄稼人,而都是浮在表面上的类似二流子的人物,他们掌握了政权以后,就死命地批斗地主,目的就是为了榨出钱财,装进自己的腰包。等到大革命失败,国民党和地主打回来,这些"先锋分子"摇身一变,出卖了那些真正老实的、革命的农民,使后者成了替罪羊,糊里糊涂地就被屠杀了。这篇小说是很深刻的,说明对当时农村的革命我们要有重新的估价。茅盾当时在农村中看到了这样的现象,就忠实地记录了下来。从某个角度看,小说好像是歪曲了农村中的革命,但从现实生活的角度看,它又非常真实。茅盾也由此对革命产生了怀疑和不信任，在1927年他和党也脱离了关系。到1930年，茅盾回到上海后，才又与党接上了关系，成为"左联"的领导人，并相继写了《子夜》等作品。

在东西方文化之间

以上简单介绍了一下茅盾的生平和创作，下面我们要谈的第二个问题是茅盾的思想。从1920年开始，茅盾就在上海编辑一本重要的刊物《学生杂志》，这本杂志当时的销量很可观，而且办得多姿多彩，有科幻小说、恋爱故事、翻译作品等，内容十分丰富。在编辑《学生杂志》方面，茅盾的贡献很大：第一，他翻译介绍了很多西方的文艺作品和理论，但又不是完全照搬，这一点非常可贵。改革开放后，一下子又有很多西方的理论、思潮涌入，很多人接受起来是不加批判的，西方人怎么说就跟着怎么说。但茅盾却不是这样，在接受西方影响的同时，他并不排斥中国古代的东西，这一点很可贵。很多人认为，五四一代对传统是一笔抹杀的，其实，茅盾就不是这样，他曾说：古人的学说有缺点，是意中之事，后人倘若不能把它的缺点指出来，把它的优点发扬出来，那是后人的问题，只要不把古人当作偶像，不把古人的话当作天经地义，能怀疑、能批评，古人的书都有一定的价值，古人的学说都有研究的必要。作为一个学生，你必须去读，然后才能判断。我们看到，过了这么多年，茅盾的这些话至今还是有效的，但还是很难做到。这说明时代的进步有快的一面，也有慢的一面。

茅盾当时对传统的东西就很喜爱，他就说自己喜欢的诗，是建安七子的诗。大家知道，魏晋时代是中国的一个思想解放的时代，鲁迅就写过《魏晋风度及文章与药及酒之关系》一文，表达了他对那个时代的向往。魏晋时期、明末清初、五四时期、"文化大革命"以后，都是中国思想解放的时代，在这些大的思想解放过程中都会有一些崭新的东西出现，应该看到历史总是不能静止的。茅盾说，写诗要学建安七子；写信要模拟六朝人的小札，如《世说新语》里魏晋六朝人的书信文言非常简短、漂亮，能塑造思想，值得一读；举止要风流潇洒，不要拘泥；气度要清华疏旷、胸襟开阔。茅盾希望自己是这样的。由此可见，五四时期也并不是人们想象的那样，完全否定中国传统文化。当时，像鲁迅、茅盾这些人，作为中国现代文学的奠基者，对中国文化都是相当看重的，中国文化是融化在他们的血液里的。

茅盾并不反对中国传统文化，而是提倡尽量继承、批判，使之发扬光大。你们这一代人生活在一个全球化的时代，全球化和文化多元化，就更加需要开阔的眼光，把中国优秀的东西加以现代化，用现代人的观点重新审视，使之加入到世界文化的新的建构体系中去。21世纪开始，"9·11"事件以后，文化多元化成为一个重要论题，我们不会让政治上的单边统治在文化领域里也存在，一种文化控制整个世界是不可思议的。我们要发展多元文化，中国文化是一个非常重要的方面，更加需要我们将传统文化加以现代化，加入到世界文化中，成为正在出现的世界文化建构体系中的一个重要组成部分。那么怎么把中国文化变成未来世界文化建构的重要组成部分呢？这就需要一些对中西语言都了解、对中西文化都有认识的人。茅盾当时就说，时代不会等你，现在更是如此，时代更不会等我们。如果我们不抓紧做，我们的文化就会被其他文化覆盖，就不会成为生动活泼的当下文化建制的一部分。也许就像埃及文化、印第安人文化那样，只能在博物馆中留下一些无关痛痒的痕迹。这种结果将是我们这一代人的悲哀，也是我们的罪孽。经济固然重要，但我们也需要一部分人用毕生的精力把中国灿烂的传统文化现代化，把中国文化带到世界上去，这是一个很重要的伟大使命。

人生是短暂的，我们需要一定的谋生手段以保障生命的延续，同时我们也希望做自己真正喜欢的事情。在实际生活中，这二者未必能完全重合。如果能重合，那是非常幸运的。如果我们花太多的时间做我们不喜欢的事，而只能用极少时间做我们喜欢的事，生活将是痛苦的。如果我们拼命追求利润而忽略了对美好事物的欣赏，忽略了我们真正喜欢做的一切，将来回首往事，一定是追悔莫及！

茅盾在重视传统的同时，还非常喜欢外国文学，他也是介绍外国文学进入中国的开山之人。还有鲁迅，对于介绍外国文学也是很有功劳的。他们是有比较、有研究的介绍。我们中国比较文学学会的第一任会长杨周翰教授说过一句话：我们中国人研究外国文学很有必要，但我们研究外国文学要有一个中国人的灵魂。用外国人的眼光去研究，我们永远不可能达到外国人的水平，只有用中国人的灵魂去研究，才会发现许多新的东西，才会有一个新的角度，这对外国人也是很好的借鉴。1982年，杨周翰先生去美国加州伯克利大学讲演，题目是莎士比亚。大家很担心能不能讲好，因为在这个学校，有很著名的莎学专家。出人意料，他的讲座极受欢迎。他只讲一点——莎士比亚关于死亡的描写。他详细讲解我们中国人是怎么看待死亡的，莎士比亚是怎么看的，研究莎士比亚的人又是怎么看的，这样一比较，就产生一个很新的眼界。茅盾在研究外国文学时很早就用比较的眼光，他把英国文学、法国文学、俄国文学放在一起来研究，不是读一部作品，分析一下，或者讲点时代背景，讲点怎样描写，而是综合起来，用一个比较的观点。

所以我们在谈到中国比较文学的历史的时候，一定要谈到茅盾，他是中国最早研究比较文学的重要的、有贡献的学者之一。他曾说，英国文学辉煌典丽，"然而其思想不敢越普通所谓道德者一步"。我们知道英国是比较古典、比较守旧的，不敢超越旧道德。他又说，法国文学则稍好一点，其关于道德之论调，引喻自然，比较注重自然……但仍然不敢把大家觉得很可笑、无礼的东西放在作品里来讲。可是俄国文学家不一样，决不在意道德怎样看，他们强调对道德的看法应该是有历史变化的，并不觉得道德的制定一律是这个样子。现在我们讲以德治国也是这样，不是要以一贯的、从来不变的道德规范来约束大家，而是应该有新的道德规范。当时茅盾就认为，法国道德已经自然一点了，可是还是不敢谈大家觉得可笑的、无礼的东西；只有俄国文学家不一样，他们不管旧道德怎么样，也不因为众人之指斥而委屈其良心，丧失直观，良心怎么看就怎么写。这是第一条他认为不同的。第二条他说，易卜生的作品如《傀儡之家》《国民公敌》等，揭露资本主义的丑陋，只局限于把他们的假面具揭露出来而已；而托尔斯泰呢，不但揭开了他们的假面具，而且还要想出办法来救助他们，找到出路。揭开假面具以后怎么办呢，大家现在可能不会感觉到这个问题的重要。当年，易卜生的《傀儡之家》在中国影响很大，北京的女师大的学生，包括许广平在内，就在北京第一次演出了这部戏，鲁迅还写过一篇著名的文章《娜拉走后怎样》。在《傀儡之家》里，娜拉反抗她的丈夫，因为她的丈夫把她当作玩物一样，不是很尊重她的人格，她于是就出走了。但鲁迅追问出走了以后怎样呢，他通过分析这个社会，说她要么是回来，回到另外的或是原来的家庭，因为没有地方可以去，没有职业，找不到工作，要么就是堕落了，成为一个妓女，或者是其他的怎么样。对易卜生的原著来说，这一分析是一个很大的进步和提高，不光是一走了之，而是看一下社会改革对于社会和个人的影响。茅盾也很早就看破了这一点，他说易卜生多言中等社会的腐败，而托尔斯泰则言其全体，把整个社会的腐败都给揭穿了。很早时茅盾还说过，莎士比亚的人物一个一个都是活着的，在社会中都可以找出来，比如罗密欧与朱丽叶，他们的爱情的悲剧，他们为了父辈的仇恨而牺牲自己，这种现象在当时的社会生活中是找得出来的；而英国诗人拜伦呢，他笔下的人物往往是他自己的化身，奔放的、呼叫的，拜伦的很多诗歌就是把他自己的某一部分给予了他的人物，而不是从社会上找一个典型来写。所以莎士比亚和拜伦，也是一对比较的典型。

　　由此说来，为什么后来茅盾的创作成就那么大呢？因为他一开始并不拒绝中国的东西，也不拒绝西方的东西，对西方不是盲目地学习，而是在比较中，在几个不同的环节中吸收他们好的东西，所以后来他的创作一发不可收拾，一直写下去，写得非常好。这是很值得我们记住和学习的。茅盾是很讲究比较的，他从来都是这样。比如他说左拉为了写小说去经验人生，经常到工人群众中去，到下层酒吧，到王公贵族的客厅里去，去体验生活，去写东西；而托尔斯泰呢，是先经验人生之后才来写小说的。托尔斯泰和左拉是有所不同的，这两位大师，一个是为了写小说而去体验人生，一个呢，是有了很多的体验之后，不能不写，这是很不一样的。茅盾就说，这两位大师的出发点是何其不同，然而他们的作品却同样震动了人世，我爱左拉，我亦爱托尔斯泰。他的作品就是从这两个大师出发的，这是一个很高的起点。

茅盾的长篇小说

1.《蚀》三部曲中的"时代女性"

我们现在讲茅盾的第三个问题：茅盾的创作。大家最好去看他的书，光这么说也说不出什么太好的东西，无非是指一个路子、一个线索。大家了解了茅盾的传记和他的思想之后，我们再稍微提一下他的创作路向，他的作品大家可以课下去看一看。我个人是比较喜欢茅盾的长篇小说的，比喜欢巴金的更多。当然萝卜白菜，各有各爱，没有个人贬低抬高的意思。我个人喜欢茅盾的作品，是因为他有深度，也很有感情。虽然茅盾的作品是从描写自身开始的，但他与别人很不一样。比如，我们大家可以看鲁迅的作品，他描写自身的时候，并未脱离他的家庭。我们可以看到魏连殳，这个孤独者，鲁迅是从他和他祖母的关系来描写的，他和旧的家庭有着千丝万缕的联系。我们再看看吕纬甫，鲁迅也是从他和他的母亲的关系来写的，他母亲让他去买一朵绒花送给一个小姑娘。《狂人日记》是通过狂人和他的哥哥的关系来写的。这些人物都与家庭有着密切关系。而茅盾的小说里，主要人物和家庭没太多的关系。瞿秋白曾提出，当时中国已出现了这样一个阶层，就是"薄海民"，"薄海民"在英文中就是bohemian，波西米亚人。他们到处流浪，没有固定的家。茅盾的小说就和这个阶层的出现有密切的关联。为什么封建社会变成了资本主义社会或半殖民地半封建社会？很重要的一点就是出现了所谓的自由流动资源。他不是在一个地方永远不动的，留在老家呀，种地呀，他是没有这个观念的。当时知识分子已打破了这种观念，变成自由流动的资源。下面，我们就进一步来看茅盾的小说《幻灭》《动摇》和《追求》。

写这些小说的时候，茅盾的心态是怎样的呢？茅盾离开了革命以后，对革命非常失望，感觉到幻灭。大家知道大革命失败以后，知识分子的阵营分裂成三个部分。第一部分是极左阵营，说革命并未失败，我们要积蓄力量，继续打下去，以瞿秋白、郭沫若等为代表。这是不符合当时实际的。还有一种是完全消沉了，离开革命，不再参与了。还有一部分叛变了革命，转而镇压革命阵营。茅盾讲，我实在自始不赞成一年多来许多人都呼号呐喊的出路，出路差不多成为绝路。这是很明白的事情。当时国民党清剿、屠杀革命战士，是非常残酷的。茅盾认为革命失败就是失败了，不能再盲目地干下去。同时他认为写东西呢也不一定能指明什么"出路"，他说自己不能够积极地指引些什么。大革命失败以后，他自己也不知道革命将来会怎样，所以他不像郭沫若他们那样还给大家指明出路，说会怎样怎样，说一些自己都不太相信的话。他说不想给大家指引些什么，因为他认为自己既不愿昧着良心说自己不以为然的话，又不是大天才能够发现一条自己信得过的出路来指给人家，只能做能够如何真实便如何真实的时代的描述。这是他写《幻灭》《动摇》《追求》时的心态。《幻灭》就是写大革命失败以后的幻灭，很多知识分子参加了北伐革命，看到了许多革命内部的问题，很多黑暗的东西。革命在大家原来的想象中是那么纯洁，那么鼓舞人心，却有那么多肮脏的东西，于是幻灭。幻灭以后就动摇，说不再革命了。动摇以后呢，又不甘心这样过一辈子，还得起来再追求。我不知道大家是否看过这些书啊，看过的举举手，我看看，好不好？还不错，还行，有三分之一啊。

《幻灭》讲一个慧女士，她和现在的很多女性有很多类似的地方。慧女士从法国留学回来，是个非常现代的女子。她回来后，找不到工作，只好在学校里和她的朋友静女士住在一起。静女士是很不幸的，她的情人背叛了她，她发现她的情人竟是国民党的特务，他欺骗了她。然后她们两个参加了北伐革命，也是很不彻底的。在革命里虽然也认识了新的人，有了新的恋爱的经历，但结局也不是很圆满，在幻灭的过程中，对于革命、爱情、人生有空虚感。这三部曲人物并不是连续下来的。《动摇》写另一个小城的故事，写小城里正闹革命的时候形形色色的人物、故事。《追求》写另外一些人，写大革命失败以后知识分子走一步跨一步的困惑。人们有不同的追求，有人追求一个平平安安的家，有人追求革命的继续，有人追求自杀，可每次自杀都让人给救活了。这是部很悲哀很沮丧的作品。我们得看到《蚀》的成功之处就在于它写了当时知识分子的真实心态。比如说，当时对于道德、女性解放的看法。我不知道你们对于妇女解放有没有与我不同的看法。好像一般男同学对这个有点谈虎色变，好像对女性主义最好是敬而远之吧，不参与这些讨论。而我们看当时茅盾的那个时代，已经是很开明了，甚至于我们现在还没有到达那个水平，不过我们是走另外一条路，和他不太一样。我们可以看一下《蚀》里面的一些段落的描写，比如说慧女士从巴黎回来，她就认为道德的具体标准是没有的，你不能用固定的、你认为是那样的标准强加于我们，能够使自己愉快的就是道德的。"我们正值青春，我们需要某种刺激，需要心灵的战栗，需要狂欢。刺激对我们是神圣的、道德的、合理的。"慧女士、静女士她们接受现代教育，是现代派。她们认为理想的社会、理想的人生，甚至理想的恋爱都是骗人的，是骗子勾当，只能将来的事将来再说，现在幸福现在享受。她们认为这些都是烦闷的反应，在沉静的空气中烦闷的反应是颓丧消极，在紧张的空气中是追求感官的刺激，所谓恋爱却成了神圣的解嘲。当时这种爱情观也是很不正常的，男女间的关系很颓废。这反映了当时知识分子的一种状况，他们没有出路，不知道怎么做，也没有人来指引他们，他们自己在摸索一条道路。

在这一点上，我想起了钱穆——我们的国学大师之一，他写了一本书，叫作《中国知识分子》。他说中国为什么会这样呢，知识分子那么失落，那么盲目。他说晚清的学术界实在并未能为后来的新时代预先做一些准备与基础，换言之，现在的新时代实在是外面来的。的确，我们可以看到，明末清初有一次思想解放，那一时期是一个市民化的时期。我们可以看到明末的小说、戏剧都有思想解放的趋势。但是清朝统治下，把这些都压制下去了。清代的学问主要是儒学和考据，没有太多新的进展，所以到了五四时期，的确没有从本身生长出一些思想，即使有康有为、梁启超、谭嗣同这样一些大家，他们的思想基础也是很薄弱、很短暂的。到后来五四时期，大门一开以后，各种思潮通通涌进中国，像压缩饼干一样，却没有好好地被消化。在这种情况下，知识分子非常困惑，他们或者讲一些空的、无用的理论，或者把西方的东西完全拿过来，所以当时是个非常混乱的时代。在这种情况下，茅盾非常深刻地写了这一点，他说新的书报到处都是，个人主义、人道主义、社会主义各种各样互相冲击的思想会出现于同一本杂志上。同样地,《虹》的主人公梅女士也是毫无歧视地一起接受,抨击传统思想的文字给她以快感,主张个人权利的文字也使她兴奋,而描写未来社会幸福的又使她异常陶醉。当时就是这样一个混乱的阶段。

那茅盾为什么要写这三部曲呢?我们可以看到,《子夜》和《蚀》是非常不同的。下面讲一下两者的区别在什么地方。茅盾曾说写《蚀》的时候,他是忙里偷闲地写小说,这是因为几个女性的思想意识引起了他的注意。在当时的革命浪潮里,有几个女性特别吸引了茅盾,其中一个与他的关系非常秘密,保护得相当好,直到"文革"后才被人发现,这就是刚才提到的秦玳君,她和茅盾在庐山时已经在一起了。茅盾说,在那个大革命的前沿时代,"小资产阶级出身的女学生或女性知识分子颇以为不进革命党,便枉读了几句书,并且她们对于革命又抱着异常浓烈的幻想。是这幻想使她们走进了革命,虽则不过在边缘上张望,也有生活的另一方面碰了钉子,于是愤愤然要革命了。她们对于革命就在幻想之外,再加上一点怀疑的心情……她们给了我一个强烈的对照,我那试写小说的企图也就一天天加强"。有一次,曾与这样一位女性同行于大雨滂沱之中,"忽然感到文思汹涌"。我们可以看到,茅盾面对真实的女性,非常激动,他不是像写《子夜》那样,经过调查研究筹划而写作。他认为,他最大的成功就是在《蚀》里塑造了两种不同类型的时代女性。他说慧是肉感的,使人感到刺激、危险;静的幽丽却能慰平你紧张的神经,静是非常匀称非常和谐的,有一种幽香,有一种不可分析的美。慧认为现在就是一切;静则总是寻找人生的意义,认为无目的无希望地生活是痛苦的。静在革命过程中总是洁身自好,不满现状;慧呢,则是以自我为中心,应付自如。这是两种不同的类型。而这种时代女性的二型是怎么来的？我们说是和世界文学联系在一起的。

大家可能看过很多这一类的作品，主题是表现灵与肉的冲突：一类是受制于灵魂的，轻灵的、纯洁的、不重视外表的；另一类是注重外表的，她们外表艳丽，对男性特别热情。前一类是温和的、温柔的。这两种类型的对比，在五四文学中是随处可以找到的，可以说一类是"贞女"的形象，一类是"妖女"的形象。在茅盾的作品中，这两类形象也很多见，反映了大革命时代新女性的成长。在《动摇》中，陆梅丽就是温雅和睦的一类，没有浪漫女性那种咄咄逼人的力量；而孙舞阳是《动摇》中的另一类女性，非常生动、活泼，一出场就让人很吃惊和印象深刻。茅盾的描写也往往从这两种类型出发，例如通过外在客观的环境描写来传达人物性格。茅盾是这样描写陆梅丽的房间的："厅的正中有一只小方桌，蒙着白的桌布，淡蓝色的瓷瓶高踞在桌子中央，斜含着蜡梅的折枝……"屋子的布置给人很温和、幽雅的感觉。而孙舞阳的屋子就是另外一个样子：乱七八糟，屋角结满了蛛网，很多衣物丢在各处，甚至避孕药也随便搁在外面。由此可以看出，屋子的主人是一个很随便的人。这两种类型都是通过客观的环境、细节来描写的。从形象上写，也是这样形成对比：陆梅丽是洁白的、柔和的、温婉的，穿着深蓝色圆角衫、咖啡色的长裙；孙舞阳的眼睛则常常射出黄绿色的光，穿着墨色的长外衣，全身撒满了小小的红星，像花炮放出来的火星一样，穿的衣服也是这样，非常艳丽、非常惹眼的那种样子。大革命失败以后，她们在一起逃难，逃到一个庙里头。周围的都吓得要命，很害怕。陆梅丽觉得头脑发眩，身体浮空着在簸荡，就像小蜘蛛，六只细脚乱划着，臃肿痴肥的身体悬挂在一缕游丝上。这里描写得非常有意思，蜘蛛是很肥、很大、很重的，可那个蜘蛛的丝非常细，"一缕游丝上"，看着就要掉下来了，这个蜘蛛战栗地、无效地在挣扎，苦闷地、麻木地喘息。而这时候的孙舞阳就不一样了，她当时穿着一身小兵的衣服，跳上跳下，来来回回跑，一点害怕的情绪都没有。

所以说，在《蚀》中茅盾最大的贡献就是这个"时代女性的二型"，这二型实际上是跟世界文学联系在一起的，我们可以从世界文学里面看到类似"贞女"和"妖女"的不同类型。在中国革命当中，这两种类型有着特殊的、独到的内涵。在两种类型中没有好与坏的分别。可能你们今天听了，觉得孙舞阳或者说是慧女士那一种类型很难接受，觉得她们太咄咄逼人了，好像在一起相处很困难，可是她们也有美好的地方，茅盾自己就非常喜欢这一种类型。除了慧女士、孙舞阳，还有后来《追求》里面的章秋柳，茅盾对她们都很偏爱，你们只要看书中的描写就可以了。在讨论世界文学中女性的二型时，我想，茅盾的作品应该占有很重要的一席地位。

2.《蚀》和《子夜》的比较分析

下面我们再讲一下《蚀》和《子夜》的比较分析，即两部作品在写作上、在人物创作上及其他各方面有什么不一样。《子夜》是1930年茅盾回到上海以后写的，在1933年发表，曾经改编成电影，改编得非常糟，我劝你们没有看过的最好就不要看。《子夜》要写的，按照作者所讲，有三条线索。第一条线索是民族资本家，希望在中国能够建造我们自己的民族工业。第二条线索是买办金融资本家，他们和外资勾结在一起，受日本、美国资金的资助，买空卖空，发行债券、股票，不生产什么真正实在的东西。吴荪甫这个民族资本家到底生产出来一些东西，不管是有用的还是当时销不掉的，到底是生产了一些物质财富，提高了中国的工业水平。而这样一些投机倒把的金融巨头，实际上并没有生产出真正的物质财富，反而使得工业资本家受到很大伤害。第三条线索就是革命家和工人阶级的斗争。

这跟《蚀》比较是一个很大的变化，所以这里面就有很多争议。不喜欢《蚀》的人认为《蚀》三部曲是一个自然主义的作品，作者只是把这些现象端出来，他没有指引人们应该做什么，没有提出什么方针、方向，没有给予任何主观的引导，而且对人物都是自然主义的、不加评价的。比方说把慧女士的艳丽照搬出来，对孙舞阳的野性也是照搬出来，他们认为茅盾没有任何批评，所以认为《蚀》是自然主义的作品，是不好的作品。这样一些人就特别抬高《子夜》的价值，说《子夜》写了工业资本家，写了金融资本家，还写了革命者和工人阶级，是一个大时代的作品。可是反对的人说，《蚀》是真情之作，是作者自己本身的体会，是跟托尔斯泰一样的，是体会了生活以后，自然从自己的心里面冒出来的，所以是没有任何假装的。他们认为《子夜》反而是失败的，因为《子夜》是经过策划的。这个"经过策划"的评价倒是实至名归，茅盾自己也说，他从日本回来以后，想写写上海资本家的情况，就做了很多调查，列了一个表，说哪一个人应该代表什么，然后把他们怎么编起来，编成几条线索，怎么交叉，然后怎么做成这么一个小说。所以不喜欢《子夜》的人就说《子夜》是一个完全由人的理智，而不是用他自己的感情来创作的；《蚀》是用感情来创作的。而我们中国一向讲究"以情为先"，大家知道，白居易曾经讲过，"万事情为先"，"情"是最主要、最根本的，一个作品如果没有情，那这个作品是站不住的。我们中国人是讲究"道"的，道是一切，道演变出万物，而道是从情开始的，"道始于情"（郭店竹简），所以从公元前200多年前就把"情"提到很高的地位。有人认为《子夜》不是作者写自己的情怀，而是通过他的理智分析、对社会的理智认识，把它写出来的，所以就觉得跟"四人帮"提倡的"主题先行"差不多，就是先有个主题，然后把它变成个计划，策划成一个提纲，然后一点一点往里填人物。大家知道"四人帮"时候的"主题先行"是很糟糕的一种创作方法，它是分开来的，叫作"领导出思想，群众出生活，作家出技巧"，这三个结合起来，就是所谓"三结合"，突出主题思想，所以就叫作"主题先行"：先把主题搞好了，再把生活灌进去，然后再把技巧修改一下。当然这种创作是绝对错误的一种路线。

可是我们要看到，《子夜》是不是这样的呢？《子夜》引发的争议，我个人认为，很大一部分是由茅盾自己引起来的。1933年《子夜》刚刚出版的时候，茅盾写了一篇文章，叫作《〈子夜〉是怎样写成的》。在这篇文章里他就讲，《子夜》写的一个是民族工业资本家，一个是反动的金融资本家，一个是革命者和工人阶级。中华人民共和国成立以后，他就把这篇文章改了，说《子夜》第一写的是反动工业资本家，第二是反动金融资本家，第三是革命者和工人。大家知道，1950年代真是一个非常奇特的年代，那时候好多作家把自己文章都改了，所以你们研究现代文学要研究原版。改得最厉害的像《日出》《雷雨》，把很多很精彩的部分都删去了，比方说《雷雨》，把序幕和尾声都给去掉了。有的时候是为了迎合当时的领导，比方说刚才讲，资本家都是反动的，哪有进步的资本家，所以茅盾他就要说，我写的是反动的工业资本家、反动的金融资本家，等等。那么这样一下就把事情搞乱了，因为实际上茅盾写吴荪甫这个工业资本家时是充满了对他的同情的。我们可以看得很清楚，他在《子夜》第一版的封面上写着"A Romance of China in 1930"，就是说这是一个1930年的中国罗曼史。他认为吴荪甫是一个悲剧性的人物，有非常远大的志向，有非常高超的才能，可是由于现实情况对他的压制，由于金融资本、由于政府、由于很多现实问题没有解决，所以他的才能、智慧全部都给消亡了，所以他是一个悲剧性的人物。所以茅盾很明确地讲，吴荪甫是一个悲剧性的英雄，是个 hero。可是到了中华人民共和国成立后茅盾就不敢这么说了，他就说吴荪甫也是个"反动的工业资本家"，因为那个时候所有资本家都是反动的。这样以后就引起很多人对《子夜》的不满，认为茅盾是先计划好、安排好、编排好才往上写的。

《子夜》和《蚀》的写作方法、写作心态、写作过程不一样，这个是事实。可是我想，并不能用一种方法来否定另一种方法，这两种方法我认为都是可以用的，只要你用得好。现在我们还可以看嘛，有很多作品，是先从自己的经验出发，从自己过去的一些自传性的东西出发来写的，也有一些是我写了很多自传性的东西，已经都写得差不多了，要开拓新的层面，就要去调查研究，就要重新铸造一些人物、一些情节，开拓一个新的领域，这其实是作家不断地在互相交错进行的两种不同创作方式，所以如果要用一种来否定另一种，我想是不可以的。

那么现在就有一个问题，我们读《子夜》，现在怎么读呢？《子夜》认为由于外国资本的引进，由于金融资本压垮了民族资产阶级，所以使得中国的民族工业凋敝，不可能得到发展。那么今天大家怎么看这个问题？这个你们可以来考虑，今天我们引进了外资，我们参加了

WTO，我们参与了全球化的进程，应该看到，与过去是不一样的。过去我们只有挨打的份儿，就像吴荪甫这样一个资本家，外面的资本进来以后，一垄断，他就没办法了。可是今天呢，他们可以进来，我们也可以出去，这一点我觉得是非常好的。特别是像青岛的海尔，大家知道，它的各种电器、各种工业产品，全世界很多地方都有，特别是在美洲和亚洲。比方说我们北大方正的印刷系统，可以说日本印刷报纸的很多印刷系统都采用了先进的方正排版方式。就是说WTO以后我们是全球沟通的，你们进来，我们也可以出去，所以这一点跟当时是不一样的。而且，投资也是一个问题。我们看到，投资里面的欺骗是非常多的，就是股市上的这种欺骗。当时的股票、证券，各方面都是掌握在金融的黑手里面，可是今天（当然这种问题还是存在的，我对金融不是很懂），我觉得和茅盾创作《子夜》有不一样的地方。今天的公债、股票，一方面可以由公司来发起，可另外一方面它也受到国家的控制，所以它是有控制地进行的。大家今天再看《子夜》的时候，不妨联想一下，到底现在跟过去有什么不一样。我觉得大家如果写毕业论文，可以提供给你们一个很好的题目，就是比较一下《子夜》和1950年代的《上海的早晨》、七八十年代王安忆的《长恨歌》，这几个人写的上海的情况到底有什么变化，这些变化说明什么问题，这是一个很有意思的事情。

所以拿《子夜》和《蚀》来比较的话，写作的心态不一样，写作的方式不一样，写作的结构形式也不一样。我们说，在《蚀》里面，结构形式多半都是自然的，写到哪儿算哪儿，没有什么太多的结构，有很多条线索同时展开，自然地写下去。可是在《子夜》里，你可以分析出来八条线索，这八条线索交叉发展，包括民族资本家和工人的矛盾、金融资本家和民族资本家的矛盾、知识分子里面革命的知识分子和不革命的知识分子的矛盾，还有那些女性的各种各样的矛盾，你要分析起来，一共有八条线索交叉着发展，结构是非常严密的。这就跟《蚀》的比较松散的结构，想到哪儿写到哪儿，很自然（它也有它的好处），是不一样的。

另外在心理方面，茅盾可以说是中国第一个在心理描写上面非常成功的作家，也可以说是处在第一的地位的。他对不同人物的心理描写也是不一样的。《蚀》常常是写一种"时代女性的二型"，常常是在两个自我的冲突间展开的。《蚀》的心理描写往往有一种精神分裂的感觉。比方说慧女士和静女士她们是两种不同的心理，两个对比起来描写，就可以看出来两种不同的心理状况。在《蚀》里面，故事和人物的心理、和他们的精神能力构成了一个整体。心理的描写，人的这种精神状态，人的不同心理、矛盾、精神能力，是合在一起来发展的。可是《子夜》是按照不同的人物，统一来写的。茅盾自己也说，《子夜》的心理描写，是一种"心理解析的经验"，就是很重视、研究了心理的描写，能够把很多心理集中在一个人的身上来描写，而不是从故事的发展上来写。而在《蚀》里面，他往往是用一些形象来显出这种精神分裂，比如说"脑盖骨下飞速旋转"的"留声机唱片"一样，在她的心里面来回地搅腾，这是《蚀》的写法。可是在《子夜》里面，他就是用很多细节来描写，而不是用一种方式来描写了。比方说吴荪甫回到家里，没有人在家，当差的女仆在门房里偷偷打小牌。满天乌云，公馆阴沉沉地可怕；接着写在客厅里面，吴荪甫因为快要破产了，心里面非常暴躁，声音在全屋子里打滚，用他的行动写出他内心的烦躁。然后转入到回忆对比：两个月以前，他的壮志宏图正在发展的时候,那个时候客厅里是非常热闹的;而现在,两个月以后,是满目的凄凉,从而写出他内心的痛苦:"只有投降破产像走马灯似的在脑子里转,并且绝对没有挣扎反抗的泡沫在意识中浮出来……发展实业的狂热已经在他的血管中冷却……"这样一些心理描写在《子夜》里是很多的。

我们说,不管是从结构方面还是从心理描写方面、从写作的心态方面来看,《蚀》和《子夜》都是不一样的。从艺术的细节描写上看,《子夜》和《蚀》都是比较强调细节描写的,所以有人就曾经提出来说,《子夜》非常受左拉的影响。大家知道法国的左拉,他的两部著名的作品,一部叫《萌芽》,一部叫《金钱》,有人认为《金钱》和《子夜》是非常像的,甚至有人认为茅盾的吴荪甫的形象用了很多《金钱》里边的主人公萨加尔的形象。我们可以看到,其实这两个人物形象也是很不一样的。如果大家愿意做一些比较文学的研究的话,就不难发现这一点。这两个资本家,都是民族工业的资本家,都是很有雄心壮志的,一个是法国的萨加尔,一个是中国的吴荪甫。法国的萨加尔,他的资金是从很大的一笔遗产继承来的;而吴荪甫的资金是从农村里边一点一滴地去搜刮,从农民身上一点一滴地集拢来的。这个资金的来源就不一样,所以他们经营的方式也是不一样的。萨加尔最后破产以后,被关在监狱里,他还在想,下一步应该开一个什么工厂,应该再策划一个什么样的新的事业。可是吴荪甫到底也代表了中国民族资产阶级软弱的一面,他破产以后就拿了一把手枪想自杀,没有自杀成,就跌落在沙发里,不知道干什么好,他并没有下一步的再起来、再斗争的比较成熟的、像法国资产阶级的那种形象。

《金钱》《萌芽》这两部作品,应该说的确是给了茅盾一些影响,特别在一些细节的描写上。所以最后想和大家一起来欣赏一下这两段细节的描写。一个是《萌芽》里面写的沃勒矿井:"沃勒矿井现在像从梦境中展现出来。……这个在一块洼地里建起的矿井,有着一片低矮的砖砌建筑物,它的烟囱直立在那里,像是一个吓人的大犄角;在他看来,这个矿井好似一个饕餮的野兽,蹲在那里等着吃人。"这个细节的描写有很多意象,比方说,一个烟囱在那个地方,像一个吃人的东西。比方说下面讲的:"沃勒矿井像一头凶猛的野兽蹲在他的面前,黑暗中只有几点微弱的光。矸子堆上的三团炭火又在高处燃烧着,仿佛三轮血红的月亮……夜渐渐深了,这时候又慢慢下起连绵不断的细雨,茫茫的黑夜笼罩在单调的雨丝中。只有抽水机缓慢粗哑的喘息声日夜不停地轰鸣着。"

我们再看看茅盾的写法,可以看到这里面的相通,因为茅盾也是很喜欢左拉的作品的。像他写汉阳兵工厂,"汉阳兵工厂的大起重机,在月光下黑魆魆地蹲着,使你以为是黑色的怪兽",这跟沃勒矿井那个凶猛的野兽的意象几乎是差不多的;"张大了嘴,等待着攫噬。武昌城已经睡着了,麻布丝纱四局的大烟囱,静悄悄地高耸半空,宛如防御隔江黑怪兽的守夜的哨兵。西北一片灯火,赤化了半个天的,便是有三十万工人的汉口。大江的急溜,澌澌地响,武汉轮渡的汽笛,时时发出颤动哀切的长鸣。此外,更没有可以听到的声音"。我们可以看到,这一段描写跟《萌芽》是很类似的,有很多相通的地方。我们如果细看的话还可以找到很多这样的例子。

总的来说,茅盾所长是长篇小说,他的长篇小说我想在中国是首屈一指的。而最著名的就是《蚀》和《子夜》。两部作品有很多很不相同的地方,大家可以自己去体味一下这种不同。这说明一个作家应该是多方面的，我们要从多方面来看他。《比较文学与中国现代文学》一书里面有一篇专门讲《子夜》和《蚀》的比较研究，应该是非常有意思的一个题目，大家有兴趣可以找来看一下，可以对茅盾有一个更深刻的理解。

荒诞又庄严的复仇正剧
——释《铸剑》

严家炎,1933年生于上海,北京大学中文系教授、博士生导师,曾任北京大学中文系主任,国务院学位委员会第二、三届语言文学学科评议员,中国现代文学研究会会长,北京市文联副主席。

著有《中国现代小说流派史》《论鲁迅的复调小说》《金庸小说论稿》《知春集》《求实集》《论现代小说与文艺思潮》《世纪的足音》《五四的误读》《人生的驿站》《严家炎论小说》等,与唐弢共同主编三卷本《中国现代文学史》。

我今天讲《铸剑》，要分成三个部分：第一部分，讲《铸剑》是一篇非常奇特的作品。第二部分，讲作品中的两个意象和三首古歌，对某些不好理解的地方做些阐释。第三部分讲《铸剑》的审美旨趣以及其他相关的问题。

先讲第一部分。

一篇非常奇特的作品

1. 现代武侠小说

从素材来说，《铸剑》脱胎于《列异传》这本中国古代小说。鲁迅在自己编的《古小说钩沉》里，就曾引了《列异传》的这篇小故事，这个故事也见于《搜神记》里，其内容大概是这样的：楚王让当时最有名的铸剑师铸炼最好的宝剑。铸剑师名叫干将，他炼了两把剑，雄剑留了下来，雌剑准备交给楚王。干将对自己的妻子说："我铸的剑，一旦交给楚王，我自己的生命就会保不住，我会被杀死。因为楚王要最好的剑，如果会铸剑的人活着，这就不牢靠，怕他铸炼出更好的剑来，所以楚王必须把铸剑的人杀掉。"干将对自己的命运做了这样的预测。果然，他交出了剑，楚王就把他杀了。后来，他的儿子长大以后，按父亲的遗嘱要为父亲报仇。可实际上，他报仇的对象是一个国君，是一个有庞大的禁卫军的专制暴君，他没有办法实现愿望。后来他被发现了，自己就逃到山里面去，遇到了一个客人。这个客人对他说："我可以代你报仇，但是需要你的头和剑。"于是，他就自杀了，把宝剑和头都交给了这个客人，客人就带着他的头到京城里去,把他的头放在锅里边煮,三天三夜不烂,国王很好奇,就过来看。客人利用这个机会,用剑把国王的脑袋砍下来,并把自己的脑袋也砍下来,这样三个头掉在锅里一起煮,最后也分不清哪个头是国王的,哪个头是干将儿子的,哪个头是客人的,只好合葬,成为三王坟。根据这样一个传说,鲁迅写下了《铸剑》这篇小说。

但是,《列异传》只是《铸剑》故事的一个来源,鲁迅还参考了《搜神记》等其他典籍,以及他小时候看的各种各样奇异的故事书,像《吴越春秋》《越绝书》等。《吴越春秋》《越绝书》是西汉时代的书,写的是春秋战国时代的故事。鲁迅把这些材料综合起来,完成了这篇小说。这也就是说,在《铸剑》中鲁迅已经对传说的内容进行了改造。我们可以对照一下小说《铸剑》和《搜神记》《列异传》中的记载。对照起来看,会发现有一点十分不同:干将铸剑成功而遭到楚王杀害这段情节,在小说里是被虚化的,写得不那么实,是通过干将的妻子莫邪,即眉间尺的母亲追溯往事的口气写出的。干将、莫邪这些名字没有出现,国王也没有明说就是楚王,这些都没有具体地交代,而是被推向了远处,仅仅作为背景,由眉间尺的母亲复述出来,小说和原来的传说是有所分离的。这是小说和原来的故事的第一点差异。第二点差异呢,就是在复仇的过程中,原来主要强调干将、莫邪的儿子眉间尺为父复仇,他是复仇的主角。但是,在鲁迅的小说里,复仇的一号主角成了一名叫宴之敖者的黑色人,眉间尺降为二号主角。黑色人第一次出场就显得很不一般,是一个非常老练、成熟的豪侠之士。在小说中,眉间尺遇到了一个干瘪脸少年,他被这个少年扭住不放,说自己的丹田被眉间尺撞坏了,叫他赔偿。

正在纠缠不休的时候,宴之敖者出场了。他只有很简单的一个动作,就是用手轻轻地一拨干瘪脸少年的下巴,两个眼睛瞪着他看,看得这个有些流氓气的干瘪脸少年害怕了,知道形势不妙,就转身溜之大吉。宴之敖者一出场的第一个动作,就表明他是一个不简单的人物,他的干练、机警和沉着都显示了出来。小说与原来的传说的第三点差异是,鲁迅塑造的这个黑色人神秘而怪异,说话的声音像鸱鸮,射出的眼光像磷火,气质里透露出一股严峻、寒冷的气息。黑色人代眉间尺向暴君复仇,不但不图任何酬报,而且连自己的性命都要搭进去。这种心理从一开始就有所交代。我们可以读一读眉间尺和黑色人的一段对话:"但你为什么给我去报仇的呢?你认识我的父亲么?"眉间尺问他。黑色人回答说:"我一向认识你的父亲,也如向认识你一样。但我要报仇,却并不为此。聪明的孩子,告诉你罢。你还不知道么,我怎么地善于报仇。你的(仇)就是我的(仇);他(指眉间尺的父亲)也就是我。我的魂灵上是有这么多的,人我所加的伤(就是我这个人灵魂里边已受过许许多多的伤,有的是人家加害的,也有的是我自己伤害到自己的),我已经憎恶了我自己!"他对自己并不特别看重,意味着他在开始承担报仇这个使命时,就准备牺牲自己,也意味着他有一种热得发冷的性格。

中国古代的侠客,可以分为两种:一种是受雇于人的侠客,他们受雇于某个专门的人,像春秋战国时代的四大公子孟尝君、信陵君等就养了很多的士。这些"士"平常蒙受着主人的各种恩泽,最后呢,要为主人做一切事情,包括牺牲自己。所谓"士为知己者死"就是这样一种状况。另外有一类侠士,所谓"布衣之侠",他们不为别人所养。而是有着自己独立的身份。这种"布衣之侠"与墨家的关系很密切，他们施恩不图报，甘愿自我牺牲，这就是所谓的"原侠"。在他们身上，体现了一种更为高尚的侠义精神，黑色人可以说就是这样一位充满原侠精神的侠士。《铸剑》中的大部分篇幅，写的就是这个黑色人在眉间尺没办法复仇的情况下，主动地挑起担子，用剑和头实现了向暴君复仇的使命。鲁迅把原先传说里边所缺少的或者不太明显的这些思想，大大地向前推进了，大大地加以突出了。从这个意义上说，《铸剑》是一篇新文学作品，但同时又可以看作一篇现代的武侠小说。我不知是不是可以这样看，同学们赞成不赞成，我们可以讨论一下。我之所以说《铸剑》不仅是一篇新文学作品，还是一篇现代武侠小说，是因为它确实具有一般武侠小说的特征。它写的是侠士为人复仇的故事。武侠小说之所以叫作武侠小说，一般地说，它的内容就是仗义行侠，仗武行侠，这就是武侠小说内容上最重要的特点，《铸剑》也是这样。当然黑色人不只是"仗武"，他也运用了智慧。他之所以能够把专制暴君消灭，与他同归于尽，就是靠了他娴熟的剑艺和过人的智慧。可以说，是靠大智大勇实现了复仇的愿望。

2. 非凡的想象力

上面讲的是《铸剑》的第一点奇异之处，还有一点呢，是表现在艺术上，《铸剑》具有奇特的丰富的想象力。与其他一些小说类型比如侦探小说、科幻小说、言情小说、历史小说、滑稽小说相比，武侠小说的特点除了题材和内容的不同，还在于具有非凡的、奇特的、丰富的想象力。《铸剑》在这一方面可以说是非常突出的。在《列异传》中，原来对故事的交代非常简单：先是客得到了赤鼻的头与剑，后来把国王的头砍下来，然后客也把自己的头砍下来，三颗头在一起煮烂，到这里故事就讲完了。但是在《铸剑》中，几乎完全不同。单是从眉间尺拔剑自杀到把宝剑和头交给黑色人这个情节，就写得极有声有色。鲁迅运用了非常洗练的笔墨，富有诗意地刻画了一个接一个动人的场面：先是狼群的出现，狼群一下子把眉间尺的尸体撕碎了。然后，它们又要来咬黑色人，黑色人挥剑一下子把那"最先头的一匹大狼"的头砍下，群狼又把这条死狼给吃了。作者写得非常洗练，笔墨不多，但那个场面是很震撼人的。接着，鲁迅又写黑色人唱着歌扬长进入京城，然后进入王宫里去献艺。他是怎样表演的呢？他让眉间尺的头颅在开水里做各种各样的舞蹈、游动，甚至对着国王嬉笑、唱歌，这一系列的描写都令人惊骇，超乎一般的想象。鲁迅把这些奇异的情景写了出来，具有撼人心魄的效果。

我们来看下面两段文字：

> 王站起身，跨下金阶，冒着炎热立在鼎边，探头去看。只见水平如镜，那头仰面躺在水中间，两眼正看着他的脸。待到王的眼光射到他脸上时，他便嫣然一笑。这一笑使王觉得似曾相识，却又一时记不起是谁来。刚在惊疑，黑色人已经擎出了背着的青色的剑，只一挥，闪电般从后项窝直劈下去，扑通一声，王的头就落在鼎里了。
>
> 仇人相见，本来格外眼明，况且是相逢狭路。王头刚到水面，眉间尺的头便迎上来，很命在他耳轮上咬了一口。鼎水即刻沸涌，澎湃有声；两头即在水中死战。约有二十回合，王头受了五个伤，眉间尺的头上却有七处。王又狡猾，总是设法绕到他的敌人的后面去。眉间尺偶一疏忽，终于被他咬住了后项窝，无法

转身。这一回王的头可是咬定不放了,他只是连连蚕食进去;连鼎外面也仿佛听到孩子的失声叫痛的声音。

这两段描写是非常精彩的,笔墨精练,但想象力又是非常丰富、细致,甚至细致到了设想王的头有五处被咬伤了,而眉间尺有七处,这都是非常具体的描写。一直到眉间尺的头被国王死死咬住不放,陷入困境,黑色人就参战了,他把自己的脑袋砍掉,正是为了参加战斗。于是二比一,处于绝对优势,国王再狡猾也没有用,最后二头把国王的头颅撕烂,他们两个当然也同归于尽了,完全烂到了一起。这些描述全部出于鲁迅自己的想象。奇异之极,荒诞之极,出乎常理之极,却又有一种很强的震撼力。仇恨的头颅怎么在那里念念不忘复仇,要实现自己复仇的愿望,产生了一种多么强大的力量——难以想象的超自然的力量,这些都写得非常惊世骇俗,但是又非常传神。为什么一般的年轻人喜欢看武侠小说,我想一个很重要的原因就是,武侠小说充分发挥了作者的想象力,因而很吸引人。《铸剑》在这一方面尤其显示了巨大的长处。这就是我想简单地说的第一个问题,《铸剑》奇特在哪里。

两个意象和三首古歌

1. "火"与"剑"

下面我讲第二个问题,就是讲两个意象和三首古歌。《铸剑》里边有两个贯穿全篇的意象,很值得注意。一个是闪着青光的剑,还有一个就是燃烧得通红的火,是把鼎里面的水煮开了的炭火,很大的炭火。小说里提到的"兽炭"这个词,我想不是野兽的骨头所做的炭,那个烧起来臭味就不得了了,骨头要能烧那是很困难的。所谓兽炭就是把各种各样木头的屑,即木头碎末,跟其他东西糅合在一起,做成野兽的样子,小狗啦、小兔子啦,各种各样的野兽的样子,这就叫作兽炭。这个说法是有根据的,古代有的书里有记载,如南北朝时期有几本书就专门记载了几位达官贵人用炭烤火的时候,用了这种特别的木炭。把木炭屑做成各种动物的样子来烧,因为是加工过的,所以燃烧起来火力特别猛,温度也特别高,这就是小说里所描写的炭火。小说写到黑色人站在这样的烧着火的鼎面前身上映得都红了,看起来火的颜色都映到他身上,特别显得雄壮、显得瑰丽。这两个意象是很重要的,一个是剑,一个是火。鲁迅在1925年《两地书》第十篇,就是他跟许广平的通信第十封里面说过:"改革最快的还是火与剑。"在辛亥革命之后,看起来已经推翻了皇帝的统治了,但是政局还是非常混乱,政权实际上还是掌握在军阀们的手里,中国的混乱怎么能够改变呢?鲁迅在1925年的时候,也就是南方的孙中山北伐快要开始时,实际上就是孙中山快去世的那一年,写了这句话,他认为中国改革最快的还是火和剑,也就是要靠武装斗争推翻北洋军阀的统治,要解除这些军阀们的武装。也正是依靠火与剑,黑色人帮助眉间尺完成了向专制暴君复仇的使命。

　　一般来说,鲁迅是不赞成有怨必报或是为了报仇就滥杀无辜这样一种复仇行为的。他在自己编录的《会稽郡故书杂集》"朱朗"一条之下写过一段按语。朱朗是东汉末年的人,《会稽典录》卷下这样介绍他:"朱朗,字恭明,父为道士,淫祀不法,游在诸县,为乌伤长

荒诞又庄严的复仇正剧

陈颢所杀。朗阴图报怨,而未有便。会颢以病亡,朗乃刺杀颢子。事发,奔魏。魏闻其孝勇,擢以为将。"这是原书里边的记载。鲁迅对这件事情是有看法的,他在正文下面写了一段按语:"案:春秋之义,当罪而诛不言于报,匹夫之怨止于其身。今朗父不法,诛当其辜,而朗之复仇乃及胤嗣,汉季大乱,教法废坏,离经获誉,有惭德已。岂其犹有美行,足以称纪?"鲁迅的意思是说:按《春秋》所讲的道理,一个人有罪,他本身做了许多坏事,这样被杀了,那是不必再讲报仇的,人和人之间的恩怨,应限制到他自身为止。现在朱朗的父亲做了许多坏事,杀他是没错的,朱朗的复仇竟然杀到陈颢的未成年的孩子身上。汉代末年是大乱的时候,礼法受到破坏,做出不符合儒家经典的事情,竟然还受到称赞,难道是朱朗这个人还有其他好的事迹值得记载下来?鲁迅的这个看法就代表了现代人的复仇观念,并不能因为自己亲人被杀就一定要复仇。在鲁迅看来,首先要问的是,复仇是不是符合正义,是不是本身具有正义性,如果不具有正义性,那么还有什么复仇的必要?即使是做儿子的,一定要为亲人复仇吗?再有,你要复仇的话,也该找本人去复仇,怎么能去杀他的儿子,这有什么道理?叫什么英雄?所以鲁迅对于复仇的看法是很现代的。

然而,对于《铸剑》里的专制暴君,眉间尺和黑色人的复仇是正义的。这个暴君拥有强大的禁卫军保卫自己,却任意杀戮老百姓,对于他,鲁迅是主张复仇的。鲁迅肯定、赞美了黑色人为眉间尺报仇的行为。在对付专制暴君的前提下,他肯定了这个复仇,他不是在一般意义上肯定这个复仇,而是在坚决支持用剑和火——即用武力对付暴君。这不仅是他行侠仗义精神的表现,也是他革命思想的表现。

2. 复仇的意志和悲怆

我再说一下《铸剑》中的三首古歌。鲁迅有一个日本学生,也是他的朋友,叫增田涉,曾写信问他关于《铸剑》里的一些难点,提到了这几首古歌。鲁迅回信说(1936年3月28日):"在《铸剑》里,我以为没有什么难懂的地方。但要注意的,是那里面的歌,意思都不明显,因为是奇怪的人和头颅唱出来的歌,我们这种普通人是难以理解的。"这三首歌有不太容易理解的地方,但如果联系作品里具体的情节环境、人物与当时的气氛等因素,那大体上还可以理解。我们系高远东老师写过《重写民族神话、历史和传说》一文,对三首歌作过考察,可供大家参考。

第一首歌出现在眉间尺知道要报父仇是极其困难的情况下,他以大勇大敬的精神相信了黑色人的话,很勇敢地砍下了自己的头颅,把这个巨大的、艰难的复仇使命交托给了黑色人之后,黑色人即宴之敖者坚毅地唱了这首歌,背景是狼群"伸出舌头,咻咻地喘着,放着绿的眼光"却不敢追咬,显示着青剑的威力。在这样的背景下,黑色人唱起了第一首歌:

> 哈哈爱兮爱乎爱乎!
> 爱青剑兮一个仇人自屠。
> 夥颐连翩兮多少一夫。
> 一夫爱青剑兮呜呼不孤。
> 头换头兮两个仇人自屠。
> 一夫则无兮爱乎呜呼!
> 爱乎呜呼兮呜呼阿呼!

> 阿呼呜呼兮呜呼呜呼！

诗歌的第一、七、八句是衬句，不一定全有意义。第一句从"爱"——眉间尺的爱开始，他爱自己的父母，也爱惜自己的宝剑。但由于要为父复仇，他甘愿割下自己的头颅（"自屠"）。"爱青剑兮一个仇人自屠"，"一个仇人"就是眉间尺。以下句中的"一夫"与"一个仇人"是对峙的，处于对立的地位。"夥颐连翩兮多少一夫"："夥颐"，读过《史记·陈涉世家》的人都知道，"夥"是多的意思，"颐"是助声词，两个字合在一起就是多到令人惊叹的程度。"一夫"或称"独夫"，指的是暴君（孟子称"贼残之人谓之一夫"）。这句的意思是：世界上有好多这样残害百姓的暴君。"一夫爱青剑兮呜呼不孤"，呼应上面一句，谓喜爱宝剑用宝剑去杀人的独夫民贼是不少的。第四句重复了上句意思。"头换头兮两个仇人自屠"，仇人用自己的脑袋去换仇人的脑袋，眉间尺是自杀了，而暴君是因为多行不义必自毙，"自屠"就是从这个意义上说的。"一夫则无兮爱乎呜呼"，最后暴君被消灭了。这诗用的是楚辞体，春秋早期有越人歌，实际上是记的音，意思是由楚人译的，跟楚辞的句式相近，都是江南的。鲁迅用了楚辞的形式，因为这故事发生在江南。

第二首歌是宴之敖者为国王献艺时唱的，那时金鼎中的水刚刚沸腾。炭火的红光映在宴之敖者的身上，他"伸起两手向天，眼光向着无物"。"无物"的一种解释是，一切都不在他的眼里。另外一种是鲁迅常用的所谓"无物之阵"，那"无物"有"看不着、摸不到"的意思，实际上是群众里习惯势力所形成的力量，鲁迅称为"无物之阵"。在这儿两种说法都可以说得通。宴之敖者舞蹈着，忽地发出尖利的声音唱起歌来：

> 哈哈爱兮爱乎爱乎！
> 爱兮血兮兮谁乎独无。
> 民萌冥行兮一夫壶卢。
> 彼用百头颅，千头颅兮用万头颅！
> 我用一头颅兮无万夫。
> 爱一头颅兮血乎呜呼！
> 血乎呜呼兮呜呼阿呼，
> 阿呼呜呼兮呜呼呜呼！

前两句是指，一腔爱意，一腔热血，谁没有啊？"民萌冥行兮一夫壶卢"，"民萌"是指一般的老百姓，"冥"是黑暗，前半句指老百姓在黑暗当中生活；"一夫壶卢"指国君快乐得大笑，"壶卢"指从喉口发出的噪音狂笑。老百姓在黑暗当中生活，而专制暴君纵情享乐，可以得意狂笑。"彼用百头颅，千头颅兮用万头颅"，谓专制暴君踩着那么多的头颅来获得自己的享受，用多少人的头颅筑起了高台而他在上面享受。"我用一头颅兮而无万夫"，这是黑色人的自白，说我只带着一个头颅（眉间尺的头颅），而未用一兵一卒。"爱一头颅兮血乎呜呼"，"血呼呜呼兮呜呼阿呼"，意指我今天带了一颗头颅，也带了他的嘱托来除掉暴君。这就是第二首诗的大概意思。

宴之敖者唱这两首歌，一方面表达自己复仇的决心，透露出他内心的激越慷慨悲凉，他知道最后自己是要牺牲的，但是他在现场唱着这样的歌，对眼前的一切视若无物；另一方面又流露出侠士本身对复仇行为的超脱、调侃和一种虚无感。这里面杂糅着悲凉和嘲讽两种不同的美学因素，实际上有两类情感，体现着鲁迅"复仇"哲学的全部矛盾。一种是利他的精神以及铲除强暴的正义感；另一种我们只有在反复地吟诵当中才能体会到，那就是调侃，对国王的调侃，对眼前场面的调侃，同时也包含着对自身行动的自嘲，包含着一种冷漠、嘲讽的虚无情绪。这恐怕跟鲁迅早年接受的尼采的强者思想有关，这里面的感情是很复杂的。

第三首歌，是眉间尺的头颅在金鼎里唱给王的，目的是为了引国王下殿观看，以便宴之敖者把他杀死。他唱这首歌与前面两首不一样了。他唱的是颂诗的形式，表面上歌颂国王：王泽流兮浩洋洋；克服怨敌，怨敌克服兮，赫兮强！宇宙有穷止兮万寿无疆。这三句是说，国王的恩泽广大，具有打败一切怨敌的强大力量，虽然宇宙有穷止，但国王的运命却是万寿无疆。这里暗含着反话。然后第四、五、六句"幸我来也兮青其光！青其光兮永不相忘。异处异处兮堂哉皇！"意思是说，幸好我眉间尺来了，身上带着复仇的剑气，即宝剑的青光，在青光闪耀下，一切仇恨更加清楚难忘，永远记在心头，现在你国王和我眉间尺处境各异，我在鼎中歌舞，你在殿上观看，但马上你也要身首分离的。鲁迅说，第七句用了"堂哉皇哉兮嗳嗳唷"，"嗳嗳唷"是猥亵的淫荡的小调的声音，是南方的一种格调低下、带有调侃嘲弄意味的小调，表现了在"颂诗"形式下对国王的嘲弄。这最后一首歌由眉间尺唱出来，反映了眉间尺精神上、气质上的成熟，他本来是犹犹豫豫、优柔寡断的性格，连杀一只老鼠都下不了决心。但到后来，他信赖了黑色人，把脑袋给了他，真正成熟、坚强了，摆脱了平庸和凡俗。所以到后来，他在精神和思想气概上与宴之敖者融为一体,宴之敖者曾经唱过的两句歌,他也重复着唱了:"我用一头颅兮而无万夫!彼用百头颅,千头颅……"这正好和眼前的形势对应。国王有很多人守卫着他,有许多精兵,而复仇者一方只有一颗头颅,没有万夫,表现了眉间尺很强的自信以及对国王的轻蔑,他坚信今天仇一定能报。最后我讲第三个问题。

《铸剑》的审美旨趣以及其他相关的问题

1. 惊心动魄之后的闹剧

《铸剑》不但写出了发生在宫中的这场惊心动魄、既荒诞又庄严的复仇正剧,还写了血仇得报以后宫廷内外延续下来的一场无可奈何的殡葬闹剧,使小说节奏在连续搏斗的紧张气氛中得到调节,转向松弛,并在调侃嘲弄声中作结,尽情尽兴地表现了鲁迅独特的审美旨趣。

小说第四节是整篇作品最有趣的部分。经过沸水中的长久撕咬,国王和黑色人、眉间尺的头颅终于尽烂,只剩下三具颅骨和一堆毛发。王后、众妃、武士、老臣、侏儒、太监们为辨寻王头,绞尽了脑汁,仍然徒劳无功。王公大臣们整夜讨论的结果,只能将三个头骨和王的身体放在金棺里落葬。任凭宫廷等级制度如何森严,防卫制度如何严密,眉间尺的大仇终究得报,至尊者终究难逃和反抗者同样埋葬的命运。小说的末尾两段以不动声色的语调描述了出殡的场面并暗加嘲讽道:

> 百姓都跪下去，祭桌便一列一列地在人丛中出现。几个义民很忠愤，咽着泪，怕那两个大逆不道的逆贼的魂灵，此时也和王一同享受祭礼，然而也无法可施。
>
> 此后是王后和许多王妃的车。百姓看她们，她们也看百姓，但哭着。此后是大臣，太监，侏儒等辈，都装着哀戚的颜色。只是百姓已经不看他们，连行列也挤得乱七八糟，不成样子了。

这个结尾真是鲁迅式的，充满了深长的调侃意味，既是对专制暴君的进一步的鞭笞和嘲弄，同时又包含着对宴之敖者乃至作者自身的清醒的自嘲。残害百姓的专制暴君尽管已经在一场正义的复仇行动中丧命，但百姓们依旧木然地对着暴君的棺木跪拜不已；几个"义民"更是"很忠愤，咽着泪，怕（黑色人、眉间尺）那两个大逆不道的逆贼的魂灵，此时也和王一同享受祭礼"。有了这一笔，读者才能真正懂得鲁迅为什么要说"群众，——尤其是中国的，——永远是戏剧的看客"（《娜拉走后怎样》）。有了这一笔，读者才能真正理解黑色人为什么不赞成乃至反感于眉间尺称他为"义士"，才能真正理解黑色人何以要冷然、傲然地称"仗义、同情"这些"先前曾经干净过"的东西，"现在都成了放鬼债的资本"。这里划分了站立的人和跪着的奴隶、献媚的奴才的界限。

2. 鲁迅"孤独地面对着大海" 创作《铸剑》

《铸剑》是什么时候写的呢？有人说是为了提倡向发动了"四·一二"反革命政变的蒋介石复仇而写的，这个说法难以成立。《铸剑》末尾处，鲁迅写了八个字，"一九二六年十月作"。在1935年写的《故事新编》序言里,他也说:《铸剑》是1926年秋天在厦门,那时一个人住在大石屋里边,很孤独地面对着大海写的。更早的时候,1932年,鲁迅也曾说过,《铸剑》和《奔月》都写在厦门。他写完之后没有寄出去,因为1926年秋天以后,鲁迅的事情非常多,要忙着上课,忙着向厦门大学中文系交研究成果,即整理《古小说钩沉》,又要完成《朝花夕拾》里的几篇散文,还通过多次书信往还决定要不要离开厦门到广州中山大学去。把那个学期打发完了之后,他带着几个学生搬家到了广州,任中山大学教务主任兼文科主任。他那段时间是极度繁忙紧张的,没有时间把作品改定寄出。鲁迅的写作习惯,按他给叶紫的一封信中说是:"立定格局之后,一直写下去,不管修辞,也不要回头看。等到写成后,搁它几天,然后再来复看,删去若干,改换几字。"他说的是他的创作经验,写作品是一口气写下来,不回头,连修辞也暂不考虑。等写成以后,搁几天,冷静下来,才修改。厦门写的作品,到广州才定的稿子。1927年4月3日,他在日记里面,记了五个字:"作《眉间赤》讫","讫"是"了结"的意思。《铸剑》发表时题名《眉间尺》,收入《故事新编》时,才改为《铸剑》,以便使《故事新编》里作品的题目都统一成两个字。1927年4月3日定稿,4日将作品寄出去,那时离"四・一二"事变还有七八天,离广州的"四・一五"事变(广州发生的反革命事件)还有十几天,那么鲁迅能用《铸剑》提倡向蒋介石复仇吗?我想这是不可能的。这是有的学者牵强地想提高鲁迅作品的思想性而作的生硬解释,其实这会使作品的真正意义变味。鲁迅能未卜先知八九天后的大屠杀吗?不可能的。"一九二六年十月作"是鲁迅注明的时间,是靠得住的。这位学者的不科学的说法,用意是为了防止把《铸剑》看成武侠小说;如果把《铸剑》当成武侠作品,好像是污辱了鲁迅。他们认为武侠小说是不好的,是很恶劣的,是精神鸦片烟,于是便称《铸剑》为历史小说。可历史上有"头颅相咬"的事实吗?鲁迅自己说过,《故事新编》是"神话、传说及史实的演义",这三者他是区分得很严格的,决不会把《铸剑》看作什么历史小说。而且鲁迅对武侠小说也有自己的看法,他写出这样一篇充满原侠精神的作品,绝不是偶然的。他十二三岁的时候,已经读过《剑侠传图》那样一些书,也读《吴越春秋》《越绝书》等书,他曾经给自己起过一个号,叫作"戛剑生",就是身佩宝剑、富有侠士气质的人。按照记载,他小时候就做过许多侠肝义胆的事情,长大以后,因为崇敬故乡有侠士气的人,特意编了《会稽郡故书杂集》。对于秋瑾这样的女侠,尤其是非常敬佩的。在早年的《中国地质略论》这篇文章里,他正面肯定了豪侠之士,认为豪侠之士是一些爱国者,他热情地说:"吾知豪侠之士,必有悢悢以思,奋袂而起者矣。"意思是,面对着中国被列强瓜分的局面,我相信那豪侠之士一定会起来行动的。在讲自然科学的文章里,都这么写,他的思想便可见一斑。五四时期,他在《中国小说史略》里面评价清代的侠义小说时,说过"侠义小说之在清,正接宋人话本正脉,固平民文学之历七百余年而再兴者也"。五四时期,周作人曾把《七侠五义》《水浒传》《西游记》《三国演义》《聊斋志异》等都称为"非人文学"加以排斥,鲁迅则在《中国小说史略》里对《三侠五义》(即《七侠五义》)作了很有分析的肯定,虽然也有批评,如说侠客们老是当大官僚保镖,但主要是肯定,从小说写法到所体现的侠义精神等方面,他都是有所肯定的。《铸剑》的主角宴之敖者,用的是鲁迅自己用过的笔名。鲁迅曾经在1924年编过一本美术方面的书,收集古代的砖瓦上的图案,叫砖文杂集,用的笔名就是"宴之敖者"。而且这个宴之敖者生长在"汶汶乡","汶汶"意为昏黑,昏暗不明,也就是说他生长在黑暗的世界里,是黑暗社会的愤世者。这个人物从外貌到气质,都有点像鲁迅。从这些方面可以看出,原侠精神和革命思想都融入了鲁迅的灵魂。《故事新编》从创作方法上说是表现主义。所谓表现主义,是作者把自己在一个时期积蓄的内心体验通过一种外在的形象表现出来,表现的是作者自己的感情乃至人格,无论是《补天》还是《奔月》《铸剑》,一直到《理水》《非攻》《出关》《起死》,都是这样的。详细的解说可看我那篇《鲁迅与表现主义》的文章。

今天我们对《铸剑》的有关问题,作了解释和澄清,形成许多看法,供大家参考。就到这里吧。

一曲充满哲理的爱的交响
——穆旦《诗八首》讲解

孙玉石,1935年生于辽宁海城,北京大学中文系教授、博士生导师,曾任北京大学中文系主任。主要从事中国现代文学史、鲁迅与五四文化以及中国现当代诗歌研究。

著有《〈野草〉研究》《中国初期象征派诗歌研究》《中国现代诗歌艺术》《中国现代主义诗潮史论》等。

现代文学优秀作品的讲解、欣赏，是我们教研室多年来开设的一门课。这门课的目的，主要是帮助同学们，从中学进入大学中文系及其他专业学习之后，提高自己理解、鉴赏文学作品的能力，提高各个方面的审美文化素质。另外，我们也尽量多请一些老师来讲解，希望能够通过这个课跟同学们认识，向大家传达北大中文系的老师们在教学、研究、讲课方法等方面的路数、风格，给大家提供多样的学习机会和参考。今天派到我的头上，我给大家讲一首有名的诗，就是穆旦的《诗八首》。

穆旦与爱情诗

1. 穆旦的一生

穆旦的《诗八首》，写在1942年，他24岁的时候。这首诗，是我们新诗产生八十多年来爱情题材方面的代表作品。我很少用"经典"这个词，我不太喜欢这个词，但是我这里还是说，这是一首可以永久传世的带有经典性的作品，和中国古代的杜甫的《秋兴八首》、白居易的《长恨歌》，西方的勃朗宁夫人写爱情的十四行诗一样，都是这个方面的代表作，也可以说，五四以来至今，包括1990年代的诗，在爱情这个题材上的创作，从诗情的创造性、艺术结构的完整，以至于意象的探索、情感的表述、哲理的思考等方面，都还没有超过这首诗的。

第一个问题，我想介绍一下穆旦的生平。穆旦（1918—1977），本名查良铮，是浙江海宁一个望族出身。在这个世纪里，海宁查家，给文坛贡献了两个文学大家，一个是大家都知道的写通俗小说、武侠小说的金庸（查良镛）；另外一个，就是纯文学现代派诗人的代表者穆旦。他们是同辈的兄弟，到现在这两个人，还是中国百年文学史两个领域里的高峰。在中国新诗里，应该说，穆旦的诗的现代性、超前性，和艾青的不相上下，甚至在某种意义上看，穆旦是更超越了一些。

穆旦活了58岁，一辈子很悲惨。其先祖查慎行，原名查嗣琏，是清代的大官僚，早先曾是康熙时的太学生。康熙二十八年（1689），大戏剧家洪昇到北京来，北京的昆班特别为他演出全本《长生殿》，一时轰动京城。当时有一种赠票的习惯，大概是给京城朝廷内外一些官儿们、相关的一些人赠票，有的小人没有收到票，就告了一状。因为当时正值皇后死了，属于"国恤"期间，演戏触犯了国法，朝廷便下令，凡看戏的官员，全部革职，查嗣琏被革去太学生籍。从此他改名"慎行"，字悔余，用以自警。多年以后，他又受到康熙皇帝的赏识，特赐进士，官封翰林，做到文学侍从。他也是清代很有名的诗人、文学家，有《敬业堂集》50卷传世。当时不到30岁的诗人赵执信（号秋谷），是洪昇的朋友，18岁时中进士，官至右春坊右赞善兼翰林院检讨，因为参与看了这场戏，也被牵连革职，一辈子就这么放废江湖、困顿终生了。所以当时有人作《竹枝词》云："秋谷才华迥绝俦，少年科第尽风流。可怜一曲《长生殿》，断送功名到白头。"后面两句诗很有名，现在一般搞古代文学的，都知道这两句诗。我们经常引用它，来说一个人偶因一事而终生倒霉的境况。后来，到了穆旦的祖父时，已经是清末了，祖父为官僚，但家境已近衰微。但天津查家，还是个大家。他父亲是个小职员。

穆旦从小生活在这样一个书香门第的世家,这样一个充满传统文化氛围的环境里面。他自幼又很聪明,六岁的时候,就在当时天津的一个刊物上发表了文章。现在留下来的最早的一篇穆旦的文章,就是他六岁时写的儿童文学习作。后来中学读书的时候,他又在南开学校的刊物上,发表过十几首新诗和散文、论文。抗战那一年,1937年,他考进清华大学外文系,随后到了昆明西南联大读书。这时他已经是最有名的校园诗人。1940年8月,穆旦在西南联大的外文系毕业后,留校做助教。他参加了南荒社、冬青社、文聚社等文学社团,得到朱自清、闻一多、冯至等作家诗人的指导,发表了《在寒冷的腊月的夜里》《赞美》《蛇的诱惑》《还原作用》等许多优秀的诗篇。这一年,他结识了外文系的新生萧珊。1942年2月,他写了这篇非常出色的爱情诗《诗八首》。但是就在这个月里,他参加了中国抗日远征军,任司令部杜聿明将军的随军翻译,到缅甸去打仗。当时抗战需要,征调了西南联大的许多青年学生、老师参军。现在北大西门内小池塘旁边,还有一个碑立在那里,就是"西南联大从军人员名录",是闻一多题写的碑名,冯友兰撰写的碑文,这是一个复制品,原碑现在昆明,这里面就有查良铮的名字。当时在缅甸战场,很困难,很艰苦。穆旦是杜聿明将军的翻译,可是战争中也很苦的。他参加自杀性的殿后战,最后与队伍走散了,陷落在庞大无边的胡康河谷的热带雨林里,马死了,战友和传令兵死了,他断粮八天之久,几乎饿死,后来好不容易挣扎着走出来,到了印度,活了下来。撤回国内后,曾到处颠沛,继续写他的诗。抗战胜利后,他随青年军到了东北,编辑《新报》。1948年,赴美国留学。1952年从美国留学回来,到南开大学任教。穆旦也是一个著名的翻译家,我们这一代人读的普希金、拜伦的作品，除了戈宝权先生，主要是查良铮翻译的。他翻译作品时，名字用的是"查良铮"，写诗的时候，名字都用"穆旦"。穆旦在1949年前，一共出版有三本诗集：一，《探险队》（1945），这是他的第一本诗集；二，《穆旦诗集（1939—1945）》，这是他到沈阳以后自费出版的，是他的自选集，也是他最好的一个作品集；三，诗集《旗》，选了穆旦的一些最优秀的作品，1948年收入巴金主编的"文化生活丛书"，由上海文化生活出版社出版，这套丛书位置很高，都是选全国最优秀的一些年轻人的作品。从国外归来后，穆旦多数时间是在受难中度过的。1957年，他在《诗刊》上发表了一首《葬歌》，是表示埋藏自己过去的意思，是一种知识分子的自我反思、自我否定和自我批判，但还是被批判成有阴暗心理。穆旦过去参加过国民党军队，抗战胜利后又随军在沈阳编过报纸，所以虽然满腔热血从美国回来，却被打成了历史反革命，"文革"中受到冲击，于1977年寂寞地死去了，直到1979年才给他平反。穆旦是一个才华极高而遭遇很惨的诗人，他的主要成就是在1940年代。可以说，穆旦通过他自己那种非常现代性，或者用现在的话叫"非传统"的方式，探索新诗的道路，跟传统的写法都不太一样，主要是走T. S. 艾略特的路子。艾略特是1920年代出现的世界性大诗人，他的长诗《荒原》开辟了一个现代派的新时代，他1940年代获过诺贝尔奖。穆旦受艾略特诗的影响很深，有许多诗作很难懂，过去一直受到主流诗潮的批评。1980年代以来，穆旦诗才开始走红，大家重新发现了穆旦，认识和解读穆旦，对他的诗与人生做了重新的认识和评价，出了一些书，现在关于穆旦的书很多，但是基本上是抄来抄去。就作品看，比较有代表性的是1981年人民文学出版社出版的《穆旦诗选》，大家如果要看穆旦最主要的代表作，可以就看这本。另外一本《穆旦诗全集》，李方编，中国文学出版社1996年出版，收的比较全，几乎把穆旦全部的诗都收进去了，还做了一些校勘，这是研究穆旦的一些基本资料。穆旦的《诗八首》，最初发表在1942年4月昆明出版的《文聚》第1卷第3期上，题目是《诗八章》，曾被闻一多收在他编的《现代诗钞》里。

穆旦的生平就简单说到这儿，下面进入文本。

2. 爱情诗的位置

先讲一下爱情诗在现代诗歌中的位置。从五四以后，出现了许多以爱情为主题的现代诗。从郭沫若开始，闻一多、俞平伯，到1930年代的林徽因、徐志摩，1940年代的穆旦等，写了很多这方面的诗。闻一多在1922年，写了一篇《〈冬夜〉评论》，《冬夜》是俞平伯的一本诗集。在这篇评论里，闻一多把人的感情分成几个层次，他认为："严格地讲来，只有男女间恋爱底情感是最热烈的情感，所以是最高最真的情感。"当然他引用的是西方的理论，究竟这个理论对不对是一回事，但是说明五四以后一些觉醒的知识分子，对这一方面的感情探索看得很重。但是这方面的作品并不多，用朱自清先生《中国新文学大系·诗集·导言》（1935）里面的话来讲，"中国缺少情诗，有的只是'忆内''寄内'，或曲喻隐指之作；坦率的告白恋爱者绝少，为爱情而歌咏爱情的更没有"。"寄内""忆内"的诗，不是爱情诗，像陆游写的《钗头凤》那种诗很少。到了五四以后，开始冲破中国封建礼教的一些束缚，这方面的创作进入了一个新阶段。但是那种所谓高峰性的、悠久性的作品并不是很多。其中如果拣出几篇的话，我想一个是闻一多的《奇迹》，一个就是穆旦的《诗八首》。还可以举几首，如林徽因的《别丢掉》等,徐志摩也有一些作品,不地有的人把《再别康桥》也算到爱情诗里面,我觉得那首诗不是爱情诗。严格的说,是爱情诗而且真正能够和《诗八首》《奇迹》并列的,也不是很容易提得出来。《奇迹》写的是闻一多1931年在青岛大学做教授时,一种感情的朦胧的冲动,当时一起做教师的一个安徽女诗人方令孺,当时大概是年轻的助教,是桐城派方苞的后代,新月派著名青年诗人方玮德的姑姑,但是他们年龄差不多,所以跟当时的陈梦家混得都很熟。当时好多作家在那儿,梁实秋、杨振声、闻一多等,叫作"八仙",经常一块儿喝酒,女诗人方令孺也被闻一多拉进来参加。闻一多夫人,回湖北去生小孩,在这种情感空白期间,闻一多感情出现了一点浪漫的波动。梁实秋后来回忆说,这首诗就是在那个时候感情迸发写出的作品。有兴趣翻翻闻一多的全集,可以读一读。方令孺当时也有一首诗,没有写具体内容,很朦胧,实际是回答闻一多的《奇迹》,表示要保持一个人的纯净的人格。关于这首诗的历史本事,我写了一篇论文。1931年,徐志摩办《新诗》杂志时,跟闻一多约稿,他突然寄来了这首诗,徐志摩高兴得不得了,说是他把闻一多"逼"出来的,认为这是一首"奇迹",是"十年不鸣,一鸣惊人"。1928年《死水》出版以后,闻一多就没有写诗了,到了1931年突然写了这首爱情诗。

按照朱自清的分法,中国现代的爱情诗有两种:一种是现实的爱情,真实的爱情,你发生了事情,然后自己来抒发,或者是写给某一个真实的人的。第二种叫理想的爱情,就是不存在具体的对象,爱情本身就是一个永恒的题材,就是为这个题材而写自己感情里的很多冲动。也可能它有对象,我们不清楚。穆旦的《诗八首》,从现在的所有的史迹来查，他的年谱、回忆录，都没有涉及具体的史实，没有"诗本事"，即使有这方面的冲动，也无从考查了。而且作者也将他的感情客观化与普泛化了。那么，只能算是一首写理想的爱情的诗，写诗人对于爱情的一种人生哲学的理解。

所以如果把这首诗的特点概括一下，有三点值得注意：第一，是在哲学的层面上来抒写对爱情的整体的一种情感过程、整体的一些看法和他自己的一些体验、思考。就是从哲学层面上来写爱情，写爱情的一个发展过程：从初恋，经过热恋，再经过沉思，到升华即人的死亡这样一个过程，我把它叫作交响乐的四个乐章：初恋、热恋、沉思、升华。没有一首诗写得像他那样对整个爱情想得那么深刻、那么充满了人生的哲理的思考。第二，他用具象和抽象结合的方法来创造意象，来进行语言和语言之间的联结，造成一种陌生化的效果，极大的陌生化，使你觉得有些东西很难懂。我自己做了解释的工作，但是到现在我觉得有些东西很难把它坐实，说这个意象是象征什么，这句话是什么意思。这就是他追求的那种陌生化。陌生化除了语言和语言的联结、意象的新奇以外，还有在"你""我"的爱情表述之间，引入一个"上帝"的意象，这样就拉开了爱情抒发的距离，就不仅仅是"你""我"，有时候加入了第三者的语气、情感的介入，使你有时候搞不清中间的复杂关系，增加了诗的朦胧度。第三，这组诗是由八首诗组成的，它的内在结构非常严密，像一曲交响乐一样，有内在的起伏、升腾，也像我们的八股文一样有起承转合的过程，这个过程在一般的短诗里面很难做到，他是通过一组抒情诗，把它完成的。这三个方面，一个是哲理，一个是陌生，一个是结构，我们在读的过程中，可以处处感觉到这一点。

诗八首

1. 初恋

整体的情况就先介绍到这里，现在我们就翻开作品，跟着大家一起读。从结构上看，这八首诗每两首分为一组，我把第一组叫作"初恋"。穆旦曾说：在相同与不同之间找到不断的平衡，这才能维持有活力的爱情。这句话可以说是解读它的一把钥匙。我们看第一首："你底眼睛看见这一场火灾"，这里出现了一个陌生的意象——"火灾"，什么叫"火灾"？两个人恋爱怎么引起了"火灾"？再看下面："你看不见我，虽然我为你点燃／唉，那燃烧着的不过是成熟的年代。"这首诗，整体上是写在爱走向成熟的过程中，一方感情的热烈，一方感情的冷静，这种不平衡之间形成了一种矛盾、一种冲突。"我"为你点燃了爱情，但在你的眼里却是一场"火灾"，是可怕的"遭遇"，这就是"火灾"意象的象征含义，表达了女性在情感渴望中怀有的恐惧或婉拒的一面，这是诗人一种天才的使用。"我为你点燃"，是说我的爱的火，由于你而点燃，这不过是青春走向成熟期的一种正常的要求，也就是诗里说的："那燃烧着的不过是成熟的年代。"但由于你的理性、恐惧、羞怯，由于你的视为"火灾"，距离就因此产生了，所以"我们相隔如重山"。这是一种初恋的时候热烈与冷静、感性与理性之间不平衡所造成的矛盾。下面一节诗开头两行："从这自然底蜕变底程序里／我却爱了一个暂时的你。"是说我没有得到你的爱的应允。爱是人类走向成熟的一个自然的环节，但却不能按照这个自然"程序"去实现它，所以诗里面说："从这自然底蜕变底程序里，／我却爱了一个暂时的你。"没有得到爱，没有心心相印的回应，故用了一个"暂时"。下面是讲自己，这个时候，怎样发誓、赌咒，也是没用的。"即使我哭泣，变灰，变灰又新生。"是讲自己痛苦，发誓生生死死相爱，但无论我如何发誓，最后的结果还是得不到对方的理解和接受。不过诗人不这样说，他说："姑娘，那只是上帝玩弄他自己。"这里是说，上帝制造了一种感情，使人相爱；但同时上帝又制造了一种理性，使人的爱与被爱有理智的控制，不可能很快地达到一种如愿以偿的境界。所以说，在这样一种由上帝赋予的给予和拒绝之间，实际上是上帝在玩弄自己，它玩弄别人的同时也就玩弄了自己。上帝制造了情感，同时又制造了一种理性，造成一种距离，这本身是对自己的一种嘲弄。这些话，初读的时候都不大好读，什么叫"上帝玩弄他自己"？但是你把它连起来读，就会得到大体上的印象。这是第一首，是写初恋的时候的一种追求和拒绝、热烈的情感和理智的控制中间的一种矛盾。

第二首还是属于这一阶段的情感，但是诗人做了比较理智的分析。"水流山石间沉淀下你我"，这里面出现一个"水流山石"的意象，如果我们对古代的文化传统很熟悉的话，那么可能会想起孔子说的话——"子在川上曰：逝者如斯夫，不舍昼夜"，从这个诗意盎然的感叹产生之后，中国文人一直用"流水"来暗喻时间的流逝。"水流山石"这里实际也是这个意思。也就是说，随着时间的流逝，我们在逐渐地成长，"沉淀下你我"，时间可以消逝，但是我们的感情是在走向成熟，走向接近、默契的。"而我们成长，在死底子宫里"，这一句比较晦涩。大家如果读一下《穆旦诗集》，就知道他用了许多次"死的子宫""子宫"，这是穆旦诗里特有的意象。什么叫"死的子宫"？

就是静止的空间的意思。时间在流逝，但是我们的情感却停留在静止的空间里，也就是说，我们相互爱慕的感情，没有随时间流去，依然执着地存在着。或者也可以这样理解：我们在成长，在爱这个永恒不变的世界里。"死的子宫"，象征爱这样一个永恒不变的世界，宁静、封闭而温暖的世界，孕育着新的生命渴望的世界。所以，"在死的子宫里"，我们只能大致地把握它的意思，不可能去具体翻译和解释，它是一种非常独特的、穆旦喜欢用的一个意象。"在无数的可能里一个变形的生命，／永远不能完成他自己"。这是说，人的爱情是一个变幻莫测的感情的生命表现形式，它应该有相爱者的相互追求与投入，不能靠"他"自己的自然过程来完成。造物者创造了爱，它应该是丰富美丽而千变万化的。"你我"的生命本身，"你我"的爱的"成长"，只能是"在无数的可能里一个变形的生命，／永远不能完成他自己"，要我们之间的心与心的交流，要人的沟通、理解与互动。这个"他"，可以理解为你我的爱，也可以理解为造物者对人类爱的创造。这个"他"比较难懂，"永远不能完成他自己"，这个"他自己"，就是完成爱，既是"在无数的可能里一个变形的生命"，也是指人类的一种对爱的追求。这是说，爱是一个永远的追求的过程、永远不可能完成的过程。这是穆旦诗里习惯运用的一种玄学式的语言，隐藏着它所抒发的玄学的意蕴。实际上把它解释了就是：人的生命（包括爱）本身，都是自然创造出来的千万种形态的一种"变形"的存在。人的生命是一种变形的存在，爱情也是这样的。创造既然没有终结的日子，生命也没有完成的时候。"你我"的爱，就是在这种不能完成的过程里的一种、链条中的一个环节。不要问他完成的结果，要的只是真实的现实的存在。而这存在，就是由不断地追求理解而逐渐走向成熟的爱。

这第二首诗的下一节，讲爱在这沟通、理解与追求中，逐渐成熟起来。"我和你谈话，相信你，爱你，／这时候就听见我底主暗笑／不断地他添来另外的你我／使我们丰富而且危险。"穆旦有的诗句很具体，有的诗句很抽象。这节诗就是这样，也就是刚才我们讲的他诗的一个特点：具象和抽象的结合。"丰富而且危险"，是非常抽象的句子，但是有的又是很具象的。"我和你谈话，相信你，爱你，／这时候就听见我底主暗笑"，这是说，在爱的发展中，"你我"的理性的因素，仍然在起作用，我们在谈话、在交流、在倾诉、在表白，但仍多是在理性的控制下，以至于使"主"（创造人、创造爱情的自然界，或者是所谓的上帝、客观存在）都感觉到好笑，在暗笑，人类生命本能、包括爱的创造者自然，也在暗笑。现在的"你我"都还太理智了，所以，它就在我们的身上，"不断地他添来另外的你我／使我们丰富而且危险"。"另外的你我"，就是一种更感性的、更超越理智的、更成熟和热烈的感情，另外的"你我"，就是跟现在不同的"你我"。现在会有这样的不平衡，是因为有理智在里面起作用，要克服、超越这种不平衡，要克服这种理智，就要添另外一种更热烈、更感性的东西，使我们达到一种"丰富而且危险"的境界。这虽然是一种抽象的词，但是它背后隐藏着的，是使我们的感情走向一种新的丰富而热烈的高峰，走向"丰富"，走向"危险"，也就是走向享受爱的热恋状态。穆旦在与写《诗八首》的同一个月里写的另一首《出发》，诗里面有这样的句子："就把我们囚进现在，呵上帝！／在犬牙的甬道中让我们反复／行进，让我们相信你句句的紊乱／是一个真理。而我们是皈依的，／你给我们丰富，和丰富底痛苦"。这后面一句诗，经常被引用来说明整个穆旦的追求，一个知识分子精神的矛盾和痛苦。将两个感情色彩反差很大的词放在一起，这样的用法很有张力。这里用的"丰富而且危险"是讲他的爱情、感情怎么走向热烈，而走向热烈以后，在某种意义上来看，就是一种"危险"的境界了，但是实际上是一种成熟的境界、是一种热恋的境界。所以"危险"这个抽象的词的背后，并不是贬义，并不是"危险"词义本身的内涵，而是给你另外一种信息。读他的诗，有的时候这些词语常常要作另外意义的理解。

2. 热恋

这是第二首诗。前面这两首诗，构成了整个《诗八首》爱情交响曲的第一章：初恋。第三、四首诗，意义上是一组，讲的是"热恋"，就是进入一种爱的成熟阶段。我们来看第三首。

"你底年龄里的小小野兽，／它和春草一样地呼吸"。这两句诗写得非常漂亮。我们读古诗，常讲哪句诗叫"诗眼"，这两句就是，很精辟。"你底年龄里的小小野兽"，他不说你的感情走向成熟了，也不说你的感情热烈起来了，而是说你本来有点惧怕，把爱情看作一场"火灾"。而现在变了，你自己的感情也开始"疯狂"起来了。"野兽"可以包含感性的东西，包含对爱的热烈的追求，本身包含很丰富的想象的空间。这时候"小小野兽"暗示的是"你"爱情中萌生的狂热之情，或者说是潜意识中产生的一种爱的冲动、爱的热烈，感情开始发展，从"你底眼睛看见这一场火灾"，到"你底年龄里的小小野兽"，这是爱的情感开始走向成熟的巨大发展。"和春草一样地呼吸"，这句诗写得非常好。"春草"，它唤起人们对于古典诗歌的许多记忆。"天涯何处无芳草""离离原上草，一岁一枯荣"……春草唤起的，是人们对于人的感情、对生命蓬勃的记忆。大家老是讲穆旦的诗是"拒绝传统"或者是隔断传统的,实际上从"水流山石",到这里的"春草一样地呼吸",很多意象,古代诗歌里是存在的,已经成为文化传统的积淀,我们能够找到不少。中国一些成熟的诗人跟传统的联系、跟西方的联系,有的明显,有的不明显,这种化用,就很出色。不能只在表面上看,说他的诗跟传统无关。"春草一样地呼吸",他给你很多想象,杜甫、白居易的诗里都讲到"春草",古代诗歌里有无数关于这方面的意象,它让你想象情感的一种发展,是说这种狂热和冲动之情的发展的一种表现。"春草"的"呼吸",也有青春、蔓延、生机勃勃、不可遏制地生长等各种意思包含在里面,同时也是女性表示爱的一种方式的象征。在这之前,同一个月里,穆旦写过一首《春》,里面有这样的句子:"绿色的火焰在草上摇曳,/他渴求着拥抱你,花朵。/反抗着土地,花朵伸出来,/当暖风吹来烦恼,或者欢乐。/如果你是醒了,推开窗子,/看这满园的欲望多么美丽。"这里把大自然春天的草、花朵写得那样充满生机,充满生命欲望,充满美丽憧憬的情绪,表现得非常生动。我们说抽象和具象,"春草一样地呼吸"就是具象,给你一个具体的意象,后面隐含了很多关于内在情感的抒发。了解了这一点具性而又陌生的暗示性意象的意义,也就懂得了后两句的意义了。"它带来你底颜色,芳香,丰满,/它要你疯狂在温暖的黑暗里。"我们读到这里,就懂得他所抒发的那种情感了。像"春草一样地呼吸"的"小小野兽",暗示一种野性力量,使我们之间开始走进了热恋的状态,它给我带来了你底"颜色"、你底"芳香"、你底"丰满",这些话也就进一步暗示"我"开始得到了你的亲近与拥抱。末句是说,这个小小野兽,"它要你疯狂在温暖的黑暗里",就是使你陷入一种热恋状态的混沌与疯狂。"黑暗"不是自然状态的黑暗，而是一种情绪状态的象征。我们讲"张力"，黑暗是一种东西，温暖是和它对立的东西，但是这里把它们结合在一起，说"温暖的黑暗里"，就加强了情感表达的张力，实际上是一种热恋的状态。诗里用我们抽象的、概念化的话表述，就是摆脱了理性的制约，理解了真正爱的欢乐以后，所表现出来的年轻人的热烈和"疯狂"。但是他不这样说，而是让这些直接表述隐蔽了、曲折了，也就诗化了。

下半首的四行诗，进一步描述"我"此时爱的表现和感情，对爱的体味和感觉。上半首写"你"的心态与行为，下半首主要写"我"的心态与行为。"我越过你大理石的理智底殿堂"，是"我"的感觉与行为。"大理石的理智底殿堂"，给人的感觉很庄严肃穆、很冷静，但又很热烈。可以说是像大理石一样纯洁的殿堂，也可以说是像大理石一样冰冷的理智殿堂。"我"超越了这个"理智底殿堂"，就感到了它里面所"埋藏的生命"，并有一种格外的"珍惜"，就是在这样一个互相接触的过程中，"我"感觉到爱的神圣和宝贵，为"它"埋藏的生命感到珍惜，"它"即真正的爱。"大理石"这个意象，给人一种非常冷静的感觉，用在这里形容"理智的殿堂"，强化了诗里"理智"和"情感"矛盾中"理智"方面的印象。两个人的状态是耳鬓厮磨、拥抱接吻，作者没有直接写出来，而是用了一个"远取譬"的比喻。

朱自清说，中国古代诗歌里有两种比喻的方法，一种叫"近取譬"，一种叫"远取譬"。"她美丽得像一朵花"，是"近取譬"，"红得像太阳一样""红得像晚霞"，都是很近的想象，比喻的物象与被比喻的事物情感之间，距离很近，谁的想象都是可以达到的。而象征派的诗，是"远取譬"，就是两个事物间好像没有什么联系，但是诗人可以看到一种似联系非联系的内在微妙关系,"他们能在普通人以为不同的事物中看出同来"。比如象征派诗人李金发好多诗的比喻,就是这种似联系非联系的,如写山崖间的小羊,"他们的叫声,多么像湿腻的轻纱",女同志头上戴的纱,用水打湿了,那声音谁也听不出来。诗人却这样写了,给你自己去想象。"我灵魂的寂寞是荒野的钟声",荒野的钟声给人什么感觉?和"我灵魂的寂寞"有什么联系?很难说清楚。但是把它们结合在一块儿以后,就使你感到很惊奇、新颖,扩大了想象的空间、表现的领域。这就是"远取譬"。

"你我底手底接触是一片草场",就是这样的"远取譬"。初恋时男女"手底接触",我们可以用很多比喻,但是穆旦用的是"一片草场"。"手底接触"和"草场"有什么关系?没有什么必然的关系,但是他写出这句诗以后,就使你感到惊奇,给你很多联想,给读者一种春意盎然、蓬勃生春、辽阔无边、情意绵绵等多种感觉和想象。这句诗写得非常漂亮,因为给的是多种想象,也就可以获得多重美感。最后一句说,"那里有它底固执,我底惊喜",这里又出现一个"它"字,这个"它"可以说是指上帝,"它"给我们添来危险,才造成这样一种结果;也可以说是爱的矛盾状态本身,在征服或超越了理智之后,感情的一种热恋状态。正是这样一种固执、拒绝和征服以后的热烈,才造成了一种爱的接触的快乐。另外,我们可以想象的是,在爱的接触中,女方还有她的羞怯、婉拒和执着,这里用一个抽象的"固执"来表示这些复杂的感情状态。"我"一开始就是主动的,而对方没有完全理解,甚至感到惊惧,所以感到如"一场火灾",到这里还是有一种热恋中的差异。所以两个方面的理解都可以,理解成上帝的固执或是女方热恋中的矜持。当双方都超越了一种界限而进入热恋的时候，作为"我"所感觉到的，当然是一种爱的获得者应有的态度："我的惊喜"。还是一种不平衡中的平衡，平衡中的不平衡，穆旦诗里总是在体悟与描写这个东西。

第四首，是进一步讲述进入热恋状态后的"沉迷"。两个人进入真正的热恋以后，在一片宁静的爱的氛围中，产生了种种复杂的情感。这是爱的沉迷，也是爱的深化，与第三首一起，还是属于这部爱情交响曲的第二部分。

诗的开头，"静静地，我们拥抱在／用言语所能照明的世界里"，是说两个人在拥抱，在互相倾诉内心的心境、甜蜜的话语。在耳鬓厮磨中，说着一些热烈的、只属于两个人可以互相理解的话，爱的悄悄话。这个只属于两人的整个"世界"，是一种混乱的"黑暗"的状态。这时候的感觉是，只有他们之间的言语是有光亮的，因为只有爱的言语才在你我内心里发光。这爱的言语在黑暗中是唯一发光的东西，所以说这是"用言语所能照明的世界里"。这是第一个四行诗的前两句传达的意思。诗的前面说的"疯狂在温暖的黑暗里"，和这句里的"所能照明的世界"是一个意思，是互相呼应的。这里的"黑暗"，当然不是指夜色里自然的黑暗，因为到第五首诗里，才出现"夕阳西下"的时间标志，所以这不是自然的"黑暗"，而是象征情感程度的"黑暗"，我们就不能在自然的层面上理解这两个字。我们读这一类诗，可以通过今天的讲授，来训练这样一种思维方式。后面两句是："而那未成形的黑暗是可怕的，／那可能和不可能的使我们沉迷。"这里又出来一些很抽象的词，怎么解释这些句子？这里"未成形的黑暗"，从上下文来看，与前一个"黑暗"是同一个意思，仍然是说爱的情感的一种境界，也就是我们常说的"爱得昏天黑地"，但他不用这种接近生活的词，而转用自然里"黑暗"一词，一下子拉开了接受和给予之间、创造者和接受者之间的距离。你觉得不懂什么叫"黑暗"，但是实际进入里面后，就懂得了它的意思。这是说，在热恋中的理智，使他们感到一种警觉。"可怕"的感觉，就是一种警觉感的产生。这是内心所感到的一种强烈的矛盾，或者说，是造物者给予人的一种理性的冷静感。有的解释，把这"未成形的黑暗"，说成是即将到来的现实的恐怖的阴影，当然也可以作为一种理解的参考。我想不一定那么坐实，会更好一些。似乎这里讲的，还是来自自我内心情感的矛盾，而不是来自一种外来恐怖力量的干扰。诗人接着说，当前这种爱，究竟是人生成熟时期的一种美好境界，因此我们在感情与理性交互控制的爱恋中，爱的施展所表现的各种形式，有实现中"可能的"，也有实现中"不可能的"，这一切不管是哪一种，它的美丽都"使我们沉迷"。超越了情智之间的矛盾，超越了一种不平衡，或者就在这种矛盾与不平衡之中，才能够获得一种爱的"沉迷"。爱的逻辑和美丽，也许就在这里了。

第四首的第二节："那窒息着我们的／是甜蜜的未生即死的言语／它底幽灵笼罩，使我们游离／游进混乱的爱底自由和美丽。"这里还是写的热恋状态的一种感觉。前两句比较好理解，"未生即死的言语"，很显然是指想要表达而又没有说出口、欲言又止的这种情感状态，或者当时无法表达的一些甜蜜的情话。穆旦在同年11月写的另一首诗《自然底梦》里，有这样的句子："那不常在的是我们拥抱的情怀，／它让我们甜甜的睡：一个少女底热情，／使我这样骄傲又这样的柔顺。／我们谈话，自然底朦胧的呓语，／／美丽的呓语把它自己说醒，而将我暴露在密密的人群中，／我知道它醒了正无端地哭泣，／

鸟底歌,水底歌,正绵绵地回忆。""未生即死的言语",也就是这《自然底梦》里所讲的爱的拥抱中"我们谈话,"自然底朦胧的呓语",是如让人绵绵回忆的"鸟底歌,水底歌",更接近于"美丽的呓语"般的情话。

问题在于,第三行"它的幽灵笼罩,使我们游离",这里的"它"是指什么?我想这里指的,应该是"主"或自然。这个"主"或自然,它本身就有矛盾的两个方面,一方面它制造了人类的情感本身,使你爱得热烈,但另一方面它又给你一种理智,为你时时送来理智呼唤的声音。诗中始终在写这两个方面。这时候,"主"的"幽灵","主"的这种阻止人们的爱情、"使我们丰富而且危险"的这种东西,到现在还存在于我们中间,笼罩着我们,"使我们游离"。所谓"游离",我们不能用这两个字本身的意义来理解,它的意思是"甜蜜"地游动,是自由地"发展",即使我们不断地深化、突破、前进,情感不断地浓郁,以至于才会有这样的结果:"游进混乱的爱底自由和美丽",达到了一种热恋的最高境界,懂得了"爱底自由和美丽"的境界,也就懂得了什么是真正的爱的甜蜜和价值。到这一节诗结束的时候,爱的交响为此而达到了情感曲线传达的高潮。

3. 沉思

第五、六首是整组诗的转折的一个乐章。从"初恋""热恋"到第三部分,开始转折,进入宁静的"沉思",就是开始进入对爱的体味和沉思。

从这儿开始,进入了转折前宁静与凝思部分的抒情。热烈的爱过去以后,进入宁静的沉思、安睡,进入对于美的时刻永存的渴望。这里面提到"永存"两个字，是情感过程中必然出现的一种心情。第五首诗开头是："夕阳西下，一阵微风吹拂着田野，／是多么久的原因在这里积累。"这里又出来一个很抽象的句子："多么久的原因。"按照正常的理解，这句话不通，什么叫"多么久的原因"？但是在诗里面，它有独特的内涵。所以，有些在语法里看似不允许的，在诗里面就允许。连着下面两句来读，就好懂了："那移动了景物的移动我底心，／从最古老的开端流向你，安睡。"这首诗是一个转折，一个美丽宁静的时刻出现了：经过初恋的爱的爆发，到这一时刻的宁静，它是我们长久的追求实现后的获得，是"你我"的爱情的长久的"积累"。"多么久的原因"，实际上背后的话，就是我们情感追求的一种长久积累。长久的感情，说成"多么久的原因"，是穆旦常用的把具象的东西抽象化的一种方法。当然，"多么久的原因"，也可以解释为我们热恋的时候时间过得很短很短，却感觉很长很长。下面他接着讲，"我的心"在随着时间的移动而移动，在这个时间里，"我"回味着刚刚过去的美好时刻。所以说"那移动了景物的移动我底心"。"移动了景物的"，是一种时光，时光在走，"我"的情感也在回味这一段美好的经历，体味这一段美丽的感觉。所以一句话是暗指时间，一句话是讲自己在时间的流动里，对过去的体味。前一句是讲自己，后一句就是讲对方了："从最古老的开端流向你，安睡。"爱情是一个最古老的话题，我们的热恋过程，也是一种最古老的情感表现形式，"从最古老的开端流向你"，"你"得到了真正的爱情，进入一种情感宁静的阶段："安睡"，进入了对于最美的时刻的永存的渴望。

"那形成了树木和屹立的岩石的，／将使我此时的渴望永存"，这样闪烁其词的话，说得明白一点，实际上就是：像那些高耸的树木和屹立的岩石，时间给了他们永远的生命一样，"我"也希望时间能够使"我"此时渴望获得爱的情感永存。但是这种平常的表达方式，穆旦是拒绝的，他总努力把它陌生化、曲折化。"那形成了树木和屹立的岩石的"，是一种时间、一种发展、一种恒久的力量，它本身也使我们这时候爱的渴望像森林、石头一样永存，超越时空。"一切在它底过程中流露的美，／教我爱你的方法，教我变更。"这里是说，自己在体味这"永存"的意味。诗句中的"它"，可以指爱，也可以指造物者对人类爱的创造；一切在这个爱的过程中"流露的美"，是"我"永远难忘、刻骨铭心的，它"教我爱你的方法，教我变更"。这里又来了一句穆旦式的使感情抽象化的诗句："教我变更"，实际上是教"我"改变，教"我"成熟，教"我"更懂得、更忠实于"你我"的爱情的意思。"变更"本身有另外的意思，就是改变了开始的陌生、距离，也改变了热恋的时候那种忘乎一切、在黑暗中游离，而进入一种更永恒、更成熟的追求。由于这种改变，"我"也由于爱的纯洁美丽而变得更为理智了，"变更"得更懂得爱的意义和责任了。

　　上一句讲的是爱的时间的永恒，下一句讲的是空间里的坚贞。两句诗，实际上是与前面相联系，以树的不断生长和岩石的坚硬作为暗喻。我们讲"远取譬""暗喻""明喻"，这里是"暗喻"，不是说我们的爱情像岩石一样坚贞，而是说，"那形成了树木和屹立的岩石的"，使我们时时渴望永存。前后两句诗相呼应，四行诗形成一个不可分割的整体，就达到了宁静思考过程里渴望爱的永恒的情感的传达。这就是进入沉思阶段的第一个意思。

　　第二个意思，是进入对于爱的真谛的深层思考。这是第六首的开头两句："相同和相同溶为怠倦，／在差别间又凝固着陌生。"这就是开始我提示给大家的，不断地在差异中追求平衡，才是一种有活力的爱情。"相同和相同"，是爱的一种存在形态。太相同了，就溶化为倦怠，在差别中间，又会凝固了一种新的陌生。两个人好像很熟悉了，但是在这种熟悉的倦怠里又发现还有很大的距离，还有一些新的东西互相不理解。那么爱是什么呢？诗人回答："是一条多么危险的窄路里，／我制造自己在那上面旅行。"诗人开始拉开自己与爱的感情距离，进入智性的哲理思考：爱情就是这样一个自己制造的在一个狭窄的路上旅行的过程，不断地寻找，不断地思考，不断地获得快乐，不断地咀嚼孤独。这第六首诗，我感觉是这一部整体性的爱的抒情诗里最抽象、最难解的一首。它进入了一种更深入的哲学思考，意思是告诉人们，爱是一个永恒的矛盾。人的爱不可能没有理智支配，因此，造物者给予的只能是得到了爱又必须去"背离"爱。这时的"背离"不是背叛，不是分手，而是要面对新的矛盾、新的距离、新的陌生，需要你我去征服，也就是说人类的爱情本身就是一种自我控制与自我调节的过程，这种"背离"使爱进入更高的一个层次。过分的认同、过分的热烈，最终会"溶为怠倦"，而这"怠倦"，也就是爱的感情走向冷却、走向沉淀、走向升华的开始。但是，"你我"的爱保留着"差别"，过于接近了，又会开始"凝固"为一种新的"陌生"。这新的"陌生"，也不是原来意义上的"相隔如重山"那种"陌生"了，而是对爱的获得的一种重新再认识的追求。一重矛盾解决了，又一重矛盾随之诞生。这就是这首诗所贯穿的爱情的一种辩证的矛盾运动的思想。因此，这种人生的爱本身也就是一种自身"旅行"的"冒险"，是人的生命中一种勇敢的尝试。所以他说："是一条多么危险的窄路里，／我制造自己在那上面旅行。"前面引述的穆旦在同一时间写的另一首诗里说："呵上帝！／在犬牙的甬道中让我们反复／行进，让我们相信你句句的紊乱／是一个真理。而我们是皈依的，／你给我们丰富，和丰富底痛苦。"（《出发》）他总是在讲不断地征服、不断地背离、不断地前进这么一个过程。所谓的"危险的窄路"上的"旅行"，也有这种"丰富的痛苦"的味道在内。

下面四行诗里，作者把这种爱的矛盾的辩证法引向它的根源，即创造人类之爱的造物主。"他存在，听从我底指使，／他保护，而把我留在孤独里，／他底痛苦是不断的寻求／你底秩序，求得了又必须背离。"这四行诗里的"他"，均指造物主，也就是前面已经说过的自然界和一切生物（包括爱）的创造者。诗人在回味、感受爱的过程和这中间存在的矛盾。"他存在，听从我底指使"，类似前面第一、二首诗所写，因为他的存在，所以在"自然底蜕变的程序里"，开始是使"我"爱了一个"暂时的你"，由于我们"相信""爱"，这时候，它又"暗笑"，"不断地添来另外的你我"，等于是改变它的"伎俩"，又"听我底指使"了。他存在，在"指使"我们，但同时随着我们感情的发展，又得到了承认，所以又"听从我底指使"了。"他保护，而把我留在孤独里"，所谓"保护"也就是一种控制，给予理智，当你重新进入理智的时候，"我"又陷到一种新的孤独里。"他底痛苦是不断的寻求／你底秩序，求得了又必须背离。"要求爱要有一种秩序，但是求得了一种秩序，又要离开这种秩序，寻求一种新的境界。

整个第六首诗，是将诗里传达的爱的哲学在抽象的意义上运行。我们可以概括出一句话：诗人把抽象的哲理思考写入诗中，给全诗关于爱的追求和转折带来了一种特有的传达方式或者思考深度。如果仅仅是前面的一些抒发，没有这段理性思考的介入，那么这首诗的深度可能会受到影响。所以难就难在这儿，因为他不是通过具象的东西，而是通过抽象的东西来讲的，实际上是总结前面人类爱情的过程和情感矛盾运动的规律。

这里补充讲一点，穆旦后来对于这首诗里面抒发的这种辩证的爱的哲学的阐释。1975年，穆旦给郭保卫的信里，谈到这位青年人可能陷在爱情的苦恼中的时候，讲到自己的《诗八首》。他说："你大概看到我的那（诗八首），那是写在我二十三四岁的时候，那里也充满爱情的绝望之感。"他给郭保卫抄了一首奥登的爱情诗《太亲热，太含糊了》，其中就有这样的诗句："如果这是一切，爱情／就只是颊贴着颊，／亲热话对亲热话。//声音在解释／爱的欢欣，爱的痛苦，／还轻拍着膝，无法不同意，／等待心灵的吐诉／像屏息等待的攻击，／每种弱点原封不动，／相同对着相同；／爱情不会在那里；／爱情已移到另一个座椅。"在为此加的"注解"里，穆旦说："爱情的关系，生于两个性格的交锋，死于'太亲热，太含糊'的俯顺。这是一种辩证关系，太近则疏远了。该在两个性格的相同和不同之间找到不断的平衡，这才能维持有活力的爱情。"（曹元勇编：《蛇的诱惑》，第225—226页，珠海出版社，1997）三十三年后，穆旦的这段自白，为我们理解穆旦《诗八首》的第六首诗乃至整个组诗所隐含的爱的辩证的哲学思想，提供了一个窗口、一个参照，也给我们提供了理解这首诗的另一种思路："那里充满了爱情的绝望之感。"这诗里说的相同则溶为怠倦，差别又凝固陌生，"他保护，而把我留在孤独里／"他底痛苦是不断的寻求／你底秩序，求得了又必须背离"，也许这正是他所说的这种爱情的"绝望之感"的一种吐露吧。

4. 升华

下面的第七、八两首诗,进入整组诗的最后一部分:爱情的升华,就像一首交响乐一样,进入最后主题的升华,奏出了一曲爱情和生命的颂歌。

诗一开头,诗人用一些短促、并列的诗句,来强化进入最后乐章的时候一种沉重的往前推进的感觉,概括爱情伴随人生走过的全部历程。在获得爱之后,好像经过了很久很久一样,"风暴,远路,寂寞的夜晚,/丢失,记忆,永续的时间/所有科学不能祛除的恐惧/让我在你底怀里得到安憩——",一系列具象连接的暗示,加上一句抽象的概括语言,表示真正进入一种爱的境界以后,两个人的生命融为一体,爱给生命带来了幸福与宁静。经过无数的风暴,经过无数漫长的道路,经过无数寂寞的夜晚,那些已经忘却的和那些永远存在于记忆里的、永远不能断的两个人生命的连接:"永续的时间"。"所有科学不能祛除的恐惧/让我在你底怀里得到安憩——"这是一种真正的爱的获得以后,所得到的爱对灵魂的给予和安慰。这里把一些具体的语言和抽象的语言组合在一起,构成了"你我"两个人于爱情获得之后,在人生道路的跋涉中可能遇到的种种"恐惧"、种种经历、种种磨难,遥远的共同的跋涉,漫长的别离思念。真正的爱情本身就是一种强大的精神力量,这样获得了真正的爱的诗人,才能唱出这样自信的歌,"所有科学不能祛除的恐惧",我们都能排除,"让我在你底怀里得到安憩——","安憩"后面的破折号实际上是表示与下文紧紧连接。

"呵,在你底不能自主的心上,/你底随有随无的美丽形象,/那里,我看见你孤独的爱情/笔立着,和我底平行着生长!"进入了一种爱的永恒的阶段，已经不是一种追求的阶段，不是热烈的阶段，进入一种生命的结合的时候，你的和我的已经无法分开，你的美丽就是"随有随无的美丽形象"，都是一种自由的客观的存在。"那里，我看见你孤独的爱情"，这个"孤独"，在我看来包含着成熟、强大、自信、独立、不可能失去等种种含义。"笔立着，和我底平行着生长！"我们的爱，不是一种附属、一种依靠，而是各自人格的独立，各自拥有自己的人格精神，它在永恒的时间里向前发展。大家注意，全诗很少用感叹号，但是第七首的最后一句用了一个感叹号，实际上是对他们的爱情的坚贞、执着以至于永恒的肯定、赞叹。"你底""我底"，好像是"孤独"，但是是相互理解与依存的，因而也是很强大的。易卜生有一个剧本叫《国民之敌》（现多译为《人民公敌》），讲当时一个地方的温泉疗养院里面有细菌，医生司铎曼告诉大家，一定要搬家，但是市长和市民为了旅游的利益不肯搬，把他视为"国民公敌"而驱逐了。讲真理的人是孤独的。他在剧中最后一句话说："世界上最孤独的人是最强大的人。"五四时，鲁迅《伤逝》里子君说过一句话，几乎为所有青年知识女子所熟悉，"我是我自己的，他们谁也没有干涉我的权利"。所以这里"我看见你孤独的爱情"，这个"孤独"不是我们平常理解的"孤独"的意思，而是一种充满自信的、强大的、永恒的、坚贞的爱情。"笔立着，和我底平行着生长！"后来大家不断地、反复地表达这个意思。最早表现的，是五四初期北大教授沈尹默先生的一首诗《月夜》："霜风呼呼地吹着，／月光明明地照着。／我和一株顶高的树并排立着，／却没有靠着。"就这么四行。当时刚刚出现的第一批白话诗，有胡适的三首、刘半农的三首、沈尹默的三首，一共九首新诗，这是其中的一首。当时的人不明白是什么意思，现在就比较好懂了，是讲人格独立的思想。鲁迅用抽象的话直接讲出来："我是我自己的，他们谁出没有干涉我的权利"，这首诗用的则是形象的语言，"霜风"是一种秋天夜里寒冷的感觉，"月光明明地照着"，在寒冷的月夜里，"我和一株顶高的树并排立着"，我也是一样的高大，但是我"却没有靠着"，我是我自己。到了1980年代舒婷的《致橡树》，也是用的类似意象。这里要讲的，也是这个意象："那里，我看见你孤独的爱情／笔立着，和我底平行着生长！"两个人真正进入爱的境界，是一种互相依存但是互相独立的发展，这里面包含了很多意思，需要你自己去体会。

第八首开头，"再没有更近的接近，／所有的偶然在我们间定型"，爱情是两个人心灵最近的"接近"。所有的追求，所有的怀念，所有的相依相恋，所有的情感的"偶然"，已经变成一种永恒的存在："定型"。爱是再也不能消失的了。于是下面出现这样轻松而深沉的抒情的句子："只有阳光透过缤纷的枝叶／分在两片情愿的心上，相同。"我们的爱领略了生命的阳光、自然的恩赐，在相同中分享着幸福。下面是最后一首诗，进入对于爱情最后皈依死亡的思考。"等季候一到就要各自飘落，／而赐生我们的巨树永青，／它对我们的不仁的嘲弄／（和哭泣）在合一的老根里化为平静。"这里写了爱进入"死亡"的季节，爱永恒，一直到死。这里讲的是人由爱的获得，到生命结束的"季候"。第一句暗示了生命的死亡的"季候"的到来，等季候一到，就要各自飘零；但是，自然或造物者赐给我们的爱情，却永远不会衰老，也就是这里用诗的语言说的"巨树永青"。"它"这个造物主在最后又一次出现了。自然创造了人，创造了人的生命，也创造了人的生命对自然的回归。"不仁的嘲弄"与此诗开头相呼应，指的是第一首诗讲的，在"你"的爱情尚未成熟时，使"我哭泣，变灰"等，那里曾说"那只是上帝玩弄他自己"，可与这里的"不仁"参读。所谓"哭泣"，指的是前面说的"我哭泣，变灰"，或者是指的"上帝"为他底"痛苦"（"他底痛苦是不断的寻求／你底秩序，求得了又必须背离"）而"哭泣"，都可以。我以为，后者理解起来可能更合理一些。这里是说，到了那个时候，创造了人和万物的大自然（包括造物主和"上帝"）的嘲弄和痛苦，也将和我们合在一个"老根"里，一同化为一片平静。

人的爱，是大自然的赐予；最终，人的爱又将回到大自然里面去。这就是人类的爱情的价值的实现，就是真正获得了生命"巨树永青"的人生之爱的归宿。

到这里，我们整个读下来，就像听了一首交响乐。从一种陌生的最初介入，到进入热恋的状态，然后转入哲学的沉思，最后进入爱的升华。这样读下来，可以大体上体味到我们开头讲的这首诗的第三个特点，就是内在结构的构思的完整，内在的紧密的联系。起伏、高潮到最后进入一种宁静、永恒的境界。所以，我为什么挑这首诗来讲？新诗里面有好多作品，能留给历史的并不是很多，我搞了一辈子诗歌研究，但是觉得诗是最不争气的一个领域，没有多少好的作品，但是像《诗八首》这样的诗，我觉得留给上一个世纪，留给这个世纪或者留给下一代，都是值得去体味的。而且先驱者诗里面所体现的这种探索精神、创造才华和闪现的艺术创作的光芒，会给我们很多启示。

进入鲁迅的内心世界
——谈《野草》中的哲学与想象力

钱理群,1939年生于重庆,祖籍浙江杭州,北京大学中文系教授、博士生导师,曾任中国现代文学研究会副会长、中国鲁迅学会理事。主要从事现代文学史研究,鲁迅、周作人研究与现代知识分子精神史研究。

著有《中国现代文学三十年》(与温儒敏、吴福辉合著)、《心灵的探寻》《与鲁迅相遇》《周作人传》《周作人论》《大小舞台之间——曹禺戏剧新论》《丰富的痛苦——堂吉诃德和哈姆雷特的东移》《1948:天地玄黄》等。

今天给大家讲鲁迅的《野草》，主要分两个部分来讲。第一部分讲《野草》中的哲学，或者说《野草》在鲁迅文章中的特殊地位，即我们为什么讲《野草》。第二部分讲《野草》里的想象力。

《野草》中的哲学

1. 进入鲁迅的世界

先讲第一个题目，大家到大学来学鲁迅的作品，我建议先读《野草》，那么《野草》在鲁迅作品中占什么地位呢？大家读鲁迅的作品很多了，普遍反映鲁迅的作品比较难懂，他难懂在什么地方呢？通常的说法是鲁迅的时代背景比较复杂，我们不了解这时代背景，所以很难进入作品。其实，我想这不是我们阅读作品的障碍，因为如果不知道时代背景，可找一些研究鲁迅的文章来读。鲁迅作品的难懂在于你很难知道鲁迅真正在想什么。关于他自己，鲁迅说，我所想的和我所写的是不一样的，他又说我为自己写的和为别人写的是不一样的。这就麻烦了，我们看到的只是他写出来的，这就使得我们读者很难真正了解鲁迅的"所想"。是什么意思呢？先说"所写"与"所想"的不同，鲁迅曾说："偏爱我的作品的读者，有时批评说，我的文字是说真话的，这其实是过誉，那原因就因为他偏爱。我自然不想太欺骗人，但也未尝将心里的话照样说尽大约只要看得可以交卷就算完。我的确时时解剖别人，然而更多的是更无情面地解剖我自己，发表一点，酷爱温暖的人物已经觉得冷酷了，如果全露出我的血肉来，末路还不知要到怎样。我有时也想就此驱除旁人，到那时还不唾弃我的，即便是枭蛇鬼怪，也是我的朋友，这才真是我的朋友，倘使并这个也没有，则就是我一个人也行。"这话是说得相当沉重的，鲁迅在去世前，还写过一篇文章，题目就颇惊心动魄：《我要骗人》。文章讲这样一事，早晨刚出门，就被一个十二三岁的女孩子捉住了，她是小学生，在募集水灾的捐款，我深知官场的腐败，小女孩辛苦募集来的钱，"是连给水利局的老爷买一天的烟卷也不够的"，但是面对这连鼻子尖也冻得通红的真诚的女孩，我能对她说"这一切都没有意义"这样的"真话"吗？我非但不能，而且还带着她，把大票换成零钱，付给她一块钱，她非常高兴，连声称赞我"是好人"，还写给我一张收条，说只要拿着它，就无论走到哪里，都无需再出捐款，小女孩走了。鲁迅看着小女孩在冬天的早晨里越走越远，他的手上还留有小女孩的手温，但此时的手温火一样烧灼着鲁迅的心，因为他骗了这个孩子。鲁迅进一步提出问题，我现在能不骗人吗？比如说，我那八十岁的老母亲，总希望死后能够上天堂，我明知道她死后是不能上天堂的，因为没有天堂，但我能对母亲说这样的真话吗？我得骗她说，老母亲你做一辈子好事，死后一定上天堂。鲁迅于是痛苦地想到现在"也还不是披沥真实的心的时光"，又写下了"我要骗人"这四个大字，鲁迅这番自剖是十分感人的。我常想，说真话固然很不容易，而公开承认"我要骗人"，正视自己既渴望说真话、又不能不骗人的内心矛盾，这是更加难得、需要更大的勇气的。鲁迅的"所想"与"所写"正是反映了"说真话"与"骗人"两难的困境。

　　再说为自己写和为他人写的不同，鲁迅为哪些人写呢？鲁迅说我是为三种人写作。第一种是那些为中国的改革而"奔驰的猛士"，他们在寂寞中奋战，我有责任为他们呐喊，即使只是给予微弱的慰藉。

第二种是那些"如我那年青时候似的正做着好梦的青年",正是因为他们,我必须在作品中"处处给与一种不退走,不悲观,不绝望的诱导",而对内心深处所感到的悲凉感有所遏制(何况我对于悲凉感本身也是持有怀疑的)。鲁迅写作的第三种对象很特别,是他的敌人。鲁迅说,我的敌人活得太愉快了,我干嘛让他们那么愉快呢?我要像一个黑色的魔鬼那样,站在他们面前,使他们想到自己的不圆满。因此鲁迅不愿意在敌人面前过多地显示自己内心的悲凉与痛苦,以免使他们感到快意,为敌人,鲁迅也要把自己包裹起来。鲁迅说,我像匹狼一样躲进丛林里去,自己舔干自己身上的血。只有在极少数的情况下,鲁迅是为"自己写",就多少发表一些真正属于自己的极端黑暗、冷酷的内心体验,吐露一部分自我真实的灵魂与血肉,但也只是"一些""一部分"而已,不仅因为鲁迅自觉地不将心里的话说尽,从根本上说,更是因为他的所想与所说都是背离的,人的内心思想、生命体验,一旦用语言来表达,就发生了扭曲,即鲁迅所说,"当我沉默着的时候,我觉得充实;我将开口,同时感到空虚"。

但鲁迅毕竟还有自己的著作,而且这些著作是有一个文体上的分工的:大体上说,他的小说(特别是《呐喊》《彷徨》)、杂文是"为他人"写的,而他的被称为"散文诗"的《野草》是"为自己"写的。鲁迅对朋友说过,他的哲学都在《野草》里——《野草》露出了鲁迅灵魂的"真"与"深",相对真实、深入地揭示了鲁迅的个人存在,个人生命的存在与个人话语的存在,《野草》只属于鲁迅自己。《野草》也就成为我们接近鲁迅个人生命的最好途径和窥见鲁迅灵魂的最好窗口。《野草》常常写于深夜。鲁迅说:"人的言行,在白天和在黑夜,在日下和在灯前,常常显得两样……(只有在夜里人)不知不觉的自己渐渐脱去人造的面具和衣裳，赤条条地裹在这无际的黑絮似的大块里。"不仅要脱去"面具和衣裳"这样的伪饰，"衣裳"之下更有"皮肤"；鲁迅正是要穿透"皮肤"的伪饰，剥落出血淋淋的骨肉的"真实"，凝视那历史、文化、生命中最深层次的"真实"。这是"肉体的凝视"，并不是每个人都有勇气正视这血淋淋的真实。尽管人类的历史、中国的历史、20世纪的历史都充满了血腥气，但却有众多的知识分子、众多的著作竭力回避，以至掩饰。因此鲁迅并不奢望人们接近他的《野草》，在《墓碣文》里刻着这几个字："……答我。否则，离开！"这确实是地狱的门口：勇敢者，大步走进去；怯懦者，趁早离开！我们今天作出一个抉择，我想我们还是进去吧。

2. 个体生存困境的揭示

在进入鲁迅的内心世界之前，首先要说明的是，《野草》虽然蕴含着鲁迅的哲学，但却是用文学混杂、模糊的形态表现出来的，而且是要靠着每一人自己在阅读中去感受的；但我们为了在这里作介绍、讲解，就不能不将其明晰化。这样，就存在着把鲁迅丰富的思想简单化的危险，因此，我今天的演讲，唯一的目的就是促使诸位对鲁迅的作品，特别是他的《野草》产生兴趣，等到大家自己去读《野草》，我讲的就没有什么意义了，可以弃之不顾；听讲的时候，也就不必记笔记，我姑妄言之，你们姑妄听之就是了。另外要说明的是，在鲁迅的人性观中，人既是个体的，又是群体的，对于作为群体的人及其生存困境，鲁迅有许多深入的思考，但这不是《野草》的关注重点，我们今天暂不作讨论，鲁迅的《野草》主要是对人的"个体生命"的凝视，是对作为"个体"的人的生存困境的无情提示。

首先要介绍的是，鲁迅在《野草》里，是把人的个体生命放在"过去"—"现在"—"未来"的历史纵坐标上考察其意义与价值，提示其困境的。

先看看"未来"。人们在对自己的现实处境有种种不满时，最容易把希望寄托在"未来"。于是，古今中外，都有关于"未来"的种种设想，例如西方的"乌托邦社会"、中国传统的"大同世界"，等等，鲁迅统称之为"黄金世界"。人们通常把这样的"黄金世界"看作没有矛盾、没有斗争、绝对完美、绝对和谐的理想社会，是历史、社会、人生发展的终结。但鲁迅却尖锐地问道："黄金世界"还有没有黑暗？他的回答是肯定的，并且预言还会有将"叛徒"处以"死刑"的事情发生。为什么会这样？鲁迅有一个高度的概括，"曾经阔气的要复古，正在阔气的要保持现状，未曾阔气的要革新"。过去、现在如此，恐怕将来也如此。当然，将来的"黄金世界"里，"阔气"的标准会和今天不一样，但那里也依然存在着"曾经阔气""正在阔气"与"未曾阔气"这样三种人之间的利益冲突，也就免不了要斗争，而且"正在阔气"的掌权者，也一定会把"未曾阔气"因而要求"革新"的人视为叛徒，而将其处以死刑。这样，鲁迅就在人们认为结束了矛盾、斗争的历史终结处，看到了新的矛盾、新的斗争以至新的死亡，这就是"于天上看见深渊"。鲁迅由此而否定了一切"至善至美"的东西的存在。他说，如果有至善至美（十全十美）的人，那大多数人都不配活着；如果有至善至美的书，图书馆就得关门。人们在吹捧某一件东西（例如绘画、音乐作品）时，总喜欢说达到了"绝境"。鲁迅说：什么是到"极境"？"极境"就是"绝境"。这类极致、绝时、完美等说法都是自欺欺人的"神话"，鲁迅在《野草》里的许多作品中都做过这种讨论。

如《野草》的第一篇《秋夜》写了两个梦，意味深长。秋天的晚上，走到院子里，会看见一朵"小红花"一边冻得瑟瑟发抖，一边却在微笑，因为她记得一位诗人对她说的话："秋后要有春。"——这位诗人同学们知道是谁吗？（有同学回答："雪莱"）对，这是英国诗人雪莱的著名诗句："冬天来了，春天还会远吗？"这句诗对我们这一代影响是相当大的，它曾鼓舞我们以乐观的态度，去对待面临的种种困难，但如果仔细分析，这种乐观主义是有一个前提的，就是"春天一定要到来"。小红花旁边长着一株枣树，枣树他知道"落叶的梦"，"春后还是秋"，春天不会永驻人间，但仍然把它的枝干"默默地铁似的直刺着奇怪而高的天空"。也就是说，它是不以春天是否一定到来为前提的，即使"春后还是秋"，它也要进行反抗。这确实是两种哲学：前者把自己的希望寄托在一个并不可靠的（或者说是自己想象中的）所谓"光明的春天般的未来"，这是一个弱者的选择，它的乐观主义是虚幻的；后者才是真正的强者，它的反抗，完全是自己的独立选择，并且建立在自己的努力、奋斗上，不对其他力量（包括未来）抱任何幻想，也就不存在任何依赖（依附）。鲁迅在写给当时还是他学生的许广平的一封信中这样说道：你们年轻人的奋斗，是以"光明"的必然到来为前提的；而我，却对未来不抱希望，我就是要与"黑暗"捣乱而已。

《野草》里的《过客》同样展开了这样一个哲学讨论，"前方是什么？"仍有两个答案，小女孩说前面是花园，她是天真的理想主义者，老人则回答说前面不过是坟，他是个现实的悲观主义者，但显然老人的判断更接近真实。可确定了"前方是坟"以后，仍有两种态度。老人和过客的态度，老人认为既然前面注定了是坟墓，人的奋斗就没有了意义，不如趁早休息；过客则表示，尽管明知道前面是坟，奋斗没有好结果，但仍然要往前走，他觉得前面有一种"声音"一直在呼唤着自己。过客的态度，也是鲁迅自己的选择。

当人们不满意于自己的现实处境时，还有一个去处，就是"过去"，这也就是人们通常所说的"怀旧"，这些年来，老同学聚会颇为流行，我就经常接到参加这样的聚会的邀请：从小学同学、中学同学、大学同学，直到研究生同学。而且似乎有一个规律，最喜欢回忆"当年如何如何"的同学，他的现实处境往往不太好。人们还喜欢请老将军做报告，我也发现了一个特点：所有的报告人，都是眉飞色舞地回忆"当年事"，却从没听说有人讲自己当年如何打败仗，怎样狼狈不堪的。难道他们真的就是百战百胜吗？不是的，有的人恐怕还是打败仗的次数更多，只是他们今天不愿回忆罢了。仔细想想，这也是人（或者说大多数人）之常情：本性是软弱的，总喜欢"避重就轻"。在回忆往事时，对过去生活中的痛苦与欢乐、错误与正确、丑与美、重与轻……总是选择、突出、强化后者，而回避、掩盖、淡化前者。这大概是一般人所难以避免的。但是，鲁迅则不同，他的选择恰恰是反其道而行之。在《野草》里，有一篇《风筝》，是回忆童年生活的，但他所回忆的，正是人们所最不愿回忆的一件不光彩的事：一天，他发现小弟弟躲一个角落里，用纸与竹片扎风筝，就拿出大哥哥的"权威"，不由分说地把风筝撕毁了。鲁迅不但以他特有的严峻态度，写下了这件事，并且称之为"精神的虐杀"。后来我特地约小弟弟再放一次风筝，这时两人都已"有了胡子了"。而当我向小弟表示歉意时，小弟已全无记忆了。这就是说，在鲁迅看来，这童年的"罪过"

不但不能弥补，也是无从宽恕的，这样的"回忆"是相当严格的。鲁迅在文章的结尾特意表示，他不愿沉湎于"春日的温和"，却要"躲到肃杀的严冬中去"。他其实也是要求我们读者，要正视（而不是回避）生活（生命）中一切严峻的方面，包括我们在"过去（童年、历史）"所犯的一切过失，不要在回忆中把它们美化（理想化）了。

这样，鲁迅在无情地粉碎关于"未来"的种种神话的同时，也粉碎了关于"过去"的种种神话，但人们还在寻求"精神避难所"，这回找到的是"死亡"。鲁迅质疑，"死后"会怎样？这又是一个典型的"鲁迅式"的问题，鲁迅总是喜欢追问"以后"，"黄金世界"会怎样？娜拉"走后"会怎样？现在是"死后"会怎样？

《野草》里就有一篇《死后》，这可说是篇奇文。鲁迅发挥了他的奇特想象：如果人死了，他的运动神经失去了作用，但感觉神经还在，那将会是什么样？不知同学们设想过这样的问题没有？鲁迅设想，我死了，躺在地底下，一辆独轮车从我的头边推过，大约是载重的，压得我牙齿发酸——你们看，这种感觉写得多真切！又听见几个人走过来了，大概是来参加来追悼会的吧，一个表示惊讶："死了？"一个"哼"了一声，另一个叹一口气，"唉！"这还不算，又有几个青蝇停在我的眉毛上了，跨一步，我的毛根就一摇，还有一个从鼻尖跑下，用冷舌头来舔我的嘴唇，你想这有多恶心，多难受！可我又不能动，无法把它赶走。好不容易青蝇飞走了，临走前，还要"嗡"的叫一阵，说是"惜哉"！我愤怒得几乎昏厥过去。后来，旧书店的小伙计也跑来了，要推销什么"明版书"，生意竟然做到棺材里，真叫人哭笑不得。我终于明白，死亡也许并不是人的灾难的结束，而是更大的痛苦、荒谬的继续。

你们看，鲁迅就是这样无情地堵住了一切精神避难所（"过去""未来"以至"死亡"），他的目的就是要人们面对"现在"，勇于正视现实生活中个体生命的生存困境。

在《野草》里，鲁迅创造了一系列"形象"（"意象"），深刻揭示了这样的困境。例如"死火"——我在梦中，在冰山间奔驰。突然跌入冰谷里，我看见在一片青白冰上，有无数的红影，像珊瑚网一般纠结在一起：这就是死火。于是，我与死火之间，有一场谈话，死火告诉我，他被遗弃在冰谷里，如果再得不到温热，就将"冻灭"。我表示愿意将死火带出冰谷，让它永得燃烧。死火回答说："那么，我将烧完！"这就是说，死火所面临的是一个"冻灭"与"烧完"的两难选择。应该怎样理解这种两难选择的象征意义呢？坦白地说，这一直是研究这篇《死火》的难点，我也是百思不得其解。后来，还是我的导师王瑶先生的一番话启发了我。有一天，王先生对我说："我已经七十多岁了，我要什么事都不干呢，那就是'坐以待毙'，我如果还继续拼命，说得好听点是发挥余热，其实呢，不过是'垂死挣扎'。"我听了这话，受到很大的震动，并且立刻联想起鲁迅的这篇《死火》，终于恍然大悟：实际上，我们每一个人都只能在"冻灭"（"坐以待毙"）与"烧完"（"垂死挣扎"）之间作出选择。也就是说，无论我们是努力奋斗（"烧""挣扎"），还是什么事也不做（"冻""坐"），最后的结局都是"死亡"（"灭""完"），这是任何人都不能避免的命运。在这一点上，必须有一个清醒的认识，不能有一丝一毫的幻想。那么，这是不是说，"冻灭"与"烧完"两种选择之间，就不存在任何区别呢？不是的。尽管最后的结果都是"灭"（"完"），但在"烧"的过程中，毕竟发出过灿烂的光辉，并给人类带来光明，哪怕十分短暂；而"冻"的过程中，却是什么也没有。也就是说，价值与意义不在于"结果"，而是体现在"过程"中。因此，死火最后作出的选择是"那我就不如烧完"；王先生也说，"与其坐以待毙，不如垂死挣扎"。这是一种重视"过程"（的意义与价值），而不顾"结果"（结果总是没有意义的）的人生哲学（与选择）。而只能在"冻灭"与"烧完"两者间作出选择，这本身也是揭示了人的生命存在的无奈与悲剧性的。

还有"影"。《野草》的第二篇叫《影的告别》，构思也非常奇特而巧妙。大家知道，人的影子，在完全黑暗（黑夜）与完全光明（正午12点）的情况下，都要消失；它只能存在于"半明半暗"之中。鲁迅抓住这样的自然特征，用来象征（揭示）像他自己这样的"历史中间物"的生存困境。他们身处"黑暗"与"光明"两个世界的交接点，一方面，他们反抗黑暗，自然为黑暗所不容（"黑暗又会吞并我"）；另一方面，他们生命的价值也正（而且仅仅）体现在与黑暗的搏斗中，可以说他们与黑暗是一个"共体"，没有黑暗，也就没有他们，光明真正到来之日，也正是他们的消亡之时（"光明又会使我消失"）。所以鲁迅经常说他的文字应该"与时弊同时灭亡"，如果人们还记着他（及他的文字），就恰恰证明时弊仍然存在，社会依旧黑暗。这样，像鲁迅这样的"历史中间物"（在一定意义上，我们每一个人也都是"中间物"）就既存在于"光明"与"黑暗"的对立中，又在两面都找不到自己的位置，这是一个"彷徨于无地"的无所依托的存在。

还有"过客"。"过客"黑须、乱发、着黑色短衣裤，从还能记事的时候起，就一刻不停地往前走。老人问他："你是怎么称呼的。"他回答说："我不知道。"老人再问他："你是从哪里来的呢？"他回答说：

"我不知道。"老人问他:"我可以问你到那里去么?"他依然回答:"我不知道。"这同样寓意深长。人既不知道自己的来处——他是被自己不能把握的力量抛到人世间的;也不知道自己的去处——他是无所归宿的存在。而在我们前面已经讲到的《死后》里,又告诉我们:人"怎么死"、死"在哪里"(或许还有"什么时候"死,等等)也是"不知道"的,人"没有任意生存的权利",也"没有任意死掉的权利"——这些结论(发现)都是相当悲凉的。

这正是鲁迅要我们正视的:人的生存的无奈,无依托,无归宿。鲁迅就这样堵塞了人们"逃避不完美的人生痛苦"的一切退路,把他的人的生存绝境的命题发挥到极致,由此提出了他的哲学,他拒绝"完美",强调历史、现实、社会、人生、人性等都是不圆满、有缺陷的;他拒绝"全面",强调历史、现实、社会人生、人性等都是有偏颇、有弊端的;他拒绝"永久",强调一切都处于过程中,否定生命的凝固与不朽。鲁迅彻底摒弃了一切关于绝对、关于至善至美、关于全面、关于永恒的乌托邦神话,他固执地要人们相信,有缺陷、有偏颇、有弊病、有限才是生活的常态,才是正常的人生与人性。人们要正视这一切,才能从中杀出一条生路。这正是一种清醒的现实主义的人生态度,也是鲁迅思想的一个鲜明特色。记得我的一位朋友说过,中国的文化有五大块,即儒家文化、道家(老庄)思想、民间道教、佛教以及以鲁迅为代表的新文化:前面四种文化思想,尽管彼此存在着很大区别,但在给人们提供某种精神避难所这一点上,却是一致的,唯有以鲁迅为代表的新文化思想,却要从根本上否定一切精神避难所的努力。我以为,这位朋友的分析是有道理的。

3. "我"与"他人"

下面,我们再换一个角度来看鲁迅《野草》里的哲学。鲁迅把人置于和"他人"的关系中,来考察(揭示)人的个体生命存在的困境。这是一种横向的观照,鲁迅所关注的"他人"主要是"敌人(反对者)""爱我者"与"群众"。

先看"敌人"。有一篇《这样的战士》,说战士举起投枪,向敌人掷去,"一切都颓然倒地;——然而只有一件外套,其中无物。无物之物已经脱走",战士"终于在无物之阵中老衰,寿终"。什么叫"无物之阵"?就是你要做一件事,分明感觉到敌人(反对者、阻力)的存在,但却摸不着、抓不住,无从和它对垒交战,使你终是失败者,什么事也办不成。这就是民间所说的"鬼打墙",人走在旷野上,明明看见有鬼,一拳打过去,却扑了个空;鬼又从另一面出现,再打过去,仍然扑空。鲁迅曾说,在中国搬动一张桌子也要流血,中国办事之难,就难在到处都是"无物之阵"。恐怕每个中国人(包括在座的每一个同学)对此都有深切的体验吧,"无物之阵"是深知中国的鲁迅对国情的一个相当深刻的概括(与发现)。鲁迅认为,这种"无物之阵"是敌人(反对者)的一个策略、手段。所以他笔下的战士走进无物之阵时,"所遇见的都对他一式点头。他知道这点头就是敌人的武器,是杀人不见血的武器"。鲁迅进一步分析说,中国的反对改革者,对于任何变革的努力,首先是"压",压不住就变,变得仿佛与你一样,即所谓"咸与维新",于是对者(敌人)突然消失了,满天下都是改革、改革、改革……以致真正的改革者,反而羞于谈改革了。

但反对之心其实并没有变,一有机会便会反攻倒算,原来"改革一两",现在就要"反对一斤"。中国的反对改革者其实比改革者要有经验和厉害得多,也坚定得多,中国的改革者往往过分天真,也过分软弱,而反对改革者往往还得到中国传统的支持。这就是鲁迅所说的"无物之阵"的另一方面:这是千百年形成的、千百万人的习惯势力,鲁迅又称之为"无主名无意识的杀人团"。鲁迅说:"死于敌手的锋刃,不足悲苦;死于不知何来的暗器,却是悲苦。但最悲苦的是死于慈母或爱人误进的毒药,战友乱发的流弹,病菌的并无恶意的侵入。"正因为反对(阻力)来自母亲、爱人、战友这样一些"爱我者",而且又是无意的、出于善意的(至少是无恶意的),这就既难以识别、不易防备,又无法公开对阵,其可怕之处也在这里。鲁迅还发现,无物之阵的可怕还在于它的不明确,含糊不清。鲁迅曾问过当时的年轻人:最可怖的鬼是什么?不知同学们有没有考虑过这样的问题。有人说"三头六臂"的鬼最可怕。鲁迅说,不,这样的鬼虽然有多头多臂,但即使是三个、六个或更多头臂,毕竟有个数目,这就有一个限度,也就不可怕,或者说,它的可怕也是有限的;只有没有眼睛、眉毛、嘴巴的"浑沌鬼",唯其含糊不清、不知背后还藏着什么,才最可怕。鲁迅还举了一个例子,说当年骆宾王写文章大骂武则天,武则天看了,不过微微一笑,因为无论列举了多少条,骂得如何刻毒,无非就是这些问题,一明确,就不可怕了。鲁迅说,"假使当时骆宾王站在大众之前,只是攒眉摇头,连称'坏极坏极',却不说出其所谓坏的实例,恐怕那效力会在文章之上的罢",就是不点明,你这里一点,她就一哆嗦,因为她不知道要宣布她什么新的罪状,她怕就怕在充满了种种暗示,却又不明确。应该说,鲁迅所遇到的正是这样一些"含糊不清"的"无物之阵",不知道会在什么时候、从什么地方、以什么名目，来向他发起攻击，就只能时时处于紧张的戒备状态中，这对人的身心是极大的伤害，鲁迅可以说是深受"无物之阵"的折磨，以致身心交瘁，在五十多岁就逝世了。中国的"无物之阵"的这种"磨杀"思想战士的力量，真是令人不寒而栗。

那么，"爱我者"如何呢？《过客》里有一个情节，也颇耐人寻味。过客从懂事时起，就一个人向着前方，走，走，走。走得衣服破烂了，血也几乎流尽了。这时，小女孩递给他一块破布，让他包扎了一下。这"破布"显然象征（表现）着一种爱的同情与温暖，我们看"过客"作出了怎样的反应。他先是十分愉快而感激地接受了这块破布：孤独的战士原本是渴望着爱与同情的。但是，过客却突然警觉，又毅然决然地将破布还给了小女孩，并且说了这样一番话："倘使我得到了谁的布施，我就要像兀鹰看见死尸一样，在四近徘徊，祝愿她的灭亡，给我亲自看见；或者咒诅她以外的一切全都灭亡，连我自己，因为我就应该得到咒诅。"鲁迅在与许广平的通信中，也表示过类似的意见。先是许广平给鲁迅写信，说自己的哥哥死了，很是悲伤，走在路上，看见一些和哥哥年龄差不多的年轻人都活蹦乱跳的，心里想，为什么他们不死，偏偏死了我的哥哥呢？鲁迅在回信中却说，我和你相反，越是和我亲近的人，我越希望他早死。应该说，希望（以至诅咒）爱我者死亡、灭亡的思想是相当奇特的，很难为一般人理解。于是有一位读者写信给鲁迅，问他《过客》里那段话语的意思。幸而这一问，引出了鲁迅的一番解释。鲁迅说，这很好理解。比如说，你我之间，如果本来不认识，彼此没有感情上的牵连，有一天，我们成了敌人，站在战壕的两边，我会毫不犹豫地开枪把你打死；现在我们有了联系，战场上再见时，我就会有许多顾虑了。再比如说，我有个老母亲，八十多岁了，住在北京；我在上海，要做什么危险的事，本可以无所畏惧地去做，但一想到老母亲对我的种种期待与爱，就下不了决心了。可见，一个人的反抗是会磋跌在爱上的。这里相当深刻地反映了鲁迅这样的"战士"——中国的改革者们的内心矛盾：他们既渴望着爱与温情，又恐惧着（警惕着）爱与温情的牵挂会使自己失去作为一个战士、一个改革者的思想与行动的自由，这内心的矛盾是相当动人的。

再看看"群众"。鲁迅说过，中国的群众都是"戏剧的看客"，这又是一个既准确又让人感到沉重的概括。鲁迅曾这样说，事实大概也确会如此：如果我们在大街上吐一口痰，然后蹲下作观看状，很快就会在身后围起一圈又一圈的人，大家都在"看"，既看别人，也被别人看，鲁迅在很多小说、杂文里，都写到了"看客"现象，以至构成鲁迅作品的一个基本模式，这是高度概括了中国人与人之间的关系的。比如，今天我在这里演讲，大家在看我，我是被看的；但反过来我也在看大家，大家也是被看的，这就是我们彼此的关系，我们都在同时扮演着"看者"与"被看者"的双重角色。如果再作细致分析，可以发现，群众所"看"的对象，主要有两类人。一类是《祝福》里祥林嫂那样的不幸者。祥林嫂悲痛欲绝地讲着她的"阿毛被狼吃了"的不幸，村里的男男女女、老老少少都赶着去"看"，"直到她说到呜咽，她们也就一齐流下那停在眼角上的眼泪，叹息一番，满足的去了，一面还纷纷的评论着"。请注意这里的"叹息""满足"与"评论"，看客们是不会有真正的同情心的，他们热心看与听，完全是因为生活得太无聊，要去寻求一点刺激。他们正是通过"看（与听）"，把别人（祥林嫂）的眼泪变成自己无味生活里的盐、无聊会面中的谈资，一句话，把别人的痛苦转化为自己身心的"满足"，这就在实际上把现实生活中他人的苦难变成鉴赏对象，从而游戏化与审美化了，这其实是表现了人性的残酷的。另一类"被看"的对象是具有献身精神的中国的改革家、启蒙主义的思想家，像《药》里夏瑜那样的人物，他们的严肃、认真的探讨、宣传，通过根本不能理解他们的看客的"看"，变成了一种表演，他们崇高的牺牲被看成不可思议的疯狂。"看客"对意义、价值的消解，必然导致一切都成为游戏——鲁迅早就说过，中国是一个文字的游戏国，看客在本质上也就是鲁迅所说的"做戏的虚无党"，什么都不相信，就只剩下"做戏"了。而一个只会做戏的民族是可悲的，并且是危险的。

我们可以想见，鲁迅在考察个体生命与他人的关系时，是怀着怎样悲凉的心情，他依然把这一命题推向了绝望的极致。但是在鲁迅作品中有一个特点：在把所有都推向了绝望的极端后，反过来竟有了希望，即置之死地而后生，即所谓的"看透"，看透了便不会失望，失望只源于没有看透。鲁迅谈过一个小故事，甲先生对乙先生说："你对我一定失望了罢。……"乙先生问为什么，甲先生说："我那时对你说过，要到西湖上去做二万行的长诗、直到现在，一个字也没有，哈哈哈！"乙先生说："唔，无所谓失不失望，因为我根本没有相信过你。"鲁迅说，于无所希望中得救，觉悟到这些，真正看透了，也就大彻大悟，实现了超越，但在看透以后，却有两种不同的态度。一种是消极的态度，即"知其不可而不为"。另一种是鲁迅的态度，即"知其不可而为之"，这其实是儒家思想的一个核心。所以明知道前面是坟，还要往前走，过客总觉得有声音在呼唤自己，这声音其实是内心的命令，虽然怎么走、走到哪里去无法预测，但仍要努力前进，要奋斗，记得新千年结束时，我跟北大学生讲，希望你们像鲁迅的"过客"

一样,时时感到前面有声音召唤你,不停地向前走去,这就是鲁迅的哲学,"绝望地反抗"或者是"反抗绝望"。这种哲学是包含两个特点的:一是"绝望",绝望就是清醒,清醒地面对现实,打破一切自欺欺人的神话;二是清醒地面对现实后,要有种积极进取的态度,如死火烧完,如枣树的明知"春后还是秋",却仍做梦、生产。《野草》贯穿的这种哲学,表面看很黑暗、很绝望,但黑暗中承载了光明,给人建立在清醒基础上的可靠的奋进,在我看来,这是鲁迅的哲学,也是20世纪中国思想文化的最宝贵的遗产,是最应该继承的。

非凡的想象力

1."火"的想象

《野草》中有两个角度可以切入,一是鲁迅的哲学角度,另一角度是鲁迅非凡的想象力,刚才这些话题显得过分沉重了,下面我们来欣赏《野草》中很美的一面,即鲁迅的想象力。

我们要讨论的是"对宇宙基本元素的想象"。在我们生活的宇宙中,有一些基本的物质元素与生命元素。人类对之有着大致相同的体认,但在不同民族、地区,不同的文化传统之间,又存在着某些差异。鲁迅在《科学史教篇》中一开始,就谈到古希腊人对形成宇宙的基本元素的认识和想象:希腊哲学家泰勒斯认为世界万物的本质是水,阿那克西美尼认为是空气,赫拉克利特则认为是心,而就我们中华民族而言,我们所理解的宇宙的基本物质元素,主要是指金、木、水、火、土,于是就有了相关的文学想象。有人说,这是对"高度宇宙性形象"的想象，而不同文化背景、不同时代、不同个性的作家，对于这些宇宙物质元素、生命元素的想象是不同的。或者说，这是一最具挑战性的文学课题，同时也是思想的课题、生命的课题。每一个有创造力的作家，都要力图创造出不同于他人、前人，独属自己的"新颖的形象"。而鲁迅活跃的、自由无羁的生命力注定他要接受这样的挑战，并且会有出人意料的创造，今天我们欣赏鲁迅在《死火》《雪》《腊叶》中非凡的想象力。

先看《死火》。大家不妨设想一下，一个文学梦想者，面对原始的火，将会引起怎样的想象？

在阅读鲁迅的《死火》之前，我们先来谈两篇关于"火"的文章。

这是从美国作家梭罗的《瓦尔登湖》里节选出来的一个片断：《室内取暖》，于是有了炉火之歌——

> 光亮的火焰，永远不要拒绝我，
> 你那可爱的生命之影，亲密之情。
> 向上升腾的光亮，是我的希望？
> 到夜晚沉沦低垂的是我的命运？
> ……
> 是的，我们安全而强壮，因为现在
> 我们坐在炉旁，炉中没有暗影。
> 也许没有喜乐哀愁，只有一个火，
> 温暖了我们手和足——也不希望更多；
> 有了它这坚密、适用的一堆火，
> 在它前面的人可以坐下，可以安寝，

> 不必怕黑暗中显现游魂厉鬼，
> 古树的火光闪闪地和我们絮语。

这是典型的西方人对火的感受与想象："炉火"使人的躯体处于温暖中（"取暖""恢复官能，延长生命"），更使人在心理上获得安全感与舒适感（"我们安全而强壮""可以安寝"）；因此，"火"就意味着"满室生春的房屋"，使人联想起"古树……絮语"，还有那"愉快的管家妇"。在"火"里寻找、发现的正是这样一个"隐秘在心灵最深处的家园"以及对其背后宁静的宇宙生命的想象与向往，存在本质就深扎在这古老的安适之中。

我们再来看一位中国年轻的散文家梁遇春写于1930年代的《观火》。他说他最喜欢"生命的火焰"这个词组，它"是多么含有诗意，真是简洁地说出人生的真相"：

> 我们的生活也该像火焰这样无拘无束，顺着自己的意志狂奔，才会有生气，有趣味。我们的精神真该如火焰一般地飘忽莫定，只受里面的热力的指挥，冲倒习俗，成见，道德种种的藩篱，一直恣意干去，任情飞舞，才会迸出火花，幻出五色的美焰。

这是对于"火"、对于"宇宙"的另一种想象与向往，在这位被长久地束缚、因而渴望心灵的自由与解放的东方青年的理解里，存在的本质就在于生命的无拘无束的自由运动。

我们终于要谈到鲁迅的《死火》。

单是"死火"的意象就给我们以惊喜——无论在梭罗的笔下，还是梁遇春的想象中，"火"都是"熊熊燃烧"的"生命"的象征；而鲁迅写的是"死火"，面临死亡而终于停止燃烧的火。鲁迅不是从单一的"生命"的视角，而是从"生命"与"死亡"的双向视角去想象火，这几乎是独一无二的。

在此之前，作为《死火》的原型，鲁迅还写过一篇《火的冰》，在中国传说中有火神祝融与水神共工的生死大战，二者是截然对立的。因此有"水火不相容，冰炭不同炉"的成语，现在鲁迅却强调了二者的统一与转化，"火的冰""火的冰的人"，这都是奇物的意象组合，也是向传统思想与传统想象的一个挑战。

于是，就有了"死火"这样的只属于鲁迅的"新颖的形象"，而且有了"梦想者"鲁迅与"死火"的奇异的相遇。

让我们来欣赏——

> 我梦见自己在冰山间奔驰。
>
> 这是高大的冰山，上接冰天，天上冻云弥漫，片片如鱼鳞模样。山麓有冰树林，枝叶都如松杉。一切冰冷，一切青白。

这是一个全景图，一个宏大的"冰"的世界："冰山""冰天""冻云""冰树林"，"弥漫"了整个画面。冰是水的冻结；冰后面有水，冰是水的死亡，因此，这里的颜色是"一切青白"，给人的感觉也是"一切冰冷"。而这青白、冰冷，正是死亡的颜色与死亡的感觉，但却并无死的神秘，也无恐惧，给人的感觉是一片宁静。

但冰的静态只是一个背景，前景是"我"在"奔驰"。在冰的大世界中,"我"是孤独的存在;但"我"在运动,充满生命的活力。这样,在"奔驰"的"活"的"动态"与"冰冻"的"死"的"静态"之间,就形成一种紧张、一种张力。

"但我忽然坠在冰谷中",在奔驰中突然坠落,这是十分真实的梦的感觉;我甚至猜测,这样的超出了一般想象力的幻境,恐非作家虚构的产物,而是直接反映作家潜意识的真实的梦的复述与整理。

"上下四旁无不冰冷,青白。"——这是一个死亡之谷。

"而一切青白冰上,却有红影无数,纠结如红珊瑚网。"——红,这是生命之色,突现于青白的死色之上,给人以惊喜。

"我俯看脚下,有火焰在。"——这是镜头的聚焦,全景变成大特写。

"这是死火。有炎炎的形,但毫不摇动,全体冰结,像珊瑚枝;尖端还有凝固的黑烟,疑这才从火宅中出,所以枯焦。"——写"死火"之形,有"炎炎"的动态却不动("冻结""凝固");更写"死火"之神,是对"火宅"的人生忧患、痛苦的摆脱。注意红色中黑色的出现。

"映在冰的四壁,而且互相反映,化为无量数影,使这冰谷,成红珊瑚色。"——一切青白顷刻间切换为红色满谷,也是死与生的迅速转换。

"哈哈!"——色彩突然转化为声音,形成奇特的"红的笑";而"哈哈"两声孤零零地插入,完全是因猛然相遇而喜不自禁,因此也会产生句法与章法的突兀。这都是鲁迅的神来之笔。

"当我幼小的时候,本就爱看快舰激起的浪花,洪炉喷出的烈焰,不但爱看,还想看清。可惜他们都息息变幻,永无定形。虽然凝视又凝视,总不留下怎样一定的迹象。"这里进入童年回忆,而童年的困惑是带有根本性的。"快舰激起的浪花",这是"活"的水;"洪炉喷出的烈焰",这是"活"的火。而活的生命必然是"息息变幻,永无定形"的,这就意味着生命就是无间断的死亡,正是在这里,显示了"生"与"死"的沟通。而这样一种"息息变幻,永无定形"的生命是无法凝定的,更是无法用语言文字来记录与描述的,这永远流动的生命是注定不能留下任何"迹象"的。这生命的流动与语言的凝定之间也存在着一种紧张。而这似在流动却已经凝固的"死火",却为我们提供了把握的可能:"死的火焰,现在先得到了你了!"这该是怎样的让人兴奋啊!

"我拾起死火,正要细看,那冷气已使我的指头焦灼;但是,我还熬着,将他塞入衣袋中间。冰谷四面,登时完全青白。"——这是一种非常奇特的体验;冰的"冷气"竟会产生"焦灼"感——冰里也有火,"登时完全青白":色彩又一转换,这样的"青白—红—青白"的生死之间的瞬间闪动,具有震撼力。

"我的身上喷出一缕黑烟,上升如铁线蛇。冰谷四面,又登时满有红焰流动,如大火聚,将我包围。我低头一看,死火已经燃烧,烧穿了我的衣裳,流在冰地上了。"——这是"我"与"火"的交融。我的身上既"喷"出黑烟,又有"大火聚"似的红色将我包围:真是奇妙之至!而"火"居然能如"水"一般"流动",这又是火中有水。这样,冰里有火,火里有水,鲁迅就发现了火与冰(水)的互存、互化,而其背后,正是生死之间的互存、互化。

于是,又有了"我"与"死火"之间的对话,而且是讨论严肃的生存哲学:这更是一个奇特的想象。

"死火"告诉"我",它面临着一个两难选择:留在这死亡之谷,就会"冻灭";跳出去重新烧起,也会"烧完"。无论选择怎样的生存方式,无为("冻结"不动)或有为("永得燃烧"),都不能避免最后的死亡("灭""完")。这是对所谓光明、美好的"未来"的彻底否定,更意味着,在生死对立中,死更强大,这是必须正视的根本性的生存困境,我们可以从中感受到鲁迅式的绝望与悲凉。但在被动中仍可以有主动的选择,有为("烧完")与无为("冻灭")的价值并不是等同的:燃烧的生命固然也不免于完,但这是"生后之死",生命中曾有过燃烧的辉煌,自有一种悲壮之美;而冻灭,则是"无生之死",连挣扎也不曾有过,就陷入了绝对的无价值、无意义。因此,死火作出了最后的选择:"那我就不如烧完!"这是对绝望的反抗,尽管对结局不存希望与幻想,但仍采取积极有为的人生态度,这就是许广平所说的"以悲观作不悲观,以无可为作可为,向前的走去"——这也是鲁迅的选择。

这"死火"的生存困境,两难中的最后选择,都是鲁迅对生命存在本质的独特发现,而且明显注入了自己的生命体验;因此,我们可以说,这是一种"个体化"的想象与发现。

于是,就有了最后的结局——

> 他忽而跃起,如红彗星,并我都出冰谷口处。有大石车突然驰来,我终于碾死在车轮底下,但我还来得及看见那车就坠入冰谷中。
>
> "'哈哈!你们是再也遇不着死火了'!"我得意地笑着说,仿佛就愿意这样似的。

"红彗星",这是鲁迅赋予他的"死火"的最后形象:彗星的生命,是一种短暂的搏斗,又暗含着灾难,正是死火的命运的象征,但同归于尽的结局仍出乎意料,特别是"我"也在其中。但"我"却大笑,不仅是因为眼见"大石车"(强暴势力的象征)也坠入冰谷而感到复仇的快意,更因为自己终于与死火合为一体。

"哈哈!"——留下的是永远的红笑。

2. "水"的想象:《雪》

上一节是鲁迅创作的关于火的个性化形象,下面我们来看《雪》——这是对凝结的雨(水)的想象。

"暖国的雨,向来没有变过冰冷的坚硬的灿烂的雪花。"——一开始就提出"雨"与"雪"的对立:"温暖"与"冰冷"、"柔润"与"坚硬",在质地、气质上存在着巨大差异,因此,南国无雪。

但江南有雪。鲁迅说它"滋润美艳之至"。"润"与"艳"里都有水——鲁迅用"青春的消息"与"处子的皮肤"来比喻,正是要唤起一种"水淋淋"的感觉。可以说是水的柔性渗入了坚硬的雪,于是"雪野"中就有了这样的色彩——"血红……白中隐青……深黄……冷绿",这都是用饱含着水的彩笔浸润出的,而且还"仿佛看见"蜜蜂们忙碌地飞,"也听得他们嗡嗡地闹着",是活泼的生命,却大都在似见非见、似听非听之中,似有几分朦胧。

而且还有雪罗汉。"很洁白,很明艳,以自身的滋润相粘结,整个地闪闪地生光。"——这里也渗入了水。"他也就目光灼灼地嘴唇通红地坐在雪地里。"真是美艳极了,也可爱极了。但"他终于独自坐着了",接着被"消释"、被"(冻)结"、被"(冰)化",以及风采"褪尽"，——这如水般美而柔弱的生命的消亡，令人惆怅。

但是，还有"朔方的雪花"在，他们"永远如粉，如沙，他们绝不粘连，撒在屋上，地上，枯草上，就是这样。"——是的，"……粉……沙……地……枯草……"，就是这样充满土的气息，没有半点水性。而且还有火，有"屋里居人的火的温热"，更有"在日光中灿灿地生光，如包藏火焰的大雾"，还有磅礴的生命运动——

> 在晴天之下，旋风忽来，便蓬勃地奋飞……旋转而且升腾，弥漫太空，使太空旋转而且升腾地闪烁。

"旋转……升腾……弥漫……闪烁……"这是另一种力的壮阔的美，完全不同于终于消亡了的江南雪的"滋润美艳"。但鲁迅放眼看去，却分明感到——

> 在无边的旷野上，在凛冽的天宇下，闪闪地旋转升腾着的是雨的精魂……
> 是的，那是孤独的雪，是死掉的雪，是雨的精魂。

这又是鲁迅式的发现："雪"与"雨"（水）是根本相通的；那江南"死掉的雨"，消亡的生命，他的"精魂"已经转化成朔方的"孤独的雪"，在那里——无边的旷野上、凛冽的天宇下，闪闪地旋转而且升腾。我们也分明地感到，这旋转而升腾的，也是鲁迅的精魂……

这确实是一个仅属于鲁迅的"新颖的形象"：全篇几乎无一字写到水，却处处有水；而且包含着他对宇宙基本元素的独特把握与想象,即不仅"雪"与"雨"(水)相通,而且"雪"与"火""土"之间,也存在着生命的相通。

3. 死亡体验:《腊叶》

现在我们来读《腊叶》。

《腊叶》在《野草》里是比较特别的一篇,而且就我个人而言,《腊叶》和我有种非同寻常的关系。我写过一篇文章叫《生命的两次相遇——我与鲁迅的〈腊叶〉》。我说过,与鲁迅有生命相遇是需要缘分的,而我自信与鲁迅有缘,我们因《腊叶》而结缘。给大家讲个小故事:我第一次读鲁迅的作品,是在小学五年级,我在读大学的哥哥的书包里发现了鲁迅的《腊叶》,读到了一段话——"他也并非全树通红,最多的是浅绛,有几片则在绯红地上,还带着几团浓绿。一片独有一点蛀孔,镶着乌黑的花边,在红,黄和绿的斑驳中,明眸似的向人凝视。"当时觉得很惊异、新奇,暗暗感到有点恐怖,但留下了奇特的美的感觉,尽管并不太懂,这便是我与鲁迅第一次生命的相遇。这相遇对我来说实在太珍贵了,所以大家可以发现在我谈鲁迅的作品时,很少讲《腊叶》,因为最宝贵的记忆是不可以随便去触摸的,人生最美的回忆也该珍藏在心灵的深处。后来我60岁给北大理科生讲课时,选的第一篇作品就是《腊叶》。只是相隔了几十年,这次我是用学者的眼光看《腊叶》的,忽然间感觉到,《腊叶》里讲生命的死亡,而我已接近生命的死亡。我在生命的起点与鲁迅相遇,在生命接近终点时,再次与鲁迅相遇,这是很宝贵的文学体验、人生体验,所以我今天其实是怀着很特殊的感情来讲《腊叶》,讲与鲁迅生命的相遇的。

但我们还要作出理性的分析。关于《腊叶》的写作，鲁迅自己有过一个说明："《腊叶》，是为爱我者的想要保存我而作的。"于是我们注意到，《腊叶》写于1925年12月26日，发表于1926年1月4日；再查鲁迅日记，就发现正是从1925年9月23日起至1926年1月5日，鲁迅肺病复发，面临着死亡的威胁。在这样的时刻，鲁迅自然会想起"爱我者"（据孙伏园回忆，指的是许广平）要"保存我"的善意，并发出关于生命价值的思考。而有意思的是，如此严重的生命话题，在鲁迅这里，竟然变成充满诗意的想象；他把自我生命外移到作为宇宙基本元素的"树木"上，把自己想象为一片病叶，这样，人的生命进程就转化为自然季节的更替，人的生命颜色也转换为木叶的色彩；同时，又把爱我的他者内分为"我"。

于是，就有了这样动人的叙述——

"灯下看《雁门集》，忽然翻出一片压干的枫叶来"。——鲁迅对孙伏园说过："《雁门集》等等，是无关宏旨的"，无须深究。注意"压干"两个字给你什么感觉？

"这时我记起去年的深秋。繁霜夜降，木叶多半凋零，庭前的一株小小的枫树也变成红色了。"——"深秋"，既是自然的季节，也是人的生命季节。虽然是一片"红色"，依然绚烂，但木叶已经"凋零"，这就隐伏着不安。不说"树叶"说"木叶"，颇耐寻味。记得林庚先生写有《说"木叶"》，一想起木叶，就给人以生命的质感与沧桑感。

"我曾绕树徘徊，细看叶片的颜色，当他青葱的时候是从没有这么注意的。"——当你注意"叶片的颜色"，一定是他的生命快要结束了，于是你徘徊、细看。在"青葱"的时候，在生机勃勃的生命之"夏"，就不会注意，因为你觉得这是正常的，理应如此的，而一旦注意到了，去"绕树徘徊"时，就别有一番心境。

"他也并非全树通红，最多的是浅绛，有几片则在绯红地上，还带着几团浓绿。一片独有一点蛀孔，镶着乌黑的花边，在红，黄和绿的斑驳中，明眸似的向人凝视。"——这是一团颜色：在红的、黄的、绿的斑驳绚丽中，突然跳出一双乌黑而明澈的眼睛，直直地凝视着你以及我们每一个人，你会有什么感觉？你或许本能地感到，这很美，又有些"奇"（奇特？惊奇？），还多少有点害怕（恐惧？不安？）……这红、黄、绿的生命的灿烂颜色与黑色的死亡之色的并置，将给每一个读者留下刻骨铭心的永远的记忆，它直逼人的心坎，让你迷恋、神往，又悚然而思。

"我自念：这是病叶呵！便将他摘了下来，夹在刚才买到的《雁门集》里。大概是愿意使这将坠的被蚀而斑斓的颜色，暂得保存，不即与群叶一同飘散罢。"——"将坠的被蚀而斑斓"，仍然是"死"与"生"的交融，但"飘散"（死亡）的阴影却无法驱散，只能"暂得保存"。

"但今夜他却黄蜡似的躺在我的眼前，那眸子也不复似去年一般灼灼。"——颜色又变了："黄蜡"，是接近死亡的颜色：一个"蜡"字却使你想起了"蜡炬成灰泪始干"的诗句。

"假使再过几年，旧时的颜色在我记忆中消去，怕连我也不知道他何以夹在书里面的原因了。将坠的病叶的斑斓，似乎也只能在极短时中相对，更何况是葱郁的呢。"——与"将坠的病叶的斑斓"短暂"相对"，这又是怎样一种感觉？"旧时的颜色"总会在人们的记忆中"消去"：鲁迅心中充满的，正是这样的必然的彻底的消亡的清醒。

"看看窗外，很能耐寒的树木也早经秃尽了：枫树更何消说得。"——即使是"很能耐寒"的树木也不免"秃尽"：最终的消亡，是一切自然界与人世间生命的宿命。请轻声吟读"何消说得"这四个字；古人说，"好一个愁字了得"，请体会这"得"字给你的感觉。

"当深秋时，想来也许有和这去年的模样相似的病叶的罢，但可惜我今年竟没有赏玩秋树的余闲。"——表面上看，这是"爱我者"的自白，其实也可以视为鲁迅对"爱我者"的嘱咐：不要再保存、"赏玩"、留恋于我，因为没这样的"余闲"，还有许多事要做。这几乎是鲁迅的"遗言"，十多年后，鲁迅离开这个世界时，也是这样告诫后人："忘掉我。"

应该说《腊叶》是最具鲁迅个人性的一个文本，是他作为一个个体生命，在面对随时会发生的死亡时一次关于生命的思考。使我们感到惊异的是，他所感到的是自我的生命与自然生命"木叶"的同构与融合，把他的生命颜色，比作了枫树的生命之色。

但这又是怎样斑斓的色彩啊：那象征着人与自然之真的"青葱"的勃勃生机自不待言；那生命的"深秋"季节，也是如此的文采灿烂，而"乌黑"的阴影正出现在这"红，黄和绿的斑驳"之中，这生与死的并置与交融，既让人触目惊心，又让人想起《野草·题辞》中那段话——

> 过去的生命已经死亡。我对于这死亡有大欢喜，因为我借此知道它曾经存活。死亡的生命已经朽腐。我对于这朽腐有大欢喜，因为我借此知道它还非空虚。

因死亡而证实了生命的意义，死亡绚烂正是出于生命的爱与美。在鲁迅看来，生死是相融的，正因为生是美的，所以死也是美的。前面讲到鲁迅如此"黑暗""冷酷",但现在我们感觉他的生命底蕴是对美的神往与热爱,他的生命是大生命。他对宇宙基本元素的想象,展现了他生命的境界,这境界构成他生命的底色,这底色让他有勇气正视现实中人的种种生存困境,有勇气反抗绝望。

所以,我想一个人能与鲁迅有这样的生命相遇,是最大的荣幸。

一首诗要从什么地方读起
——北岛的诗

洪子诚,1939年生于广东揭阳。1961年毕业于北京大学中文系并留校任教,从事中国当代文学、中国新诗的教学、研究工作,1993年起任中文系教授。

著有《中国当代文学史》《问题与方法——中国当代文学史研究讲稿》《材料与注释》等。

今天我讲北岛的诗，讲两个问题。一个问题我要讲到北岛的诗出现的背景，一些具体情况，因为在座的同学有很多都是1980年代以后出生的，出生在"文革"以后。对我这样年纪的人来说，北岛，或者说"朦胧诗""新诗潮运动"，都是很熟悉的事情，就像昨天刚发生的一样。对你们来说，那好像是很遥远的事情。所以，我要介绍北岛当时在"朦胧诗"中的位置，和由他所引起的一些争论。另外一个问题，主要谈对北岛的诗的认识，艺术特征、诗歌性质或者说诗的技艺的特点。大概就是这两方面的问题。

北岛和朦胧诗

1. 《今天》诗人

下面，先讲背景方面的情况。北岛出生于1949年，就是通常所说的"共和国的同龄人"。知青一代的作家中，许多人都是1949年前后出生的，比如著名的小说家阿城。"朦胧诗"代表诗人中，顾城的年龄最小，1955年出生，其他的都是1949年前后两三年出生的。北岛原名赵振开，是北京四中的学生。知青作家和"朦胧诗"诗人不少是北京著名中学的学生，如北京四中、清华附中等。"文革"初期，北岛也积极参加红卫兵运动，后来对红卫兵运动感到失望，态度消极起来，大概成了"逍遥派"。"上山下乡"运动时，他没有去农村，1969年之后，在北京的一个建筑队当建筑工人。1970年代初期开始诗歌写作。他的主要作品是诗，也写小说。小说最有名的是中篇《波动》。这部小说和靳凡的《公开的情书》、礼平的《晚霞消失的时候》

一起，是"文革"结束前后三部著名的中篇，在知识青年中流传很广。靳凡在"文革"开始的时候，是我们学校中文系的学生，靳凡不是她原来的名字。她现在叫刘青峰，但也不是她在北大时的原名，在香港中文大学编《二十一世纪》，这是一份很有影响的杂志。据说她现在不大愿意人家再提这篇小说，不知道是什么原因。我猜想，对年轻时候的激情和浪漫，人们有时会很复杂，尤其是小说带有明显"自叙传"的色彩。另外一个很有影响的中篇叫《晚霞消失的时候》，作者叫礼平。小说虽然有许多"破绽"，却写得很有才气。这篇小说的发表，曾有不少周折，它受到欢迎，也受到批评，批评者之一是著名哲学家王若水。在当时的"思想解放运动"中，王若水是站在潮头的人物，却对它批评得很尖锐。分析这个事件很有意思，可以了解当年"思想解放"的性质和向度。礼平后来不见他写作，什么原因也不清楚。在这三部小说里面，《晚霞消失的时候》是最好的，即使在今天再读，仍然能够感动你。准确说，是感动我，因为我不知道你们能不能读下去，读后会有什么感觉。有时候，一些有缺陷的作品，比技巧圆熟的作品，更能让我们触动。这个我不做详细分析了。北岛除了《波动》外，还有一些短篇小说，如《幸福大街十三号》，一篇带有寓言性质的、卡夫卡式的小说。

现在来谈北岛的诗。北岛被看作"朦胧诗"的代表诗人，他和舒婷、顾城等也被称为"今天诗派"。《今天》是北岛、芒克等1978年12月在北京办的一份文学刊物，因为不是正式出版的，所以被称作"民间刊物"。《今天》发表诗、小说，还有少量评论和外国文学作品翻译、介绍。北岛当时在青年特别是大学生中有点"偶像式"的影响。诗人柏桦在他的自传性著作《左边——毛泽东时代的抒情诗人》这本书里，讲到北岛的诗在他们那里引起的"震荡"。柏桦当年在广州外语学院读书，他读到北岛的《回答》，用了"震荡"这个词，并且说"那震荡也在广州各高校引起反应"。是的，"一首诗可以此起彼伏形成浩瀚的心灵的风波，这对于今天的年轻人来说也许显得不太真实或不可思议"，但情形就是这样。柏桦对这种心灵现象或者说阅读现象的分析是，"今天"诗人发出的是一种巨大的毁灭和献身激情，这种激情的光芒，"帮助了陷入短暂激情真空的青年"，"形成一种新的激情压力方式和反应方式"，包括对"自我"的召唤、反抗和创造、浪漫理想和英雄幻觉。北岛当时在国外也有不小的名声，但在中国大陆得到诗界承认却一直很费周折。他在国内的一本个人诗集（不是多人合集，也不包括被收入选本），是广州的新世纪出版社出版的，那已经是1986年了。在这之前，中国台湾早已出版《北岛诗选》，他的诗也被翻译成英、法、德、瑞典等多国文字，美国的康奈尔大学出版社也出了《太阳城札记》。另外，他在20世纪八九十年代，多次被提名为诺贝尔文学奖的候选人，而且据说获奖的可能性很大。当然，北岛如果得奖，肯定又是一个有争议的得奖者。这不仅涉及政治意识上的争论，也关系到对他的诗艺的评价。

　　北岛在1980年代末以来，一直生活在国外，写作，继续编《今天》。此《今天》已不是当年的《今天》了，有一种精致的、"经典化"的定位，没有了当初粗糙的活力。这其实不是《今天》独自的"命运"，我想，几乎一切"先锋"都会经历这样的"转化"。生活在国外面临的问题，是他的写作对象、阅读对象的变化，再就是语言的问题。北岛好像不太能用英语熟练写作，不像另外一些作家，比如说俄国的布罗茨基，在离开俄国之后，主要用英语写作。在英国的张戎，也就是写小说《鸿》的那个作家，还有学者刘禾，也都是用英文写作、著述。北岛可能做不到这一点。当然，也可能是他坚持主要处理"中国的经验"，面对讲汉语的读者。但这就产生了一种有悲剧意味的状况。国内的读者在相当长的时间里，很难读到他和其他一些人的作品；而写作者的所谓"中国经验"也会逐渐褪色、泛白。这是一个矛盾。这种情况不限于北岛，1990年代以来，有一些优秀的大陆诗人生活在国外，也继续写诗，如张枣、多多、杨炼、肖开愚、宋琳、严力等，这是一个值得关注的现象。目前，沟通、交流的情况有所改善，对他们的了解也多了起来，这是好事。

2. 有关"朦胧诗"的争议

在1980年代中期，"朦胧诗"的"代表性"诗人形成了这样的名单：北岛、舒婷、顾城、江河、杨炼。这个名单里，没有包括芒克，也没有多多。为什么是这样？是怎样构造出来的？这是诗歌史要研究的一个题目。比如说多多这个诗人，写得相当好，但我们对他的关注要到1980年代后期，尤其是1990年代以后。为什么"朦胧诗运动"时期不被关注？这是一个文学史问题。这其中有诗歌"时期风尚"的问题，有作品的发表、传播方式问题，因为时间关系，我这里不再多谈。在"朦胧诗人"里面，北岛和他的诗在当时引起的争议最大，受到的批评最多。顾城虽然也有争议，但他有《一代人》这样的诗，"黑夜给了我黑色的眼睛／我却用它寻找光明"——"寻找光明"，这符合了我们大多数人对历史的乐观期待。北岛好像没有这样表意明确的诗。当时很多著名诗人对"朦胧诗"很不理解，有过很严厉的批评，包括艾青、臧克家。当然，也有支持的，如蔡其矫等。谢冕老师当时是支持"朦胧诗"的探索的,他的《在新的崛起面前》这篇文章发表后,臧克家先生以前辈的身份,给谢冕写了一封长信,非常恳切但是也很严厉地批评了谢冕,规劝谢老师回到正确的立场上。我知道,谢老师对臧克家先生是很尊重的,我们1950年代上大学的时候,是臧克家先生和徐迟先生提议让我们(还有孙玉石、孙绍振)编写"中国新诗发展概况",给我们许多指导。记得在公共汽车上,我看了这封信。我猜想,谢老师当时可能有些矛盾,但是他并没有接受臧克家先生的规劝,始终给"朦胧诗"以支持。

对北岛的批评主要集中在两个方面。一方面是从诗歌技巧、诗歌方法、诗和读者的关系上提出问题的,就是批评北岛诗(也不仅是北岛)的晦涩、难懂。这涉及现代诗兴起后的美学问题,这种批评有长远的历史,国外的象征派等诗歌流派出现之后,对它的批评重要一项就是说它晦涩难懂。在中国也一样,李金发、戴望舒、卞之琳的诗,直到"朦胧诗",都在这一点上受到批评。对北岛诗另一方面的批评,是说他的诗感情颓废、不健康、绝望,充满了悲观主义和虚无主义。"悲观"在现在也许还是不好,但已经不是那么严重的事情。在五六十年代和"文革"时期,悲观可是严重的问题;不管是对自己的生活,还是对社会历史,都绝对要不得。"文革"后一个时期,"悲观"仍是一个政治伦理性质的问题。记得当时有一篇文章批评北岛的诗表现了一种心如死灰的情绪,发出了绝望的嚎叫,例证就是北岛的《一切》这首诗:

一切都是命运
一切都是烟云
一切都是没有结局的开始

一切都是稍纵即逝的追寻

　　一切欢乐都没有微笑

　　一切苦难都没有内容

　　一切语言都是重复

　　一切交往都是初逢

　　一切爱情都在心里

　　一切往事都在梦中

　　一切希望都带着注释

　　一切信仰都带着呻吟

　　一切爆发都有片刻的宁静

　　一切死亡都有冗长的回声。

在"朦胧诗"时期，这是一些诗人，特别是北岛所喜欢使用的带有判断意味的句式。那时候，他们有一些重要的话，一些有关人的生活、有关社会历史的"真理"性质的发现急切地需要表达。"告诉你吧，世界，／我——不——相——信"；"谁期待，谁就是罪人"；"在没有英雄的年代里／我只想做一个人"；"我要到对岸去"；"其实难以想象的／并不是黑暗，而是早晨／灯光将怎样延续下去"……一连串的判断句，一种宣言色彩的表述方式。现在，诗人一般很少采取这种方式来写作，因为我们已经没有什么严重的东西要"宣告"。在北岛那时的眼睛里，世界是黑白分明的，而我们可能看到的，更多的是界限不清的灰色。套用一个说法，就是一代人的诗情，无法原封不动复制。总之，这首诗在当时，被一些批评家当作"虚无""悲观主义"的例证。可能是舒婷当时也觉得北岛有些不够全面，所以写了《这也

是一切》来呼应。舒婷的这首诗有一个副标题,"答一位青年朋友的《一切》"。这首诗比较长,我念其中的一部分:

> ……不是一切大树都被暴风折断
> 不是一切种子都找不到生根的土壤
> 不是一切真情都消失在人心的沙漠里
> 不是一切梦想都甘愿被折掉翅膀
> 不,不是一切都像你说的那样
> 不是一切火焰都只燃烧自己而不把别人照亮
> 不是一切星星都仅指示黑夜而不报告曙光
> 不是一切歌声都掠过耳旁而不留在心上
> ……

批评北岛的便引用舒婷的这首诗,来进一步反证北岛的不是。这种评论方式让舒婷不安,她赶紧在文章里申明说:有的批评家把我的诗跟北岛的《一切》进行比较,并给他冠上虚无主义的美称,我认为这起码是不符合实际的。舒婷说,我笨拙地想补充他,结果思想和艺术都不如他的深刻、响亮和有力。我想,舒婷的这个说明是必要的,也是真实的。道理其实很简单,比较"全面",比较不"悲观",并不能说就是比较好的诗。

在1980年代初,"朦胧诗"的争论不仅牵动诗歌界,牵动诗人和批评家的情感,而且也扩大成了在城市里的社会性的争论。1980年4月,在广西南宁(后来还到桂林)开了一次诗歌讨论会,围绕朦胧诗的评价,许多人都情绪激烈。我和谢冕老师都参加了这次会议。记得当时便携式的录音机刚传进大陆，火车上一些旅行的人都带着录音机，放着邓丽君的歌，这也是当时的一种景观吧。我们到广西，那边已经下了好些天的大雨。后来我再没去过桂林，所以，在我的印象中，漓江水永远是浑浊的黄色。在那次会议上，对"朦胧诗"，特别是顾城和北岛的作品，有非常激烈的批评，也有非常激烈的支持。但那时吵归吵，面红耳赤，大家还是朋友。对一首诗，对一个诗人的写作，能那样动感情，那样辗转难眠，这在现在难以想象。现在我们都变得成熟、全面、冷静，但也好像变得平庸、乏味、世故。当然，不能说很多人都这样，这是我的感觉。

北岛诗后来受到的另一面的批评，主要来自新诗潮内部的青年诗人。在1983年前后，"朦胧诗"的"合法性"还是个问题，而"更年轻第一代"已喊出"打倒北岛""pass北岛"的口号。这让总是跟不上"形势"的我目瞪口呆。我想，好不容易"跟上"了理解北岛，他却已被扑倒在地，从这里可以看到中国文学潮流变化、更迭之快。整个20世纪都是这样的，如果你想要一直站在潮头，那很容易因为过分紧张而神经衰弱（如果不说得了"精神病"的话）；但要是不紧跟，不出三五年，再"先锋"的也便成了遗老遗少。那么，在1983年前后，北岛为什么要被"打倒"呢？一个原因可能是，虽然北岛当时在"主流"诗界还没有被承认，但是在"崛起"的"新诗潮"内部，几乎成为"经典"，对当时的诗歌探索者影响很大。"经典"可能指出方向，也可能成为规范式的束缚。有的青年诗人说，北岛已经成了笼罩诗坛的巨大阴影，你要想不沿着他的路子走下去，要想有所开拓，写得更好，就要摆脱这个阴影，这是有道理的。1980年代初，当代诗歌写作的开拓、探索还刚开始，北岛们的过分经典化，的确会损害、缩小探索的动力和空间。还有一个更实际的问题，无论在中国还是国外，诗歌在社会文化上的空间越来越小，我们时代的主流文化是大众文化、消费文化。诗歌并不是消费文化，特别是先锋诗歌。这个问题，在1980年代初的中国还没有被充分意识到，不过已经是一个现实的问题。在这样一个小的，或不大的空间里，一个诗人要想崭露头角，被关注、被承认，需要采取一些策略，实施一种"断裂"的"崛起"方式。我想这是很自然的事情，这也是1980年代有那么多诗歌流派、宣言出现的一个原因。当然，针对北岛的批评有从诗学角度进行的。北岛的诗大多是处理有关时代、历史的"大主题"，总体风格紧张、坚硬。而继起的探索者认为，中国当代诗应该回到对人的日常生活的表现，要在语言、技艺上作更多的革新。

北岛的诗

1. 北岛诗歌的特质

上面讲的是北岛诗歌的背景。接下来我谈第二个问题，北岛的诗的思想艺术特征。分析的时候，要确定一个比较好的切入角度，这种角度不是普遍性的。我们常常出现的问题是，对所有的小说、诗的分析，都采用同一方法、角度。一首诗要从什么地方读（分析）起，我想并没有固定的格式。方法的选取和对象本身以及读诗人的态度、体验是密切相关的。

北岛和舒婷在1980年代初都很著名。我想，大学里的读者肯定多数更喜欢北岛，我也一样。因为舒婷这样的诗，我们过去读过很多，形式上比较"传统"。"传统"与否，当然不是一种衡量诗歌等级的标尺。不过，这种"浪漫派"的抒情，在中国新诗史上，还是多了点。所以，卞之琳、朱光潜、袁可嘉等先生，都曾提醒我们对"浪漫派"那种抒情保持警惕。舒婷在当时对读者产生的新鲜感和吸引力，主要是恢复了在当代被"压抑"的个人的、温婉的、忧郁的、柔和的抒情传统；这在特定诗歌语境中，也可以说是一种"革命性"的表达。

这样说，是不是北岛和舒婷的艺术方法就完全不同呢？也不是这样。北岛1970年代末、1980年代初的诗，大体上也是那样一种抒情"骨架"，但有较多新的诗歌质素和方法，这个下面要讲到。要是不避生硬，对北岛诗归纳出一个"关键词"的话，那可以用否定的"不"字来概括。舒婷呢，或许可以用"也许""如果"这样的词。这不仅仅因为"也许""如果"这些词舒婷用得很多，譬如："也许旋涡眨着危险的眼，／也许暴风张开贪婪的口"（《致大海》）；"我如果爱你——／绝不像攀援的凌霄花，／借你的高枝炫耀自己"（《致橡树》）；"如果有一个晴和的夜晚"（《致杭城》）；"也许有一个约会／至今尚未如期／也许有一次热恋／永不能相许"（《四月的黄昏》）；"也许我们的心事／总是没有读者／……也许我们点起一个个灯笼／又被大风一个个吹灭"（《也许》）；"如果你是火／我愿是炭／想这样安慰你／然而我不敢"（《赠》）……面对着选择时，有一种犹豫不定、彷徨、忧郁的情绪。不像北岛，"我也决不会交出这个夜晚"（《雨夜》）；"我只能选择天空"（《宣告》）；"我要到对岸去"（《界限》）；"明天，不／明天不在夜的那边／谁期待，谁就是罪人"（《明天，不》）……比起北岛，你会感觉在舒婷的诗中，有那种可以称为"感情旋涡"的东西。"旋涡"就是有点纠缠、矛盾，譬如理智和情感之间的矛盾，社会责任与个体生活需求的矛盾，还有就是需要依靠的女性与独立自主的女性之间选择上的困扰。

北岛诗的质地是坚硬的，是"黑色"的。1980年代初，海明威在中国大陆曾经是很受欢迎的作家之一。有的人便把北岛比作海明威式的"硬汉子"，这是因为他的诗表现了强烈的否定意识，强烈的怀疑、批判精神。这种怀疑和批判不只是针对人所处的环境，而且也涉及人自身的分裂状况，这是北岛深刻的地方。

下面，我们来读北岛著名的《回答》。这首诗最初发表在《今天》的第1期（1978年12月）上，次年被《诗刊》转载。很多人认为这首诗写于1976年4月的"天安门事件"时期，是对这一事件作出的反应。但齐简在回忆文章里（《诗的往事》，收入《持灯的使者》一书）提出，《回答》的初稿写在1973年3月15日，最初的名字是《告诉你吧，世界》（齐简保存有这一初稿），后来多次修改，才成了我们看到的样子。其实，是不是针对"四五运动"，我觉得并不是那么重要。谈北岛很难不提到《回答》，一是它确实影响很大，二是因为北岛这个时期诗的特质，他的表达方式，在这里面表露得最充分。

> 卑鄙是卑鄙者的通行证，
> 高尚是高尚者的墓志铭。
> 看吧，在那镀金的天空中，
> 飘满了死者弯曲的倒影。
>
> 冰川纪过去了，
> 为什么到处都是冰凌？

好望角发现了,
为什么死海里千帆相竞?

我来到这个世界上,
只带着纸、绳索和身影,
为了在审判之前,
宣读那些被判决的声音:

告诉你吧,世界
我——不——相——信!
纵使你脚下有一千名挑战者,
那就把我算作第一千零一名。

我不相信天是蓝的;
我不相信雷的回声;
我不相信梦是假的;
我不相信死无报应。

如果海洋注定要决堤,
就让所有的苦水都注入我心中;
如果陆地注定要上升,
就让人类重新选择生存的峰顶。

新的转机和闪闪星斗,

正在缀满没有遮拦的天空，

那是五千年的象形文字，

那是未来人们凝视的眼睛。

从这首诗中，我们可以看到早期北岛诗的精神质素，那种否定的、宣言式的诗情，坚定、不妥协的意志和北岛的用语、句式。这种质素贯穿在这个时期他的很多作品里，如《宣告——献给遇罗克》。遇罗克是"文革"期间北京的一个中学生，曾经写文章批判"血统论"，因为这篇文章以及其他一些言论，被判处死刑。这首诗是献给他的。

2. 意象群

刚才我们讲的是北岛诗的特质，是一种印象式的把握。这种感觉、印象在诗歌分析中，有时是重要的，也就是某种情调、某种氛围、某种质地。当然这是一种感性的，或者说初步的印象。它不是很严密，也不够深入，但有一定的价值。有时候，在读一些非常学理化、分析繁复的批评文字之后，反而会觉得有些精彩的"印象式"批评清新，更有智慧，更能抵达对象的"本质"。当然，这里对北岛诗的印象只能算是初步的、表浅的，这是我们读北岛时都能获得的了解。为了进一步把握北岛诗歌的某些要素，还应该有些展开，这就是从诗的意象性质及其组织方式上来解析。

在1980年代初，北岛对他自己的诗谈得很少。舒婷、顾城和杨炼就不同，他们对自己的生活经历和写作有许多谈论。我们看到当时北岛唯一谈论自己写作的文字，是1982年在《上海文学》"百家诗会"上一段几百字的短文，这对理解他的诗有很大帮助。这段话首先讲到诗歌的目的，诗和现实生活的关系。他说，要通过写作建立一个"诗的世界"，这是一个"独立的世界"，"人道"和"正义"的世界。这个观点跟顾城等人的看法有相似的地方，他们比起"十七年"和"文革"期间的主流诗歌观念来，相异之处首先是提倡一种人道主义的理想，其次是在诗歌（文学）世界和现实世界之间的关系上，北岛他们强调诗歌跟现实世界的联系，但是诗歌（文学）世界有它的想象、"虚构"、"超越"的独立性。在诗的写作与生活目的的关系上，北岛那一代诗人倾向于把它们看作"同一"的：诗歌写作也是在处理、实现人的生活目标，是追求更好的生活方式的手段。在这一点上，这种浪漫主义的看法可能和现在有些青年诗人不同。

　　北岛在这段文章里还说道，他在诗歌技艺方面使用了"蒙太奇"的方式。"蒙太奇"是电影艺术的概念，简单地说，是通过对画面、镜头（包括音响等）的组接，实现对时空关系的重新处理。这为我们理解他的诗歌艺术提供了线索，比如"镜头"，也就是诗的意象。在北岛这个时期的诗里，意象的使用十分自觉，意象在诗中，处于十分密集的状态，而且他使用的意象，也大多带有某种程度的象征性。也是因为这个，1980年代有的评论家把他称为"象征诗人"。我在这里提出的几个特征，应该是有道理的，即意象使用的自觉、密集和意象的象征性，这种象征性有时候是靠反复出现，类乎音乐的赋格、奏鸣曲方式来实现的。

　　密集的象征性意象有可能在诗的整体中形成某些意象群，如果对北岛这个时期的诗读得比较多，那么可以看到存在一些基本的意象群。它们作为理想世界或他所说的"人道世界"的象征物出现，是构造这个理想世界的材料。这些意象大体来自自然界的事物，如天空、鲜花、红玫瑰、橘子、土地、野百合等。这是浪漫主义诗歌经常用来表现美好事物的意象，带有和谐（人和人、人和环境）的、正面的价值含义。北岛诗的另一个意象群，在价值上处于对立的位置，整体上带有否定色彩和批判意味，比如网、生锈的铁栅栏、颓败的墙、破败的古寺等。我们可以举一些例子：

> 夜
> 湛蓝的网
> 星星的网结 （《冷酷的希望》）
> 你靠着残存的阶梯
> 在生锈的栏杆上
> 敲出一个个单调的声响 （《陌生的海滩》）
> 我们头上那颗打成死结的星星呀 （《见证》）
> 让墙壁堵住我的嘴唇吧
> 让铁条分割我的天空吧 （《雨夜》）
> 到处都是残垣断壁，
> 路，怎么从脚下延伸 （《红帆船》）
> 时间诚实得像一道生铁栅栏
> 除了被枯枝修剪过的风
> 谁也不能穿越和往来 （《十年之间》）

可以看到，"网""栅栏""残垣断壁"等，在他的诗中，都在表示对人的正常的、人性的生活的破坏和阻隔，对人的自由精神的禁锢，这是他对人的生存环境的理解。他有名的组诗《太阳城札记》，基本上也采用这种艺术方法。组诗最后一首,题目是《生活》,全诗只有一个字——"网"。这是一首有争议的诗,主要是说它题目比诗还长,还有就是对生活所抱的悲观态度,把生活看作受禁锢的景况。《太阳城札记》的构思,可能来自意大利康帕内拉1623年出版的《太阳城》,那是一部描述理想的书。在这个太阳城里,不存在私有制,统一分配财产,每天四小时工作,人人平等。北岛在这个组诗中,表现了他对当代"太阳城"的批判,大概是在揭示它作为"乌托邦"矛盾、虚假的性质。他的《雨夜》写大雨中的感觉,好像是被雨的墙和铁条所堵住和分割,置身于监牢之中。这种想象方式和意象方式,让我们想起波德莱尔的《恶之花》。我不说是"影响",因为这无法落实。其实准确地说,是想起陈敬容翻译的波德莱尔,也就是发表在《译文》(这个刊物1958年以后改名《世界文学》)1957年第7期上的那组选译。这里有一个有趣的问题,在当代,有不少诗人是通过翻译而不是原文来阅读外国诗歌的。不过,现在的情况有了改变,有一些诗人的外语很好,自己也译诗。但总的说,外国诗对中国新诗的影响,还要考虑翻译的因素。比如戈宝权对普希金的翻译,穆旦(查良铮)对普希金、莱蒙托夫、拜伦等的翻译。诗歌翻译在中国现代诗歌建构过程中所起的作用,还是一个研究不多的课题。

　　北岛这个时期的诗,从另一个角度说,有时会让人觉得意象的含义过于确定,诗的主题的表达和读诗人对主题的探求,通道都比较确定。抽象的说,这很难说是好,还是有缺陷,但在"文革"之后一段时间,既有诗的意象和形式的创新,又有某种主题的确定性,这种诗应该更受读者的欢迎。那个时候还是非常需要主题的,大家有许多看法、情绪、观点要表达。北岛的好处和某些弱点,可能都包含在这里。据说北岛后来对他早期的诗评价不是很高,那是他过分地看到了弱点的一面。

3. 悖论式的情境

除了意象的性质,我们还要看看这些意象的组织方式,这也许更重要。这些有着对立的价值内涵的意象,在北岛许多有代表性的诗中,常处于密集、并置的结构中,它们因此产生对比和撞击,有时形成一种悖论式的情境。如果要从现代文学中寻找相近的例子,也许可以举鲁迅《野草》的部分篇章。关于鲁迅在《野草》中创造的"悖论式"情境的分析,同学们可以读李欧梵先生的一篇文章。文章收在乐黛云老师主编的《当代英语世界鲁迅研究》里。李欧梵引用了一位叫查尔斯·阿尔伯的学者的发现,认为《野草》"悖论式"情境的主要结构原理,隐藏在意象的对称和平行的对立两极的交互作用中(第195页)。比如《野草》的题辞:"当我沉默着的时候,我觉得充实;我将开口,同时感到空虚。"这样的结构在《野草》中十分常见,如《影的告别》《复仇》《死火》《失掉的地狱》《墓碣文》《死后》等。"于浩歌狂热之际中寒;于天上看见深渊。于一切眼中看见无所有;于无所希望中得救。""抉心自食,欲知本味。创痛酷烈,本味何能知?……痛定之后,徐徐食之。然其心已陈旧,本味又何由知?""死尸已在坟中坐起,口唇不动,然而说——'待我成灰时,你将见我的微笑'。"在中国现代文学史里,鲁迅的《野草》是一本绝无仅有、很奇妙的书。它的思考、情绪,比北岛诗的"悖论",要复杂得多,也深刻得多,下面我可能还要讲到。北岛诗中意象平行、对称的并置结构,我举一些例子:

卑鄙是卑鄙者的通行证

高尚是高尚者的墓志铭。（《回答》）

一切欢乐都没有微笑

一切苦难都没有泪痕 （《一切》）

岁月并没有从此中断

沉船正生火待发

重新点燃红珊瑚的火焰 （《船票》）

走向冬天

在江河冻结的地方

道路开始流动

乌鸦在河滩的鹅卵石上

孵化出一个个月亮 （《走向冬天》）

万岁！我只他妈喊了一声

胡子就长出来

纠缠着，像无数个世纪

我不得不和历史作战

并用刀子与偶像们

结成亲眷……（《履历》）

这样的例子很多，如《归程》中的"梧桐树上的乌鸦"（不是凤凰），"陈叶"和"红色的蓓蕾"在灌木丛中摇曳，但"其实并没有风"。有时候，使用的意象本身就有着复杂的、对立意味的含义，如上面提到的《船票》，"沉船"正"生火待发"，点燃的是"红珊瑚的火焰"。我们读过鲁迅的《死火》，里面说："我忽然坠在冰谷中，上下四旁无不冰冷，青白。而一切青白冰上，却有红影无数，纠结如珊瑚网"，"有炎炎的形，但毫不摇动，全体冰结，像珊瑚枝"。可以看到，北岛诗中的"红珊瑚火焰"，既包含着燃烧、生命勃发，也有着冻结、死灭的双重含义，这个意象自身，就有着对立的、悖论的因素。这种有着不同价值内涵的意象并置和使用有复杂成分的意象的诗歌方法，所要展示的是两方面的状况：一是环境，现实处境；二是人的行动和内心状况。从前面一点说，在当时，北岛比其他诗人都更坚决地指认和描绘生活与历史的荒谬、"倒置"的性质。从后一方面说，它们提示了处于这一时空中的个人，在争取个人和民族"更生"时，可能陷入的困境、前景的不确定和个人内心的紧张冲突。

现在，我们来读他的一首短诗《走吧》。这首诗不是北岛最好的作品，但比较短，对我所要讲的问题具有"典型性"。

走吧，
落叶吹进深谷，
歌声却没有归宿。

走吧，
冰上的月光，
已从河床上溢出。

走吧，
眼睛望着同一块天空，
心敲击着暮色的鼓。

> 走吧,
> 我们没有失去记忆,
> 我们去寻找生命的湖。
>
> 走吧,
> 路啊路,
> 飘满红罂粟。

我就做一点笨拙的解读,这种解读在很大程度上是把诗"条理化""散文化",这可能很要不得,好处是像我前面说的,满足我们对"主题""意旨"的心理需求。先看第一节的"却"字,连接了人和自然界的对比:有栖身地的落叶和没有归宿的人的歌声。归宿、栖身地是人获取安定感的根基,但是,正如北岛在《一切》里说的,"一切都是没有结局的开始"。河流"溢出"的这种奔腾、流动,也许只是虚假的幻觉。天空和暮色在这里是一种并置的对立关系,是超越性的追求及对这种追求的有效性的怀疑。拥有记忆,是人能够理解现在,设计、安排未来的保证;但寻找到的,却是"生命的湖"。"湖"在北岛诗中,是水的汇集、静止,而不是扩展、流动。在另一首短诗《迷途》中,有这样的句子:"一棵迷途的蒲公英 / 把我引向蓝灰色的湖泊。"最后,路上飘满的红色花朵能够给人安慰、使人喜悦,但是这些花却是有毒的。这首诗展现的是一个"分裂""悖论"的情境。"悖论"不仅是人的处境,也关乎人自身。不过,在断裂、矛盾的状况中,又贯穿着一个不妥协的、固执追寻的声音:"走吧"。这表现了此时北岛——一个"理想主义者"对人的力量的信念:分裂的世界和"两难之局"靠人的介入、参与，会有获得弥合、超越的可能性。

我们读过鲁迅的《过客》，北岛诗的"叙述者"也有那个"过客"的"反抗绝望"的精神素质。鲁迅在给许广平的信中说，走人生长途，遇到"穷途"，听说阮籍先生也大哭而回，我却也像在歧路上一样，还是跨进去，在刺丛里姑且走。"过客"不接受老翁关于往回走的劝告，也不接受女孩的安慰和布施，不愿认同对虚幻前景的承诺。北岛的诗里，也有类似的表达。《红帆船》中写道："我不想安慰你／在颤抖的枫叶上／写满关于春天的谎言／来自热带的太阳鸟／并没有落在我们的树上／而背后的森林之火／不过是尘土飞扬的黄昏。"北岛还写道："不祝福，也不祈祷／我们绝不回去／装饰那些漆成绿色的叶子。"大概是，祝福意味着抱有奢望，而祈祷说明有所畏惧。但是，就在这希望和绝望所构成的"悖论旋涡"（这个词是李欧梵先生的发明）里，诗的"叙述者"做出向前走的决定：这是因为，归根结底他对"时间"抱有信心。相信"时间"，就是相信"希望"，就是相信"未来人们凝视的眼睛"（《回答》），就是相信不管在什么样的情况下，"岁月并没有从此中断"（《船票》），就是承诺"除了天空和土地／为生存作证的只有时间"（《红帆船》），就是坚信"也许全部困难只是一个时间问题，而时间总是公正的"（《我们每天早晨的太阳》题记）。

这样，我们在谈论北岛这个时期的诗的时候，还应该加进一个重要的意象"冰山"，这是关于自身、关于个体，但也是关于"一代人"的意象。它意味着坚决、执着、孤傲，但也意味着艰难、险峻。他们表示要留下一切多余的东西，"把钥匙留下"，"把梦魇留下"，留下"最后一份口粮"，留下一切可能妨碍他们意志高扬的约束，"在江河冻结的地方／道路开始流动"(《走向冬天》),走向最不利于他们却最有可能与他们所要质疑、批判的对象"交战"的地方。

最后,我要说明的是,今天讲的北岛的诗,是他早期的部分。后来,北岛的写作发生了许多变化。1980年代中期,变化已很明显。移居国外之后,北岛对自己的诗歌写作所做的调整就更加突出。对他后来的诗的阅读、分析,需要另外进行。从一种"风格"的印象看,也许欧阳江河的描述有一定道理:北岛近作在"诗歌精神"上和早期作品有一致性,其变化是,近作"其音调和意象是内敛的、略显压抑的、对话性质的,早期作品中常见的那种预言和宣告口吻,那种青春期的急迫形象已经甚少看见"(《站在虚构这边·北岛诗的三种读法》)。我想,这是很自然的,我们的生活发生了这么大的变化,况且,北岛也已不年轻。

从不同的层面理解作品的丰富意蕴
——怎样读《围城》

温儒敏，1946年生于广东紫金，北京大学中文系教授、博士生导师，山东大学文科一级教授，北京大学语文教育研究所所长，曾任北京大学中文系主任。主要从事中国现当代文学、文学理论、比较文学和文学教育的研究与教学。

著有《新文学现实主义的流变》《中国现代文学批评史》《温儒敏论语文教育》《温儒敏论语文教育二集》《温儒敏论语文教育三集》《中国现代文学三十年》（合著），编有《比较文学论文集》《中西比较文学论集》《高等语文》（合作）等。

《围城》大家可能比较熟悉，看过电视或者小说，但我还是想简单介绍一下钱锺书和这本书的情况。钱锺书主要是一个学者，写小说是他的业余爱好。他写小说跟一般作家不太一样，是很从容的，这种姿态，对他的作品风格的形成应该说是一个决定性的因素。他也不是为了稿费，或者为了什么上级给他的任务，或者为了形势的某种需要，他纯粹是为了自己一种文学上的寄托。他的小说是学者小说。我们知道他是一个学问家，是非常有个性的一个人，文坛流传有很多关于钱锺书先生的轶事，说他只知道读书，不太会待人接物，甚至撒切尔夫人到中国访问，说要见一个叫钱锺书的，他说我不知道撒切尔夫人是谁。这可能只是所谓轶闻故事了，但钱锺书确实是一个非常有个性的作家。他写出来的作品有种智者的风采，也好像有种文明人的懒惰。接下来我介绍一下《围城》。

《围城》是怎样"热"起来的

《围城》是抗战后期写的，先是在一个叫《文艺复兴》的刊物上发表，1947年出了单行本，发表以后并没有引起大家的注意，新中国成立后，就没有再出版。新中国成立后钱锺书主要是搞文学研究，研究古代文化，写过《管锥编》，还有其他一些著作，基本上就没有创作了，大学里上文学史课不讲钱锺书，他的书在图书馆也找不到。一直到大概是1980年代初，开始有人注意钱锺书，那主要是所谓"出口转内销"。美国有一个汉学家叫夏志清，他写了一本《中国现代小说史》，把钱锺书捧得很高，这就引起了中国一些学者的注意，千方百计找来看，觉得确实不错，就有人开始研究钱锺书。那时在海外也有人做博士论文写钱锺书的。钱锺书在文学界名声大振，是 1980 年代的事。《围城》一直到今天都是畅销书，高雅书店有，地摊上也有，这很难得。1980 年代中期《围城》被改编为电视，电视的作用很大，播放以后，大家都来读这个小说。所以说现代传媒在推进文学方面有时候也有作用，当然也有销蚀的作用，看书的人少了，看电视的人多了。这是关于《围城》的一些背景和基本情况，下面我就转入讲这个作品。

《围城》这部小说跟一般小说不太一样，意蕴或者说主题比较深，不是一眼可以看穿的。或者说这样的小说所带有的文化意蕴比较丰厚，凡是碰到这类小说，你千万不要相信简单的一句话就能把它概括了，绝对不能。越是意蕴丰厚的文学作品，越是可以做多种多样的解释；如果像中学上语文课那样可以作简单的主题归纳，那么这样的作品一般来说比较单纯。《围城》属于意蕴比较丰厚的作品，对这样的小说，我们完全可以放开思路，不断地发掘，根据自己的生活经验和人生体验去理解，可以从不同的角度、不同的层面来分析这样一本小说。

下面我给大家做个示范，这种分析不一定对，我先用三种方法来分析，或者说从三个层面得出三种结论，这三种解释或者说阅读方式都可以读出它的味道，大家看看有没有道理。这样做最终是要说明，越是意蕴丰富的作品，越是可以从不同的角度、不同的层面，用不同的方法去解读。

《围城》的三层意蕴

1. 社会反映的层面

第一层我用比较常见的社会学的批评,也就是常说的反映论。中学语文老师都喜欢让同学概括,这是必要的,是一种训练嘛。概括是"通过什么什么,反映了什么什么,它的主题是表达了什么什么"。用这种批评方法看,《围城》确实有它写实的一面,就是说它有反映生活的一面,它的生活描写确实能够体现1940年代中国战争时期社会生活的一些情景。确实,我认为通过读《围城》,可以了解1940年代中国的一些情况,比如说教育界的情况、城市里面的情况、知识分子的状态等,它描写了现代中国一些生活的情景。其实钱锺书在他小说的开头序言里面就说了,他写现代中国的某一部分社会、某一类人物,那就可以说是世态人情嘛。这是我们读《围城》时应该注意的。有个批评家写过一篇文章,说《围城》所写的是旧社会的一个小小旋涡,曲折深刻地反映了那个社会的一个角落,是行将崩溃的社会生动的写照,是对那个腐朽社会的抗议。对这种说法现在有的年轻评论家可能不以为然,但我认为《围城》有这层意思,就是说《围城》有揭露性的一面,它写1940年代的中国社会生活,特别是社会上的陋习和精神上的落后,有些描写是非常真实的。

如果我们从社会学批评这个层面理解,《围城》确实是有增加认识的作用,这个层面叫生活描写的层面。生活描写层面可以帮助大家了解现代中国一些我们不太熟悉的东西,有认识历史的价值。通常我们说"通过什么反映什么",比如通过这个描写反映了1940年代中国的一些情况,这个话大家不要一听就讨厌,它还是有它的道理。这种批评以前是主流批评，有它的功能、特色，比较重教化、重意识形态，把作品看成一面镜子，这是社会学批评经常容易导致的一种状态。它有它的功能，像刚才说的，通过什么反映了什么，这是这类批评的一个常见公式，第一个层面可以用社会学的批评来认识。《围城》确实有对中国社会1940年代那种落后、闭塞、混乱的揭示，这是读的时候我们比较容易注意到的。但是这个生活描写的层面，一般小说都有，是比较浅层的。比较好、比较深的小说，可能还有第二层、第三层甚至是无数层。《围城》起码还有两层，那么第二层是什么呢？是文化批判的层面。

2. 文化批判的层面

《围城》所构筑的文学世界，包含着钱锺书对这个世界的一种看法，这种看法是带有他的文化立场的。他写这个小说，有他的出发点，或者叫"视点"，好的小说往往都有独特的"视点"。钱锺书是以他的视点来构筑这个文学世界的，那就是文化批判，或者批判文化。钱锺书更多的时候是批判文化，他对现代中国的文化，不管是残留下来的传统文化还是从外国进来的新文化，不管是老的还是新的，不管是流行的还是不流行的，一概批判，而且批判得非常狠辣，他把他的《围城》整个写成一个"新儒林"。我们知道古代有部叫《儒林外史》的小说，揭露科举制度丑恶的现象。那么钱锺书写的《围城》第二个层面，实际上是新的"儒林"。五四以来文学作品中的知识分子大都是英雄，是先驱桥梁，是社会发展的先知先觉的人，知识分子的位置是很高的。但是《围城》里面不是这样，《围城》里面知识分子是处在一个被讽刺、被批判的位置。

钱锺书的批判确实有他的特色，批判对象都是新式知识分子。他写知识分子的困境、弱点，通过这些知识分子的"新"来看他们身上最旧、最可怜的东西。下面我们就来分析一下，他这个"新儒林"是怎么来写的。他主要通过对人物的文化心态剖析来完成这种批判，第一号人物就是方鸿渐。方鸿渐不见得是一个坏人，他挺善良的。他也骗人，但是好像是有限度的。他挺老实，不切实际，聪明而没有勇气，没有什么用处，是一个眼高手低的人。有句话叫博闻识浅，他知道的东西太多，能侃，但是没有自己的见识；能言善道，没有自己的主意，碰到什么事都优柔寡断，所以很多人都可以来批评他。像苏文纨批评他，说他大地方玩世不恭，小地方挺认真。赵辛楣是他的好朋友，所谓"同情兄"，也批评他，说他不讨厌，可是全无用处。另外有一个叫刘东方的说他本质不坏，人还算伶俐。他的老婆孙柔嘉呢，批评他喜欢自作聪明，但是往往最终弄巧成拙。总之，方兄是善良而没有用处，聪明但是优柔寡断。在生活面前他最大的特点就是怯懦，碰到事拿不定主意，喜欢乱说，所以不断地失去机会。

方鸿渐上大学的时候，看到新式恋爱他很羡慕，但是老父亲一吓他，就缩回去了，是个优柔寡断的人。他对苏文纨的态度也这样，不喜欢苏文纨，那就明说好了，但是他非常怯懦，结果自己落到那个套里边了。小说里边写一个情节，说方鸿渐虽然并不喜欢老姑娘苏文纨，但不好驳人家的面子，就跟苏小姐约会，花前月下不能自持，就吻了苏文纨。吻的面积非常小，轻轻地一点，就像清朝，场面上喝大盖碗的大碗茶，轻轻地拿嘴在茶杯的边上这样碰一下，表示意思了。明明自己不愿做的事就别做了，做了就要负责，结果呢，方兄就落了这个套了。最终苏文纨知道了真相，就在方鸿渐所相思的另一个女孩子唐晓芙跟前中伤方鸿渐,把方跟唐的关系给破坏了。

但是不要把它看成一般的三角恋爱,这并不只是青年男女玩过家家,里面有一种文化批判。刻画方鸿渐在爱情上的这种性格和处世原则,就出于一种文化批判的目的。在钱锺书的心目中,就是中西文化的合璧,结晶了这样一个方鸿渐,优柔寡断,没有主见。另外对方鸿渐的一些描写,很显然钱锺书是批判的。比如说方鸿渐非常懒,不想做事,喜欢得过且过,自我安慰,有点像阿Q,这是不是一种文化的惰性呢?我想这是钱锺书的看法,认为传统文化再加上西洋文明,结合以后所形成的一种慵懒的性格,名分上很新,也喝牛奶咖啡、吃面包、跳舞,但骨子里很旧,或者说是新旧杂拌,这实际上就在批判。钱锺书刻画很多人物时带有文化批判的意味,像船上疯玩"杯水主义"肉欲游戏的那个鲍小姐,钱锺书明显在批判,方鸿渐当然更是他的一个批判的中心了。方鸿渐对传统文化是看不起的,但又很留恋,所以说他实际上是中外文化冲突所产生的那种矛盾心态,无所依持,没有主心骨。

我读《围城》时也联想到,现在我们这个社会好些人的精神状态,有时多少有点回到方鸿渐,无所依持,不知道自己的目标是什么。挣钱就是目标吗?钱挣到以后又觉得没意思,方鸿渐就是这样的。钱也是一个"围城"啊。比如说我现在没钱,梦想哪一天有一百万、二百万,买房子、车子,就成为天下最快乐的人,但目标都达到以后,可能你快乐的程度还比不上现在。无所依持,没有生活的目标,方鸿渐就是这样一个人。在方鸿渐身上,就带有钱锺书对文化的一种思考、一种批判。这种批判是很个别、很尖刻的。他不像当时一般作家,认为反正是五四带出来的,一切都好,个性解放就是好的,民主就是好的，西方来的就是好的，他不是这样看的，他都有批判，写方鸿渐实际上就是写一种文化现象。

另外小说里面大量地描写那些最新式的知识分子，其实都带有某种乡村都市化特点，所谓落后的时髦。现在北京不也可以看到很多乡村都市化的情况吗？钱锺书用了一个比喻，也是很"损人"的，他说就像是一个中国的裁缝仿做西装，连上面的补丁也仿。乡村都市化，什么都学外国，但学得又不像。钱锺书在小说里对这个有批评，这种批评当然主要是针对1940年代的，但对现在也还有启示意义。比如他讽刺的那些假博士假文凭，在这种讽刺的背后，就带有钱锺书的一种批判眼光。干嘛什么事都要崇洋呢，崇洋本身就是一种迷信。当然西方一些先进的文明科技、一些好的制度是可以学习的，但一切都好，往往学的又是一种皮毛，没有自己的主心骨，这就是乡村都市化的心态。这都是批判，《围城》对方鸿渐和他周围的那些人物都带有这种文化批判。

下面我还要讲到一个人物，我认为是小说里面写得最成功的人物，就是孙柔嘉。在孙柔嘉身上，钱锺书带有很深刻的思考。本来孙柔嘉，正处在人生最美好的年华，但是钱锺书把这个小女孩写得特别老练，特别有城府，方鸿渐根本不是她的对手。小说一开头就写这个少女是那么柔弱、那么天真、那么温顺，怕生得说一句话脸腾的就红了；但是另一方面又很做作、矫饰。钱锺书对此给予了尖锐的批评。结婚以前孙是很温顺、很柔弱的；结婚以后完全换了一个人，变得非常专横、嫉妒、自私和刻薄，不容许方鸿渐跟外面任何人结交。不光是不能跟女的结交，连跟男的结交也不行。从心理学来分析，也可以谅解，但是钱锺书是从文化批评角度来写的。孙柔嘉本来也是个受过大学教育的人，受过五四新文化的教育，但是骨子里面是很旧的，她也不是什么东方女性美，完全是刻薄的，在家庭生活里面纯粹是一种占有欲。这个人物写得非常成功。

但是我又觉得作者有点过火，女孩有时候有点撒娇，是特定身份的一种显现，也许在她的男朋友或者她的长辈看来是很正常、很美好的一种东西，虽然有点做作。但钱锺书不能容许，他是为了做文化批判，所以我说有时候他也写得有点过火。但是总的来说，他为什么要这样来写孙小姐呢？就是一种文化反思，像方鸿渐、孙柔嘉这些都不是坏人，都是生活中的普通人，是"非英雄"。回顾我们的现代文学，五四以后英雄太多了，写英雄的人太多，所以一看到钱锺书的小说我老想起老舍，老舍先生的笔下也是很多"非英雄"，五四以后的英雄人物在他们笔下都"非英雄"化了。这"非英雄"带有一种新的文化视点、一种批评，这些"非英雄"、这些普通人就构成了作者所要审视批判的"新儒林"，实际上是处在新旧文明、中外文明冲突之下的一群人。

刚才我们讲了"视点"，就是写作的视点，钱锺书的视点很特别，他要通过这些新式的知识分子、留学生、大学生，通过对他们的心态的刻画，来对中国传统文化进行批评，同时对新文化也进行批评。他认为新文化也有很多毛病，特别是从西方照搬过来的。这种角度跟其他作家不一样，是批判，但并非颠覆一切。这跟王朔也不一样，王朔什么都批，无所不批。钱锺书当然也是无所不批，但是站得比较高，写作比较从容。王朔说他自己是"码字"的，一天要码五千字，都是计算好的，什么都写，他有时写电视剧也可以，写得很好，老百姓也可以接受，同时不断向前卫、向精英挑战，骂人，后来连鲁迅也骂，这不见得是什么文化批评。钱锺书确实是用了一个很特殊的写作角度，刚才也说第一层我们可以从社会学的角度来看钱锺书作品里面写到的一些生活表面情况，看它有没有揭露性、批判性，有没有认识价值。那么第二层就比较深了，他通过这群人写他们骨子里的东西，写中外文化，确实有钱锺书自己特殊的眼光。

3. 哲理思考的层面

那么还有没有第三层主题或作品意蕴呢？还可以往下挖，我们现在正在试图再挖一下，挖到第三层。第三层就是哲理思考的层面，抽象一点，是哲理性的思考。透过前面两层可以挖到第三层，我们用什么办法来挖呢？刚才说第一层用社会学批评，第二层用文化心理批评，那么第三层我们试图用一下结构主义或者符号学的方法。当然这不是一个很本色的结构主义和符号学方法，而是变通一下，看能不能部分地用在我们读《围城》上。我们先说一下结构主义的方法，这个结构主义不考虑具体描写的细节，这里描写怎么好，怎么抒情，怎么讽刺，它不考虑这个。对人物有什么意义，有什么心理活动，它也不考虑。它是把一部作品作非常粗略、宏观的分析，看里边有几个组成部分，化繁为简，充分地简化，非常简练地把一部作品最基本的元素给抽离出来，然后看作家要写什么，看他的盲点是什么。这是结构主义大致的方法，我是用一种比较通俗的语言来讲这种方法，结构主义有时候跟西方符号学也有关系，只关注作品里边的基本元素，不太考虑艺术性、思想性。我们现在用的并不是本原的结构主义，只是取其一点，可以说是仿结构主义，或者仿符号学，来试一试能不能挖掘《围城》的第三个层面。

刚才我们述介《围城》的故事，如果把它展开来读，是没什么意思的，很平淡、很琐碎，没有什么英雄，没有很大的冲突，也没有像武侠小说那样激烈的、血淋淋的刀光剑影和传奇的东西，只有很平凡的一些人，都是吃饭啊、婚姻啊这些；而且所有人都"失败"了，都无可奈何了。到底钱锺书要写什么，如果你读完这个小说以后，把它充分简化，抽出几条来，我想可以注意两个词或两个动作，一个动作叫"进城"，一个动作叫"出城"。这两个动作反复出现，进城然后又出城，然后又进城，再出再进，整个小说就写这个。所以如果说把《围城》的结构简化成一个公式，那就是方鸿渐＝进城＋出城＋进城＋出城……小说一开头那条船实际上就是围城，四周都是大海，就剩下一条船在海上，坐船的人希望下船，坐累了以后都希望早点靠岸，从船上下来，这是出城。到了上海呢，又进城了。再说方鸿渐在上海待不住了，他又到湖南，到内地乡下去，这是出城。到了这个三闾大学一看，比上海好不了多少，甚至更糟糕，那又进城了。所以说方鸿渐的经历就是进城出城、出城进城。他们的爱情婚姻也是，方鸿渐没有结婚的时候想结婚，当然孙柔嘉不太理想，苏小姐也是不太理想的，唐小姐理想但是没成，最终还是与孙结合了，没有结婚想结婚这是正常人的愿望，但往往结了婚后又想离婚。而且小说里有很多这种描写，没有结婚想结婚，结了婚以后想离婚。婚姻在小说里面也变成一个围城，在外边的人想进去，进去以后想出来。西方有一个批评家说《围城》就是写了婚姻、爱情问题上人性的弱点，人都是这样的。但是我不完全同意他这个意见，因为很多婚姻也很美满。不过，不美满的婚姻的确也很多，结婚以后就想离婚，或者虽然没有离婚，但总是想着城外的事，这大概可以说是人性的一个弱点。所以整个《围城》

就是这样，进城、出城、进城……而且好像这种不断重复的动作都是盲目的，受一种本能支配，甚至可以说是鬼使神差的，进来又想出，出去又要进，就是三个字——"无用功"，好像人生往往就是这样。整个小说给人的一种感觉，如果你往深里分析，就是在说人生处处是围城，城外的想进，城里的想出，冲进去又出来。什么意思呢？就是说整个人生处处都是围城，但是每个人都是受本能驱使，要去寻找，要去寻梦，每个人都在寻梦，到哪一天你完全没有梦了，什么梦都没有了，特别清醒了，也就没有意思了。

如果把《围城》抽象地、高度地概括和结构化，就会发现写的实际上是两个字——"围城"。一般人读这个小说不太注意，以为这个围城是抗日战争时被围之城，当然这也是一个生活的场面。实际上看完以后，小说的秘密就写在这书的封面上，就是书名。要看完整本书以后，透过刚才说的那两个层面再来思考，才会发现钱锺书是一个智者，他有对人生的思考，就写了《围城》。

事实上钱锺书在该书一个情节描写中已点明了这部小说的含义。有一天，方鸿渐跟朋友们一块喝酒。他这个没有酒量的人，喝一点就先醉了。他就渐渐觉得灵魂好像离开自己的身子在说话，同时也听到别人说话。有个叫褚慎明的哲学家就说，"关于Bertie结婚离婚的事，我也和他谈过。他引一句英国古话，说结婚仿佛金漆的鸟笼，笼子外面的鸟想住进去，笼内的鸟想飞出来；所以结而离，离而结，没有了局"。苏小姐也加上一句话，她说法国也有这样一句话，不过说的不是鸟笼，是困境，是城堡，城外的人想冲进去，城里的人想逃出来。方鸿渐这时已经喝醉了，不知道，对这些谈话糊里糊涂的。其实这里就点明了整本书的秘密，所谓密码就藏在这里，不仔细阅读，不透过刚才那两层,可能发现不了,这是更深一层哲理性意蕴的挖掘。

这本小说确实写出了作为人都有的弱点,说来也就有一种苦涩感,就是活着干什么呢?是不是就是做无用功,就是进城出城啊?人是不是就是受这个本能的支配,老是要做些什么事?这种世界观不一定对,但钱锺书确实进行了比较深层的思考。他不是讨论政治问题,或者讨论一般的做人哲学,他在更深地思考人类的某些弱点,思考人类的盲目性。所以看过这部小说后,有时候我也觉得有一种苦涩感,一种隔膜感。当然在座有一些比较年轻的孩子,我不希望你们那么年轻的时候就读懂了《围城》的第三层面,你们读懂第二层就差不多了。这个《围城》主要不是写给年轻人看的,它是中年人的小说,要有一些人生的历练以后,才能有体会。刚才我讲了三个层面,三种批评方法,还有没有别的呢?可能还有,比如心理分析批评,甚至现在很时髦的女性主义批评,可以不可以用来分析《围城》?我想都可以试试。不过如果用女性主义批评呢,这个《围城》就可能站不住了。因为钱锺书的写作姿态在女性主义看来,就是非常典型的大男权主义,你看看他写的小说,唐晓芙、苏文纨、孙柔嘉,还加上鲍小姐,好像都是为方鸿渐而存在的,这是不是男性中心呢?如果方鸿渐比较能够有一种对妇女的尊重,他的婚姻生活是不会那么糟糕吧?

所以我们讨论问题时,千万不要把小说当成人生哲学来看,比如说方鸿渐,或者说钱锺书对方鸿渐的描写,对人生有一种非常深的看法,觉得人生没有意思,人生就是进城出城,就是盲目的无用功。这只是一种认识,一种感受性或诗性的哲学,但是这样的哲学不一定要用来干预、指导我们的生活,这毕竟是小说。还是回到刚才我们说的,一部好的小说、一部意蕴深刻的小说,可以不断地被解读、不断地被剖析，见仁见智。我们读小说，完全可以相信自己的感觉，不一定阅读之前就抱着一个受教育的姿态。当然学生要受教育，但老是有一种这样的心态，好像世界一切都是为了教育而存在的，也很可悲。

《围城》的艺术特色

刚才主要是用不同的方法来读《围城》，读出不同的味道，下面讲一下它的特色。最重要的一点大家都能够感觉到，那就是讽刺。现代作家擅于讽刺的很多，鲁迅讽刺，老舍讽刺，张天翼也有讽刺，很多都有讽刺，钱锺书的讽刺有什么不同呢？他是比较智慧的讽刺，是一种"普遍的滑稽化"。他的讽刺主要是通过语言的陌生化来表达的，所以你读的时候往往会停留下来欣赏他这个讽刺的语言艺术。他喜欢用比喻，把庄严的东西滑稽化。刚才说王朔也滑稽化，但他跟钱锺书不一样，他是把你从台上拽下来。钱锺书并不把你拽下来，他还让你在那个位置，但是把你滑稽化，普遍地滑稽化，特别是在语言方面，让大家在阅读之中感到一种快感、一种智慧、一种欣赏。

比喻里边含有一种讽刺，是钱锺书常用的手法。给大家举一个例子。方鸿渐有一天到苏文纨家里，在客厅里面坐下来，这客厅里面已经来了一个客人叫沈太太，穿着非常高级的衣服，但胳肢窝那个味儿熏得方鸿渐恶心，方鸿渐想换座位，但当着那么多人面不太好换，于是就胡思乱想了。钱锺书是这样来写方鸿渐的胡思乱想的，他说政府可以迁都，自己倒不能换座位了。我们知道抗战时期国民党的首都曾经从南京迁到重庆,所以他这个讽刺既带有时代的特点,同时又带有一种文化的讽刺。又比如说,小说写那个"哲学家"褚慎明,他有个毛病,最看不起女人,他为什么要戴个眼镜呢?因为怕看见女人。但是他看到苏小姐以后眼睛就生病了,害了眼馋病,就盯着苏小姐。小说写褚的大眼睛好像哲学家谢林的"绝对观念",要突破那个镜框。这个讽刺很有意思,"绝对观念"是一个抽象的哲学名词,非常奥妙,来比喻这个哲学家的眼睛,也是带有一种批判,是滑稽化。钱锺书对社会行为经常有这一类批评,这种批评跟鲁迅那种非常尖刻的挖掘是不一样的,他是带嘲笑的。比如说三四十年代,也有很多出国的,很多人出国回来后就觉得很了不起。出国是好事,但出国以后就觉得自己很了不起,没有出国的人就总是觉得好像没有完成什么事,对这种状态,钱锺书表示鄙夷和批评。他说出洋就像小孩出水痘,那种念念不忘自己出过洋的人,就是甘心让自己的天花变成了麻子,因为以前出水痘搞不好就变成了脸上的斑麻。钱锺书以此比喻一些人出洋之后那种盲目自大的炫耀心理,如同"得意自己的脸像好文章加了密圈"。没有出过国的也想"到此一游",又如同出水痘,出完了就痛快了。这都是一种讽刺,对社会行为的一种讽刺,也是一种比喻。有些比喻,读的过程中你会有一种快感,觉得好笑。比如他写道,一群人去喝咖啡,谁知从冷盘到咖啡无一可口,除了醋以外,面包、牛奶、红酒无一不酸。有些描写非常尖刻,比如对人物的描写,写那个孙柔嘉,一出场还是姑娘,二十一二岁,说一句话就要脸红,但又写她两个眼睛隔得太远,老是给人一种惊讶的感觉。你们注意一下,这个眼睛隔得太远是不是一种惊讶的感觉,这个孙柔嘉的确经常会有一种故作惊讶的表现,这是一个机智的讽刺。我就不要举很多例子了,大家阅读过程中都会感觉到的。

另外心理描写方面,这部小说也有它的特点。心理描写是现代文学比古代文学高明的地方,古代小说基本上没有什么心理描写,人都是比较平面化、脸谱化的。钱锺书的心理描写并不细,只是很入骨。因为时间关系,我就不展开来讲了。

另外还有一点也很有意思,就是《围城》中的人名,不知大家注意到没有,其中许多名字都有特别的含义,有的也带讽刺。比如方鸿渐,"鸿渐"是《易经》上的一句话,"鸿"就是鸟,"渐"就是树木,鸟可以从水上飞起来,落在那个树上。方鸿渐比较清高,但是也表现得比较懵懂,什么事都无定夺,就像鸟一样,在树上站不稳。孙柔嘉,"柔嘉"是什么意思?统治术,果然这个女子结婚以后有一种御夫欲,很厉害。赵辛楣,"辛楣"就是挂在门上驱邪用的药。所以《围城》中每一个人物都是个符号,也有种批判。

总的来说,刚才我讲的这些就是一个粗略的介绍,希望通过自己的阅读感觉,来说明一个问题:意蕴丰厚的小说,可以不断地阅读,从不同的角度用不同的方法进入。所以我们读小说最好的办法,就是放松自己,千万不要一开始就把自己的思维框住了,老是想着它主题是什么。放松,读完以后,根据自己的体验,回过头来再进行思考。如果它经得起批评,我们就可以发现它有很多层面的意思可以分析。如果它没什么内涵,就是一时快乐,这样的小说也好,武侠小说不就是这样吗?我们要相信自己的阅读感触,相信自己的第一阅读印象,你认为好,可以琢磨一下它好在哪里;你认为不好,可以分析一下它不好在哪里,也就这样了。不一定非要抱着受教育的目的去读,也不一定非得一开头就考虑挖掘它的主题思想。对于钱锺书的《围城》,

大家有不同的读法,也有些批评它的,认为它太尖刻、太超然。但不管怎么说,《围城》毕竟是一部很重要的作品,也是现代文学一个大的存在。今天只是谈我自己阅读的一点看法、一点体验,我就讲到这里,谢谢大家。

人事中杂糅的神性与魔性
——沈从文和他的《渔》

商金林，1949年生于江苏省靖江市，北京大学中文系教授、博士生导师，曾在日本东京大学、韩国外国语大学、澳门大学和日本国山口县下关市立大学任教。

著有《闻一多研究述评》《叶圣陶传论》《朱光潜与中国现代文学》《感觉日本》《求真集》《叶圣陶年谱长编》《叶圣陶全传》等，另有编著二十余种，论文近百篇。

2002年12月28日是沈从文先生诞辰100周年纪念日。为了纪念沈从文，9月17—20日在他的家乡湘西凤凰县举办了"沈从文百年诞辰国际学术论坛"。这个论坛是由中国社科院文学研究所、历史研究所和《文学评论》编辑部、湖南吉首大学以及凤凰县县政府等单位联合举办的。我参加这个论坛，又在湘西走了一些沈从文当年走过的地方，还是有一些感触的。

湘西和沈从文

1. 我们对湘西还比较陌生，需要尽可能多地了解湘西

湖南是一个多民族的省份，有汉族、土家族、苗族、回族、壮族等41个民族。湘西是土家族、苗族聚集的地方。自然风光雄浑壮阔，苍秀奇绝。凤凰县城坐落在湘黔交界处的崇山峻岭之间，位于沅水上游的沱江之畔，襟山带水，小巧玲珑，是个苗汉杂处的小小山城，窄窄的街巷、清一色的石板路。房屋大都是砖木结构，青瓦玄墙，还有那相传是由巢居演变而来的吊脚楼，显得极为古朴。凤凰县城有坚固的石头城门。从沈从文的《湘行散记》一类作品里可以知道，这城门维护着的是一方神秘的天地，在这里演出过无数悲壮凄楚的故事。1920年前后，凤凰城里的居民不过五千，而正规兵士却有七千。周围山山岭岭的历史、宗教的种种潜流都汇拢到这个小小的山城。在过去的漫长岁月里，侠义与巫术、强暴与善良、野性与剽悍、封闭与愚昧使这个山城充满了神秘的色彩和浓郁的血腥味。湘西民族性中确有凶狠、野蛮、好斗的一面。另一方面，这里的民风又极淳朴，人们正

直、忠诚、爱美、认真,特别"圣洁",不会说谎、不会作伪,沈从文在很多作品中也写到这些,例如短篇《巧秀和冬生》。

巧秀家住在溪口,妈妈23岁就守了寡,那时巧秀还不到两岁。巧秀妈年轻,跟黄罗寨的打虎匠偷情,被族人拿住了,族里人觉得受到了侮辱,要惩罚打虎匠。所谓惩罚,原本是雷声大雨点小,打一打就算了,但是族长不同意,一定要严惩。巧秀妈未出嫁时,族长曾经想要她做儿媳,巧秀妈不同意,因为族长的儿子是跛子。后来族长又想调戏她,被巧秀妈骂了一顿。为了泄私愤,族长让人当着巧秀妈的面,把打虎匠的双脚捶断。打虎匠被抬回黄罗寨时,巧秀妈跟着要去黄罗寨伺候他,族长大为震怒。这怎么可以呢?为了维护本族的名誉面子,决定把巧秀妈"沉潭"(沈从文《月下小景——新十日谈之序曲》中称这是"魔鬼的习俗""古代的规矩"),免得黄罗寨人看不起他们。他们把她的衣服脱光,绑起来,脖子上挂一个石磨,推到船上。船向长潭划去,她一声不吭。小船划到了最深的地方,一位年长的族人问她:"有什么话嘱咐?"她想了想,低声说:"三表哥,做点好事,不要把我的女儿掐死喔,那是人家的香火!长大了,不要报仇,就够了!"话刚说完,冷不防一下子就被掀下水了。你看她多么正直,对她死去的丈夫,对打虎匠,对整个族里的人。沈从文很多作品里都写到这样正直的人,有的人都要被枪毙了,还给家人讲,我还欠别人的桐油,一定要还。了解了这些人性淳朴的一面,才能更好地把握沈从文的作品。现在的凤凰县也还比较淳朴,漫步在凤凰街头,可以看到商贩和店主不会漫天要价,买主也不好意思讨价还价。据当地警察说,凤凰县城社会风气好,当地人不做违法乱纪的事,发生的刑事案件大多是外地人干的。在沈从文的青少年时代,这里的民风更淳朴。

我们今天谈起沈从文小说中描写的湘西世界，往往说是浪漫的传奇、童话故事，好像都是虚构出来的。大家都知道《边城》(生活书店，1934年10月初版)，有人说《边城》所写的是"乌托邦""诺亚方舟""君子国"，是"世外桃源"。说《边城》小说中"人与环境都是作者编造出来的"，"是作者主观头脑的产物"。话说得相当肯定。沈从文说他小说记录的人事包含了两个部分：一是社会现象，是人与人之间的种种关系；一是梦的现象，是说人的心或意识的单独活动（沈从文《短篇小说》，《沈从文文集》第12卷）。既然写"社会现象"，当然就有一定的真实性，有蓝本，有原型。例如《边城》中的"茶峒"就确有其地，现属湘西土家族苗族自治州的桃垣县管辖，是一个乡政府所在的小镇，当地人叫它"茶洞"。"茶洞"是苗语的音读，意思是"山边的一块平地"。这就是沈从文笔下的"边城"，是巴蜀边隅万年古镇，位于湘、黔、渝三省交界处。"茶洞"依山凭水筑城，近山的一面，城墙如一条长蛇，缘山蜿蜒；临水的一面，荡漾着渡船。这条河叫酉水。河这边是湖南，过了河就是四川（现属重庆）、贵州（两省的山是连在一起的），当地人戏称为"一脚踏三省"。沈从文就是以这里为蓝本创作了不朽名作《边城》，蜚声中外。相传翠翠住的楼房还在，沈从文写作的小楼还在，码头还是当年的码头，过渡的依然是当年那个样式的渡船。"茶洞"呈现在我们面前的依然是七十年前沈从文笔下的风情。假如我们对曾经养育过沈从文的这片湘西大地有较深入的了解，也许会更清晰地看到沈从文作品的源头——是湘西这一个"野蛮而神秘，有奇花异草与野人神话的地方"孕育了沈从文。虽说沈从文的作品中也兼有"梦的现象"，但这里所说的"梦的现象"大概指的是:"以新的形,尤其以新的色写出他自己的世界",而其中蕴积和躁动的依然是湘西的"魂灵",烙下的依然是湘西社会浓重的"胎记",就连沈从文的偏爱和依恋,也都是湘西大地哺育出来的。

例如沈从文爱"水",引水为知己。在《我的写作与水的关系》(《沈从文文集》第11卷)和《沈从文小说选集·题记》(1957年3月—7月)中,一味地赞美水对他的帮助、启迪、教育、陶冶和鼓励:

> 到十五岁以后,我的生活同一条辰河无从离开。我在那条河流边住下的日子约五年。这一大堆日子中我差不多无日不与水发生关系。……从汤汤流水上,我明白了多少人事,学会了多少知识,见过了多少世界!我的想象是在这条河水上扩大的。我把过去生活加以温习,或对未来生活有何安排时,必依赖这一条河水。

> 我情感流动而不凝固,一派清波给予我的影响实在不小。……我学会思索,认识美,理解人生,水对于我有极大关系。

> 水教给我粘合卑微人生的平凡哀乐,并作横海扬帆的美梦,刺激我对于工作永远的渴望,以及超越普通个人的功利得失,追求理想的热情洋溢。

生活中,当然会有人骂"水",如穷山恶水、污泥浊水、拖泥带水、水性杨花、水货,等等;但更多的是赞美水,水有"智""礼""勇""德"等儒家所崇尚的伦理品德。孔子曾说过:"仁者乐山,智者乐水。"关

于"智者乐水",汉初,韩婴在《韩诗外传》中有一段解释:

> 夫水者,缘理而行,不遗小间,似有智者;动而下之,似有礼者;蹈深不疑,似有勇者;障防而清,似知命者;历险致远,卒成不毁,似有德者。天地以成,群物以生,国家以宁,万事以平,品物以正。此智者所于水也。

沈从文对"水"的认识和体悟,似乎比韩婴的解释还要丰富和深刻一些。他说,"水"给了我"对于人生远景凝眸的机会",培养了我"孤独的心情","放大了我的感情与希望",且"放大了我的人格"。沈从文在《我的写作与水的关系》中说:

> (1922年夏天)我虽离开了那条河流(湘西辰河),我所写的故事,却多数是水边的故事。故事中我所最满意的文章,常用船上水上作为背景,我故事中人物的性格,全是我在水边船上所见到的人物性格。我文字中一点忧郁气氛,便因为被过去十五年前南方的阴雨天气影响而来,我文字风格,假若还有些值得注意处,那只是因为我记得水上人的言语太多了。

小说中的故事,故事中人物的性格,文字中的忧郁气氛,文字的风格,都源自湘西辰河,都来自"水"上,是"水"营造了沈从文,营造了他的小说。沈从文的这些描述,都是由衷之言。湘西群山环抱,奇峰挺秀,风景优美。另一个方面,湘西地处湘黔边界,交通闭塞,出门靠的是"河",湘西的"河",其实就是我们脚下的"路"。在湘西"水"显得格外重要。沈从文从"水"中学到的不仅仅是做人必须要有的"一种水的素质":"孤独一点"、自然一点、随意一点、通脱一点;还从"水"上走出了凤凰城,认识外部的世界,看到了各地的"乡村人事""人民的爱恶哀乐""生活感情的式样"。我们如有机会到湘西看看,就会理解沈从文对"水"的感情,对沈从文的作品与湘西大地的关系也会有更深刻的感悟,对沈从文作品的阅读欣赏会有多方面的启迪。

2. 我们对沈从文还知之甚少

沈从文的儿子虎雏在一次谈话中说,我们(指家里人)不了解他,研究者也不了解他,他的朋友也不了解他。这话大概也是有感而发的。我们对一个作家了解得太少,是会影响到对他作品的阅读的。郁达夫曾经说过:"文学作品都是作家的自叙传。"这话可能有点太绝对了,但它突出了作家与作品的关系,强调要认识作家这个"人"。沈从文的祖父叫沈洪富,曾经当过贵州的提督(最高军事长官)。父亲沈宗嗣也曾当过军官,1900年八国联军攻陷天津时,他镇守大沽炮台失守了,丢了官回家乡行医。沈从文的祖母是苗族,母亲黄素英是土家族。沈从文家中兄弟姐妹九人,沈从文在男孩中居第二,同胞弟妹全都叫他"二哥"。沈从文的童年和少年时代是在凤凰县城度过的,他的故居保存完好。读过沈从文自传的人都知道,沈从文自幼调皮,用他自己的话说,叫"顽劣",和他的一帮伙伴们爬树、打架斗殴、偷人家的萝卜水果吃、斗蟋蟀,以至上赌摊赌钱。沈从文的"顽劣",大概是受了当时湘西社会的"野性""剽悍"以及游侠精神影响所致。也正是因为沈从文从小"顽劣",不受拘束,且日益放肆,逃学撒谎，使望子成龙心切的父亲非常灰心。母亲也想不出处置他的好办法，便过早地让他进县预备兵的技术班，接受训练。时间大概是1916年，沈从文才14岁，刚刚小学毕业。所谓的预备兵技术训练，学的是翻筋斗、打藤牌、舞长矛、耍齐眉棍。1917年沈从文正式参加部队（土著部队）。从1917年到1922年的五年间，沈从文在川、湘、鄂、黔四省边界部队里，经历了各种残酷。他所在的部队，杀人就数以万计。所谓清乡剿匪，实际上是依惯例杀人，拿血腥敲诈。沈从文也有几次与死神擦肩而过。例如1920年，沈从文所在的部队，在鄂西来凤县遇到当地"神兵"的偷袭，仅仅一个夜晚，几乎被砍尽杀绝。沈从文因身体瘦小，得以留守沅陵，侥幸留生。沈从文这些残酷的传奇的经历，使他过早地咀嚼到人生和社会的滋味。在那个年代，所谓前途，所谓命运，转瞬间就会一切成空。生命之途，有太多的偶然和意外，只有雄健、顽强地抗争，珍惜生命，才能无怨无悔。生命是一个自然的过程，不要压抑，不要浪费，甚至不要犹豫彷徨，要勇于面对自我，敢于实现自我，真实地活着比什么都重要。沈从文的生命意识，就是在这样自然、残酷然而又是最本质的教育中树立起来的。沈从文在1986年写的《自我评述》（《光明日报》1988年5月29日）中说：

> 小时因顽劣爱逃学，小学刚毕业，就被送到土著军队中当兵，在一条沅水和它的支流各城镇游荡了五年。那时正是中国最黑暗的军阀当权时代，我同士兵、农民、小手工业者以及其他形形色色社会底层人们生活在一起，亲身体会到他们悲惨的生活，亲眼看到军队砍下无辜苗民和农民的人头无数，过了五年不易设

想的痛苦怕人生活，认识了中国一小角隅的好坏人事。一九二二年"五四"运动余波到达湘西，我受到新书报影响，苦苦思索了四天，决心要自己掌握命运，毅然离开家乡，只身来到完全陌生的北京，从此就正如我在《从文自传》中所说，进到一个永远无从毕业的学校，来学习那课永远学不尽的"人生"了。

从这篇自述中可以看出，五年的行伍生涯，对沈从文来说影响太大了。用他自己的话说："我的生活中充满疑问，都得我自己去寻找解答。我要知道的太多，而我所知道的又太少。"沈从文所急的不仅仅是"要自己掌握命运"，而是着眼于"这个社会必须重新安排"的思考。

我有幸在沈从文先生晚年时见过他，他给我的印象太好了，那么渊博、慈祥、谦让。再回头看他青少年时代的照片就很有意思。美国学者金介甫写的《沈从文传》中收入了二帧：一是沈从文小学时代的照片；一是1922年沈从文上北京前在湖南保靖拍的照片。就照片说照片，第一帧可说是不驯服的顽童，第二帧可说是粗野蛮横的青年。用他自己的话说，"事实上那时节我却是个小流氓"（《烛虚·五》1939年5月5日）。这本书中还刊登了沈从文三四十年代的照片，最早的一张是1932年在青岛拍的。照片上的沈从文俊秀潇洒，笑得非常可爱。与1922年在湖南保靖拍的照片相隔仅仅十年，但焕然一新，没有一点相似或相近的迹象，"变"得有点奇异。沈从文从湘西来到北京，想升学读书，立志"从文"，从某种意义上说，是"一个浪子缩手皈心"（《水云——我怎么创造故事，故事怎么创造我》），甚至可以是"放下屠刀，立地成佛"。他在"求学""从文"这条道路上忍受的苦闷、经历的艰辛，是我们难以想象的。他在这不到十年的时间里，由一个土著部队的文书、屠宰收税员，变成了大学教授、知名作家。这个过程、这个飞跃绝不是"书山有路勤为径，学海无涯苦作舟"之类的套话所能阐释的。从照片上的面相、气质神采所发生的"蜕变"看来，沈从文历经的是一场"脱胎换骨"的改造，尽管沈从文一直说他是"乡下人""乡巴佬"，但这"乡下人""乡巴佬"主要指的是他身上始终保留着湘西人正直、纯朴、无私、爱美的品格，以及他热爱湘西大地的情结，骨子里坚守着作为一个乡下人所特有的审美情操和道德理想。那么，是什么导致了沈从文的"蜕变"，使得他"脱胎换骨"，我以为很可能还是沈从文自己所说的——他"自己的心与梦"。这"心与梦"，是沈从文作品的底蕴，或者说是亮点，集中地表现为对于"人性"的思考，对于"优美，健康，自然，而又不悖乎人性的人生形式"的思考，对于"生命哲学"的思考。

表面上看，沈从文忌讳谈政治，忌讳谈文学作品的主题思想。他在《从文小说习作选·代序》中说：

> 你们多知道要作品有"思想"，有"血"有"泪"，且要求一个作品具体表现这些东西到故事发展上，人物语言上，甚至于一本书的封面上，目录上。你们要的故事多容易办！可是我不能给你们这个。我存心放弃你们……我的作品没有这样也没有那样。你们所要的"思想"，我本人就完全不懂你说的是什么意义。

1982年5月，沈从文在吉首大学演讲时，有一位教师提问："沈先生，你《边城》的主题思想到底是什么？"沈从文听了这个提问，竟流露几分惶惑的神色,说:"不,不,我从来不懂得他们所说的那个'主题思想',我写作不兴那个,想写就写起来了,写到感觉应该停住就停住了。""想写就写起来了,写到感觉应该停住就停住了"这两句话很重要,可见沈从文的创作都是有感而发,不是抽象概念的演绎。沈从文到底"想写"什么呢?用他自己的话说是"一点狂妄想象"。他在《从文小说习作选·代序》中说:

> 这世界上或有想在沙基或水面上建造崇楼杰阁的人,那可不是我。我只想造希腊小庙。选山地作基础,用坚硬石头堆砌它。精致,结实,匀称,形体虽小而不纤巧,是我理想的建筑。这神庙供奉的是"人性"。
>
> ……我要表现的本是一种"人生的形式",一种"优美,健康,自然,而又不悖乎人性的人生形式"。我……想借重桃源上行七百里路酉水流域一个小城小市中几个愚夫俗子,被一件普通人事牵连在一处时,各人应有的一分哀乐,为人类"爱"字作一度恰如其分的说明。

沈从文还说过:"发现美接近美不仅仅使人愉快,而且使人严肃,因为俨然与神对面!"(《看虹录》)希望读者能"从一个乡下人的作品,发现一种燃烧的感情,对于人类智慧与美丽永远的倾心,康健诚实的赞颂,以及对于愚蠢自私极端憎恶的感情。这种感情且居然能刺激你们,引起你们对人生向上的憧憬,对当前腐烂现实的怀疑"。

在谈到《边城》到底可给读者一点什么时,沈从文说,如果读者不被一些说教者蒙住眼睛和凝固了兴味,那么:"你接近我这个作品，也许可以得到一点东西。不拘是什么，或一点忧愁，一点快乐，一点烦恼和惆怅，甚至于痛苦难堪，多少总得到一点点。你倘若毫无成见，还可以慢慢的接触作品中人物的情绪，也接触到作者的情绪，那不会使你堕落的！"细细品味这些话，就能体会到沈从文特有的那种"不易形诸笔墨的沉痛和隐忧"。沈从文的作品并不像某些研究者所说的"缺乏深度"，"没有深入到生活的底蕴"，是引人"向后看"。出现这些批评的原因，或许有文学论争的影响，有作家间的恩怨，但恐怕与没有好好地读沈从文作品不无关系，没有读出沈从文作品的好处来。沈从文颇有感叹，他说：

> 你们能欣赏我故事的清新，照例那背后蕴藏的热情却忽略了；你们能欣赏我文字的朴实，照例那作品背后隐伏的悲痛也忽略了。（《从文小说习作选·代序》）

我们忽略的是"蕴藏"在清新的故事背后的"热情"，以及"隐伏"在朴实的文字背后的"悲痛"。之所以会"忽略"这些，恐怕与我们不了解沈从文有关。诚如他的儿子虎雏所说的："我们不了解他。"

假如我们能比较多地了解沈从文，了解他传奇的经历、他独到的人生感悟、他的"心与梦"，就能更好地解读他的作品，读出他作品的"好处"来。1988年，沈从文去世的消息传到瑞典，瑞典文学院的院士、著名汉学家马悦然教授在写给中国作家协会的信中，称沈从文为"一个名副其实的伟大作家，也是一个伟大的人"，他的作品"是在寻求与全人类有关的问题的答案。对于我们所有的人来说，没有沈从文，世界就要贫乏得多！"这话是值得揣摩的。

说起我们对沈从文知之甚少,还有一点需要提及的,就是沈从文的学识和才华。沈从文只上过小学,他说:"我文化是最低级的。"但沈从文不仅小说、散文写得好,评论也写得相当出色,在大学里讲授中国小说史,是地道的学者型作家。沈从文的书法好,字写得特别漂亮。1980年代中期,北京大学曾出版过一本北大教员的书法作品选,汇集了许多北大知名学者的书法作品,有人评价说:沈尹默的字排第一位,第二位就是沈从文。沈从文的书法,尤其是草书,清新秀丽、遒劲潇洒。诗人荒芜称赞说:"对客挥毫小小斋,风流章草出新裁。可怜一管七分笔,写出兰亭醉本来。"沈从文喜绘画。画家黄永玉介绍说:"从文表叔有时画画,那是一种极有韵致的妙物……他提到某些工艺品的高妙之处,我用了许多年才醒悟过来。"沈从文喜爱音乐,小时候学过吹号和击打锣鼓,后来会吹箫、弹琵琶、唱昆曲。他认为:音乐能拯救人们被毒害了的灵魂,能解除人的烦恼。他说:"我一生最喜欢的是绘画和音乐。""一到音乐中,我就十分善良,完全和孩子们一样,整个变了。我似乎是从无数回无数种音乐中支持了自己,改造了自己,而又在当前从一个长长乐曲中新生了似的。"沈从文的作品写得很美,充满了诗情画意,洋溢着动静协调的美,这与他的绘画和音乐才华不是没有联系的。新中国成立后,沈从文从事瓷器、丝绸、服饰等物质文化史研究,用他的话来说接触的是绫罗绸缎、坛坛罐罐、花花朵朵,在物质文化史领域成就卓著。

总的说来,沈从文的艺术造诣高,涉及的领域宽,底蕴厚实,又特别勤奋,精进不懈,从而成就了他的事业。有人说沈从文是"天才"。沈从文说:"我是最不相信'天才'的,学音乐或者什么别的也许有，搞文学的，不靠什么天才，至少我是毫无'天才'，主要是耐心，改来改去，磨来磨去。"——这是他的经验。他从1924年就开始发表作品，但到1929年才比较成熟，文字才比较通顺。现代作家中有的人"一鸣惊人"，处女作就是成名作、代表作，起点就是顶点。沈从文是一步一个脚印、一步一个台阶走过来的，值得钦敬。

关于《渔》

1. "比较成熟"的短篇小说

下面就来谈谈《渔》，这个短篇写于1929年，用沈从文自己的话说是"比较成熟"的作品，写得相当好。小说写湘西华山寨乌鸡河两岸七月的某个夜里捕鱼的风俗。很久很久以前，乌鸡河左岸属于甘姓大族，右边属于吴姓小族。吴族因为族小，为生存竞争，子弟都强梁如虎如豹。甘家大族中出好女人，多富翁，族中读书识字者比持刀弄棒者为多。像世界任何种族一样，两族在极远时期极小事情上结下了怨仇，直到最近为止，机会一来即有斗争发生：

> 过去一时代，这仇视，传说竟到了这样子。两方约集了相等人数，在田坪中极天真的互相流血为乐，男子向前作战，女人则站在山上呐喊助威。交锋了，棍棒齐下，金鼓齐鸣，软弱者毙于重击下，胜利者用红血所染的巾缠于头上，矛尖穿着人头，唱歌回家，用人肝作下酒物，此尤属平常事情。最天真的还是各人把活捉俘虏拿回，如杀猪般把人杀死，洗刮干净，切成方块，加油

盐香料，放大锅中把文武火煨好，抬到场上，一人打小锣，大喊"吃肉吃肉，百钱一块"。凡有呆气汉子，不知事故，想一尝人肉，走来试吃一块，则得钱一百。然而更妙的，却是在场的另一端，也正有人在如此喊叫，或竟加钱至两百文。在吃肉者大约也还有得钱以外在火候咸淡上加以批评的人。这事情到今日说来自然是故事了。

　　……相传在这地方过去两百年以前，甘吴两姓族人曾在北河岸各聚集了五百余彪壮汉子大战过一次，这一战的结果是两方同归于尽，无一男子生还。因为流血过多，所以这地两岸石块皆作褐色，仿佛为人血所渍而成。这事情也好像不尽属诸传说，因为岸上还有司官所刊石碑存在。这地方因为有这样故事，所以没有人家住，但又因为来去小船所必经，在数十年前就有了一个庙，有了庙则撑夜船过此地的人不至于心虚了。庙在岸旁山顶，住了一个老和尚，因为山也荒凉，到庙中去烧香的人似乎也很少了。

因地方进步，这种野蛮的杀伐演变为"渔"。让那些感到蛮力无处可发泄的人有一个发泄的机会。七月某一天夜里子时，在乌鸡河的上游的滩口放药，药沉到水中，与水融化，顺流而下。河中鱼虾中了毒，头昏眼花浮于水面，乌鸡河两岸甘姓、吴姓两族的后人，打起起更鼓，携篓背刀，各人手持火把，跳到河里去，在月光下挥舞起祖辈流传下来的用于仇杀的锋利的大刀，撩砍水面为药所醉的大鱼和水蛇。"渔"是历史上甘姓、吴姓两族仇杀这一野蛮习俗的变异。"渔"成了华山寨的狂欢节。

　　小说构思巧妙。负责乘船五里到上游放药的是吴姓孪生兄弟，这孪生兄弟"模样如一人，身边各佩有宝刀一口，这宝刀，本来是家传神物，当父亲落气时，在给这弟兄此刀时，同时嘱咐了话一句，说：这应当流那曾经流过你祖父血的甘姓第七派属于朝字辈仇人的血。说了这话父亲即死去。然而到后这兄弟各处一访问，这朝字辈甘姓族人已无一存在，只闻有一女儿也早已在一次大水时为水冲去，这仇无从去报，刀也终于用来每年砍鱼或打猎时砍野猪这类事上去了"。"时间一久，这事在这一对孪生兄弟身上自然也渐渐忘记了。"乘船到上游放药，引起了吴姓兄弟对于吴姓、甘姓两族血仇的记忆。溯流而上，其实是追忆逝去的岁月，追忆吴甘两族人的恩恩怨怨。而上游五里处沉船放药的荒滩，相传就是"过去两百年以前"吴甘两姓族人血战的战场，荒滩、两岸褐色的石块、石碑、古庙，成了两百年前那个野蛮黑暗年代里甘吴两姓族人仇杀的见证。

　　吴姓兄弟到了沉船放药的荒滩后，因为时间还早，就上岸玩，到山上去看庙、看和尚。这些看似很自然、很随意的事，其实又都是沈从文独具匠心的设计。断黑之后的深夜，梦幻似的朦胧月光下的荒滩、乱石、河流、古庙、山峦以及水边来来去去的流萤、荒滩上嗤嗤作声的蟋蟀，使人犹如回到了蛮荒时代，再现了"过去两百年以前"的自然景观。而和尚很可能就是最后一次吴甘两姓族人那场"同归于尽"的仇杀中幸免者的后人。和尚泄露甘姓朝字辈族人还有人存在，而这个人可能就是谣传被大水冲走的那位女儿。她存在的迹象，就是弟弟在山庙前捡到女人留下来的一束野菊花。和尚和野菊花的出现把两百年前残酷的仇杀和现实联系起来，增加了那场"同归于尽"的仇杀的真实性，使这场仇杀成了有迹可循的历史，同时又渲染这场仇杀的残酷和荒诞。古庙、和尚、木鱼、诵经，似乎也可以理解为对那场仇杀的忏悔。

吴姓孪生兄弟,模样如一人,但气质各异。虽说弟弟常常听从哥哥的决定,但两人的性情爱好则相反。哥哥强梁如虎如豹,勇武好战,上山的路上,拔刀顺手斫路旁的小树,飒飒作响,一面挥刀一面对弟弟说:

>   爹爹过去时说的那话你记不记到?我们的刀是为仇人的血而锋利的。只要我有一天遇到这仇人,我想这把刀就会喝这人的血。不过我听人说,朝字辈烟火实在已绝了,我们的仇是报不成了。这刀真委屈了,如今是这样用处,只有斫水中的鱼,山上的猪。

哥哥心里想的,嘴里说的,都是要寻仇人报仇的事。在山上的庙前,哥哥又在月光下舞刀,"作刺劈种种优美姿势,他的心,只在刀风中来去,进退矫健不凡,这汉子可说是吴姓族最纯洁的男子了"。最后在河中勇敢如昔日战士,挥刀斫鱼杀蛇,以发泄大仇之恨。弟弟则富有诗人气质,在上山的路上,在月光下,弟弟爱听蟋蟀的歌吟,因为忘了带笛子而感到遗憾。明月清风使他情绪缥缈。在庙前捡到一束野菊花,就推断:

>   "……这是女人遗下的东西";
>   "……这是甘姓族中顶美貌的女人";
>   "莫非和尚藏……(女人)"

这句话没说完，自己忽然忍住了，"因为木鱼声转急，像念经到末一章了"。木鱼声让弟弟终止了和尚藏美女的猜想。接下来，哥哥在月光下舞刀，弟弟则陷入这一束野菊花的遐想中：

> 他把那已经半憔悴了掷到石桌上的山桂野菊拾起，藏到麂皮抱肚中，……他这时只全不负责的想象这是一个女子所遗的花朵。照乌鸡河华山寨风俗，则女人遗花被陌生男子拾起，这男子即可进一步与女人要好唱歌，把女人的心得到。这年青汉子，还不明白女人究竟是怎么一回事，只因为凡是女人声音颜色形体皆趋于柔软，一种好奇的欲望使他对女人有一种狂热，如今是又用这花为依据，将女人的偶像安置到心上了。

于是情不自禁，轻轻唱出情歌来。后来，吴姓兄弟从和尚口中印证了弟弟的遐想，隐隐约约地知道这束野菊花很可能是甘姓女子留下的，谣传那个被大水冲走的女子并没有死，只是借此逃开吴姓族人的追杀。尽管这样，弟弟仍想入非非，无心思打鱼，在这个一年一度的"渔"的狂欢节里，"篓中无一成绩"，"只得一束憔悴的花"。

沈从文不止一次地在他的作品中写到"野花野草"。"野草野花"注入了沈从文特有的"崇高的理想""浓厚的感情""蓬蓬勃勃的力量"，当然也象征美，象征爱情。弟弟对拾到的这束野菊花爱不释手，不仅仅是为了得到这个"女人"，还为了得到某种超越和感悟。因为他爱的这个"女人"，很可能是他的"仇人"，是父亲临死时叮嘱"必杀"的人。可见弟弟的"遐想"本身就超越了"仇杀"、恩怨，凸现出了他的境界和憧憬，或者说凸现出了他对于民族和历史的反省，也融入了沈从文对于民族过去和未来的体认，以及对于"人"和"人性"的思考。

2. 美丽盒子中的野蛮灵魂

"过去一时代"，乌鸡河两族之间的"仇视""流血为乐"以及毁灭人性的"大战"，使人感到悲哀和惆怅。在历史的长河中，人们不断创造奇迹，积淀精神，却又彼此厮杀，相互残害，千方百计地毁损自身。人是文明的推动者，也是世界灾难之源。人可敬可怕可悲。吴姓兄弟代表了苗民性格的两种典型：哥哥强梁如虎如豹，粗犷豪侠，但留存着一些"野蛮习气"。弟弟有智慧，有性情，能唱歌，渴望爱情，富有诗人气质。这两种性格，沈从文都很欣赏。他曾经写过两篇很有名的小说《虎雏》《龙朱》。《虎雏》（1931年）里的虎雏，是个年仅十四岁的勤务兵，秀气中透着威风，眼睛大而灵活，面貌出众，乖巧得很，气派极大。小说中"我"要把他留在上海，让他读书，用最文明的方法试着来造就他。可他在上海住了不到一个月，就杀了人，逃走了。"一个野蛮的灵魂，装在一个美丽的盒子里。"小说中的"我"为造就虎雏的计划落空而遗憾，但对虎雏的野性却非常欣赏。这个欣赏，与五四时期对民族性的思考是相呼应的。陈独秀就曾经说过，我们民族中缺少"兽性"，太柔弱了。把我们民族中原始的、野蛮的，甚至是所谓的"野性"引向健康、强壮的方向发展，这大概就是沈从文当年的一个"遐想"。

《龙朱》（1929年）里的龙朱，有财富，有智慧，有容貌，有美德，而且健如雄狮，能唱歌。因为他太完美了，他周围的女子不敢爱他，从而使龙朱陷入爱的孤独中。沈从文在小说中指出：一个民族首先需要的，不是至善至美的典范，而是鉴赏的能力，是仰望典范的勇气。沈从文本人很喜欢"虎雏"和"龙朱"这样的人。他有两个儿子，大儿子就叫"龙朱"，二儿子就叫"虎雏"。《渔》中的哥哥，犹如"虎雏"；弟弟则颇像"龙朱"。沈从文把他们写成孪生兄弟，突出了他对这两种性格的欣赏和赞美。

和尚在小说中扮演着很重要的角色。佛门以慈悲为旨，和尚本该劝吴姓兄弟"诸恶莫作""诸善奉行"，非但不该存有报仇的念头，就连鱼、蛇也不该杀，应该珍惜他们的生命才是。可是小说中的和尚不是这样的。"这和尚身穿一身短僧服，大头阔肩，人虽老迈，精神勃勃，还正如小说上描画的有道高僧。"见这兄弟都有刀，就问：

"是第九族子弟么？"
……
"那是××先生的公子了。"
……
"××先生是过去很久了。"
（兄弟俩问：）"师傅是同先父熟了。"
"是的。我们还……"
这和尚，想起了什么再不说话，他一面细细的端详月光下那弟兄的脸，一面沉默在一件记忆里。

他对弟弟的刀"赞不绝口，说真是宝刀。那弟弟把刀给他看，他拿刀在手，略一挥动，却便飕飕风生，寒光四溢。弟弟天真的抚着掌：'师傅大高明，大高明'"。后来，和尚又隐隐约约谈到甘姓朝字辈的族人还有人在世的事情。既认识这兄弟俩的父亲，也知道他们的"仇人"。据此，我们可以猜测他的身世，也许原本隶属"吴姓"这一"小族"。小说中对于和尚有二处评价，一处是作家沈从文说的："和尚所知道太多，正像知道太多，所以成为和尚了。"一处是弟弟对和尚的评价："他还说唱歌，那和尚年轻时可不知做了些什么坏事，直到了这样一把年纪，出了家，还讲究这些事情！"如果说沈从文的评价是一种善意的警告：知道得太多——做得太多，只能忏悔。那么"弟弟"的评价就是对"堕落"的厌恶。和尚的出现，使小说的历史感更加厚重，也为塑造两兄弟作了铺垫。吴姓兄弟在"渔"这个"热闹"的时节，忙里偷闲，到山上的庙里看和尚，这个情节，堪称这篇小说的点睛之笔。沈从文在《烛虚》中说：

> 我实需要"静"，用它来培养"知"，启发"慧"，悟彻"爱"和"怨"等等文字相对的意义。到明白较多后，再用它来重新给"人"好好作一度诠释，超越世俗爱憎哀乐的方式，探索"人"的灵魂深处和意识边际，发现"人"，说明"爱"与"死"可能是有若干新的形式，这工作必然可将那个"我"扩大，占有更大的空间，或更长久的时间。

兄弟俩上山到庙里看和尚，其实是让他们在狂欢来临之际，在"静"里得到"知"和"慧"，彻悟"爱"和"怨"，发现自己，认识自己，把生命和灵魂中失去的东西找回来，重新用一种"带胶性观念"粘合起来，成为一个"新生的我"（《烛虚》）。这大概就是沈从文写兄弟俩访和尚的用心所在。

这个短篇风格也很别致。是小说，也是诗；是写实的，又富有浪漫情味和传奇色彩；是野蛮的习俗，又凸现出一种强悍而荒诞的美；是悲剧，却又给人以美的遐想。我们从中可以看到人性和生活美好的一面。有仇必有爱，人类的心灵深处还有爱情。在"渔"的节日里，弟弟捡到的那束花，如果真的是甘姓女子留下来的，那么这束花便有特殊的意义。这甘姓女子期盼的大概就不仅仅只是爱情，弟弟捡到这束花后唱的歌，其实就是对这束花的解读：

> 你脸白心好的女人，
> 在梦中也莫忘记带一把花，
> 因为这世界，也有做梦的男子。
> 无端梦在一处时你可以把花给他。
> ……
> 柔软的风摩我的脸，
> 我像是站在天堂的门边——这时，
> 我等候你来开门，
> 不拘那一天我不嫌迟。

"我像是站在天堂的门边""等候你来开门"，这大概就是沈从文的"对人生远景凝眸"，是对于人、人情、人性最诗意的表述。两个有世仇的家族在"天堂"相会，这美的憧憬、美的人性，与湘西"地极荒，人极蛮"的这片古老大地月色中迷人的、如梦如幻的山野景物融合在一起，更增添了小说的蛮荒气息和感人魅力。

沈从文曾经说过："美丽总使人忧愁"（《水云——我怎么创造故

事，故事怎么创造我》），"在某一姿态下，所谓人情的美的认识，全是酸辛，全是难于措置的纠葛"（《灯》）。我们可以从《渔》中体会到这种美的忧郁的气氛。《渔》中的残酷而糊里糊涂的仇杀、报仇，使沈从文对于"人"、对于"生命"产生了忧患意识，忧虑生命中一些美好的东西会丢失。沈从文写这些的目的在于引起人们对于"生的意义"的明悟。《渔》值得回味处颇多。沈从文写这个短篇，大概主要是希望我们知道一点"过去"，知道在湘西大地上曾经有过的生死哀乐的种种情况；其次是引导我们知道"人"，人事中杂糅神性和魔性，人性中有美好的一面，也有残酷的愚昧的一面。了解了这些，才能更好地探讨生命的意义，懂得人生的一种方式是"爱"，要在有生中发现"美"。人要有一个健康雄健的人生观，要有博大坚实而富有生气的人格！这大概就是沈从文在这个短篇中对于"人性"的思考，也是这个短篇的意蕴。1936年沈从文为萧乾《篱下集》写的《题记》中说：

> 我崇拜朝气，欢喜自由，赞美胆量大的，精力强的。一个人行为或精神上有朝气，不在小利小害上打算计较，不拘拘于物质攫取与人世毁誉；他能硬起脊梁，笔直走他要走的道路，他所学的或同我所学的完全是两样东西，他的政治思想或与我的极其相反，他的宗教信仰或与我的十分冲突。那不碍事，我仍然觉得这是个朋友，这是个人。我爱这种人也尊敬这种人。这种人也许野一点，粗一点，但一切伟大事业伟大作品就只这类人有份。他不能避免失败，他失败了能再干。他容易跌倒，但在跌倒以后仍然即刻可以爬起。

沈从文自己大概就是这样的一个人：在行为和精神上有朝气，不在小利小害上打算计较，不拘泥于物质攫取与人世毁誉，能硬起脊梁，笔直地走自己要走的道路。从《渔》中，我们似乎也能体会到这一点。今天就讲到这里，谢谢大家。

古朴、明净的风俗美学

——漫谈汪曾祺的小说

曹文轩,1954年生于江苏盐城,北京大学中文系教授、博士生导师,中国作家协会全国委员会委员,北京作协副主席。

著有学术著作《中国八十年代文学现象研究》《第二世界——对文学艺术的哲学解释》《二十世纪末中国文学现象研究》《小说门》等,长篇小说《山羊不吃天堂草》《草房子》《红瓦》《根鸟》等。

汪曾祺是沈从文先生的学生,在西南联大读过书,1949年以前就写过《复仇》《鸡鸭名家》等很别致的小说。1949年以后主要精力投放在戏剧创作上,是京剧《芦荡火种》的执笔人,这个剧后来成为样板戏之一《沙家浜》。

他重新写小说,是在1970年代末。作品发表后,有见识的读者和评论者,都有一种惊奇,觉得总在作深沉、痛苦状的文坛忽地有了一股清新而柔和的风气。但却因他的作品一般都远离现实生活,又无重大、敏感的主题,并未立即产生大的轰动,倒显得有点过于平静。他是越到后来越引起人们注意的。当那些名噪一时的作家和红极一时的作品失去初时的魅力与轰动效应而渐归沉寂时,他与他的作品反而凸显出来。在此后的许多年里,他一直是中国当代文学一个常谈常新的话题。

汪曾祺的文学世界

1. 汪式"地域主义"

汪曾祺基本上属于一个地域性作家。他把绝大部分篇幅交给了三四十年代江苏高邮地区的一方土地。

从空间大小来讲,世界上的作家大致可分为两类,一类是非地域性作家,一类是地域性作家。前者认定,所谓的地方特色、风俗人情,于文学而言实在是无关紧要的。他们甚至有意淡化和排斥这些元素。这种认定的理论基础是:文学所要表现的,应是人类共有的生活以及普遍的人性。这类作家把更多的力量放在了没有特定空间的想象上，所编织的故事带有更多的假设性。在西方，这一类作家似乎占多数。而另一类作家，则将生活的空间严格地限制在一个他认为他所熟悉的固定的点上，方圆十八里，一辈子也不肯跨越一步。在其作品中，显示出了浓重的地方情调和特别的小文化环境。在中国，这一类作家似乎居多。沈从文是这类作家的一个经典。他表现的生活范围或者说那些最能代表他创作成就的作品，基本上都生长于湘西。国外也有这类作家，著名者如美国的福克纳，据他自己讲，他一生就只写了邮票大小的一块地方。这些作家的理论基础是：艺术必须选择特殊的空间，展示特殊的生活画面，通过对特定文化的显示以及在特定环境下完成人物形象的塑造，来实现艺术的认识和审美之目的。

批评者对这两者褒贬似乎不一，但印象中，挨批评更多一些的似乎是那些地域性作家。就中国而言，地域性的过分强调、地域性作家所占比例过大，多少妨碍了中国文学的提升，降低了中国文学的规格。在中国，地域性变成了一位作家成功的途径，谁想获得成功，谁就必须讲究地域性。占据一方生活小岛，以对付文坛的激烈竞争，竟成为许多中国作家的一个意识、一种策略。于是当代文学形成了这样一个格局：东西南北，各据一方，以独特的地域风土人情为奇货、为本钱来从事文学的买卖。于是，偌大一片中国版图，被瓜分殆尽。于是出来所谓的湘军、晋军之类的说法。于是，文学要表现的人的生活，最终变成了地方生活，中国文化变成了若干区域文化。地域性的过分强调，最终变成了地域主义，直至地方保护主义。中国当代文学少了世界文学的宏大气派。对泥土气息的过于认同，使中国文学从风格上显得有点小气，甚至俗气。地域主义的极端化，使文学失去了抽象的动机，失去了广阔的社会生活，失去了重大的、具有哲学意义的主题，并因它的过于狭隘与特别而失去了与世界文学对话的可能。从这个意义上说，地域主义必须是一种有节制的创作观念。

不过，谁也无法批评长期占据一方土地而经营他的文字世界的汪曾祺。一、他虽然将自己作品的内容限制在某一区域内，但他并不向他人提倡地域主义，尽管他是率先体现地域性的，但后来那么多人蜂拥而上，则与他无关；二、他很得当、很有分寸地体现了地域性，未去一味摆弄地域性；三、他是带着一种现代的、永恒的美学思想和哲学态度重新走向地域的，地域只不过是他为他的普遍性的艺术观找到的一个特殊的表现场所而已。

《受戒》如此，《大淖记事》《故里三陈》等莫不如此。地域性非但没有成为障碍，反而成为施展人性、显示他美学趣味的佳境。

2. 汪式"风俗画"

当许多年轻作家拜倒在现代观念的脚下、想方设法寻找现代人的感觉、竭力在作品中制造现代氛围时，汪曾祺的作品却"倒行逆施"，追忆着过去，追忆着传统，追忆着原初，给人们酿出的是一股温馨的古风。

古风之生成，与风俗画有关。他对风俗画的追求是刻意的。

追溯到现代文学史，在小说中对风俗画的描绘始于鲁迅先生（如《祝福》《社戏》《孔乙己》等），沈从文的《边城》则是风俗画的一个高峰。这条线索在五六十年代中断了，因为这种美学情趣在当时是不合时宜的。到了1980年代初，又由汪曾祺将这条线索联结了起来。

这里不去引用《受戒》的文字，因为在我看来，整篇《受戒》都是风俗画。我们从他的《异秉》中引用一段：

这地方一般人家是不大吃牛肉的。吃，也极少红烧、清炖，只是到熏烧摊子去买。这种牛肉是五香加盐煮好，外面染了通红的红曲，一大块一大块的堆在那里。买多少，现切，放在送过来的盘子里，抓一把清蒜，浇一勺辣椒糊。蒲包肉似乎是这个县里特有的。用一个三寸来长直径寸半的蒲包，里面衬上豆腐皮，塞满了加了粉子的碎肉，封了口，拦腰用一道麻绳系紧，成一个葫芦形。煮熟以后，倒出来，也是一个带有蒲包印迹的葫芦。切成片，很香。猪头肉则分门别类的卖，拱嘴、耳朵、脸子，——脸子有个专用名词，叫"大肥"。要什么，切什么。到了点灯以后，王二的生意就到了高潮。只见他拿了刀不停地切，一面还忙着收钱，包油炸的、盐炒的豌豆、瓜子，很少有歇一歇的时候。一直忙到九点多钟，在他的两盏高罩的煤油灯里煤油已经点去了一多半，装熏烧的盘子和装豌豆的匣子都已经见了底的时候，他媳妇给他送饭来了，他才用热水擦一把脸，吃晚饭。吃完晚饭，总还有一些零零星星的生意，他不忙收摊子，他端了一杯热茶，坐到保全堂店堂里的椅子上，听人聊天，一面拿眼睛瞟着他的摊子，见有人走来，就起身切一盘，包两包。

从《大淖记事》里再引一段：

他们也有年，也有节。逢年过节，除了换一件干净衣裳，吃得好一些，应是聚在一起赌钱。赌具，也是钱。打钱，滚钱。打钱：各人拿出一二十铜元，造成很高的一摞。参与者远远地用一个钱向这摞铜钱砸去，砸倒多少取多少。滚钱又叫"滚五七寸"。

> 在一片空场上，各人放一摞钱；一块整砖支起一个斜坡，用一个铜元由砖面落下，向钱注密处滚去，钱停住后，用事前备好的两根草棍量一量，如距钱注五寸，滚钱者即可吃掉这一注；距离七寸，反赔出与此注相同之数。这种古老的博法使挑夫们得到极大的快乐。旁观的闲人也不时大声喝彩，为他们助兴。

婚丧礼仪、居所陈设、饮食服饰等民俗现象，在汪曾祺的作品中随处可见。当然，又绝不是为写风俗而写风俗。文学毕竟不是民俗学。在他的作品中，这些土风习俗、陈年遗风，或是用于人物出场前的铺垫，或是用于故事的发展，或是用于整个作品情调的渲染，都有一定的用场。

如此喜好，也许与他的老师沈从文有关。沈的作品，风俗画几乎是必不可少的元素。

> 这小城里虽那么安静和平，但地方既为川东交易接头处，因此城外小小河街，情形却不同了一点。也有商人落脚的客店，坐镇不动的理发馆。此外饭店、杂货铺、油行、盐栈、花衣庄，莫不各有一种地位，装点了这条河街。还有卖船上用的檀木活车，竹缆与罐锅铺子，介绍水手职业吃码头饭的人家。小饭店门前的长案上，常有煎得焦黄的鲤鱼豆腐，身上装饰了红辣椒丝，卧在浅口钵头里，钵旁大竹筒里插着大把红筷子，不拘谁个愿意花点钱，这人就可以傍了门前长案坐下来，抽出一双筷子到手上，那边一个眉毛扯得极细脸上擦了白粉的妇人就走过来问："大哥，副爷，要甜酒？要烧酒？"男子火焰高一点的，谐趣的，对内掌

柜有点意思的，必装成生气似的说："吃甜酒？又不是小孩，还问人家吃甜酒！"那么，酽冽的烧酒，从大瓮里用竹筒舀出，倒进土碗里，即刻来到身边的案桌上了。

（《边城》）

这些淳朴的风俗画构成了沈与汪的文学世界。

在他二人的作品中，我们经常可以读到这样的句子："这个地方"，或"这个地方上的人"，或"这个小城"。《受戒》开头，只说了两句就说到了"这个地方"。说了"这个地方"之后，必然是一段有关"这个地方"上的风土人情的描述。

文学史上，倾倒于风俗画的大作家不乏其人，因为风俗是与社会发展、与民族性格和精神密切相连的。从风俗的变化，可以发现社会发展和民族心理变化的轨迹。一部《红楼梦》，便是一部"中国风俗大全"。老舍曾在对吴组缃先生的长篇小说《山洪》作出较高评价之后，指出它的不足之处就在于对有关民间风俗描写不够。吴先生以为老舍先生所言极是。

汪曾祺要让人们看到他的"清明上河图"，看到种种特殊品格的文化。

然而，对于部分作家而言，热衷于写风俗画，并非出于对文学传统的敬仰，而是另有企图，他们只不过是想通过写风俗画酿造出一种生活化的氛围或所谓的地方情调，以图打入文坛罢了。

长久以来，中国文学持有一个并不可靠或者说并不高级的衡量尺度，这就是用生活气息是否浓郁来衡量作品高下的尺度。当一篇作品被送到编辑手上时，如果他在阅读之后能产生一种"生活气息浓郁"

的强烈印象，这篇作品就有可能获得青睐。而当它发表出来之后，倘若又得批评界一番"生活气息浓郁"的称赞，这篇作品也就会以"优秀作品"或"佳作"之名而美享殊荣。因为有这样一个大家公认不疑的标准，因此，"生活气息浓郁"便成了许多欲事文学、并欲主文坛的人必须要加以考虑的重要问题。或许是因为他们缺少深厚的生活体验，或许是因为虽有深厚的生活经验却无过硬的表现生活的本领，他们总不能达到这样一个标准。这时，他们就会去琢磨寻找一些可以造出"生活气息浓郁"这一效果的种种很外在的手段或是从阅读的经验里摸索到，或是直接依赖于悟性的感应，他们发现：写风俗画，写某一行业、行当，是制造这一效果的最简便也最行之有效的手段。他们通过对某种作坊、行业或行当的特殊性的了解，然后以专门家的架势，对这些作坊、行业或行当侃侃而谈，其中不必要地堆积了大量以至烦琐累赘的专业知识，在效果上确实给人造成了"生活气息浓郁"的印象，这一印象在缺乏分析精神的读者头脑中甚至还可能是深刻的。这几乎成了一个心照不宣的窍门。有些作者，为了达到这一效果，甚至杜撰了一些关于某一作坊或某一行业、行当的知识。他们敢于有恃无恐地杜撰，是因为他们摸准了这一点：对这些作坊、行业、行当全然无知然而又具惰性的读者，是不会采取科学研究的态度而对他们的叙述与描绘加以考证的。或许是因为他们担忧可能会有个别的阅读者闲则生非、闲得无聊去揭露他们的谎言与伪造，或许是因为他们真想诚实地制造更强烈的"生活气息浓郁"的效果，一些作者还特别强调了那些作坊、行业或行当所具有的地方性——他们更倾向于写一些地方性的作坊、行业与行当。于是，我们在近一二十年的小说散文中，又再次看到了沈从文与汪曾祺式的口吻："这地方上……"这四个字犹如买得了闯入文坛的入场券。其情形好比是参与互相倾轧、你死我活的商战,无奈自己没有尖端的产品与人一争高下,便只好以土特产去惹人注目、博得欢心,以求得一席位置。它使读者探知陌生区域中的故事的好奇心以及向往乡土情调等心理得到满足。而最根本的是,它使"生活气息浓郁"成为不可考证的东西。而正是因为不可考证,于是在作者一次又一次地说着"这地方上"之后,读者无可奈何地相信了,甚至佩服了这个人——即那个作者的特别的生活经验。事实上,我们可以说:这些"这地方上"的作坊、行业以及关于作坊、行业的种种规矩与知识,十有八九是夸张和编造的,是一些伪风俗。这些作者正是利用这些伪风俗而实现了分享文坛福利的目的。

汪曾祺却是老实的。他所具有的丰厚的人生经验使他早已没有那些年轻的写作者在生活经验方面的捉襟见肘的窘境。再加上他的丰富的传统文化知识,他已没有必要再去杜撰什么(谁杜撰,谁未杜撰,细心揣摩,还是能够看出来的)。但汪曾祺的成功,又确实是在很大程度上依靠了"这地方上"。只不过汪并不太多地用"这地方上",而改用"我们那里"罢了。他的小说与散文,写了不少"我们那里"的作坊以及"我们那里"的风俗民情。他似乎也很难写出没有地方痕迹的作品来。在他,这却并非是短处。

童话式的道德观

1. 迷人的道德气氛

汪曾祺笔下的社会,是一个基本处于自然经济状态下的社会,生产方式和生活方式还比较原始。这个社会追求的是自给自足的经济理想，生产力水平低下，劳动分工简单，家庭是共同劳动的经济单位。大部分是以土地为其经济、生活、文化、家庭结构和政治制度的基础。他们的生活都围绕着村落。

近些年我们有一批作家，对这种古老的渔猎、放牧和村社生活发生了浓厚的兴趣。他们从令人目眩的现代社会走出，或溯时间长河而上，寻找昨天的部落和村落，或走进大山、原野去寻找一片至今还未经文明社会熏染的土地。

汪曾祺所写的是三四十年代江苏高邮地区的小镇和村社生活。三四十年代，从整体而言，中国当然已开始向现代文明社会迈进。但就这个特殊地区来说，却还在较为原始的状态之下。它远离文明的大都市，发达的水路交通除了给它带来热闹，并未带来现代社会的新观念。它在变革，但仍保持着原始的特色。"田畴麦垄，牛棚水车，人家墙上贴着黄色的牛屎粑粑——牛粪和水，拍成饼状，直径半尺，整齐地贴在墙上晾干，作燃料……"（《大淖记事》）汪曾祺很乐于描绘古老的村社图景。小街小巷、鲜货行、做小本经营的来自四面八方的小商贩、各行各业的小手工作坊、笨重的生产工具、简单粗糙的铸造……虽然也有"漆得花花绿绿的""机器突突地响，烟筒冒着黑烟"的小轮船（蒸汽机的发明当然是人类社会进入工业文明的标志），但用今天的目光来看，它的整个生活画面毕竟还是涂满了原始的色彩。

1980年代，我们有大量的描写以土地为中心的乡村山野生活、把古老的农业社会浪漫化了的作品——"农村是上帝创造的，城市是人创造的。"

主宰这里的生活的是一种与今天的道德观不可同日而语的原始道

德观——一种童话式的道德观。

汪曾祺的作品洋溢着这样的道德观的迷人气氛。他的小说也自有一种力量。这种力量并未达到振聋发聩、令人心情激荡的程度，但却会使人在心灵深处持久地颤动。这种力量正是来自于这样的道德。《大淖记事》是写一个小锡匠与一个贫家女子的爱情故事。这种爱情闪烁着未经世俗社会熏染的人的原始品质的光辉。当巧云还未来得及将自己全部奉献给小锡匠时，却被水上保安队的刘号长粗暴地占有了。巧云为小锡匠未获得首夜权而感到深深的惋惜与内疚。她有一种自发的道德破损感。面对自己所恋的人被玷污，小锡匠并未产生现代人那种厌恶、嫉妒、恼怒和种种不可名状的心理，却时常夜间偷入巧云的茅屋，去用感情的胶汁弥合一颗破碎的心灵。这与其说是对肉体的占有，不如说是一种勇敢的、纯洁的道德行为。而这种道德以及施行这种道德的方式都显然不是现代人的。作品越往后写，这种传统道德观所蕴含着的善的力量越强大。小锡匠被刘号长派人打了，巧云让锡匠们把他抬到自己的家中。锡匠们凑了钱，买了人参，熬了参汤。"挑夫、锡匠、姑娘、媳妇，川流不息地来看望小锡匠。他们把平时在辛苦而单调的生活中不常表现的热情和好心都拿了出来。"后来，这些锡匠们组成了一支游行队伍，上街示威游行。"……二十来个锡匠挑着二十来副锡匠担子，在全城的大街上慢慢地走。这是个沉默的队伍，但是非常严肃。他们表现出不可侵犯的威严和不可动摇的决心。这个带有中世纪行帮色彩的游行队伍十分动人。"这种力量强大得使地方当局都感到惧怕，不得不将刘号长驱逐出境。他的《岁寒三友》中的清贫画师靳彝甫，与朋友相处，竟只"义气"二字。当他的两位挚友因破产、家徒四壁而感到绝望时，他毫不犹豫地将自己在任何困难时刻也不肯出手的祖传珍宝——三块田黄石——出卖了，慷慨地去营救正走向死亡之路的朋友。他的《皮凤三楦房子》中的皮凤三很有点明清话本中的人物的色彩。他仗义疏财，打抱不平。对于倚财仗势欺人的恶者，他常常"用一些促狭的方法整得人狼狈不堪哭笑不得"。

所谓道德，是社会调整人们之间关系的行为规范的总和。人们依据一系列道德概念生活，与周围的人相处。中国传统道德的内容不外乎是：善、侠义、豪举、慷慨、为朋友不惜囊空如洗两肋插刀、诚实、专注、绝不背信弃义、怜贫、怜弱、扶危济困、一方有难八方相助等。中国人沿用这种道德观，经历了一个相当漫长的历史时期。与现代道德观相比，它可能是落后的。它远没有上升到理性的高度，也没有受到政治观念的影响，更无阶级意识。它是原始的，但又正因为它原始而格外显得纯真、不带虚伪、富有感动人的力量。道德是一个历史范畴的概念。我们不能用今天的眼光去简单否定昨天的道德观。评判它时，需有时间和空间观念。而且应当看到这样一个事实：即使在同一时间里，在不同空间（特殊环境中），旧的道德观仍然是人类优秀品质和良知的体现。在那里，它就是合理的，也是值得赞美的，尽管从人类发展的总趋势来讲，它终究会成为明日黄花。

感情像纽带一样联结了人们，维系着他们的生活。但感情方式是原始的，它坦诚、直露、强烈、单纯、富有野性，与婉转、曲转、缠绵和温文尔雅的现代感情方式形成明显对比。这是汪曾祺笔下的小锡匠在被尿碱灌醒后与姑娘的一段对话：

"他们打你，你只要说不再进我家的门，就不打你了，你就不会吃这样大的苦了。你为什么不说？"

"你要我说么?"

"不要。"

"我知道你不要。"

"你值么?"

"我值。"

"十一子,你真好!我喜欢你!你快点好。"

"你亲我一下,我就好得快。"

"好,亲你!"

同样,在《受戒》中也有这样的情景。当明子受戒之后,我们看到的并不是一个从此以佛规来约束自己的形象——他受戒回来后的第一件事却是与小英子悄悄划船进入了芦花荡。

小英子忽然把桨放下,走到船尾,趴在明子的耳朵旁边,小声地说:

"我给你当老婆,你要不要?"

明子眼鼓得大大的。

"你说话呀!"

明子说:"嗯。"

"什么叫'嗯'呀!要不要,要不要?"

明子大声地说:"要!"

"你喊什么!"

明子小小声说:"要——!"

"快点划!"

英子跳到中舱,两只桨飞快地划起来,划进了芦花荡。

与以城市文明为标志的现代社会——发达的商品经济社会相比,乡土社会,特别是自然经济状态下的乡土社会,人的关系显得格外密切了。由于物质的贫乏,家庭不可能是完全独立的经济单位。生存的愿望将他们联系在一起。东家缺东西,便去西家借,大至大型劳动工具(如水车、牛马),小到一升米、一根针。他们需要互相扶持,互相依赖,谁也离不开谁。生产力发展的水平决定了他们之间只能是一种密不可分的关系。我们有很多作品在写这种社会里的农民阶级那种自然纯朴的感情,使有感于都市化带来的感情淡化的广大读者与这种旧式的、历史将要结束它的感情发生共鸣。

2."遥远"之美

汪表现原始生活还有一个很重要的因素,就是出于美学方面的考虑。

"年代久远常常使最寻常的物体也具有一种美。""美的事物往往有一点'遥远',这是它的特点之一。"对于现实世界,一般人们所注意的往往是它的实用价值,而不太容易对它采取审美态度。而随着时间的推移,已经成为过去的那个现实世界,人们再回首看它时,由于它与他们的生活已没有直接的利害关系,往往就不带经济中人的世俗眼光,而站在了一个审美角度上:不是这件物体值多少钱,有什么实际作用,而是这件东西美不美。一口古钟,也许已不再是用来召集村民的一种信号,它给人们的是精神方面的感受。山顶,一座过去用来抵御侵敌的古堡,也许早已失去了它的物质性的作用,但却能使后来的人在心里唤起庄严的审美情感。"济慈著名的《颂诗》中不朽的希腊古瓶，对于西奥利特的同时代人说来，不过是盛酒、油或这一类家常用的器皿而已。'从前'这二个字可以立即把我们带到诗和传奇的童话世界。"

古朴本身就是一种美。

汪曾祺作品所产生的美，正是这样一种美。

无为的艺术

1. 克制——作为一种文学性格和气质

从美学角度讲，汪曾祺的创作对中国当代文学性格和气质的改变起了很大的作用。

过去文学的浮躁特征，与毫无节制的情感宣泄多少有点关系。一方面，叙述者情感泛滥，并赤膊上阵，闯入作品，毫不约束地将这种严重缺乏内涵的空洞的情感抛掷于字里行间，"啊啊"不断；另一方面，作品中的人物更是躁动不安，情感涨满，常作极端行为。"刀眉竖立""双目圆瞪""声若洪钟""脚跺得大地震颤"……剑拔弩张的形容，早成为俗套，屡见不鲜。不光让感情不加掩饰地暴露，而且还人为地制造情感——无病呻吟。1970年代末，文学对过去这种情感廉价出卖的做法深为反感，出现了一些风格较为冷峻的作品，但还是有不少作家一下无法克服过去的做法，依然在感情上有失分寸。当然，对1970年代末揭伤口、舔血迹的那批"伤痕文学"，我们要作具体分析，不能仅以情感浓烈就加以否定。当时，压抑的人们的确要大呼三声，文学成为人们情感爆发的火山口，也是自然而然的事情。但确实有些作品在情感方面过头了，让情感沉没于茫茫的泪水之中，总不能算是一种健全的情感。"啼哭在理想的艺术里不是毫无节制的哀号，把痛苦和欢乐满肚子叫出去也并非音乐。"

进入1980年代，中国作家在情感的克制上，显出了极大的毅力。他们不想再随便冲动，让宝贵的情感一泻无余，更不想学那些演技拙劣的演员，幻化出心底深处根本没有产生过的感情贴到脸上，然后靠生理机能的嘴角抽搐，以显示极度的痛苦。他们从作品里撤出，冷峻地、不露神色地、客观地表现着生活。即使介入，也不像过去那样动辄就作义愤填膺状、惨痛欲绝状、昂扬激越状，而镇定自若，感情自然，行动平稳，痛苦和欢乐都是有节制的流露。嘴形大张的号啕，变成胸腔中的哭泣；爱情失落后跌跌撞撞的奔跑，变成了日暮时的缓缓脚步和哀哀目光。

其实，在生活中，人们也是不太欣赏情感放纵的。违背人性地压抑感情是不可取的，而毫无约束地放纵感情同样是不可取的。也正是在这一点上，显出了人的高贵和浅薄、深沉和浮躁、成熟和轻佻。完善的性格应是感情和理智的和谐统一。莱辛在《拉奥孔》一书中谈到索福克勒斯的悲剧。一方面，他对罗马格斗场上的冷酷无情表示反感，说"罗马人在悲剧方面之所以停留在平庸水平以下"，是因为剧作者和观众"在血腥的格斗场里学会了歪曲一切自然本性"，认为人应当尊重自己的自然本性。另一方面，他又反对在"原则和职责"面前依然还放纵感情。中国文化传统本来就崇尚感情含蓄，所以，蔑视没有理智的、情感不加节制地宣泄的艺术品，也就自然而然了。

1980年代文学的感情淡化可分为两支。一支是依旧表现浓重的感情,但把这种感情的外露转向心灵深部,并从尖端降落一格,由冷峻代替狂烈,以深沉代替暴躁,以恼怒代替激怒,以冷静的微笑代替疯狂的大笑,以默默的悲哀代替声嘶力竭的悲哀。如张贤亮、张承志、蒋子龙、李国文、梁晓声等人的作品。张贤亮笔下的许灵均,是社会的弃儿。他被发配马场,与牲口为伍,晚上,"像初生的耶稣一样睡在木头马槽里,当马用湿漉漉的鼻子嗅他的头,用软乎乎的嘴唇擦他的脸,温暖的抚慰会使他的心颤抖起来,以至禁不住抱着长长的、瘦骨嶙峋的马头痛哭失声,把眼泪抹在它棕色的鬃毛上"。然而,他并非无节制地放纵自己的悲哀之情,他只是在深沉的夜里独自一人将这种感情从胸膛底部流露出来,而并未在大庭广众之下,像孩子般咧开大嘴号啕,相反,总是以冷峻的神情出现在那些牧马人面前,毫无想获得他人怜悯的哀状。这类作品是鲁迅、托尔斯泰式的大调作品。与上一类作品相比,另一类情感淡化的作品,是蒲宁、沈从文式的。这些作品追求更为淡泊的情感,情感的流露更为轻徐、舒缓、婉转。在这一方面,汪曾祺是开新的风气的。他写了不少这样的作品(如《大淖记事》《受戒》等)。这些作品希冀获得的美感是:秀美感和静美感。

朱光潜先生在《悲剧心理学》一书中分析道:似乎女性更容易显示柔美、秀美和文弱美。女性特有的微微俯身的体态、勾着的脖颈、自然摊开的双臂、清晰柔和的线条、如水荡漾的流盼、静静的凝眸、微微的娇喘以及温柔絮语,这一切都能产生动人的秀美感。《受戒》中的小英子一行印在田埂上的脚印都这样的美:"五个小小的指头,脚掌平平的,脚跟细细的,脚弓部缺了一块。"《大淖记事》中的巧云15岁,"长成了一朵花。……眉毛黑如鸦翅,长入鬓角。眼角有点吊,是一双凤眼。睫毛很长，因此显得眼睛经常眯睎着；忽然回头，睁得大大的，带点吃惊而专注的神情，好像听到远处有人叫她似的"。汪曾祺写了不少这样的感情恬淡的女性。她们性格柔顺、不作强烈的反抗，总是表现爱和欢乐。富于幻想，世界仿佛因为有了她们而变得纯净、透明。当她们不幸而又无力反抗时，这种秀美感在人心理上立即产生了一股怜爱之情。

这类作品是明净的。作者用"明净的世界观"，看出了"生活中的美和诗意"。它对读者来说，在"情操上有些洗涤作用，或者按亚里士多德的说法，起'净化'作用"。它呈现给读者的是一种似乎非世俗社会才有的静美。

这些美的获得，显然与淡化人物的感情有关。我们不可设想锋芒毕露、怒目圆瞪的角力和野蛮、暴烈的情感冲突能生出这类美感来。

莱辛在《拉奥孔》中以分析古代群雕《拉奥孔》，阐明了自己的一系列美学观点，其中特别强调了"冲淡"美学观。

雕塑《拉奥孔》是根据传说中的拉奥孔父子三人被海上游来的两条巨蟒缠死的故事作成。被巨蟒缠绕是痛苦的，但雕塑中的拉奥孔并未因痛苦而哀号。他所呈现的表情是"节制住的焦急和叹息"，"身体的苦痛和灵魂的伟大仿佛都经过衡量，以同等的强度均衡地表现在雕像的全部结构上"。莱辛问道：为什么雕塑里的拉奥孔没有哀号？对此，他做了详细分析。美是古希腊的最高法律。如果拉奥孔因痛苦而哀号，人们看到的只会是一个张开的类似黑洞的大口，而这是丑的，违背了希腊人的美学原则。所以要把"忿怒冲淡到严峻"，把"哀伤冲淡为愁惨"。在这里，莱辛又同时提出了必须将人物的感情控制在到达顶点前的一步的美学观点。他认为造型艺术只能选用某一顷刻，而这一顷刻最好是燃烧或熄灭前的顷刻，道理很简单："在一种激情的过程中，最不能显出这种好处的莫过于它的顶点。到了顶点就到了止境，眼睛就不能朝更远的地方去看，想象就被捆住了翅膀……"所以，"拉奥孔在叹息时，想象就听得见他哀号；但是当他哀号时，想象就不能往上升一步，也不能往下降一步；如果上升或下降，所看到的拉奥孔就会处在一种比较平凡的因而是比较乏味的状态了"。莱辛的所有这些观点，都是对于造型艺术而言的。其实他的美学观点也可以扩展到语言艺术领域——虽然语言艺术有时可以不实行这一美学观点也依然可以创造艺术价值。上乘的语言艺术品，大多是遵循了这一美学原则的。卡列宁始终没有因为安娜与沃伦斯基的私通而震怒到举起双拳怒吼，或者出现我们过去作品中经常出现的形象：像一头受伤的困兽在屋里走来走去。同样，安娜最后的痛苦也没有写成绝望的哀号，只是平静地走向铁轨。

1980年代的中国文学与莱辛的美学观吻合了。它似乎在追求"高贵的单纯，静穆的伟大"这一古典艺术的理想。它努力保持平静的创作心态，以冷峻和淡泊的笔调去写生活，把感情埋在心灵深处，而以平静的外表呈示于读者和观众。《大淖记事》中的巧云被水上保安队的刘号长奸污了。作者并未按常规的写法，写一个少女失去贞洁后的羞耻心理，写她痛苦万分，简直要去自尽。这里没有泪流满面、披头散发、面容憔悴、跌跌撞撞地走向河边的形象，也没有捶胸跺足、撕扯衣服和狠揪头发，更没有绝望的哀号。作者说，他要表现巧云失去童贞之后的痛苦心情，但要以一种"优美的方式来表现"。现在写成这样：她起来后，飘飘忽忽地想起了一些事情，想起了小时候母亲给她点一点眉心红；想起小时候看见新娘子穿的粉红色的绣花鞋；想起她的手划破了，小锡匠吮她指头上的血。美被丑恶玷污了，痛苦隐藏在诗意里——美丽的痛苦。这个形象既获得了道德同情，也获得了审美同情。而在审美过程中，人们往往更注重审美意义上而非伦理道德意义上的同情。《岁寒三友》的结尾，三位朋友借酒浇愁，酒中取乐，也并未将愁和乐的感情写到顶点，没有我们通常在别的作品中见到的酒醉后痛哭流涕，也没有酒醉后歇斯底里的爆发，一切就像酒店外的雪花，落地无声。这些作品中，爱情和仇恨、痛苦和幸福的感情都未达到饱和和白热化的程度。我们可不可以这样对它们加以总结呢？怒不写到怒不可遏，悲不写到悲不欲生，乐不写到乐不可支。

阅读《受戒》，我们会从头到尾地体会到这种对感情的处理方式。

2. 柔情："安详的注意"

话题要转到柔情上来，那些女孩儿——如小英子、巧云，都是些柔情的女孩儿。但汪未将这份柔情仅仅用在女孩儿的身上。柔情含在他的整个处世态度之中，含在作品的一切关系之中。

当年，沈从文曾写过一篇《我的写作与水的关系》的文章。文中说道："我学会用小小脑子去思索一切，全亏得是水。我对于宇宙认识得深一点，也亏得是水。"他所写的故事，也多数是水边的故事。他最满意的文章常用船上、水上作为背景。他说："我文字风格，假若还有些值得注意处，那只是因为我记得水上人的言语太多了。"沈从文爱水，汪曾祺也爱水。他在谈他的创作时，同样也谈到了自己的创作与水的关系。《受戒》《大淖记事》都是写水的。

> 芦花才吐新穗。紫灰色的芦穗，发着银光，软软的，滑溜溜的，像一串丝线。有的地方结了蒲棒，通红的，像一枝一枝小蜡烛。青浮萍，紫浮萍。长脚蚊子，水蜘蛛。野菱角开着四瓣的小白花。惊起一只青桩（一种水鸟），擦着芦穗，扑鲁鲁鲁飞远了。

而水的一大特点就是它具有柔性（遇圆则圆，遇方则方，顺其自然。故老子用水来比喻最高的品质：上德若水）。这水上的人与事，便也都有了水一般的柔情。《受戒》《大淖记事》写的就是这份柔情。沈从文的一部《边城》，则把这柔情足足体现出来：

> 翠翠在风日里长养着，把皮肤变得黑黑的，触目为青山绿水，一对眸子清明如水晶，自然既长养她且教育她。为人天真活泼，处处俨然如一只小兽物。人又那么乖，如山头黄麂一样，从不想到残忍事情，从不发愁，从不动气。平时在渡船上遇陌生人对她有所注意时，便把光光的眼睛瞅着那陌生人，作成随时皆可举步逃入深山的神气，但明白了人无机心后，就又从从容容的在水边玩耍了。

翠翠对老船夫的昵近，与水与船与一草一木的亲切，一举一动，都显出一番柔情来。一段对狗的小小批评，都能使我们将一种柔情极舒服地领略：

> ……翠翠带点儿嗔恼的嚷着："狗，狗，你狂什么？还有事情做，你就跑呀！"于是这黄狗赶快跑回船上来，且依然满船闻

> 嗅不已。翠翠说:"这算什么轻狂举动!跟谁学得的!还不好好蹲到那边去!"

沈从文也好,汪曾祺也好,在他们这里,柔情是一种最高贵也最高雅的情感。他们用最细腻的心灵体味着它,又用最出神的笔墨将它写出,让我们一起去感应,去享受。这种情感产生了小英子、巧云、三三、翠翠以及翠翠的母亲这样一些女性形象。这些形象,都不能让人产生强烈的如痴如醉的爱,而只能让人产生怜爱。

对这种情感的认定,自然会使他们放弃"热情的自炫",而对一切采取"安详的注意"。巧云、翠翠她们的柔情似水,来自于他们观察之时的平静如水。他们用了一种不焦躁、不张狂、不亢奋的目光去看那个世界——世界不再那么糟糕那么坏了。"黄昏照样的温柔、美丽和平静",自然界如此幽静迷人,人世间也非充斥着恶声恶气,人们互助着,各自尽着一份人的情义。

表现在语言上,他们去掉了喧嚣的辞藻,去掉了色彩强烈的句子,只求"言语的亲切"。那些看来不用心修饰而却又是很考究的句子,以自然为最高修辞原则,以恬静之美为最高美学风范,构成了他们的叙事风格。这语言的神韵倾倒了1980年代一批年轻小说家。

这份柔情是浪漫主义的。人们一般不会将《大淖记事》《边城》一类的作品当浪漫主义的作品来读。因为在一般人的心目中,浪漫主义是热烈浓艳、情感奔放的,殊不知还有一种淡雅的浪漫主义。前种浪漫主义倾注于浓烈的情感(爱得要死,恨得要命),而后一种浪漫主义则喜欢淡然写出一份柔情。不管是哪一种,一个共同的特点就是理想化,都要对现实进行过滤或裁剪,或根据心的幻想去营造一个世界。这大淖,这边城或者没有,或者有过,但已消失在遥远的昨天了。

这种美学追求,与写昂扬和激情并不矛盾,它只是要求昂扬和激情要适度,要为读者获得想象的余地和保证美感实现,作适当的冲淡。一颗沉静的心灵比一颗暴烈的心灵总要伟大得多。宁静、深沉的作品总是比激起瞬间激情的作品有更高的价值。

3. 洞穿一切的沉静语言

人们对汪曾祺的叙事态度印象很深。"叙事态度"是一个比"语言风格"更深刻一层的概念。对"语言风格"的分析,到语言本身为止,它并无通过语言表象看到背后的作者的人生态度的任务。汪曾祺的叙事态度是在与绝大部分中国小说家相比之下被人注意的。大部分中国小说家,所显示的是一种全身心介入生活的态度。在充满主观和感情色彩的语言背后,是一些热情洋溢的、豪情奔放的、悲愤的、焦灼不宁的心灵。他们富丽堂皇地装饰着句子,让句子积压着沉重的情感。而汪曾祺所塑造的是一个老者的形象。这位老者饱经风霜,岁月已经将他性格中的焦躁、热情、仇恨等洗刷干净了。用他自己的话说,已去净了"火气"。现如今剩下的,是一片参透世界、达观而又淡泊的心境。他不再把悲哀、欢乐等感情看得多么严重,不再不加掩饰地将这些情感直接流注于笔端。他是一个旁观者,一切都看得很清楚,很透彻,了然在心,并且承认一切都是顺其自然,无需大惊小怪,也不必长吁短叹。他用古朴、平淡、自然的句子,不在意地叙述着人和故事,其中含着洞穿一切的冷峻和谐趣。

这是《大淖记事》中的一段文字:

> 淖，是一片大水。说是湖泊，似还不够，比一个池塘可要大得多，春夏水盛时，是颇为浩淼的。这是两条水道的河源。淖中央有一条狭长的沙洲。沙洲上长满茅草和芦荻。春初水暖，沙洲上冒出很多紫红色的芦芽和灰绿色的蒌蒿，很快就是一片翠绿了。夏天，茅草、芦荻都吐出雪白的丝穗，在微风中不断地点头。秋天，全都枯黄了，就被人割去，加到自己的屋顶上去了。冬天，下雪，这里总比别处先白。化雪的时候，也比别处化得慢。

汪曾祺心平气和地面对人生、面对自然，悠闲地驾驭着文字，简洁、明了地叙述着这个世界——这个世界上的一切。

我们来看另一位作家的一段文字。这里我们并无褒贬之意，而只是想通过这段另一极端的文字，与汪的叙事态度做一个比较，从而更清楚地看出汪的叙事态度的不同：

> 高亢悲怆的长调响起来了，它叩着大地的胸膛，冲撞着低巡的流云。在强烈扭曲的、疾飞向上和低哑呻吟的拍节上，新的一句在追赶着前一句的回声。草原如同注入了血液，万物有了新的内容。那歌儿激越起来了，尽心尽意地向遥远的天际传去。

这段文字为张承志所有。他是以一个深沉的、充满激情的抒情诗人的形象出现的，与汪的淡然相反，是一个完全投入的姿态。

叙事态度背后，总有很深的文化以及人生的背影。这绝不是一个修辞学问题。它是文化品质长期渗透和人生经验的积淀。日常生活中,人们的语言风格千差万别,也都不是一个简单的语言习惯问题。对叙事态度的研究所得出的结论,一定会超出以往研究"语言风格"时所获得的浅显见解。

叙事学中,有一个重要的概念,叫语气(或叫口气)。分析语气是研究言语人之身份、品质与趣味的一个重要途径。语气的微妙区别里可能隐藏着叙述者的不同身份、不同经历、不同气质、不同情趣和不同教养这样一些重要事实。其实一个作家在他的作品第一句,就可能透露了这一切差异:

1. 我的妻子
2. 我的妻
3. 我那口子
4. 俺老婆

"我的妻"仅比"我的妻子"仅仅少了一个"子"字,但给人的感觉却就大不一样了。"我的妻",这是一个文化人的口气,并且是一个性格平和、感情纯正并略带了一些酸腐的文化人的口气。

汪曾祺的叙事态度之所以如此,一是因为他的生活经历。汪1920年生,写《受戒》《大淖记事》等作品时,已是七十岁左右的人了。这漫长的人生历程,使他对社会、对生活,都有了很深刻的感受。他的人生道路又极不平坦。如此人生,使他获得了一种难能可贵的平淡品质。他已将人生识破,忧愁和苦难,已都不再可能使他产生大幅度的感情波动。被誉为20世纪最后一位名士的汪曾祺,已进入了一种境界,一种徐渭式的境界。徐渭有两句话,叫:

> 乐难顿段，得乐时零碎乐些
> 苦无尽头，到苦处休言苦极

汪曾祺既不会毫无风度地叫苦连天，也不会像张承志那样因为幸福而泪水盈眶、伏倒于草地而亲吻不已。

说到汪曾祺的叙事，不能不看到第二个原因，即他的旧学根底与古文的熏陶。汪的语言，凝练老成。他不少散文，其实是用半白话半文言写成的。古汉语有这种气质。与此相比，现代汉语有浮华轻飘的一面。他从古汉语那里得到的是一种语言的沉静。他得了古汉语的一些精神。

语言最小的意义，大概可见一个人的气质，而最大的意义则可见一个民族的气质。古代汉语曾在我们这个民族的气质形成中起到过看不见却极深刻的作用。但五四时期必要的却又极端化了的反文言，加上后来对文白之争的误读与偏读，使我们与古代汉语决断，一味亲近白话，从而使我们丢失了许多宝贵的东西。这是历史的遗憾。然而因多年的误读与偏读，已积重难返，这种历史的遗憾可能要成为永远无法弥补的遗憾了。

我曾劝过学写作的同学，去打一打古文底子，甚至具体地让他们看一些文章。其中，我提到一个人——林琴南（林纾）。此人不懂英语，但翻译过一百多种外文书，是用文言翻译的，极有味道，看个十本二十本，笔下再出文字，那文字的质量就很不一样。语言也有质地，像人的衣服。常习古文，语言质地就会好一些。

汪曾祺证明了这一点。他虽然不再用文言写作，但古汉语的神气却在字里行间。

说到汪曾祺的叙事态度，更重要的原因，当然是在他的人格组成中有着道家精神。这一点，也早被许多研究者指出。汪本人也是默认的。这是极重要的一点。道家讲淡泊，讲宁静，讲无为。这种人生态度融化在血液之中，自然而然地要反映在他的叙事态度上。

有汪曾祺这样一个作家，是中国当代文学的运气。他的价值似乎超过了他文本本身所具有的价值。他的出现，是对中国当代文学趋向的调整，是对中国当代文学格局的改变。

但从他本人的作品的文本价值而言，我们说：汪曾祺是名家而非大家。无论从他作品的数量还是分量上考察，这个结论都是符合事实的。确实，他不是走的一个文学大家的路子。这从题材的选择、主题的深刻性以及艺术的创造性诸方面，都能看出这一点。这些作品的背后少有宏大的哲学背景，少有那些大家所具有的形而上的题旨。

从现代形态的文学来看，文学已经走过了那个模仿现实的历史。它正与哲学融合，走向形而上——即对更本质的现实进行抽象，已成潮流。

如果说中国当代文学的质量还不够太理想的话，其中一个很重要的原因便是：中国当代文学缺乏哲学根柢。对此，汪曾祺本人似乎很不以为然。他几次有过这样的意思：只要将生活很切实地写出，诸如哲学一类的思想自然也就包含其中了。我们反过来问一下：没有足够的理论（哲学）力量，现实能够被你把握吗？没有理论的观察，其实是不存在的。观察的质量取决于主体的理论准备。空洞的观察永远还是空洞。理论是观察的驱动力，它给了观察以主题和目标、一种穿透事物而抵达最后的本领。

文学的北京：春夏秋冬

陈平原，1954年生于广东潮州，北京大学中文系教授、博士生导师，曾任北京大学中文系主任。香港中文大学讲座教授、教育部"长江学者"特聘教授、国务院学位委员会学科评议组成员、中国俗文学学会会长、北京大学中国诗歌研究院执行院长。

著有《中国小说叙事模式的转变》《千古文人侠客梦》《中国现代学术之建立》《中国散文小说史》《触摸历史与进入五四》《大学何为》《北京记忆与记忆北京》《左图右史与西学东渐》《作为学科的文学史》等。另外，出于学术民间化的追求，1991—2000年与友人合作主编人文集刊《学人》；2001年—2014年主编学术集刊《现代中国》。

2003 年,我们在北大开了个题为"北京:都市想象与文化记忆"的国际学术讨论会,刚好碰上北京市纪念建都 850 周年,很受关注。不说 50 万年前的周口店"北京人",也不说此地已有 3000 年的城市史,更不说春秋战国时燕国在此建都(称蓟)、西汉末年王莽在此立大燕国(别名燕京),咱们还是从公元 1153 年金中都建成,海陵王下诏迁都,北京正式成为"号令天下"的国都说起。既然很长时间里,北京是国都(帝京、首都),各方面的人才都会跑来,政治家、商人、文学家,全都来了,不见得在这定居,但总得来走走、看看。这样,就必定留下一大批关于北京的文字资料,包括诗文、小说、戏曲等文学作品。同学们有没有想过,几百年间,多少文人学士进京赶考,一路上怎么走过来的、随身携带什么物品、中间碰到多少艰难险阻?这些细节,其实很有趣的,对于学文史的人来说,这些都是必不可少的历史记忆。像这一类的问题,都留在骚人墨客的诗文里。

这就是我所关心的"文学的北京"。从金代开始,历经元、明、清、民国,一直到今天,850 年历史的国都,该有多少激动人心的故事及人物,残留在文人的"记忆"以及文学作品里。诸位念中国文学,讲到元杂剧,老师肯定会告诉你们,关汉卿,元大都人。元大都,也就是今天的北京。可除此之外,我们无法找到更多有关关汉卿与北京城的直接联系。明清以后就大不一样了,很多文人用生花妙笔,记载、描绘、表现北京这么一座了不起的都城。这一类的文字资料很多,是后人想象北京的重要依据。

在我看来,一座都城,有各种各样的面相。有用刀剑建立起来的,那是政治的北京;有用金钱铸造起来的,那是经济的北京;有用砖木堆砌而成的,那是建筑的北京;有用色彩涂抹而成的,那是绘画的北京；有用文字累积起来的，那是文学的北京——这个经由史家的学识与文人的激情，用文字塑造出来的北京城，最容易感知，也最好触摸，我们今天，就准备从这里进入。

我在北大开了一门课，就叫"现代都市与现代文学"，每周带着研究生一起阅读、讨论下面这九本有关城市的书：理查德·利罕的《文学中的城市：思想史与文化史》、李欧梵的《上海摩登》、赵园的《北京：城与人》、谢和耐的《蒙元入侵前夜的中国日常生活》、陈学霖的《刘伯温与哪吒城——北京建城的传说》、施坚雅的《中华晚期帝国的城市》、卡尔·休斯克的《世纪末的维也纳》、本雅明的《发达资本主义时代的抒情诗人》，以及石田干之助的《长安之春》。选书的标准，除了学术质量，还希望兼及思路与方法、文学与历史、中国与外国、古代与现代等。学生们对《世纪末的维也纳》和《发达资本主义时代的抒情诗人》两本书尤其感兴趣，那种游手好闲的姿态、那种观察品味城市的能力，那种将城市的历史和文本的历史搅和在一起的阅读策略，都让他们很开心。同样道理，阅读北京，理解这座城市的七情六欲、喜怒哀乐，也是要兼及历史与文学。

在座的诸位同学，也许你们读过像《狄更斯与伦敦》《雨果与巴黎》《卡夫卡与布拉格》《乔伊斯与都柏林》这样的著述，再塞给你一本《老舍与北京》，也没什么了不起。今天我讲的，不是某某作家的都市体验，而是希望借助若干篇散文，呈现北京作为一座城市的形象与气质。而且，不想选择那些独一无二的景观，比如故宫、天坛、长城、颐和园等，而是谈谈每一个到过北京或准备前去旅游的人都必须面对的，那就是北京的春夏秋冬。

大家可不要误会，以为我是北京市旅游局派来拉客的，光拣好听的说。记得有人说过,某些城市只能接受好话,受不了委屈,而北京,已经超越了这个阶段,你说好说坏,它都无所谓。甚至,最喜欢说这座城市坏话的,很可能正是北京人。一边嘲笑,一边乐滋滋地生活在这座被自己骂得一塌糊涂的城市。有一回跟作家莫言聊天,他用说相声的口吻,转述了一个段子:人大、政协开会,外地代表纷纷表示要为首都做贡献。山东代表说,为解决春天风沙大的问题,准备建一个塑料大棚,把北京市统统罩起来;山西代表说,为解决到美国签证难的问题,准备在北京挖一条直通华盛顿的地道;最绝的是河南的代表,说是为一劳永逸地解决北京市的环境卫生问题,准备为每一只蚊子戴上口罩,为每一只老鼠配上安全套。我一听马上说,这笑话,准是北京人编的。北京人就是这样,对政府有意见,不直接骂,绕着弯子说,很刻毒,可又有幽默感,让你哭笑不得。

下面这几篇文章,偶有几句怪话,但总的基调是怀念,所以很温馨的。需要说明的是,周作人的文章是在北京写的,其他三位,郁达夫、张恨水、邓云乡,都是人在异乡,"怀想北平"。这你就不难理解,周文的调子为什么跟其他三位不一样。对于眼前的生活不乏批评,对于过去的时光多有依恋,这是人之常情。好吧,闲话休提,让我们赶紧进入北京的四季,在欣赏这些美文的同时,希望能带出一些有趣的问题。

一、关于《北平的春天》

我准备讨论的第一篇文章,是周作人的《北平的春天》。周作人,

1885年出生，1967年去世，笔名知堂、岂明等，浙江绍兴人，五四时期以《人的文学》《平民文学》等论文，以及众多兼及知识与趣味的小品著称于世，可说是五四新文学的主将之一。周氏早年文名极盛，抗战中落水，1946年在南京老虎桥监狱被国民政府判处十年徒刑，1949年1月保释出狱，8月重归北京，晚年以译述日本及古希腊作品为生。读他撰于1944年的《我的杂学》，听他谈对于古文、小说、外语、希腊神话、文化人类学、生物学、儿童文学、性心理、医学史、乡土民艺、浮世绘、玩具、佛经等的兴趣，你肯定会惊讶其博学。因此，当他说自己别无所长，只不过是"国文粗通，常识略具"时，你就知道这个标准之高。反过来，在他眼中，国人的最大毛病，很可能就是缺乏"常识"、不通"国文"。

先说"国文"。五四刚过，周作人就开始自我调整，不欣赏胡适"明白如水"的白话，而是希望"混合散文的朴实与骈文的华美"，并杂糅口语、欧化语、古文、方言等，以造成"有雅致的俗语文来"。至于作为"常识"的知、情、意，周作人承认前两者受古希腊及日本的影响，后者则是基于自家的中国立场。但有一点，从1922年撰《自己的园地》起，周就对各种各样的"大名义"不感兴趣，并自觉保持距离；至于1924年《喝茶》一文所表达的忙里偷闲、苦中作乐、在刹那间体会永久、于粗茶淡饭中品味人生，更是成为日后周的生活信条。关于他的政治立场，学界有各种看法；但对于他在现代中国散文史上的地位，基本上没有异议。要说20世纪中国散文，成绩最大的，很可能还是周氏兄弟。像同样名气很大的林语堂、梁实秋等，单就散文而言，在我看来，都不能跟二周比。

谈论周作人的《北平的春天》，我想转个弯，从此前的两篇周文说起。先说写于 1924 年的《故乡的野菜》。这里的关键是"故乡"——周本南人，但长期生活在北京。中年以后，周作人不断在文章中追忆故乡浙江绍兴的风土人情；但同时，他又喜欢谈论自己目前生活的北京。在《故乡的野菜》里，有这么一段话："我的故乡不止一个，凡我住过的地方都是故乡。……我在浙东住过十几年，南京东京都住过六年，这都是我的故乡；现在住在北京，于是北京就成了我的家乡了。"对于周作人来说，绍兴是出生地，南京、东京是念书的地方，至于真正登上历史舞台，则是在北京。此后，作为长期生活在北地的南人，周作人既以怀旧的笔调谈论绍兴，也以南方作为标尺，衡量眼下居住的这座北方城市。

我关注周作人的这个说法：住久了，就是故乡。因为，在现代社会，籍贯变得越来越不重要，重要的是居住地。换句话说，"在地"的思考、"在地"的情感以及"在地"的知识，对现代人来说，变得比很可能从未到过的原籍要重要得多。以前作文学史、文化史研究，经常谈论宋代或明、清的进士分布，借以考察一个地区的文化及教育水平。而且，各种诗派、文派的成立，也喜欢以地望命名。但在现代社会，这行不通。即便你在原籍出生、长大，可中学毕业后，你到外面上大学，甚至到国外留学，转益多师，我们很难再用"地方文化"来描述你、阐释你。我再引申一下周作人的观点：对于你长时间居住的城市，你应该对它感兴趣，关注它的风土人情、历史记忆、文学想象，不单是趣味，也是责任。正是在这个意义上，我这南人，在北京生活了 20 年，也开始有了谈论这位"老朋友"的兴致。

周作人有一篇谈北京的文章，叫作《北京的茶食》，说的是："住在古老的京城里吃不到包含历史的精炼的或颓废的点心,是一个很大的缺陷。北京的朋友们,能够告诉我两三家做得上好点心的饽饽铺么?"到哪里去找精致的点心,这样的问题,也值得写成文章?可周作人不觉得这是小题大做,因为,他厌恶"20世纪的中国货色",感叹代表"风流享乐"传统的众多食品消失了,取而代之的是各种粗糙恶俗的模仿品。这令他痛心疾首。这篇文章写于1929年,那年头,左翼文人正在提倡"血与火"的革命文学,而周作人却在满北京城找好吃的点心;因为吃不到,还写文章诉苦,这不挨骂才怪。周氏谈论点心之好不好吃,还讲究什么"精炼的或颓废的",如此渲染安闲且丰腴的生活,跟当时上海的革命文学家相比较,真是天差地别。此文之引起反感,可想而知。但周作人有自己的解释:"我们于日用必需的东西以外,必须还有一点无用的游戏与享乐,生活才觉得有意思。"近代以来的生活,过于讲求功利和实用,做每件事,都事先计算好,希望能有看得见摸得着的实际效果,这样急功近利,没有意思。无用的东西,比如游戏,对于生活来说,其实很有意义。举例来说,我们看夕阳、观秋荷、听雨、闻香、喝不求解渴的酒、吃不求饱的点心,都是生活上必需的。你能因为它不影响"温饱",就否定观赏落日的意义?之所以谈点心时,要点出"历史的""精炼的""颓废的"三个修饰语,就因为它有关文化、审美、心情,故不可忽略。

  这种追求"精致"的生活趣味,是有明显的针对性的。第一,晚清以来,我们相信"科学",追求"进步",崇尚"西洋文明",对于自家原先某些精致、悠闲的生活方式,弃之如敝屣,这种态度,在周看来,并不可取;第二,左翼作家对革命文学的提倡,对颓废文艺的批判,以及将政治与文学捆绑在一起的功利性,周作人很不欣赏;第三,更值得我们关注的是,在整个论述的过程中,周作人始终把"文化精神"和"生活趣味"扭结在一起。一般人会认为,日常生活里的东西,比如点心,没什么了不起;可周作人却从点心的粗糙看出文化的粗糙、灵魂的粗糙。必须承认,这跟日本文化中对"精致"的追求,有直接的关系。

可这种趣味,弄不好,就滑落成今天的"小资"了。"小资"就是"小资产阶级",现在中国大陆很流行的词。说你这个人挺"小资"的,就是说,虽然不是很有钱,但生活还过得去,讲求品味,了解时尚,读一点文学,听一点音乐,喜欢名牌,还不时表现一下自己的"不同流俗"。真高雅的,不是"小资";有钱没文化的,也不算"小资"。"小资"的必修课,包括张爱玲、村上春树、昆德拉、王家卫、伊朗电影、小剧场艺术等。"小资"喜欢炫耀自己"有情调",批评别人"没品味"。这是现在的状态,半个多世纪前呢?

那时左翼文学蓬勃兴起,"精致"的生活趣味受到严重压制。人家都在关心国家大事,流血流汗,你还在谈什么点心好不好吃,不觉得害羞?在这种气氛下,周作人等京派文人的姿态,不被青年学生看好——不只是批评,简直是蔑视。这种对于"闲适"的批判,自有其合理性,但未免过于功利了些。当然,这跟年龄也有一定的关系。记得林语堂说过:人的一生,就好像过马路,先看看左,过了中线以后,再看看右。30岁以前不激烈,没出息;50岁后还激烈,这人也挺可怕的。1930年代的周作人、林语堂、梁实秋等,大致都过了热血沸腾的年龄,其鄙薄文化上的功利主义、追求精致的生活趣味,不能说一无是处。当年很多青年人看不起周作人等,觉得他们只顾自己安逸的生活,精神萎靡,格局太小。可过了几十年,我们明白宏大叙事与私人叙事之间的缝隙，了解政治与审美的距离，也明白崇高与幽雅是两种不同的生命境界，学界对于激进而粗糙的革命想象，开始有了几分认真的反省；同时，对于周作人之强调文化上的精致，也有了几分同情之理解。

好，话说回来，介绍前面这两篇文章，是为主角的登场作铺垫。记得两点：第一，这城，居住久了，就是家乡，就值得我眷恋；第二，文化精神跟日常生活趣味，完全可以联结在一起，口腹之欲，有时候能上升到精神层面。有了这两个观念，接下来，就该进入《北平的春天》了。

周作人的文章很有特点，用他自己的话说，就是"涩"，真的很像苦茶，不抢口，有余甘，能回味，经得起咀嚼。必须是有文化、有阅历的人，才能接受，才能欣赏。有人的文章，是写给中年人的，比如周作人；有人的文章，是写给少年人的，比如徐志摩。喜欢徐志摩的读者，很可能不欣赏周作人；反过来也一样。这涉及写作者的趣味、心态，还有文章的结构、语言以及表达方式。题目《北平的春天》，一开篇却是："北平的春天似乎已经开始了，虽然我还不太觉得。"你看，曲里拐弯，别别扭扭的，就是不让你读得顺畅。文章的结尾又是："北平虽几乎没有春天，我并无什么不满意，盖吾以冬读代春游之乐久矣。"这样的正题反作，故意违背常规，以春游始，以冬读结，阻断你的习惯思路，引起阅读兴趣。写文章最怕轻车熟路，你刚开口说第一句，读者就猜到你下面会说什么。周作人的文章相反，有时候用典，有时候插入大段古文，有时候东拉西扯，有时候跳跃前进，总之，就是不让你感觉"滑"，非要你停下来琢磨琢磨不可。

文章开头说，北平的春天开始了，可春天并非一种概念的美，而应该是一种官能的美，能够直接用手、脚、鼻子、眼睛来领略的，那才是真正的春天。根据少年时代在绍兴扫墓的经验，所谓"游春"，必须跟花木、河水有直接的联系。春天到了，花草树木，或吐芽，或着花，一切都是生机勃勃的，再加上那一汪清水，还有"春江水暖鸭先知"，春天的感觉这才真正体现出来。可北平呢，北平的春天在哪儿？周作人说，虽然在这座城市生活了二十多年，对于"春游"没有任何经验。妙峰山很热闹，但没去过；清明郊游应该有意思吧，也没去过。为什么？就因为北平是一座内陆城市，旁边没有大江大河；而缺少了水气，不仅"使春光减了成色"，更使得整座城市缺乏某种灵气与风情。

老北大在城里，地名叫北沙滩，就在故宫旁边。那里现在还有个地名，叫"北河沿"，当年是一条小水沟。北大著名教授刘半农专门写了篇文章，题目挺吓人的，叫《北大河》。文章大意是说，全世界著名的大学，要不拥有湖泊，要不临近江河——有水为伴，大学方才有灵气，在这里读书，才会充满灵感。他老兄是在巴黎留学的，肯定想起了塞纳河边读书的美好时光。北大周围没有江河，实在可惜，刘教授灵机一动，就把这条小水沟命名为"北大河"。可后来城市发展，修马路，连这条小水沟都被填平了。诸位有兴趣的话，到北京时，看看那叫"北河沿"的，现在是如何的车水马龙。幸亏1952年后，北大搬到原燕京大学的校址，也就是现在的燕园。那里倒是有个湖，很大的湖，钱穆给起的名字，叫"未名湖"。未名湖是北大的最大风景，也是学生们的爱情圣地。在国外，经常听人家说，你们的校长来访问，讲话很幽默嘛，一上来就是：我们北大没什么，"一塌糊涂"。

大家都很惊讶，校长于是慢慢抖开包袱：北大风景最好的，一是未名湖，二是博雅塔，三是刚扩建的图书馆。合起来，不就是"一塔湖图"吗？这个"幽默"使用频率太高，越来越不好笑了。但我承认，这三个景点，尤其是未名湖那一汪清水，对北大来说，太重要了。

无论是一所大学，还是一座城市，有足够的水，对于生活与审美，都至关重要。北京没那么多的水，因此，北京的春天，显得不够腴润，也缺乏灵气，来也匆匆，去也匆匆，似乎没有真正存在过。很多人都谈到，北京的春天太短暂，冬天刚刚过去，夏天马上就要来了，稍不留意，慌里慌张的春天，就从你的手指缝里溜走了。北京的春天若有若无，似乎不曾独立存在过，不像南方的春天，可以让你从容欣赏，周作人对这一点颇有怨言。

我的感觉跟周作人不一样：正因为北京的春天难得，稍纵即逝，所以北京人才会格外珍惜，才要大张旗鼓地"游春"。我在南方长大，那么多年了，就是没有感觉到"春游"的必要性。人家都夸你的家乡"四季如春"，开始我也很高兴；可到北方生活一段时间后，我才知道"四季如春"不是好词。一年四季，除了凉一点，热一点，没有什么变化，这不是什么好事。第一次见到北京从冬天到春天的转变，对我这样一个南方人来说，真的用得上"惊心动魄"四个字。记得那是阳历三月初，天还很冷，我裹了一件借来的军大衣，在大街上走，还很不自在的。就在我寄居北京的那半个多月，眼看着湖面上的薄冰一块块地融解，光秃秃的柳树一点点地吐芽，这种生命从无到有的感觉，真让人感动。我这才明白，古人为什么一定要游春，那是对于大自然的感恩，对于生命的礼赞！这种从冬眠状态中苏醒过来的感觉，在南方，可能也有，但不太明显。

周作人慨叹北京的水气太少，春天来得太慌张了，这点我承认。不过，所谓北京的春天"太慌张一点了，又欠腴润一点"，似乎还另有所指。20世纪的中国人，在危机中崛起，很急迫地往前赶路，确实是走得"太慌张了"，缺少一种神定气闲、天马行空的精神状态。因此，整个文化艺术显得有点"急就章"，不够厚实，也不够腴润。所谓的文化积累，需要金钱，需要时间，更需要良好的心境。当然，我这样的解读方式，显然关注的是周作人的整个文脉。

从周氏一贯的主张及趣味看，"慌张""腴润"云云，确实可引申开去。但你不能简单对应，硬说这里的"春天"象征着"文化精神"什么的；要是那样的话，"冬天"怎么办？就像周作人说的，北平的冬天不苦寒，屋里烧着暖气，手不会冻僵，神清气爽，特别适合于读书写作，这不也挺好？这就必须回到周氏文章的特色：基本上是个人化的表述，拒绝成为公共话语，你说他文章有没有寓意，有，但点到即止，若隐若现，只能心领神会，不好过分坐实。

二、关于《故都的秋》

说过北京的"春"，该轮到"秋"了。这是北京最美的两个季节。关于北京的秋天，我选择的是郁达夫的文章，题目叫《故都的秋》。

郁达夫，1896年出生，1945年去世，早年留学日本，1921年出版小说集《沉沦》，是早期新文学最值得称道的作品之一，也是五四那一代年轻人重要的启蒙读物，其自叙传的小说体式，病态的美以及感伤情调，让当时刚刚觉醒的青年学生很受震撼。到了1930年代，郁达夫的文风大变，或者像小说《迟桂花》那样，赞美天然的、健全的、率真的女性；或者转而撰写山水游记以及旧体诗词。郁达夫可以说是新文学家中旧体诗写得最好的，当然鲁迅、聂绀弩等旧体诗写得也很好。抗战爆发，郁达夫先是在新加坡为《星洲日报》等编副刊，1942年撤到印度尼西亚的苏门答腊，化名赵廉，在当地一家酒厂工作。有一次，日本宪兵欺负人，郁挺身而出，用日语跟人家交涉，这下子暴露了身份。宪兵队长知道他非同寻常，大概也很快就摸清了他的底细，但不动声色，继续跟他打交道，还称兄道弟的。可日本一宣布投降，宪兵就把郁达夫杀了，因为他知道的事情太多了。

郁达夫早年在北平生活，1933年起移居杭州，第二年，也就是1934年，短暂回京时，写下了这篇赞美诗般的《故都的秋》。过了两年，又写了篇《北平的四季》，更是一唱三叹："五六百年来文化所聚萃的北平，一年四季无一月不好的北平，我在遥忆，我也在深祝，祝她的平安进展，永久地为我们黄帝子孙所保有的旧都城！"请注意，是"遥忆"，距离产生美感，这才有了"一年四季无一月不好"的赞叹。

要说气候宜人，北京最好的季节是秋天，但既然选择了"北平的四季"，就看郁达夫怎么说了。和周作人一样，郁达夫也感慨北平的春天来得太匆忙了，还不如冬天可爱。因为，那最能显示"北方生活的伟大幽闲"。什么叫"北方生活的伟大幽闲"？寒冬腊月，屋外北风呼啸，屋里因为有火炉，故温暖如春。既然外面走动不方便，那就在家中读书写作，遥思往事，或者跟朋友们说闲话、聊大天。大雪初晴，你也可以出去走走，你会觉得，天地为之一宽、精神为之一爽。要是骑驴访友，那就更有意思了。文章中有这么一段："我曾于这一种大雪时晴的傍晚,和几位朋友,跨上跛驴,出西直门上骆驼庄去过过一夜。北平郊外的一片大雪地,无数枯树林,以及西山隐隐现现的不少白峰头,和时时吹来的几阵雪样的西北风,所给与人的印象,实在是深刻,伟大,神秘到了不可以言语来形容。"

说过北平冬天伟大的幽闲,以及快雪时晴的惬意,该轮到春夏连成一片的"新绿"了。照郁达夫的说法,这是一个"只见树木不见屋顶的绿色的都会",你站在景山往下看,只见如洪水般的新绿。那是因为,北平的四合院本就低矮,院子里又往往种有枣树、柿子、槐树什么的,到了春夏,可不让整座城市都笼罩在绿荫中,看不见屋顶了么?据说在1930年代,还都是这样,除了红墙黄瓦的皇宫,其他全都被绿树所掩盖。皇宫不像民居,不能随便种树,有礼仪、审美的因素,但也不无安全的考虑。北平的四合院里,有真树,有假山,大缸里还养着金鱼和小荷,整个把大自然搬回了家。

但这是以前的北京,现在可不一样,四合院以及"同洪水似的新绿",正迅速消退。现在北京正在进行大规模的城市改造,许多四合院因此而消失,这是文化人感到痛心疾首的。1949年,改朝换代,共产党入城时,古城基本上是完整的,没有受到战火的破坏。站在历史及文化的角度,几十年战乱,古城能保留下来,是个奇迹,也是一大幸事。可进入1950年代,执政者为了追求工业化与现代化,拒绝了梁思成等保存古城的合理主张,先扩街道,后拆城墙,老北京的容貌于是大为改观。1980年代以后,北京立意成为国际性大都市,政府与房地产商通力合作,把一片片四合院夷为平地,盖起了很多现代化的高楼大厦。政府得意于城市建设发展速度之快,我们却忧心北京变得面目全非。在文物保护方面,政府也做了不少事,比如修复元大都遗址，还有挂牌保护一些有代表性的四合院。可城市的机能在改变，活着的传统在消亡，即便留下若干孤零零的建筑，意思也不大。这方面，政府和民间有很长时间的争论，最近总算出台了一个法规，在文物及四合院保护方面，以后情况可能会有好转。其实，台北也有这个问题，我去年在这儿讲学，拿着老地图访古，也是面目全非。好不容易找到了一个老城门，又挤在高速公路旁边，看着直让人难受。

一个城市的历史记忆，随着现代化进程的加速，在很多地方，都将迅速失落。为了补救，一方面，我们会集合各种力量，尽力保护北京的四合院；另一方面，我想提倡"北京学"的研究。原本希望退休了以后，作为一种业余爱好；但这两年我改变了主意，开始带着学生摸索着做。理由很简单，北京的变化太快了，10年、20年之后，北京不知变成什么样子。那时候的学生，想做北京研究，想了解老北京的模样，必须到博物馆里去看。今天，我们在城市里，还能够见得着各种老北京残留的面影，还能摸得着石墩、看得见牌楼、进得去四合院，再过几十年，你很可能只能到博物馆里去找了。所以，我要求学生们，除了上课以外，培养一种业余兴趣，带上相机，大街小巷随便游荡，即使将来不专门做北京研究，也都保留一点对于这座正在迅速转型的都城的感觉和印象。这种感觉和印象，以后要读很多很多书才能获得。

秋高气爽，无论那里，大概都是一年中最好的季节，北平尤其如此。郁达夫想说的是，"北国的秋，却特别地来得清，来得静，来得悲凉"，比南方的秋天可爱多了。诗人气质的作者，在文章的结尾，甚至用夸张的笔调称："秋天，这北国的秋天，若留得住的话，我愿把寿命的三分之二折去，换得一个三分之一的零头。"前面都很好，就这两句，我不喜欢，感觉上有点"滥情"。虽然我们都知道，郁达夫人很好，襟怀坦荡，可"为赋新诗强说愁"，此乃文人通病。

为什么说北平的秋天特别高、远、清、静呢？那时留欧归来的学生常说，走遍全世界，天最蓝、空气最好的，当属北京。那是因为当时北京的工业不发达，加上城里树多，空气污染少。现在可不敢这么说了，前些年的沙尘暴，把北京人折腾得死去活来。今年不知是天意，还是前些年的努力，基本上没有沙尘暴，希望以后能保持这个态势。这几年，在治理空气污染方面，政府是做了不少事，比如，以前北京居民冬天烧煤，现在改用天然气；四环路以内的工厂，全部拆迁出去；还有提高汽车尾气的排放标准等。这些事情，都在做，但我不知道，什么时候北京才能找回二三十年代作家所激赏的那种湛蓝湛蓝的天空。不过，且慢，郁达夫最为倾心的，其实不是蓝天白云，而是北京秋天所特有的那种悲凉、落寞乃至颓废的感觉。在一篇题为《北国的微音》的短文中，郁达夫把"凄切的孤单"作为"我们人类从生到死味觉到的唯一的一道实味"。对这种凄冷趣味的偏好，是郁达夫所有作品共同的精神印记。

文章说，不逢北国之秋，已将近十余年了。在南方，每到秋天的时候，"总要想起陶然亭的芦花，钓鱼台的柳影，西山的虫唱，玉泉的夜月，潭柘寺的钟声"。这是老北京可爱之处，即使你足不出户，藏匿于皇城的人海之中，租人家一椽破屋来居住，都能够听得见远处青天下驯鸽子的飞哨，看得见身边那很高很高的天空，这种感觉好极了。让郁达夫感慨不已的，是北京的槐树。槐树有两种，一是刺槐，一是洋槐。洋槐移植到北京，大概只有一百多年的历史，它是树叶子绿时开花，成球地开着，大概是在五月；刺槐则是七月开花，一串串的像紫藤，不过是白色的。那像花又不是花的落蕊，铺满一地，踏上去有一点极细微极柔软的触觉，这场景，显得如此幽闲与落寞。还有那秋风秋雨，以及秋蝉衰弱的残声，在诗人看来，颇有几分颓废的色彩，更是耐人寻味。

这座千年古都，整个城里长满树，屋子又矮，无论你走到哪里，都是只见树木、只闻虫鸣，跟生活在乡野没有大的区别。中国的传统文人，喜欢居住在城市，怀想着乡村，既有丰富的物质及文化生活，又有山水田园的恬静与幽闲。这种"文人趣味"，在二三十年代的作家中还很普遍。今天台北的年轻人，特别能欣赏蓬勃向上的现代都市上海；但二三十年代的中国，还处在一个从乡土社会向都市社会转变的过程，人们普遍对过于紧张的生活节奏、过于强大的精神压力，以及相对狭小的居住空间，很不适应。假如你喜欢的是空旷、自由、悠闲的生活，那么，北平将成为首选。那个时候的很多文人，都说到了上海之后，才特别感觉到北京的可爱。当然，今天就不会这么说了。我想，北京的都市化程度不及上海，有政治决策，有金钱制约，但不排除北京人——尤其是文人，对过分的都市化始终怀有几分恐惧，乃至不无抗拒心理。

另外，北京的"乡村"特色，与其建筑上的四合院布局有关。刚才说了，四合院的最大特点，就是把山水、自然纳入自家院内。就像郁达夫说的，秋天来了，四合院里的果树，是一大奇观。我相信，很多到过北京的人，都对四合院里的枣树和柿子树印象极深。还记得鲁迅那篇《秋夜》吗？"在我的后园，可以看见墙外有两株树，一株是枣树，还有一株也是枣树。"秋冬之际，叶子落尽，光秃秃的枝头，点缀着红艳艳的枣子或柿子,真漂亮。四合院灰色的围墙,屋顶上随风摇曳的茅草,偶尔掠过的鸣鸽,再衬以高挑在天际的红柿子,视觉效果上,会让很多人过目不忘。

毕竟是文人,说到秋天,怎么能落下欧阳修的《秋声赋》与苏东坡的《赤壁赋》呢?再说,南国之秋也自有它特异的地方,比如扬州廿四桥的明月、杭州钱塘江的秋潮、普陀山的凉雾、荔枝湾的残荷等等,这些秋天也都是美不胜收。不过,郁达夫还是认定,在所有美好的秋天里,北京的秋天,或者说北方的秋天,最值得怀念。因为,它把秋天特有的那种凄清与艳丽合而为一的况味,表现得淋漓尽致。

三、《北平的五月》与《未名湖冰》

谈过"北平之春"与"故都之秋",剩下来的,关于北京的夏天与冬天,留给小说家张恨水以及学者邓云乡。

张恨水,1895 年出生,1967 年去世,是现代中国最负盛名的通俗小说家。在 20 世纪中国小说史上,有两位通俗小说的大家,必须予以认真看待,一是活跃在三四十年代的张恨水,一是活跃在六七十年代的金庸。这两位先生,或以都市言情取胜,或以武侠小说名家,都是大才子。张恨水一辈子写了六十多部长篇,其中尤以《春明外史》《金粉世家》《啼笑因缘》《八十一梦》等最为人称道。像《金粉世家》《啼笑因缘》,当年在报纸上连载,很受读者追捧,结集成书,发行量更是远超新文学家的著作。1950 年代以后,张因被划归鸳鸯蝴蝶派,文学史家不大谈他，或评价很低，以至几乎被人遗忘。近年来，张恨水的小说重新得到学界的普遍关注，又被改编成电视连续剧，热起来了。这里不谈他的文学史地位，只是关心其模仿《红楼梦》等，讲述京城里豪门贵族的家庭恩怨，将言情与都市交织在一起，构成其小说的最大看点。因此，在张恨水的小说里，有大量关于北京日常生活场景的精细描写。

这是一个窍门，假如你想了解某地的风土人情，先锋派作家不行，反而是通俗小说家更合适些。前者关注叙述技巧，表现人物内心深处的挣扎，对当下社会的日常生活不太在意；后者着重讲故事，需要很多此时此地日常生活的细节，以便构拟一个具有真实感的小说世界。所以，单就小说而言，我们可以说张恨水之于北京，有很深的渊源（老舍也是这样）；但我们很难说鲁迅之于绍兴也是这样。实验性太强的小说家，或者说关注人的灵魂的小说家，跟某个特定历史时空的关联度反而小。因此，假如从历史文化的角度、从城市生活的角度，通俗小说家很可能提供了更多精彩的细节。就像张恨水，他对当年北平的日常生活，是非常留意的。1930年代中期，马芷庠编了一本《北平旅游指南》，专门请张恨水审定。对于我们进入历史，这册"指南"提供了很多信息，除了名胜景点，小至火车票的价格，大至各家妓院的位置，甚至各大学的历史渊源、办学特色等，对于当年的游客以及今天的专家来说，都是很有用的。这是一本很有文化品味的旅游指南，当作一般文化读物欣赏，也都可以。

张恨水，这位对北平历史文化及现实生活有特殊兴趣的文人，1948年写了一篇散文，叫《五月的北平》。文章开篇第一句话，就是："能够代表东方建筑美的城市，在世界上，除了北平，恐怕难找第二处了。"东方建筑的美感,体现在城墙、四合院,也落实在皇宫、佛殿。可张恨水更关心的,还是北平普通人家的日常生活。当然又是四合院了,不过,张恨水的文章比郁达夫的更感性,有很多细微的观察。五月,正是绿荫满地的季节,于是文章极力渲染枣花、槐花等,如何"把满院子都浸润在幽静淡雅的境界"。大概受风土志的影响,作者老怕落下什么,于是面面俱到,反而分散了笔墨。就拿这无所不在的槐树来说吧:在东西长安街,配上故宫的黄瓦红墙,"简直就是一幅彩画";在古老的胡同中,映带着平正的土路,"让人觉得其意幽深";在古庙门口,把低矮的小庙整个罩在绿荫中,"那情调是肃穆典雅的";还有那广场两边的、大马路上的……这样平面且静止的叙述,艺术感染力有限;不过,假如意识到作者对"旅行指南"的兴趣,这样的笔调不难理解。

文章以北平五月的翠绿、幽深以及淡淡的花香,还有蜜饯、玫瑰糕、卖芍药花的平头车子等,营造出这么一种印象:北平是全世界最悠闲、最舒适的城市。可那是盛平年代的记忆,现在,北平正面临着毁灭的危险。这让作者转而忆起了《阿房宫赋》,我们能否逃过这一劫难?"好一座富于东方美的大城市呀,他整个儿在战栗!"文章写于1948年,那正是围城之际。国共两军,假如真的在北平内外展开大规模战役,这么一座古城,很可能毁于一旦。好在这预言落空了。

最后,我想谈谈邓云乡的《未名湖冰》。讲周作人、郁达夫、张恨水,估计大部分同学多少总有些了解;至于1924年出生、1999年去世的邓云乡,可能听都没听说过。这不奇怪,因为他不是作家,是个学者。这位邓先生,虽说是山西人,但祖上就寄籍北京了,1947年毕业于北京大学中文系，1956年后在上海电力学院教书。人在上海，但从小在北京长大，对这座城市十分熟悉，且充满感情。因此，邓先生写了好多关于北京的书，像《北京的风土》《红楼风俗谭》《北京四合院》《增补燕京乡土记》，以及《文化古城旧事》等。《文化古城旧事》是他晚年写的一本书，中华书局1995年出版，文章很好，但校对不精，错字不少。所谓"文化古城"，是指1927年国民政府迁都南京以后，北京由原先的"国都"变成了"文化城"，对此地民众的生计以及读书人的精神状态，都产生了很大影响。这篇谈论北京冬天的《未名湖冰》，就选自此书。

关于北方的冬天，念文史的朋友，很可能会想到"九九消寒图"。梁宗懔的《荆楚岁时记》里，有"从冬至次日数起，至九九八十一日为寒尽"的说法，以后历代的风土志书，也都有关于九九习俗或"九九歌"的记载。至于"九九消寒图"，明清两代存在于北京的皇城，后流传到民间。怎么"消寒"？立冬时画一枝梅花，上有九九八十一瓣，每天起来，用彩笔染一瓣，等到九九八十一天过去，原先的素梅变得鲜艳瑰丽，这时候，漫长的冬天也就过去了。这么一种记载节气变化的风雅游戏，在《帝京景物略》等书里有详尽的介绍。

北京冬天的另一种游戏，那就是滑冰。据说，滑冰在清代就很盛行，不过，那是在皇宫中，表演给皇上看的。晚清以后，才开始引入西式的滑冰工具与技艺。从表演给皇上看的特殊技艺，变成一种自娱自乐的体育活动，这方面，大学发挥很大作用。所谓"寒光刀影未名湖，北海稷园总不如"，是夸过去燕大、现在北大里的那个未名湖，是京城里溜冰的最佳场所。下场的精神抖擞，观看的也其乐无穷——直到今天，还是如此。不信，诸位冬天抽空，到未名湖边走走。至于溜冰的,校内校外、男生女生都有,但印象中,教师参加的少,这毕竟是一项主要属于年轻人的体育与娱乐活动。年纪大了,一不小心摔断了腿,不值得。像我,每年都在岸边观赏,仅此而已。念书时也曾下过场,但坐在冰上的时间,远比站着的时间多,第二天就高挂免战牌,因为感冒了。会滑的人当然很得意,不会滑的,连滚带爬,也蛮有趣的。这是冬天北大校园里最为亮丽的一景,每个毕业生都会津津乐道。

四、文学与时令

北京当然还有很多可说的,我只是挑了四篇文章,让大家欣赏文人笔下的春夏秋冬。这四个人,文化身份及趣味不太一样,张恨水是长篇小说家,郁达夫是短篇小说家,周作人是散文家,邓云乡则是学者。虽说"秦时明月汉时关",永远的春夏秋冬,但20世纪中国作家用文字所构建起来的"北平的四季",还是有其局限性的——既没有明清,也不涉及当代,基本上是1920—1940年代北平的日常生活。

为什么选择最为常见的"春夏秋冬",那是因为文学与时令不无联系。不管是"忽如一夜春风来,千树万树梨花开",还是"夜来风雨声,花落知多少",这些都属于人类的共同记忆,不会因时间流逝或意识形态转变而失去意义。中国文人很早就意识到这个问题——春夏秋冬有其永恒的意义。北宋时,宋绶编过《岁时杂咏》,共20卷,收汉魏至隋唐诗千五百首,这书后来散佚了;南宋初年,四川人蒲积中有感于此书未收同样光彩照人的宋诗，于是着意重编，扩充成46卷的《古今岁时杂咏》，收诗二千七百余首，按一年四季的节气时令，如元日、立春、寒食、清明等收诗。按《四库全书总目》的说法："古来时令之诗，摘录编类，莫备于此。非惟歌咏之林，亦典故之薮，颇可以资采掇云。"这跟蒲积中《序》中的说法意思相通，可互相补充："非惟一披方册，而四时节序具在目前，抑亦使学士大夫因以观古今骚人，用意工拙，岂小益哉！"

至于北京的岁时诗文，北京古籍出版社1994年曾整理出版了北京图书馆所藏乾隆年间佚名编辑的《人海诗区》，共四卷十六门，其中卷四有"岁时"门，先分体（五古、七律等）再依时令排列，有点杂乱。刘侗、于奕正合著的《帝京景物略》，只是卷二"城东内外"中有一门，题为"春场"，在介绍"东直门外五里，为春场"时，顺带描述一年四季的各种习俗，同时引证了若干诗文。北京岁时诗文，最为集中，且最精彩的，还是两本清人的著述，一是清初潘荣陛的《帝京岁时纪胜》，一是清末富察敦崇的《燕京岁时记》。

读此类诗文，就像蒲积中说的，不只希望知道四时节序，更想了解、鉴赏骚人文章。说到文章，擅长不同文体的作家，对时令的感觉与表达，很不一样。另外，还必须考虑时代的差异。作为一个博学且通达人情的散文家，周作人之谈论"北平的春天"，蕴涵着自己的文化理想。不只是北京的春天太慌张，北京人的生活也不够优雅、不够腴润。与周作人的话里有话但点到即止相反，郁达夫非把自己的感觉表达得淋漓尽致不可。郁主要以小说名家，但我以为，他的散文比小说写得好。套用他评苏曼殊的话，浪漫感伤的郁达夫，也是人比文章还可爱。浪漫派文人的共同特点，就是特感伤，表达情绪时不节制，有时候显得过火，就像刚才说的，《故都的秋》最后那段抒情，我就不觉得有必要。

张恨水是一位长篇小说家，他谈都城、讲四季，都带有介绍风土人情、以便你进入小说规定情景的味道。刚才说了，通俗小说家比先锋派作家往往更有文化史的眼光，比如同样提及京城里的洋槐，郁达夫只说他如何如何感动，张恨水则告诉你洋槐什么时候传入中国，它与刺槐的区别在哪儿等。最后一篇《未名湖冰》，其实不是美文，是文化史札记，邓云乡的《文化古城旧事》，是一本以随笔体书写的著作。邓不以文采见长，可他趣味广泛，书中旁征博引，介绍了很多相关知识。

假如大家对城市有兴趣，请记得，不能只读诗人、小说家的东西，必须将其与学者的著作参照阅读。前年我在伦敦访学，抽空去了一趟剑桥大学。去之前，找了好些谈剑桥的书看，最后发现，有两个人的东西不能不读。一是徐志摩的《再别康桥》，一是萧乾的《负笈剑桥》。剑桥大学的教授告诉我，华人来此，很大程度是受徐志摩诗的诱惑。那么多人大老远跑到康河边漫步，就因为一首《再别康桥》。可我发现，徐志摩的诗文，包括《我所知道的康桥》，都不合适作为"旅游指南"。因为诗人只顾躺在康河边，望着蓝天白云，驰骋想象。而萧乾不一样，作为著名的小说家、战地记者，又曾经在这泡过两三年图书馆，对于这所大学的历史、建制、风景、学术特征等，都能说出个一二三来。因此，虽然是40年后重返剑桥时写的，但《负笈剑桥》这篇长文，给我们提供了很多有用的知识。我想，这大概是通例，诗人、小说家激发你浓厚的兴趣，记者、历史学家给你丰富的知识。诸位以后出门旅行，做功课时，最好同时读两种资料，一是文人写的，一是学者写的。这两者拼合起来，才是一座既有前世今生，又充满生活情趣的"文学的城市"。不管你假期准备走访北京、上海、杭州、西安，还是希望游览巴黎、伦敦、纽约、柏林，这个提醒都是必要的。

反思现代的中国和中国人
——《活动变人形》解说

张颐武，1962年生于浙江温州，北京大学中文系教授、博士生导师，北京大学文化资源研究中心主任，生活方式研究院联席院长。

著有《在边缘处追索》《从现代性到后现代性》《思想的踪迹》《一个人的阅读史》等。

王蒙写于1985年的小说《活动变人形》是1980年代发表的最重要的长篇小说。这篇小说非常有意思，是作家很大程度上根据个人经历写成的，给个人如何去处理自己的历史、个人怎样去处理自己童年的记忆提供了很有趣的范例。通过这个作品，他反思了中国社会和中国历史里中国人的命运乃至于中国知识分子的命运。他通过自己对家庭的种种回忆，不断地去思考中国人和中国历史里很多不同的含义。

什么是"活动变人形"？

倪藻是小说中的叙事者，也就是一个观察角度。小说的基本要求是虚构，对小说最简单的定义就是编故事。这篇小说的虚构跟作者的经历是有相关性的。故事看起来是虚构的，但都是作者对自己生活的一种重新想象，也就是把自己的记忆处理成一种想象和虚构。这篇小说就是通过这个叫倪藻的小孩去看世界。我们不能说这就是作者的自传，但我们从这部小说中确实可以读出王蒙对自己生活的感受，所以说它是一部具有自传因素的小说。他在作品中讲他自己和他父亲的故事，小说的主人公实际上是他的父亲——倪吾诚。这个父亲的身上实际上贯穿了中国当代的历史。

《活动变人形》整个故事不断展示的，其实是倪吾诚的家庭从稳定到瓦解、分崩离析的过程中的一些关键点。小说为什么叫"活动变人形"呢？因为小说中提到，倪藻的父亲倪吾诚给他买了一本日本的画书，就叫"活动变人形"。小说中有一段讲到这个场景，这个意象是切入这本书的非常重要的核心部分。

一本《活动变人形》帮助倪藻认识到,人是由五颜六色的三部分组成的:第一是戴帽子或者不戴帽子或者戴与不戴头巾之类的玩意儿的脑袋,第二是穿着衣服的身子,第三就是穿裤子或穿裙子的以及穿靴子或者鞋或者木屐的腿脚。而这三部分是活动可变的。如一个戴着斗笠的女孩儿,她的身体可以是穿西服的胖子,也可以是穿和服的瘦子,也可以是穿皮夹克的侧扭身子。为什么身体侧向一边呢?这也很容易解释,显然是她转过头来看你。然后是腿,可以穿灯笼裤,可以是长袍的下半截,可以是半截裤腿,露着小腿和脚丫子,也可以穿着大草鞋。这样,同一个脑袋可以变成许多人,同一个身子也可以具有好多样脑袋和好多样腿。原来人的千变万化就是这样发生的。只是有的三样放在一起很和谐;有的三样放在一起有点生硬,有点不合模子;甚至有的三样放在一起让人觉得可笑或者可厌,甚至叫人觉得怕罢了。唉,如果每个人都能自己给自己换一换就好了。然而这五颜六色还是让人快乐。他和姐姐各自选配自己最喜欢的组合,他们一会儿一变,一会儿说喜欢这个,一会儿又说喜欢那个,终于看花了眼。

"活动变人形"是笼罩在全书上的一个重要的意象。它可以说是一个象征,或者一个隐喻,可能是作者随机挑选的这么一个意象,其实跟本书的其他内容关系不大。全书也只有这两个片段描写了"活动变人形"给予童年倪藻内心的触动,这恰恰就统一了这本书,成为书的核心意象。全书的故事线索并不复杂,主人公是一个从海外归来的知识分子——倪吾诚在1940年代初期的两个大学里担任讲师。书中描写了两类人，一类是知识分子，一类是市民。倪藻的母亲静宜就是一个典型的市民，倪藻的家庭也是一个标准的四口之家。静宜和倪吾诚有两个孩子——倪藻和倪萍。这个家庭里还有两个人——一个是姥姥江赵氏，也就是倪吾诚的丈母娘；一个是江赵氏的大女儿，叫静珍。静宜、江赵氏和静珍又构成一个小团体，这是典型的从天津的农村转到北京来的市民家族。书中涉及的两类人——知识分子倪吾诚，中国现代市民静宜、江赵氏和静珍，完全表现在一个家庭里。这个家庭住在一个独立的四合院里，基本的格局是：倪吾诚一家四口住在一起，江赵氏和静珍住在一起。这个故事讲的就是这个家庭在1940年代初的一些生活经验，也是倪藻——一个9岁的儿童在他成长过程中对生活产生的种种看法和记忆，小说有意思的地方就是从他这里去看中国知识分子或者说文化人。那个时候北京还叫北平，正处在日本占领时期，中国的国家主权不及于那里。整个故事情节非常简单，你看到的就是一个家庭从相对稳定到彻底土崩瓦解的过程。倪吾诚离家出走，标志着这个家庭的崩溃，从此这个家庭就再也没有组合起来。倪吾诚是一个怎样的知识分子呢？他懂得一切，疯狂地热爱中国五四以来的启蒙主义观念，对卫生、对改造日常生活都有着狂热的痴迷，非常激烈地反封建。这和他的出身是有关系的，他出生在天津附近一个叫孟官屯的小地方：

> 那里已经靠近渤海，全是盐碱薄地，又常闹蝗灾，民不聊生。

一提到家乡，倪吾诚就想小时候学会的一段民谣：

"羊蛋，上脚搓，

你是我（读鹅）兄弟，我是你哥。

打壶酒，咱俩喝。

喝醉了，打老婆。

打死老婆，怎么过？

有钱的，再说个。

没钱的，背起鼓子，唱秧歌。"

这个民谣反映的是一个极端贫困、匮乏的传统社会。倪吾诚出身于一个地主家庭，有非常惨痛的记忆：他的父亲是一个古怪的人，抽大烟，而且通过抽大烟把自己的病治好了。书中有这样一段细节：

> 鸦片拴住了倪维德的心，保护了倪维德不受邪祟的侵袭。虽然他唯唯诺诺、随遇而安、胆小怕事，有大烟抽就行。据说有一次，他偶来豪兴，要亲自宰杀一只鸡吃肉。他在众仆役的保护与助威之下抓住鸡，扭动鸡的翅膀和脖子，把磨得飞快的利刃放到了热乎乎的鸡脖子之上，只要将刀柄轻轻一拉就可以完成他有生以来第一次屠宰大业的时候，不知道是由于心慈手软还是由于犯了鸦片瘾，他功亏一篑，把刀子向地上一抛，把鸡放了，回屋躺到炕上捻烟膏去了。

我们由此可以发现，他没有任何行动能力。倪吾诚是一个遗腹子，这也是有象征意义的——倪吾诚是一个旧的传统封建社会的遗腹子。倪吾诚的母亲发现他小的时候非常激进，现代中国很多知识分子都出身于地主家庭，并且是自己家庭的叛逆，大家读读郭沫若等人的传记就能体会，倪吾诚的经历和他们是差不多的，书中是这样写的：

> 从此，倪吾诚的母亲胆战心惊，她的亲信仆役不断报来倪吾诚可虑的消息。倪吾诚与佃户们谈天，他说土地应该分给农民，耕者有其田是"国父"孙中山的教导，地主吃地租是寄生虫的行为。"哥子说胡话哩！"小报语打到了母亲那里。

这些说法都是具有现代意识的。倪吾诚的母亲是一个传统社会里的地主的妻子，基本上把现代意识作为"胡话"来看待，这基本上是两种话语。还有：

> 母亲还发现儿子常常失眠。小小年纪，竟有时在床上半夜半夜地辗转反侧。问他为什么不睡，说是想不清人生的目的、人生的意义、人生的价值。到倪吾诚十四岁的时候，大年三十，全体倪家人正在祭祖，给祖宗牌位磕头，中途找不到倪吾诚了。寻找了半天，倪吾诚原来跑到梨园观测星星。母亲叫他回去，他抨击说，那些迷信活动纯粹是自欺欺人，他早晚要把这些祖宗牌位砸烂。

倪吾诚13岁就开始思考问题，开始以现代超越传统。——传统社会是祭祖，而探究自然则是现代性的标志。你可以发现现代知识分子具有的基本素质倪吾诚全都有。母亲叫他回去，他抨击说那些迷信活动都是自欺欺人，他早晚要把这些祖宗牌位砸烂。这跟五四知识分子是一致的，鲁迅《狂人日记》中的狂人，就在仁义道德之下发现了"吃人"的真相。但是后来，母亲就给他吸鸦片，消磨他的斗志。16岁那年，他因为吸鸦片而产生强烈的腹泻，在病床上躺了一个月后，他发现曾经身躯高大的他变成了罗圈腿。此后，他高大的身躯、俊美的面容始终和他麻秆似的细而弯的腿不协调地长在一起。他就像一个"活动变人形"，一个聪明的脑袋和高大的身躯下面长着一双不健全的腿。这里你就可以初步感觉出这个意象，感觉到这跟"活动变人形"的契合。小说通过这样一种隐喻来发现中国现代知识分子的内在分裂。

现代中国的双重困扰

1. 宏大叙事与日常生活

这部小说的有趣之处是几乎没有情节上的一贯性，戏剧性很少，只是有一个少年的观察和想象中的他父亲的场景。倪家的故事中始终有一个第一人称的"我"，在1980年代写作中，第一人称的"我"往往会出来发表一些议论，但这个"我"又不是倪藻，比如里面非常精细地写到了"我"的想法：

> 结庐在人境，而无车马喧。仰天大笑出门去，吾辈岂是蓬蒿人？独坐幽篁里，弹琴复长啸。文学是火热的。文学是寂寞的。念天地之悠悠，独怆然而涕下。
>
> 又是初春！多么艰涩的书稿，多么扰人的喧闹的车马，多

么遥远的向往、疑惑和沉醉……终于又短暂地与你聚首，与你幽处。

这些见解都没有什么特定的含义，都是作者在 1985 年的中国发表的一些随心所欲的看法。这些看法和故事之间的联系也是不清晰的，但这个写法里包含着很复杂的关系，就是"我"和倪藻之间的关系。你可以发现，"我"写倪家的故事，"我"是倪家之外的人，但作者又情不自禁地用倪藻的眼光去看事物，因为只有倪藻才能感知到倪吾诚的事情，这是很微妙的关系。但他用倪藻的角度叙事又不是贯穿到底的，其中加入了很多倪吾诚的自述，有倪吾诚的心理，有静宜、静珍的心理，就是这样拼凑起来的。

它描写了倪吾诚的成长，接着又写倪吾诚生活中的问题。比如说倪吾诚和他的妻子静宜是包办婚姻，但他时刻想摆脱这种包办婚姻，这在现代知识分子那里也是非常普遍的。中国第一代现代知识分子基本上都接受传统的婚姻，即"父母之命，媒妁之言"，所以他们都要急切地破坏这种婚姻。比如说鲁迅先生，他的母亲送给他一份礼物，就是他的第一任妻子朱安女士，但鲁迅先生后来毅然决然地冲破这个束缚，和许广平女士结合。这样争取婚姻自由，被大家传为美谈。很多中国现代知识分子都有这样的情况。倪吾诚的生活简直就是中国现代知识分子的典型，他和静宜的关系就是他和中国传统社会的关系。倪吾诚是一个极端矛盾的人，一方面具有极端现代的意识，对传统社会展开了五四式的激烈而全面的批判，是一个全面反传统的激进的现代知识分子；但另一方面，倪吾诚的批判在这样的社会条件下又是完全没有用处的，小说表现的就是这样一种极具讽刺性的矛盾状况，也就是"活动变人形"式的分裂。倪吾诚一方面在话语上显示出绝对的力量和能力，对传统社会的一切进行十分尖锐的批判，但另一方面他又没有任何行动的能力，他在行动上是一个矮子。小说实际上提出了一个话语和行动分离的问题，一个宏大叙事与日常生活分离的矛盾和尴尬。这是启蒙主义或者说中国现代性中包含的一个非常有趣的问题。倪吾诚对传统社会尖锐的批判是非常有趣的，他的家庭是传统的，静宜、静珍和江赵氏都没有受过多少现代教育，静宜一度受他的影响，去听过鲁迅和胡适的课，还在北京上过学，但也没有受到多少现代教育。小说中写到了倪吾诚很多自我的分析：

> 他给了乞丐一点点钱，乞丐的脸上显出了笑容。一瞬间，倪吾诚忽然羡慕起乞丐来了。当个乞丐绝对不会像他遇到那么多麻烦。如果一个人每天为吃饭而操心，却从而不需要为别的操心，毋宁说是幸福。我就不回家了吧，我干脆也当乞丐，跪在这里行乞吧。在历史上和理论上，乞丐都是一种高雅、古朴的职业。
>
> 那倪萍和倪藻呢？难道他们也要过这种小叫花子的日子吗？他不能。孩子出生以后，孩子的每一声哭都牵动着他的心，孩子的眼泪竟能勾起他这个高大的男子的眼泪，一声婴儿的啼哭使他回忆起一生中一切温柔动情的事物。他小时候养的一只白毛鼠，他的母亲抚摩他的头的时刻，枝头跳跃的小鸟，他爱喝的红薯黏粥，刚把静宜接到北京来的短暂的充满希望的日子，他的病和他的弯曲的细腿。倪萍和倪藻相差不过一岁，他们并排睡下以后，倪吾诚运用自己新学到的极其有限的关于神经反射的知识，对自己的孩子做了一个实验：他轻轻划了一个孩子的脚心，孩子的脚

趾与全脚立刻出现一个拳拢的反应，与他在书上看到的一样。他想再划一次，静宜像一只疯了的野兽一样冲过来推开了他。静宜口出恶言、眼放凶光、好像他是在企图谋杀孩子。"别动孩子！"静宜说，"你安的什么心？""我安什么心了？我能安什么心？我是孩子的爹！""没见过这样的爹，孩子睡着了，不让孩子睡觉，鼓捣孩子。""我不是鼓捣，不是不让睡觉。""什么？试验？"静宜要和他拼了，"你竟敢拿我的孩子做试验？你这个没有人性的畜类……"

多么粗野的辱骂，然后来了静珍和岳母，三位一体地向他扑来，要把他撕碎……爱孩子的力量，保护孩子的力量，母兽的力量确实是一种伟大的、可畏的力量。人本来就是野兽，我们就像野兽一样地生活。"我不怨你，静宜。可你怎么连我爱孩子也不相信了啊？我一辈子连鸡都没杀过，难道会对自己的孩子……而你那样子、你那语言，就像我是谋杀者！虎毒还不食子呢！又何至于把姐姐、母亲一少一老两个寡妇都叫来和我厮杀哟？如果没有她们两个，我们何至于斯！"

然而他与静宜的矛盾是不可调和的，常常是连一句话也说不到一块儿去。他讲欧洲，讲日本，讲英美，讲笛卡儿和康德，讲人不应该驼背，讲晒太阳对人有好处，讲不是妓女的女人也可以跳舞，讲不但应该刷牙，而且可以并应该早晚各刷一次牙……他讲这些话的时候，静宜是何等地痛恨他，恨得可称得上咬牙切齿。全是狗屁！终于，她红着眼宣告了："钱呢钱呢钱呢？没有钱，不全是狗屁吗？早晚各刷一次牙，费牙粉、费牙刷、费水，也费漱口盂子，还费牙呢！钱呢钱呢钱呢？别驼背，扯你的邪，扯你的臊！正经人有挺着胸脯走道的吗？挺着胸的女人不是暗娼就是明娼，挺着胸的男人不是土匪就是神经病！你们一家子都是神经病！你爷爷是神经病！你爸爸是神经病！你大爷是神经病！你别糊弄我了，你当我不知道吗？你妈也是活活的神经病……"

"住嘴！"他拍响了桌子，桌上的茶壶和茶碗全一跳老高，跌到地上，跌个粉碎。他的手出了血，手指头硬把桌面砸出了坑坑道道，"住嘴，你不要提母亲，你混账透顶了！"

"你混账！你一千个混账、一万个混账、一万年混账！你这一辈子混账！下一辈子混账！你们倪家祖祖辈辈混账！你是混账窝里的混账球下的混账蛋儿的混账疙瘩，混账嘎巴！你妈就是头一个混混账账的老乞婆！嫁给你们倪家，我受她的气还少吗？还少吗？欺负我们娘家没有人啊！她挑鼻子挑眼、挑头发、挑眉毛、挑说话、挑咳嗽、挑拉屎、挑放屁、挑笑、挑哭！我当时才是个孩子，她横看着不顺眼，竖看着不顺心呀！她管得我大气不敢出、小步不敢迈、饭也不敢吃啊！就是，就是没吃饭……现在给我讲康德来了！我先问问你康德他活着的时候吃饭不吃饭？吃饭，那钱呢钱呢钱呢？"

……

这就是他的家，这就是他积淀着几千年的野蛮、残酷、愚蠢和污垢的家……而他，翩翩浊世之佳公子，偏偏充满活力、热爱生活、向往文明、渴望爱情、追求幸福……为什么他没有出生在巴黎、维也纳、柏林、纽约、日内瓦、威尼斯、伦敦、莫斯科，却出生在用脚搓"羊蛋"的孟官屯—陶村的碱地上呢？为什么他要到县城读中学，到北京读大学，又要到欧洲留学，除了英文还学习了日文和德文呢？如果他就做一个像他的舅父、他的表哥一样的土财主，抽大烟、娶小老婆、斗纸牌、提笼养鸟、随地吐痰，他不是比现在更幸福吗？为什么他要生活在这样一个年月，这样一个地方，既不敢也不能抗日，又不敢也不愿附日，既不敢也不能离婚，又不甘心如静宜所愿地塌下心来与静宜过日子，既不能离开中国、不能摆脱一切中国乡下人的劣习，又不能心甘情愿地做一个地地道道的中国人呢？

这里面写到的一切矛盾都是中国现代知识分子所面对的，也就是所谓"启蒙主义的困境"，想做一个西方人或者和西方人一样的人而不可得，这里表现的矛盾就是：既不能离开中国，不能摆脱一切中国乡下人的劣习；而又不能心甘情愿地做一个地地道道的中国人。王蒙就把中国现代性的启蒙、救亡的强大话语面对的一个非常困难的问题通过倪吾诚个人的矛盾和困惑有力地表现出来了。倪吾诚和他的家庭之间不断的冲突中就包含着这个问题。启蒙主义和现代性在当时中国的环境里是一个十分微妙的东西，一方面它要改造传统，但另一方面它在日常的传统生活面前又是如此无力，这里就包含着非常多、非常尖锐的矛盾和困扰。这种像"活动变人形"一样人格和精神都非常分裂的状况在小说中表现得淋漓尽致。

怎么去理解现代中国？是王蒙《活动变人形》困惑的中心。这里实际上提出了两个方向的问题：一是宏大叙事和日常生活的矛盾，一是中国与西方的矛盾。这两个矛盾正是现代中国最为关键的困扰。

"现代"中实际上包含着启蒙与救亡的宏大工程，也包含着改造整个中国的宏大愿望。启蒙的目标就是把像静宜一样蒙昧的中国人民用西方的现代性来改造,给他们一些现代的意识,也就是科学与民主。另一个东西就是所谓救亡。半殖民地半封建的中国需要成为一个现代性的民族国家,屹立于世界民族之林,这是中国最大的目标。但你可以从中发现倪吾诚与静宜、静珍、江赵氏的冲突是永恒的、没有终止的,这些启蒙主义宏大的叙事话语跟中国的日常生活经验是没有任何关系的。虽然倪吾诚有康德、黑格尔这样强大的话语,但他跟静宜是没有交流的。所谓现代性和现代化是外在于中国人的日常生活的。小说写出的是日常生活和宏大叙事"活动变人形"式的脱节和分裂的感觉。救亡、启蒙这样的宏大话语确实没有办法处理这种日常生活的具体经验。比如说静宜的要求——"钱,钱呢?"你可以去搞时髦,但她要求的欲望核心是现代社会消费所必需的钱,她在用日常生活具体经验去对抗这些宏大的话语。这些话语对她来说是没有用的,用钱来对抗是非常有力的。日常生活需要经济的满足而不是话语的满足,而现代知识分子给予我们的往往是这种话语的满足。小说的要害就在这里,表现倪吾诚和他的家庭非常紧张的冲突,在冲突中表现的就是这种脱节的感觉。这种脱节和分裂就是中国现代性内部的问题,宏大叙事和日常生活之间的分裂、话语和行动之间的分裂,这种双重的分裂可以说是王蒙反思中国现代性的一个重要部分。1980年代可以说是现代性非常神圣的时代,但从那个时候起,王蒙就开始反思这种现代性。他发现这种现代性具有很大的局限性,首先就是它无法处理中国的日常生活经验。静宜有她自己的一套道理,倪吾诚是无法征服她的,靠一套宏大的话语是无法解决日常生活中这些具体而微的问题的。这里包含了王蒙对中国社会深刻的思考：五四以来一套强大的叙事其实忽略了我们日常生活的变化，忽略了我们日常生活中的需求。倪吾诚一方面对静宜使用这种宏大话语，而另一方面他自己也在追求日常生活的满足。日常生活的问题恰恰是一种所谓"经济性"的事实。为什么静宜说要维持这种传统性的生活？因为家里没有钱。这就凸显了中国现代性话语的许多问题。王蒙在1980年代这个痴迷于现代性的时代对现代性的追问，实际上触碰了我们1990年代才开始的现代性反思课题，通过"活动变人形"发现五四以来的现代性实际上是脱节的、分裂的，这样的视角是非常独特的。一方面在理性上有完整的现代理念，另一方面这些理念和日常生活本身又是脱节的。王蒙把这样的事实凸现在我们面前，他嘲讽地描写倪吾诚的尴尬和荒诞：他想离婚又离不了，想去做事、想改造社会又改造不了，是一个头大身子小的没有行动能力的人，通过这样一个人物来表现现代性本身所具有的困难。你可以发现现代性很好，但是解决不了改造日常生活的问题。人们日常生活的欲望没有被满足的时候，这些宏大话语都是没有用的。

2. 东方和西方：自我他者化

另外这个小说提到一个非常有趣的框架，就是中国与西方的框架，你可以发现倪吾诚在欧洲留学的经验是一种震撼性的体验。小说一开始就提到倪藻在1980年代重新访问欧洲，重新见到了倪吾诚的朋友——史福岗的太太。去拜访的时候他见到了倪吾诚送给史福岗的一幅字——郑板桥的"难得糊涂"，从此引发他的回忆。小说就是这样开始的，它包含的一个很大的话题就是知识分子和市民、中国和西方之间的关系。倪吾诚对西方充满了无限的景仰，我们知道后殖民主义理论中有所谓"主体和他者"之间关系的概念,西方是主体,被殖民的地区是他者,我们五四以来引进的都是西方的观点、话语和知识。比如说现代中国很多词和概念都是19世纪以后中国人引进的日本人对欧洲语言的翻译。这就是说中国的现代性是接受了西方的现代性之后发展起来的。倪吾诚在西方形成了他所有的价值观,但这些价值观在中国就变得非常荒诞和可笑,最后他发现了一种"自我他者化",他在西方人面前显得特别委琐、丑陋和无聊。小说里有一段写到了这种"自我他者化",是通过他和史福岗的对比表现的,我认为这是小说中最有趣的段落:

> 与史福岗的来往却又时时对比着、加强着、凸显着他的感觉:他的生活是何等贫困、愚昧、野蛮和无望啊!他为什么要生在中国,生在孟官屯呢?他活一辈子的目的,就是为了承受国家的、乡村的、历史的、一个没落的地主之家的全部罪孽吗?为什么偏偏他又懂得了世界,懂得了文明,懂得了人生幸福的追求呢?如果他干脆像他亲爱的母亲——愿她的在天之灵安息——所希望的那样,干脆变成一个大烟鬼,浑浑噩噩,麻木不仁,或恣睢麻木,或流离麻木,或麻木而死,不是事情反而好一些,不是自己既少痛苦,也少给别人带来痛苦吗?
>
> 在家里,每天他都觉得很疲劳,缺乏营养。活一辈子,竟连能使自己正常地活下去的营养都得不到。就像一条蚕,抬起了半个身子,张着嘴,又张着嘴,却没有桑叶;就像一只狗,闻见肉的香味却得不到一块骨头。狗转着磨,用前爪刨着地,摇摇尾巴又竖起尾巴,嗷嗷地惨叫,失去了狗的威风、狗的速度、狗的灵

敏、狗的毛色、狗的姿容。就为了一块骨头！造物主是何等残忍！静宜每天做饭，那种不把饭做坏、做难吃、做肮脏、做恶心决不罢休的样子，不就是成心逗引他、折磨他、蹂躏他、践踏他吗？甚至在吃一顿有肉的菜的时候也不得安宁，先是兑水，再是兑菜，使肉汤变成水汤，使肉菜变成素菜。即使这样完成了稀释和煞风景，也不让你安宁，还要一面吃一面说这肉是多么贵，吃一次肉要花费吃多少次萝卜的钱，让你每咬一口肉都感到揪心，感到恐怖，感到你对不起这一块肉，你配不上这一块肉。你终于认识到了，她是希望你认识到吃肉是严重的恶行，她是想让你说：下次再不敢了！再也不敢吃肉了……而孩子们居然也与之呼应共鸣，与他们的母亲共同玩弄和欺侮他的食欲……扼杀！为什么扼杀他人的欲望甚至会给一个无邪的孩子带来快感呢？

而史福岗，读那么多书，会那么多语言，走那么多路，做那么多事，人家吃的什么？从小，奶油、奶酪、干酪、牛奶、羊奶、鱼肝油、蜂蜜、鲜红的大草莓、烤鸡烤鹅、番茄牛肉、牛尾浓汤、蟹肉沙拉、红黑鱼子、布丁、冰激凌、橙汁、柠檬汁、仔猪、牛犊、果酱、枫胶、蛋饼、蛋糕、咖啡、朱古力、金枪鱼、白兰地……应有尽有，源源不竭，生命的原汁，文明的大观……如果我得到这样的哺育，我也会做出一番造福人类的事业！如果得到国家这样的哺育，又怎么能不热血沸腾、沙场杀敌、为国捐躯！

至于人的生命的另一种饥渴，另一种渴求、痛苦、热烈和疯狂，更是如火如荼。倪吾诚留学欧洲的时候，正是精神分析的新学说时髦流行、风靡一时而又众说纷纭的时候。倪吾诚接触到了这方面的学说，只觉得如醍醐灌顶、佛陀棒喝！大逆不道的新说驱散了重重压在他的灵魂里的黑暗,他就如赤身裸体置放于大庭广众之中,千瓦水银灯下。他羞愧得无地自容,兴奋得无地自容。过去种种比如昨日死,置之死地而后生。二十余年的精神大厦轰然坍塌,一个赤条条的我从废墟上站立而起!回首一望,自己的家乡、自己的祖先、自己的妻眷,仍在万丈深渊的黑暗重压之下。而他硬是睁开了几千年不准睁的眼睛!

欧洲,欧洲,我怎么能不服膺你!只看看你们的服装,你们的身体,你们的面容和化妆品,你们的鞋子和走路(更不必说跳舞了)的姿势,你们的社交和风习。哪一个从孟官屯、陶村、李家洼、张家坨的沙地、碱地、洼地来的土财主的子弟留学生见了你的女性能不如雷击顶、目瞪口呆、目不转睛、张开大口、流下口涎!再想想自己的国、自己的村、自己的家的众贞节烈妇和候补贞节烈女,真想放一把火把自己烧死,把倪家、姜家烧个鸡犬不留。堂堂的中华,五千年的文明,五千年的历史,你怎么落到了这般田地!

你可以发现这个段落中包含着两个含义:一方面,倪吾诚面对西方时完全是一个他者、弱者,一个无能为力、没有人格的人;但另一方面,他面对静宜时又感到自己的优越。你可以发现中国知识分子是一些吊在半空的人,他们的人格分裂是内在的分裂,一方面没有办法处理日常生活,另一方面他们面对的西方又是极端平庸、极端无聊的,在性和食以及精神等各个方面他都受到蔑视,不值一文,最后感到被轰毁一样的震撼。倪吾诚通过这种震撼的经验发现,自己还是与传统中国有着千丝万缕的联系。他和他的妻子居然又生了一个孩子,他要放弃这个家庭、要彻底反传统的时候,却发现自己仍然是这个传统的一分子,自己仍然是无能为力的。他发现自己的生活是吊在半空中的,没有任何解脱的方案。你由此可以发现,中国的知识分子在面对西方时是一个他者,在西方主体的观看下他是无能为力、无地自容的,他看西方时充满了羡慕。但同时他面对中国的市民时他自己又变成了一个主体,他比别人更加觉醒。中国现代知识分子在王蒙小说中的形象是这样的:一方面他无力处理自己的日常生活,另一方面他又用一些大话来覆盖他的生活,卡在西方和中国人民的日常生活之间,一旦面对西方,他又感到极端的脆弱。倪吾诚这样的现代知识分子的自我,就像我刚才念的那个大段落一样,是在一种极端矛盾的夹缝中产生的,像"活动变人形"一样被撕裂。这样就给中国现代知识分子画出了一个负面和低调的形象。我们1980年代以来所塑造的那种昂扬的、要拯救社会的,像鲁迅一样肩着黑暗的闸门、放我们到光明宽阔的地方去的现代知识分子形象,没有出现在王蒙的小说里,它被一种前所未有的负面形象所替代了——一种无能为力的、对社会缺乏把握的形象,最后连离婚这样一件小事都做不成。小说中写倪吾诚要离婚,但却完全被静宜玩弄于股掌之间。静宜给他找了一份朝阳大学的职业。小说后面又出现了一个代表传统中国的非常有趣的人物赵尚同。故事的最后写到静宜请了一顿饭,请饭的时候倪吾诚吃得非常高兴,静宜突然大哭起来,说:"他这样一个无耻的东西,他居然要跟我离婚!"这个姓赵的人就代表传统的力量起来啪啪啪抽了倪吾诚三记耳光。通过这个段落我们可以发现,倪吾诚想要彻底和他这个家庭决裂的时候,他发现他在中国这样一个传统的结构面前根本没有办法:

倪吾诚正在喝汤,喝得太香,沉醉了,他在头几秒钟竟没有觉察到餐桌上的风云突变。

"很对不起,"静宜边哭边说,"今天请各位来本是为了酬谢大家,让大家高高兴兴。可我有几句话不能不说,我请你们主持公道,我请你们原谅我的冒昧。"

静宜的用语的文雅与外交风度,使倪吾诚大为惊讶。

"……各位能相信么?就在给姓倪的他找到了新的差事的时候,就在靠变卖我仅有的私产帮他养好了病的时候,就在我怀了第三个孩子的时候,他要……跟我离婚……"

静宜痛哭失声,座上客闻之变色。文雅的话结束了,静宜哭着,倒吸着气,一句一句把她想了多少天多少夜,腹中说了几遍几百遍的话都说了出来……她控诉了。

倪吾诚面色苍白,像被几根钉子钉在了那里。他看看静宜,再看看客人,再看看杯盘狼藉的餐桌,定在了那里,完全丧失了反应能力,更不要说自卫或者摆脱困境的对策了。

这个消息对于倪藻同样是爆炸性的。母亲的哭声话声使他心如刀绞,但他竟然没有哭,因为这一类场面他毕竟是见得太多了,他为之疲倦了。他只是小声劝着:"妈,别哭了。"

全场神色最自如的是史福岗。他只是在开始时惊愕地看了一眼哭出声来的姜静宜,然后他目光稍稍往下收了收,看着桌上的菜,看着自己的脚尖,表示沉默,表示不想听取或者干预旁人的私事,这大概也是一种西方的"非礼勿视"吧。也表示他认为这里什么事情没有发生,他当然懂得并身体力行绅士们的格言,真正的绅士不在于不闹出什么事情,而在于别人乃或自己闹出什么事情的时候不以为意、若无其事。只有最细心的人才能从他的细微动作特别是耳朵梢的震颤上看出，他虽然超然，却仍然在认真地听。

静宜的哭诉是动人的，任何人听了她的话之后都会毫不犹豫地同情她。她的处境是那样艰难，她遭受到的欺骗和背叛是这样无耻。在大串的排山倒海一样的语言当中，表达了绝对真实的委屈、怨怼、不平、愤怒、哀痛。夹杂着哭声，夹杂着一些家乡的粗话、骂人的话。由于真诚和冤枉，连这些粗话和骂人的话也显得那样圣洁、恰当，充满正义正气。倪吾诚惊呆了，他从来不知道姜静宜有这样的本领，能在社交场合发表这样激动人心的演说。许久以后，当回想起这一段的时候，他都不禁要认定静宜的口才比他强，临场发挥的能力比他强，姜静宜的讲演本领要比一些死气沉沉的平庸的官僚强许多，也许姜静宜的口才比我国的某些驻外使节还强。也许姜静宜具有某种政治才能，争取同情，打击对手，置敌于死命……而他是一向喜欢用"愚蠢""白痴"这一类字眼来评价静宜的。中国的"愚蠢的白痴"们蕴藏着的潜能……令人迷惑、令人震惊，也令人跌足长叹。

静宜的话说完了，现在是哀号一样的哭声。跑堂的伙计面色仓皇地跑来看，赵尚同向他做了一个手势，示意他退了出去。这种野兽般的号哭声使四座为之垂泪。倪藻吓得大哭起来。史福岗也为之动容，为之进退维谷，为之不知所措了。听了她的哭声，倪吾诚也哭起来了。究竟为什么，究竟为什么人活在世上要让自己受苦，还要让别人受这么大的痛苦！他抽泣着说："静宜，我对不起你。各位，我对不起你们。请你们相信我，我是为了大家的、也包括静宜的幸福。现在她正在怀孕,这个话可以从缓。我还是能做出一番事业的。我自信我的资质还不是很差,将来我有了点出息,静宜,就算咱们分手了,离婚了,我还要帮助你的。如果我将来能挣到大笔的钱,我百分之三十,不,四十、五十、七十,对,我百分之七十都给你……"

他的话没有说完,因为他看到了赵尚同深陷的含泪的两眼的凶光。

泪水已经流在了赵尚同的腮上。他看看大家,又看看静宜,他缓缓地起身,晃荡着走了过来,还摸了摸倪藻的头。他走近了倪吾诚,他走到了倪吾诚的身边,他的脸部的肌肉在搐动,他逼视着倪吾诚。

"你要……"没容倪吾诚喊出来,啪,啪,啪!三声脆响,三个嘴巴。连史福岗也吓得大叫来:"啊,我的上帝!"赵尚同扇起嘴巴迅雷不及掩耳,其动作之麻利宛如二十年后乒乓球冠军庄则栋之起板左右开弓。还没等周围的人看清,他已经先用手掌掴了倪吾诚的左腮,趁势把手抡到了倪吾诚的脸的右面,反手啪地一抽,又抽到了倪吾诚的右腮,这一反手打得特别重,倪吾诚的脸上出现了带血的指印,不知道是倪吾诚的脸出了血还是赵尚同的手背裂了纹出了血,同时倪吾诚的右面的牙齿也出血了,最后才干干脆脆结结实实地照着左腮一掴。

倪吾诚从座椅上被掴到了地上,他已经像癞皮狗一样倒在地上起不来了。他自己也没闹清是怎么回事,他跪在地上了。

倪藻哇的一声大哭起来。边哭边喊:"别——打——人!"

什么是一秒钟?什么是一百万年?

一秒钟就是那么一下。一百万年却长得令人窒息。那时候我们的先人、我们的后代、我们的无数后代的后代，都成了尸体。

都不存在。

却又分明存在过。每个人存在于他自己的那一段时间里。然后，对于已经不存在的人来说，一秒钟等于一百万年，等于永恒。

于是不再有呼吸，不再有鼻翼的翕动与滞结于喉头的痰，不再有激动的、快感的、愤怒的、挣扎的、堵塞的气喘吁吁。不再有雨后松林的清新。不再有情人或者仇人身上的汗气。不再有酒足饭饱后的打嗝儿。不再有对于得不到肉骨头的狗的同情。不再有暴怒和饥渴，不再有温存的眼泪和叹息。不再有野性的发泄，不再有流血的鼻孔和牙齿。不再有身上的恶臭，不再有香皂、香水、香粉、香花这种种徒劳的消耗。不再有阴谋、欺骗、负义、抢劫、强奸、侵略、杀戮、伪政权。不再有种种关于真理、逻辑、文明、进化的空谈。不再有徒劳的各种语言、纸张、圣贤、自大狂的伟人。不再为天冷而抖擞，不再留恋任何人和被任何人留恋。不再徒劳地想说服谁感化谁，不再徒劳地盼望得到人们的理解。不再盼望生，盼望快乐幸福，盼望温柔和情爱，不再等待任何人的到来。不再望穿双眼，不再流泪，不再显出焦急、傻气和恐惧。不再怕死，怕腐烂和消亡，不再怕尸体被皮靴踢过来翻过去，不再为自己的罗圈腿、口臭、贫穷、无权势、英文发音太糟糕而自卑。不再躲避讨账者、岳母、前来抓奸的妻子、宪兵队的密探。也不再羡慕那些吃得好、坐汽车、出洋、有权有势、有饭店的软床、有沙发、有时髦美丽风骚体贴的妻子情妇的天之骄子。

就是说，不、再、痛、苦！

深夜里，倪吾诚觉得从未有过的兴奋与超脱。三十余年，他企盼与寻求这样一种精神与肉体的满足，今夜他找到了。他想起了自己的高大的母亲，他想起了故乡的后园子，那高大的梨树和挂满枝头的落地便裂的酥梨，他想起苏曼殊的小说《断鸿零雁记》，想起航行在地中海的客轮，想起那始终缥缈又始终亲近的，始终不可即又始终虚位待他前去的空屋。

他去了。他终于自己成了自己的主人。

实际上小说的主要部分到此已经基本结束。后面写的倪吾诚尝试了一次自杀，但没有成功，然后他就离开这个家了。

开启现代之门

这个故事到这里实际上就完了，后面还有一个很长的尾声，通过倪藻和"我"之间的对话，讲到了倪吾诚的后来。倪吾诚后来又参加了革命，当了老干部，又被划成右派，倒了很多霉，"文革"以后又彻底平反，他又要写书，但一切都没有做就死掉了。大家如释重负，说他唯一的好处是没有给大家带来什么妨碍。小说在最后突然插入了一段中国人跳舞的历史。最后写到倪藻和"我"、实际上是"我"和"我"的化身在一个海滨相遇了，在两人的对话中，"我"说"我"要写一篇中国人跳舞的历史。我觉得这是很有意思的说法，这预示了1990年代以后中国发展的某些趋势，关于跳舞的段落象征日常生活时代的到来，其实也预示着中国从1980年代到1990年代重心从宏大话语转向了日常生活。你可以发现,静宜用日常生活去反击倪吾诚的时候,倪吾诚是非常无力的,但如果我们的日常生活发生一个根本性的转变,那么一个前所未有的日常生活的现代性就会到来。这个段落特别值得大家再读一遍,"我"的身体出去跳舞了,而"我"的灵魂正在思考,这是一个十分具有现代主义风格的表现手法:

> 那里的炸大虾做得很好,颜色红得可爱,我还以为他们掺了番茄酱,服务员坚持说就是虾的原色。水果冰激凌(叫作什么"三得"的)十分精美,像一朵朵鲜花。仅仅放冷食的银罩托盘,也叫人赞叹不已。
>
> 饭后我们一起参加了舞会。想不到倪藻竟跳得这样潇洒和熟练。他跳舞的时候,有许多双中国的与外国的、男性的与女性的眼睛注视着他。
>
> 在倪藻跳舞的时候,我沉浸于自己的小说构思。我想写一部小说,也许不叫小说,应该叫历史。我想写写我见到过的跳舞的历史。解放前,跳交谊舞的多半是一些坏人。一九四八年,国民党政权覆灭前夕,武汉发生过一次大丑闻。国民党军政要的太太小姐们陪美国军官姚舞,突然停电了,据说停电后发生了集体强奸案,国民党所有的报纸都登了,还叫嚷要彻查。也是一九四八年,上海的舞女还有一次革命行动,游行示威请愿,捣毁了市政厅。我小时候总听人家说舞女是不正经的女人,但到了一九四八年,舞女也革命了。
>
> 至于革命的人也跳舞,这是我读了史沫特莱女士的《中国之战歌》之后才知道的,这本书里描写了毛泽东、朱德、彭德怀等革

命领袖的舞姿。我当时还有点想不通,怎么能在延安跳舞呢?在延安只应该挽起手臂唱"这是最后的斗争,团结起来到明天……"

我记不清了。是不是王实味攻击过延安的跳舞?

解放以后五十年代前一半,交谊舞在全国推广。那时我做团的工作,我们的团区委与区工会共用一个办公楼,楼前是水门汀地。每个星期六晚上,工会都组织舞会。青年人自由地跳交谊舞,这是解放了的中国的新气象,是解放以后人们能够更幸福更文明更开放地生活的表征之一。那时候最常放的曲子是《步步高》,跳狐步舞的,节奏感很强。还有一个舞曲我也很喜欢,是苏联的,叫作《大学生之歌》,配有温柔的男高音独唱。我喜爱那青春的旋转,那信任一切的舒展,那新生活的醉人。

五十年代后期就没有什么舞会了,至少没有什么开放型的舞会了。也许还有极少数的精华,才能有跳舞的机会。

往后更甭说了。

直到一九七八年冬季,交谊舞忽然恢复了,风靡全国。然后据说出现了种种不好的风气,不轨不雅的事情。跳舞跳出了小流氓,崇洋媚外,有失国格,道德败坏,第三者插足……

到一九七九年春夏,忽然又都不跳了。

八十年代开始以后,跳舞一直是起起落落。也怪,关于跳舞问题,并没有什么决议、决定、指令、计划、法令、条例、红头或一般文件。但跳舞一直成了气候的显示计。

陈建功的小说里描写过一种有组织的舞会。青年学生跳舞,退休工人巡边。巡边员用低沉的声音警告年轻人:"注意舞姿!注意保持距离!"

连各公园也发愁。一九七八与一九七九年一度有许多年轻人在公园跳舞,到了净园时间他们不肯走。他们违反制度,他们破坏公共财物、文物、绿地花坛,他们动作猥亵、语言粗鲁,最后发展到辱骂殴打公园工作人员……

据说举办舞会要冒一定的风险。你办舞会,忽然来了一卡车"小爷",小青年冲击会场,不,应该说是冲击舞场,还怎么维护风气与秩序?

一九八四年,各地舞会如雨后春笋般地涌现。而且都是公开售票的。也出现了一些大胆地肯定"迪斯科"的报纸文章。但"迪斯科"还较少公开地与大规模地跳。不久,例如《解放日报》第一版上就登载了上海市公安局关于取缔营业性舞会的通告。

后来据说又有一种解释,说是营业性舞会原指有专人伴舞的舞会。

这些心理、举措、风习的状况变迁,不是值得一写吗?

当然,倪藻与我参加的这次舞会是无干扰的。倪藻说,他的父亲倪吾诚是最喜欢也很善于跳舞的。然而,他一生大概没有得到几次跳舞的机会。而现在呢?灯光是彩色的,明明灭灭,但还不像广东一些高级宾馆的迷灯那样刺激。地板很光滑。男男女女穿着和举止都令人充满对未来的信心。

这一晚伴舞的曲子有《波希米亚姑娘》《绿色的鹦鹉》和《去年夏天》。

我特别喜欢你,去年夏天。

小说到这里就结束了,结束的时候突然出现了一种温婉的诗意。经过了对现代性的宏大追求和倪吾诚式的挫败以后，我们可以召唤回一个日常生活变得具有价值的时代，人的普通欲望可以得到满足的另外一种现代化开始到来的时代。关于跳舞的段落出人意料地预示了1990年代以后中国发展的新形态，也就是中国经过所谓"市场化""全球化"以后出现的对日常生活与消费的满足和对于欲望的兴趣。在1980年代中期，当其他作家还沉溺于"启蒙""救亡"这些宏大叙事的时候，王蒙告诉我们，一种新的日常生活会到来，这种世俗的、在倪吾诚看来有些无聊的日常生活具有一种另外的价值。中国现代性宏大的、关于启蒙和救亡的历史在倪吾诚身上变成了一出悲剧：一生去追求很多宏大的叙事，但最后发现自己追求的一切都是镜花水月。小说的最后，通过跳舞的历史所展现的强调日常生活的历史、琐碎的历史、小的历史突然浮现了出来，奇迹般地预言了一个迷恋旧上海、对于买房买车这样世俗的日常生活的兴趣成为潮流的时代的到来。

这种小说凸显了两种力量，一种是形式上的，把自己的经历和一种反讽的哲学与文化讨论结合起来的随意的、即兴的自由写作方法。这种风格是王蒙的小说最迷人的地方，没有一个完整的故事，随心所欲地即兴地去写。另一种是内容方面表达得非常有力的对中国现代性的反思：宏大的现代性什么时候被一种小的日常生活的趣味替代，怎么样在历史中变成了一种尴尬之物。这给了我们一个很大的提示：如何重新建立一种关于中国现代的经验？通过这样的提示我们可以打开中国的现代之门。我们所习惯的思维方式和所接受的教育、训练突然被转换了。我们可以从王蒙《活动变人形》的角度上重新去思考现代的中国和现代的中国人。

真正的幽默是我不幽默
——孔庆东《说笑》

孔庆东，1964年生于黑龙江哈尔滨，北京大学中文系教授、博士生导师。主攻中国现当代文学，兼及思想文化评论。

著有《金庸者谁》《国文国史三十年》《47楼207》《口号万岁》《生活的勇气》等。

同学们好！可能有的同学不认识我。我是北大中文系年轻的老教师孔庆东。今天，我来和大家一起欣赏一篇钱锺书先生的散文，叫作《说笑》，没有说笑政治的意思，只是我们这个课按照顺序排到我这一节了。我想在前面几次呢，很多我们现当代文学专业的老师已经给大家讲过一些高深的、严肃的文章，那么，在我这里呢，我的本意是想让大家轻松一下，讲一个跟幽默有关的问题，但是结果呢，也未必就能使大家轻松。

因为我们当前这个社会，很讲究娱乐、休闲、轻松、幽默。幽默似乎成了当下社会一个非常时髦的话题。我自己也常接到媒体的约稿，其中有相当一部分呢，口气很霸道，它给我限定的是命题作文：请给我们写一篇幽默文章。我感到非常悲哀，我不知道从何时何日起就成了一个专门写幽默文章的人了，这个事情本身对我来说是非常不幽默的。还有呢，也有一些读者对我进行批评，说我的某些文章呢，是不幽默的。好像我就不能写不幽默的东西了。如果有不幽默的东西，就是欺骗读者、假冒伪劣，那就是水分。所以呢，很多很多的事情使我回过头来考虑什么是幽默。也有一些好事之徒，经常问我：有人把你和钱锺书比，您的幽默和钱锺书的幽默有什么不同？我回答这样的问题不下二三十次了。我最近在江苏、在陕西、在湖南，到处都回答了这样的问题。有的时候使我感到不胜疲惫。那么我也希望通过学习一篇钱锺书专门谈论幽默的文章，看看是否能够提高一下我们彼此对幽默问题的见解。

我刚才看到一些同学，问他们是否已经读过钱锺书的这篇文章，同学们都说已经读过《说笑》了，那我想这就会为我们的授课节省很多时间。

谈谈钱锺书

1. 钱锺书其人

首先我想来介绍一下作者，因为大家还没有完整地学习过文学史。

钱锺书，大名鼎鼎的学者、作家，他生于1910年11月21日，逝世于1998年12月19日，也就是说他活了88岁，属于比较长寿的，在文人学者中，尤其属于长寿的。大家知道，我们中国的知识分子以早夭见长。曾经有统计数据，中关村一带的知识分子平均寿命只有五十多岁。这是我们中国社会的一个悲哀，但是在如此的悲哀艰难中，钱锺书先生活了那么长，幸运啊幸运。钱锺书为什么叫钱锺书呢？他一岁的时候，家里给他举行了一个封建迷信活动，叫作"抓周"。"周"就是"周岁"，一周岁的时候"抓周"，就是弄一堆乱七八糟的东西给小孩来抓，看他抓到什么就象征着他未来的命运。比如说抓一把小刀，将来就能够杀人放火。抓一支笔，就能够写字或者帮人家打官司。要是抓了一盒胭脂口红呢，那就不知道干什么了。钱锺书先生很聪明，他竟然抓到了一本书，使家里的人特别高兴，因此他的父亲给他起名为"锺书"，"锺"就是"钟情"的意思，钟情于书。这倒很符合他的命运。加上他的姓也很符合，"钱锺书"嘛，把钱都用来买书了。也的确，钱锺书一辈子都没有离开书，读书非常多。读书之多，很难有人敢说我超过钱锺书。写书、论书都是一流的。钱锺书除了他的名字之外，还有字、号。他的字叫"默存"，"沉默"的"默"，"存在"的"存"。这个字很有意思，"默存"，沉默才能生存。这似乎是讽刺，但又似乎是事实。在很多情况下，沉默是保持生存的一个不错的办法。他还有一个号，叫"槐聚"，"槐树"的"槐"，"聚集起来"的"聚"。钱锺书是江苏无锡人，无锡、南通、镇江这一带历来都是我们国家盛产文人学者之地。在这里出个把钱锺书也不是什么奇怪的事情。他如果出产在冰山雪域、沙漠荒丘里，倒是可以论一论。一个现代的文人作家生在江浙一带，几乎可以不论，应该的。他的父亲是一位著名的古文家，我们不讲他的父亲了，讲他的父亲也是一部学术史了。

钱锺书是家里的长子。他1929年考入清华大学外文系。有一种说法，说钱锺书考清华的时候，数学得了0分。这是不正确的，其实他数学得了15分。数学得0分的据说另有人在，就是后来的北京市市长吴晗先生。但是钱锺书由于中文和英文成绩特别优异，所以被破格录取，后来成为清华大学著名的才子。由此可见，素质教育是多么重要，不拘一格选拔人才是多么重要，当年的清华大学心胸是多么宽阔，都由此可见一斑。

钱锺书1933年大学毕业之后，又到英国和法国去学习文学，1938年回国。回国之后，一直以一个学者的身份来从事学术研究。如果大家读过他的《围城》，会知道他写的那个方鸿渐从海外归来，成为一代海归派领袖，也是在1938年之际。但是钱锺书并不完全是方鸿渐。方鸿渐也许是钱锺书想成为的几种人中的一种，但是他本人并不是那样。他学术成就是非常高的，但是并不多。真正的大学者一辈子写不了多少东西。如果让一个学者每年都填表格，今年你写了什么，完成了什么项目，这个国家就没有希望了。所有的教授都忙于填表格，都忙于申报项目，那两弹一星是永远搞不出来的。一个真正的学者、一个科学家，一辈子搞一两件能够传世的东西，就是这个民族的大幸。你要求他成天填表格来换职称、换房子、换待遇，这是整个民族的文化自杀。

钱锺书的著作，大家都知道，就那么几本：《谈艺录》《管锥编》等。在五六十年代的时候，他还负责和参与把毛泽东诗词与《毛泽东选集》翻译成英文。关于这项活动，近年来也有一些人提出批评，似乎是说，钱锺书先生由于这个特殊的身份得以免于在政治运动中受到冲击。我觉得从钱锺书主观来讲，他有这样做的资格，有这样做的自由。他没有从事过损人利己的活动，为什么不能翻译毛泽东诗词和《毛泽东选集》呢？有些批评恐怕是过苛之言。

2. 钱锺书其文

在学术研究之余，钱锺书也进行一些文学创作。文学创作也不多，大家都知道，著名的就是长篇小说《围城》、短篇小说集《人·兽·鬼》、散文集《写在人生边上》，就这么多。而且这些文学作品，都是1940年代出版的。或者说都是他学术研究之余累了写着玩的，写完了给杨绛看看，让杨绛一乐。很多伟大作品都是不小心写出来的。故意在那儿埋头苦干的人也许能干出来，但未必就真能干出什么惊天动地的伟业来。特别是艺术这个东西，往往是玩出来的。甚至包括学术，也是玩出来的。哪个说今年我要写五篇论文、明年写六篇论文，这种人都是欺世盗名，浪费国家科研资金。

钱锺书的学术不是我们今天谈论的内容，但他的文学作品确实跟他的学术有密切的关系。他的文学作品充满了智慧和才气，因为他把渊博的学问和知识融汇在作品当中，联想非常奇特，幽默而又隽永。

他不是简单的幽默，他的机智和讽刺既能使读者发出会心的微笑甚至大笑，更能让你在笑过之后留下深刻的印象，留下深深的思索。他的笑不是浅薄的一笑，他的笑是散发着哲理的气息的。所以有人说，钱锺书是学者型讽刺作家，也有人说钱锺书是智慧型幽默作家，意思都差不多。幽默是有不同的种类的。我们可以想，你遇到的有哪些幽默的作家，有鲁迅、老舍、钱锺书、林语堂、张天翼……很多人都是幽默的，但是每个人都是独立的个体，每个人和其他人不会混淆。在钱锺书身上就表现为，他的作品是融知识、情感和幽默于一炉，所以个性色彩极为鲜明。今天我们所要欣赏的《说笑》就是这样一篇十分出色的散文。因为大家可能离开中学还不太久，所以我们不妨经常借鉴一下中学语文课的讲法，从题目开始，从破题来讲。

对《说笑》的分段讲解

首先我们来看题目，题目叫"说笑"。作为题目的这"说笑"二字，不是我们平常讲的说说笑笑，而是一个动宾结构。"说"是动词，"笑"是它的宾语，"说笑"的意思就是说一说"笑"这个问题。"说"，本来就是中国传统散文中的一种文体，是议论性的。大家学过什么"说"吗？对，韩愈的《马说》《师说》，还有柳宗元的《捕蛇者说》，这就是什么说什么说。那么钱锺书的这篇《说笑》，如果写在古代，也许就会叫作《笑说》或者《笑之说》，是这样一个意思。这篇散文不长，我算了一下，不到两千字，一共只有五个自然段，非常小。所以我很希望这篇文章能够选入中学语文课本。我也在参与编写一些中学语文书籍的时候,推荐了这篇文章。那么下面,我们就按照五个自然段的顺序,一段一段地来进行欣赏,最后我们略做总结。

1. "起":开门见山

我先来读一下第一段:

> 自从幽默文学提倡以来,卖笑变成了文人的职业。幽默当然用笑来发泄,但是笑未必就表示着幽默。刘继庄《广阳杂记》云:"驴鸣似哭,马嘶如笑。"而马并不以幽默名家,大约因为脸太长的缘故。老实说,一大部分人的笑,也只等于马鸣萧萧,充不得什么幽默。

这就是第一段。

我们看这第一段的第一句,"自从幽默文学提倡以来,卖笑变成了文人的职业"。我们在中学学习语文的时候,老师经常讲写作文要"开门见山"。这个第一句可以说就是"开门见山"。当然,"开门见山"不是写论文唯一的路子,"开门见山"是一种风格,不"开门见山"也是一种风格。干嘛非得"开门见山"?我"开门见水"不行么?我"开门",外面还有一道"门"呢。我开了五道"门"才看见"山",为什么不行啊?但是钱锺书的这篇文章是以"开门见山"见长的。凡是"开门见山"这样的文章,往往是想直接地、迅速地触及一个公共话题。当写这样的文章的时候,"开门见山"是比较有力的。比如说,我们看报纸上、电视台里的新闻,经常要"开门见山"。假如不"开门见山",说了半天人家不知道你说了什么,就不看了。但是文学性的文字未必要这样。钱锺书这"开门见山"的一句话就会让我们明白，他不是闲着没事，泛泛地来说笑的，而是有很强的针对性的。一开始针对性就出来了，"自从幽默文学提倡以来"，他针对的就是幽默文学的提倡。

这里就要讲一下背景。在1930年代的时候，林语堂等作家曾经大力提倡过一阵"幽默文学"，当时是形成一种风气的。很像现在，说，哎呀，我们中国人活得太累、活得太沉重了，为什么啊？中国人不懂幽默，特别严肃、特别枯燥，没有情趣。你看人老外活得多好啊。为什么呢？老外懂得幽默啊。你看人美国人多好，你看人英国人多好，人家懂得幽默。所以要把外国的幽默通过WTO弄到中国来。所以呢，这些人就大力提倡幽默，身体力行，办了很多专门发表幽默小品文的刊物。一些追着这些风潮的作家就在这里写一些离现实距离比较远，刻意追求闲适、轻松的文章。针对这种现象，鲁迅等作家一方面肯定了"幽默文学"中（"幽默文学"是带引号的）也有一部分讲真话的好作品。另一方面则指出，那是一个什么时代？那是一个"皇帝不肯笑、奴隶不准笑"的时代。鲁迅另外有句话说那个时代是"风沙扑面，虎狼成群"。我不知道现在是什么时代，我只知道现在这个时代很复杂，一方面有人挥金如土、一掷千金，另一方面有成千上万的"包身工"在黑暗的厂房里挣扎、呻吟。广东地区的工人每天被机器切断的手指头是用箩筐来盛的。这是我所知道的今天的时代。那么在这样的时代，鲁迅他们认为，是"很难幽默起来的"，所以鲁迅写了一系列这样的文章，批评这种对"幽默文学"的鼓吹。鲁迅认为，不应该把小品文当成小摆设，"一方面点缀富人们的太平盛世，另一方面掩盖穷人的呼号和血泪"，这是"将屠户的凶残使大家化为一笑"。这是鲁迅等作家的态度。

那么钱锺书的态度是什么样的呢？钱锺书没有像鲁迅那样从正面来批判幽默文学，而是用他自己特有的文风，一开篇就说"自从幽默文学提倡以来，卖笑变成了文人的职业"。我觉得这话比鲁迅更刻毒。他一下子就把"幽默文学"这么庄严的四个字和"卖笑"两个字联系到一起。所以有人说钱锺书是很坏的。真正的幽默大师，往往杀伤力是比不幽默的人强的。那么把这两个词联系到一起，其实已经含蓄地表明了钱锺书先生的态度，同时也设定了这篇文章写作的角度，也就是说，他不是正面地、全面地来谈论幽默文学的问题，而是只从"笑"的角度，来发表他对"幽默文学"的看法。他换一个角度，换成从"笑"来谈论幽默文学。所以这篇文章不是古今中外、泛泛地谈"笑"这个问题的，是从"笑"入手，谈幽默文学，这就叫写文章的角度。我们谈论一个问题从哪个角度入手？我经常说，我们做学问也好、写文章也好，很像打仗，很像攻城拔寨，选择哪个角度作为突破口，从哪里杀入，最能够以最小的伤亡获得最大的战果，这是军事家和文学家的共通之处。那么他从"笑"这个角度入手，来破"幽默文学"这座城堡。这个突破口选择得真是非常好的。中国的散文讲究起承转合，这第一句就是一个非常好的"起"。这个"起"一方面扣了题目，不是"说笑"吗？一下子"卖笑"就出来了。而且又很精炼地打开了话题。它既有非常强的现实针对性，又能引起读者的兴趣。而且你看来好像是漫不经心的，随便一句话就说出来了。钱锺书的确是写文章的高手。有的时候高手写文章，你看上去他说得很好，但你怎么琢磨都觉得他不用力，他非常轻松的一句话就说出来了。这叫"举重若轻"，是武林高手的一种风范。

那么第二句呢，钱锺书马上扣着第一句，对"笑"和"幽默"进行了区别。他指出，"笑未必就表示着幽默"。有些话、有些现象，不说的时候我们习焉不察，就忽略过去了，当有人一指出来的时候，我们才发现是这么回事：原来笑跟幽默不是一回事，"笑未必就表示着幽默"。这就是说，真理就在太阳下面，需要有心胸、有眼光的人发现。我们大家都经常笑，但是我们想，大多数笑跟幽默有关系吗？没有关系。但是我们一般人就是狠不下心肠自我解剖，谁能经常没事说，哎呀，我刚才那笑真无聊。我们很少有这样自我解剖的时候，主要是没有这个勇气，所以经常需要别人来提醒。

下面钱锺书引用刘继庄的话。刘继庄就是刘献廷，他的生卒年是1648—1695，别号叫广阳子。也许你在别的地方会读过他的著作。刘继庄说，"马嘶如笑"，他形容动物说"驴鸣似哭"，驴叫唤的时候似哭一样。有的口技演员会学牲口叫唤。学驴叫就像哭一样，带抽泣的。马嘶鸣起来就像笑一样。钱锺书说，既然马嘶如笑，可是并没有人说马是幽默的呀。这里，钱锺书开始发挥他的幽默功夫。"马并不以幽默名家"，这里"名家"是动词，"成为名家"的意思。他用一个巧妙的调侃证明了"笑"不等于"幽默"，进而指出，"大部分人的笑，也只等于马鸣萧萧，充不得什么幽默"。"马鸣萧萧"，如果放到古诗里，也是一个很好的意象，很有几分悲凉色彩。但是如果人也像马鸣萧萧一样，色彩立刻就变了，立刻就不庄严了，就变成幽默了。所以说，短短的第一段可以说真是简洁利落，没有一个废字。道理无懈可击，而文字本身，你读了三两行之后，就会发现，一种真正的幽默味道透出来了。真正的幽默背后是一种力量，是非常有力量的人，他随便挥一挥手，那个幽默的气息就出来了，而不是故意去招人笑去。你看看春晚上的相声演员,拼命地鼓动大家笑,鼓动大家鼓掌,恨不得下来搔别人的痒痒肉。你会觉得这非常无聊肉麻。因为什么呢?因为他没有力量,他没有力量使别人笑,也没有力量使别人哭。所以你觉得他特别可怜,有时候我们觉得他太可怜了,所以我们不得不笑上一笑。这是第一段。

2. "承":草蛇灰线

下面我们来看第二段:

把幽默来分别人兽,好像亚理士多德是第一个。他在《动物学》里说:"人是唯一能笑的动物。"近代奇人白伦脱(W. S. Blunt)有《笑与死》的一首十四行诗,略谓自然界如飞禽走兽之类,喜怒爱惧,无不发为适当的声音,只缺乏表示幽默的笑声。不过,笑若为表现幽默而设,笑只能算是废物或者奢侈品,因为人类并不都需要笑。禽兽的鸣叫,仅够来表达一般人的情感,怒则狮吼,悲则猿啼,争则蛙噪,遇冤家则如犬之吠影,见爱人则如鸠之呼妇(cooing)。请问多少人真有幽默,需要笑来表现呢?然而造物者已经把笑的能力公平地分给了整个人类,脸上能做出笑容,嗓子里能发出笑声;有了这种本领而不使用,未免可惜。所以,一般人并非因有幽默而笑,是会笑而借笑来掩饰他们的没有幽默。笑的本意,逐渐丧失;本来是幽默丰富的流露,慢慢地变成了幽默贫乏的遮盖。于是你看见傻子的呆笑,瞎子的趁淘笑——还有风行一时的幽默文学。

读钱锺书的文章，你会感到很过瘾。你会觉得你也按照他的这个角度来写文章，一定写不过他。什么叫对人佩服？对人佩服就是你按照和他一样的办法做一样的事情，你做不过他，那么这样的人就应该佩服。有很多人都批评个人崇拜，好像自己牛得不得了。我这个人是一个个人崇拜主义者，我崇拜许多人，只要比我强的人，我就崇拜。人家比我强我为什么不崇拜呢？人家比我有思想比我有学问跑得比我快长得比我高比我漂亮，我为什么不崇拜？我就崇拜。只有崇拜别人，自己才能进步，不要一个个都装作顶天立地的，自己什么也不是，凭什么高大起来啊？比如说写这样的文章，钱锺书在这方面达到的高度，我们超越不了。

如果说刚才的短短的第一段是文章的"起"，那么第二段是"承"，紧承第一段，它继续从人和动物对比的角度来探讨笑的问题，我觉得五四以后二三十年代的很多作家，有一个特长，经常把人还原到自然中来讨论，鲁迅也好，周作人也好，他们都说，他们中学学的那点简单的自然科学知识使他们受益终生。你不需要当科学家，你不需要研究特别深的科学道理，你不必知道黑洞到底怎么回事，但是你知道一些简单的自然界的道理之后呢，对你搞学问搞社科搞人文，那都是有非常大的益处的。我就喜欢看电视里的《动物世界》这个栏目，我很喜欢看，你不要以为那是孩子看的，孩子看有孩子的乐趣，大人看有大人的收获。你看到动物界那些东西，你就会想到一些人类社会的问题，怎么处理人与人之间的关系。你看到那个食肉类的动物勇猛地追击食草类动物的时候，你会想到很多很多的问题。你比如说这个狼永远是要吃羊的，狼吃羊是天经地义的，上帝就规定了，它就要吃羊，羊就要给它吃，因此我们人类经常骂这个狼，说这个狼不好，什么狼如豺狼等等，我觉得这都是没有道理的。狼虽然吃羊，但是狼从来不吃狼，这就是狼和我们人的区别。我们人有什么理由在狼的面前自高自大呢？在狼的面前，我们人是何其地猥琐虚伪不道德啊，我就经常想，自然界那些动物，它们之间互相吵架互相咒骂的时候会骂什么呢？一定会说，这个家伙卑鄙得像人一样。我觉得这是动物中对同类最低的一个评价，就是说"这家伙像人一样"。只有人才互相残杀、互相迫害，才不是为了生存而去害其他动物。其他动物比如狼，它要是不吃那个食草动物，它就没法活，所以上帝规定它要吃那个，那是它食物链上的一环，它吃完就完了，它不会弄回来在吃喝之外去玩耍它。

所以呢，钱锺书等人就能够从简单的动物学的角度出发，来看待人类社会的很多问题。他先引用亚里士多德的话，说，"人是唯一能笑的动物"。但能笑却并不意味着需要笑，就是说你有什么能力，并不意味着你一定要去发挥和实践这个能力。有一次我去一个高中做讲座，那个高中的学生很有思想，很有反抗性，他们提出一个问题，说，"我们学校的领导和老师反对我们早恋"，说"我们已经到了有恋爱能力的年龄了，为什么不让我们恋爱？"我就说，人有一个能力，和马上要实践这个能力，是两回事。应该承认，你有这个能力了，但是还有一些同学没有。闻道有先后，术业有专攻。不是说你有了这个能力，马上就要把它转化成现实成果。所以钱锺书说能笑并不意味着需要笑，人"脸上能做出笑容，嗓子里能发出笑声"，这里，钱锺书洞若观火地指出一个真理，"一般人并非因有幽默而笑，是会笑而借笑来掩饰他们的没有幽默"。我觉得当你读到这里的时候，你就不敢笑了，你马上就严肃起来了。你一下子就不敢笑了，你一下子就意识到，自己经常是在没有幽默的时候，用笑来掩饰自己。比如说一大帮人在剧场里听相声、看小品的时候，有的人是没有听懂的，但周围的人都笑了，他也不得不跟着笑一下，表示自己跟你们有一样的欣赏水平。特别是你去听音乐会的话，你会看到很多人跟着别人一起鼓掌，其实他根本就听不懂。别人欣赏的时候，他在那里使劲地喝可乐、吃面包就榨菜，一顿猛吃，一看别人鼓掌了，赶快跟着鼓两下掌，表示他懂了这个音乐。还有的人去看画展、看书法展的时候，看到别人评论，他也跟着评论："嗯，这个写得好，这个写得多好啊！"我记得有个同学去看书法展，人家上面写着两个繁体字"奮鬥"，他说，"看，写得多好啊，'奋门'！"

所以钱锺书说，"本来是幽默丰富的流露，慢慢地变成了幽默贫乏的遮盖"。钱锺书的幽默是从哪里来的？是从深刻的观察来的。他把人性观察到这么深的程度，说明他平时就看出来了，谁是真的幽默，谁是"幽默贫乏的遮盖"。我们平时不是非常熟悉那些干笑、陪笑、皮笑肉不笑吗？电视里经常会播出一些镜头，记者去采访各行各业的人士，我看很多人士就是"皮笑肉不笑"。"哎，老乡，你的茄子为什么长得特别好啊？""党的政策好呗！"是吧？到处都是这样的报道。我觉得这样的记者是不负责任的，是给我们党的工作添麻烦。在这里，钱锺书先生写出了"笑"的辩证法。他充分使人体会到，幽默哪有那么容易呀？哪有那么多幽默？幽默是一种很高级的人性，不是随便笑一笑、逗一逗就叫"幽默"的。这一段的最后一句，钱锺书比较狠，他说，"于是你看见傻子的呆笑，瞎子的趁淘笑（就是说跟着人家乱笑）"，最后，顺笔一带，"还有风行一时的幽默文学"。一下子把"幽默文学"和这几个并列在一起了。好像是东拉西扯，最终针对的还是"幽默文学"。好像金庸《书剑恩仇录》写的那个"百花错拳"，你看他好像东一拳西一拳的，每一拳针对的还是你的要害。如果我们用散文的说法，这叫"形散神不散"。表面上东一句西一句，始终都围着"幽默文学"这个要害来讲。你看他第一段把"幽默文学"与"卖笑"、与"马鸣"联系在一起，这第二段又与"呆笑""趁淘笑"联系在一起。就是这个主题，他不是老绷着它，而是虚虚地笼着它，好像手里拿着一根松松的绳子，用金圣叹的说法，叫作"草蛇灰线"，始终不断。但这是需要有很大功力的，你得有很多闲话可说，又能够把闲话及时地收回到主题上来。所以说，这是高手。你看金庸的小说里经常写武林高手在打斗的期间，"好整以暇"，比如说抽空写一个字什么的，就表示他的功夫非常高，他能够忙里偷闲。这是《说笑》这篇文章的第二段。

3. "转"：交代文眼

下面我们来看第三段：

笑是最流动、最迅速的表情，从眼睛里泛到口角边。东方朔《神异经·东荒经》载东王公投壶不中，"天为之笑"，张华注谓天笑即是闪电，真是绝顶聪明的想象。据荷兰夫人（Lady Holland）的《追忆录》，薛德尼·斯密史（Sidney Smith）也曾说："电光是天的诙谐（wit）。"笑的确可以说是人面上的电光，眼睛忽然增添了明亮，唇吻间闪烁着牙齿的光芒。我们不能扣留住闪电来代替高悬普照的太阳和月亮，所以我们也不能把笑变为一个固定的、集体的表情。经提倡而产生的幽默，一定是矫揉造作的幽默。这种机械化的笑容，只像骷髅的露齿，算不得活人灵动的姿态。柏格森《笑论》（*Le Rire*）说，一切可笑都起于灵活的事物变成呆板，生动的举止化作机械式（Le mécanique plaque sur le vivant）。所以，复出单调的言动，无不惹笑，像口吃，像口头习惯语，像小孩子的有意模仿大人。老头子常比少年人可笑，就因为老头子不如少年人灵变活动，只是一串僵化的习惯。幽默不能提倡，也是为此。一经提倡，自然流露的弄成模仿的，变化不居的弄成刻板的。这种幽默本身就是幽默的资料，这种笑本身就可笑。一个真有幽默的人别有会心，欣然独笑，冷然微笑，替沉闷的人生透一口气。也许要在几百年后、几万里外，才有另一个人和他隔着时间空间的河岸，莫逆于心，相视而笑。假如一大批人，嘻开了嘴，放宽了嗓子，约齐了时刻，成群结党大笑，那只能算下等游艺场里的滑稽大会串。国货提倡尚且增添了冒牌，何况幽默是不能大批出产的东西。所以，幽默提倡以后，并不产生幽默家，只添了无数弄笔墨的小花脸。挂了幽默的招牌，小花脸当然身价大增，脱离戏场而混进文场；反过来说，为小花脸冒牌以后，幽默品格降低，一大半文艺只能算是"游艺"。小花脸也使我们笑，不错！但是他跟真有幽默者绝然不同。真有幽默的人能笑，我们跟着他笑；假充幽默的小花脸可笑，我们对着他笑。小花脸使我们笑，并非因为他有幽默，正因为我们自己有幽默。

我们看钱锺书写得多么好啊，简直是层层递进，使你感到几乎要跟不上他的思维。刚才我所念的这第三段是比较长的，全文的核心一段，也可以说是"起承转合"中的"转"，"转"就是要深入一层。我不知道你们在高考作文的复习中，老师给你们什么秘诀，我也当过中学老师，我跟学生说，高考作文的第三段最为重要，第三段一定要写得深刻，因为"起承转"么，第三段是"转"，是要把你全部的智慧才华发挥出来的地方。第三段还写不好，那文章没戏了。第三段一般要以写得别有洞天、出人意料为上。我们首先会佩服作者的旁征博引。你看，他随手就引来一些和他的论题有关的材料，说明"笑"是不可人为的。而林语堂等人，他们以为提倡幽默就可以使中国人变得聪明智慧。到底中国人是不是笨，这首先就是个问题。是不是中国人就真不如外国人？笨？或者中国人就没有幽默，只有外国人才幽默？我们先假定他说的这个有点道理，那么是不是提倡幽默就可以使中国人变得聪明智慧了？钱锺书一针见血地指出，"经提倡产生的幽默，一定是矫揉造作的幽默"。我觉得这话可以说是全文的文眼。因为真正的"笑"，是像闪电一样，是流动的、迅速的、个人的，一下子就过去了；而提倡的"笑"，是僵化的、刻板的、群体的。我们可以号召大家一起唱歌，我们可以号召大家一起做某个工作，但是我们很难号召大家一起产生某种感情，这是不能号召的。同学们想象一下，"大家现在仇恨起来"，这是不可能的；"请大家互相爱起来"，这是不可能的。感情是没有办法提倡的，你只能指挥一个动作，感情没有办法提倡。有一个美国教授，到中国来演讲，他讲了一个很幽默的小故事，然后让翻译给他翻译，这个翻译简单地说了几句，然后全场的听众哈哈哈哈地大笑。这个美国教授特别高兴，对翻译说："你这翻译的水平真高啊！你怎么翻译我的话他们就笑了呢？"这个翻译说："很简单啊，我刚才就说，'这位先生讲了一个很可笑的笑话，请大家笑一笑'，于是大家就哈哈大笑。"

笑其实是不能提倡的。钱锺书这样层层深入地解剖，他写出，真正的笑是一种非常高雅的境界。也许几百年后、几万里外，才会有人理解。这就像佛经上所说的迦叶的"拈花一笑"。再推理下去，提倡起来的"幽默"是什么呢？提倡起来的"幽默"就变成滑稽的小花脸表演。小花脸与幽默有什么不同呢？如果你有疑问的话，钱锺书几个字就道破了它们的区别："真有幽默的人能笑，我们跟着他笑；假充幽默的小花脸可笑，我们对着他笑。"一个"跟"、一个"对"，两个普普通通的字在钱锺书笔下就点铁成金了。最后钱锺书有力地说，"小花脸使我们笑，并非因为他有幽默，正因为我们自己有幽默"。通过小花脸的反面对比，使读者对"幽默"的理解又深化一层。我们对"幽默文学"的理解也深化了一层，使得那些自以为是幽默大师的人看上去成了戏台上的小丑。你看有谁封自己为"幽默大师"吗？这是很难封的。

　　现在电视里经常有很多无聊的相声、小品，还有港台式的闹剧，其中的确有一些真有幽默才华的人。甚至达到艺术大师级的人，可能也有。但是很多的人，或者越来越多的人，在那里自以为"幽默"，而观众常常被他们搞得很难受。有时候我们笑了，不是因为他们演得好，而是因为他们演得很拙劣，我们发出了嘲笑。现在从港台、新加坡等地传来一个词，叫作"搞笑"。现在经常用"搞笑"这个词来代替幽默、滑稽。什么叫"搞笑"？你想啊，就是说本来没有笑，去搞出一个笑来，去搞一搞，搞个笑。"搞"这个字的功能真是厉害，我上大学的时候，我们宿舍有一个南方同学，什么都是"搞"。比如我们一起去吃饭，就是"搞个饭来吃吃"；我们去看书，他说"搞本书来看看"；然后他晚上睡觉了，我说，"你搞个觉来睡睡"，他说，"这不行"。什么都可以搞,那么"笑"也是可以搞的吗?搞出来的笑一定就不好笑。现在很多人以为自己很幽默,不知道他们的"幽默"是以什么做标准。在大家还没有入学的时候,你们也许听说过,北京大学曾经请著名影星周星驰来讲座。据说当时盛况空前,人山人海。大家把周星驰当作"幽默大师"。还有一次,北大某社团请中央电视台著名主持人王小丫同志前来讲座,也是盛况空前。很多北大同学认为,哎呀,王小丫真了不起呀,学问多渊博呀,你看人什么问题都会!我在这里没有贬低王小丫和周星驰的意思,我认为他们在各自的工作岗位上都做得很好,不愧是劳动模范,我对他们没有任何的不尊重。我只是想说,假如北京大学的学生认为王小丫是学识渊博的人,认为周星驰是幽默大师,那就是北京大学的耻辱,也是中华民族的耻辱。也就是说,我们中华民族的幽默水平已经到了这个程度。所以我们今天看看六十多年前的人写的这个"搞笑",写的这个讲"幽默文学"的文章,仍然可以促使我们深省,仍然可以发人深省。我们今天社会上有多少笑是真正从心灵中流露出来的呢?有多少是制造出来的?你可以心里有一个谱。

4. "合":挥洒自如

下面我们看第四段。钱锺书《说笑》的第四段说:"所以,幽默至多是一种脾气,决不能标为主张,更不能当作职业。"我开头说,有人命令我写这个"幽默文学",几乎要把这个当成我的职业,真是使人痛苦。"我们不要忘掉幽默(Humour)的拉丁文原意是液体;换句话说,好像贾宝玉心目中的女性,幽默是水做的。把幽默当为一贯的主义或一生的衣食饭碗,那便是液体凝为固体,生物制成标本。就是真有幽默的人，若要卖笑为生，作品便不甚看得，例如马克·吐温（Mark Twain）。"我们这里可以看到钱锺书先生对马克·吐温的评价，一句话就可以看出他对马克·吐温评价并不高。我也在一些讲座场合回答过我与马克·吐温的关系，当我表示我也不太看重马克·吐温的时候，很多人表示"你算什么呀？你敢看不起美国人？"令我无话可说。

"自十八世纪末叶以来，德国人好讲幽默，然而愈讲愈不相干，就因为德国人是做香肠的民族，错认幽默也像肉末似的，可以包扎得停停当当，作为现成的精神食料。"每个民族的人可能都在世界上其他国家的人看来有某些特性、某些主要的精神气质。比如一般我们都认为德国人是严肃的，英国人是幽默的，法国人是浪漫的，俄国人是懒惰的之类。只有中国人是深不可测的，只有中国人不知道中国人一天到晚在想什么。比如有人说在路上丢了一块钱，掉了一块钱的硬币，这美国人马上就会去打电话，"报告警察，我丢了一块钱，马上来给我找，我是纳税人，必须为我服务"，这是美国人的态度；要是英国人呢，耸耸肩膀就走了，"这算什么？没什么"；如果是德国人呢，就会把他丢钱的这个范围，纵横各划上100道，划成一万多个小方格，拿着放大镜，挨个去一个格一个格地找，以非常严肃认真的科学态度，一定要找到这一块钱，而且往往能够找到；如果是日本人呢，假装表面上没事，回到家里拼命地自我忏悔，自我谴责；如果是中国人会怎么办呢？中国人会说，"算了吧，谁捡到就当他是买棺材去吧"，这是中国人的态度。这里钱锺书显然认为德国人是没有幽默的，认为德国人是比较偏重于严肃的。而我们在大量的西方文学作品特别是影视作品中，都看到德国人往往被塑造得没有情趣。但是我们也看到德国有很好的幽默文学，包括有很好的漫画。德国有一个布劳恩的《父与子》，不知你们看过没有，非常好的漫画。其实德国人的情趣是特别高傲的，英法的幽默是比较世俗的幽默。

钱锺书接着说："幽默减少人生的严重性，决不把自己看得严重。"要注意这一点，幽默的人首先要能够反躬自省。"真正的幽默是能反躬自笑的，它不但对于人生是幽默的看法，它对于幽默本身也是幽默的看法。"任何一种命题，要上升到对自己的一个反躬的评价上来，你才能够最后完成。"提倡幽默作为一个口号，一种标准，正是缺乏幽默的举动；这不是幽默，这是一本正经的宣传幽默，板了面孔的劝笑。我们又联想到马鸣萧萧了！听来声音倒是笑，只是马脸全无笑容，还是拉得长长的，像追悼会上后死的朋友，又像讲学台上的先进的大师。"

这个第四段就是文章中"起承转合"的"合"，是做结论的部分。但是钱锺书做结论也依然是旁逸斜出、挥洒自如。他首先指出，幽默不能成为主张和职业。幽默成为主张和职业，就坏了。其实不光是幽默，很多事情都不能成为主张和职业，一旦成为主张和职业，就严重地损害了这个事情本身。在座的大多数，我想，是抱着对文学的某种希望、梦想，来到北京大学中文系的。我也是这样，当年我的很多同学、朋友都是这样。大家本来是因为爱好文学而考入中文系的，没有想到，中文系误我终身啊。因为一旦你把它当成职业之后，马上就减少了很多乐趣。首先是减少乐趣了，你跟别人就不一样了。别人看小说、别人看电影，是非常轻松的欣赏，你不一样，你看小说、看电影的时候，总是心怀鬼胎，老想啊这是主题、这是结构、这是倒叙，你老想着这些东西，你跟别人就不一样了。你首先是一个职业变态者，就是说，任何东西变成职业之后，都有损害。啊，那怎么办？没办法，你已经上了贼船了，你已经被我们骗到中文系这条船上来了。是吧，你现在就只有意识到这一点，首先清醒地意识到这一点，然后想办法减少职业化的危害。我们还有很多人，在中文系很长时间，当了教授、当了学者，可能学问做得不错，但他慢慢地就把这个东西当成一个职业了，他已经缺少了那颗文学的心。他的脑子里已经没有梦想了，他看到任何文学作品，没有喜怒哀乐了，他看到的都是那个庖丁解牛之后的部件，看到的都是骨头，看到的都是筋，啊，这是结构、这是反讽、这是什么什么东西。他看文学作品跟做数学题是一样的，最后呢，就容易泯灭天良。这一点不是夸张。在我们文学研究界，有大量的没有天良的人，而他并不是生来这样的，其中有一部分原因就是职业化所导致的。我觉得一个人从事任何职业，都要小心自己这个职业本身给自己带来的危害，就像发明原子弹的那些科学家一样，我们不要等原子弹爆炸了之后，再去忏悔，其实人文学界照样有一颗一颗的"原子弹"，害起人来也是绵绵无穷的。"幽默不能成为主张和职业"这一点，我觉得钱锺书指出得非常及时。如果说鲁迅那样的批判呢，可能对方不容易接受，就讲"啊，你就把问题上纲上线提得特别高"，但钱锺书完全是从哲理的、美学的角度来谈这个问题，我觉得他这样的讲法更能被人所理解、被人所接受。因为你成了职业之后，就与幽默的本质相矛盾了。

我在网上看过一篇围棋大师吴清源谈围棋的文章。围棋也是这样，本来是一种艺术，一种高级的智慧，但是它变成了一种比赛，比赛后面有奖金，有广告，很多人是为了得冠军而比赛，那么这种职业化就减少了下棋本身的乐趣。有的时候就为了比赛赢，就不择手段。

比如说一个年轻棋手和一个老年棋手比赛，那首先是要把他的身体拖垮，拖垮他的身体，"乱拳打死老师傅"，是吧？这其实从比赛角度讲是合理的，教练甚至可能会故意这样安排他，但是，它是不符合围棋美学的。你想很多像大竹英雄那样的棋手，看到对手把棋下得很乱、很糟糕，他就不跟你好好下了，他就输了你算了，你不就是要赢么？那就让你赢算了。好的围棋像好的文学作品一样，应该留下来一盘佳作，是能够传世的。而近些年来，比赛虽然非常多，你看有几盘棋可以真正传下去呢？这都可以让我们思考这个职业化的问题。

钱锺书说："真正的幽默是能反躬自笑的，它不但对于人生是幽默的看法，它对于幽默本身也是幽默的看法。"可以说这是钱锺书自己的幽默观。就是说真正幽默的人，你应该能够对自己幽默，而不是老随便开别人的玩笑，你应该把自己也看得不是那么重。你自己是个什么样，需要历史来评价，需要别人来评价。别人一时评价不好，你不要着急，孔子说"不患人之不己知，患不知人"，你不要担心别人不了解你，老向别人解释你，你怎么怎么样，别人爱怎么想你怎么想你，关键的是你要了解别人，最重要的问题是了解外部世界。对你自己的评价无所谓，你解释也解释不过来，你老到处解释你是一个好人，那没有用的。你解释多了反而让人觉得你居心可疑。不必解释，你甚至可以经常说，"我是一个坏人"，经常说自己是坏人，大家就会觉得这坏人还有点优点，不错。

5."补充"：首尾暗合

我们下面来看最后一小段，第五段：

大凡假充一桩事物，总有两个动机。或出于尊敬，例如俗物尊敬艺术，就收集古董，附庸风雅。或出于利用，例如坏蛋有所企图，就利用宗教道德，假充正人君子。幽默被假借，想来不出这两个缘故。然而假货毕竟充不得真。西洋成语称笑声清扬者为"银笑"，假幽默像掺了铅的伪币，发出重浊呆木的声音，只能算铅笑。不过，"银笑"也许是卖笑得利，笑中有银之意，好比说"书中有黄金屋"；姑备一说，供给辞典学者的参考。

这第五段是"起承转合"之外的一个补充，本来上面四段已经把问题说完了，上面四段本身也可以构成一篇完整的文章了，但是作者意犹未尽，他先指出假充幽默的两个动机，"或出于尊敬""或出于利用"，什么事情只要是好的、具有好的价值的东西，总难免被人利用。任何好的东西都会被人利用。钱锺书说，俗物收集古董、附庸风雅，这有的是。鲁迅也曾经指出，他说那个有钱人，买来青铜器，然后擦得锃光瓦亮，摆在客厅里，给人家来看，擦得特别亮的青铜器，告诉人家，这是后母戊大方鼎，让人看。利用好的东西是一切社会、一切时代的共同特点。就像现在好的名牌产品，很快就会出来假冒的。不管法律多么严密、不管怎么打假，这是滚滚洪流，一定要被假冒，而且最后好的要被假的打败。这是经济学上有名的劣币驱逐良币的规律。在我们现在这个世界，在这样的规律制约下，好的东西大多数情况下要被坏的东西所驱逐。比如说，你去买橘子，两个人的橘子一样，其中有一个说他的橘子是从新加坡来的，说"他的橘子卖两块钱一斤，我这是新加坡来的，所以我卖八块钱一斤"，而你觉得这两种橘子差不多呀，你一定不会买这个八块钱的橘子，你绝对会去买那个两块钱的橘子，而事实上，他可能真是新加坡来的，所以在竞争之下，他没有办法继续做生意，最后他只好放弃卖精品，也去卖那个两块钱的橘子，所以那个好的东西就会被淘汰掉。在商场上是这样，在学术界、在文化界、在艺术界，经常都是这样。所以，钱锺书这里说"假货毕竟充不得真"，这是不一定的。他说"假货毕竟充不得真"，可能是说在相当长的历史阶段中，真理必然会胜利的这么一个愿望，但是我们经常会看到，在一个短时段里，在一个被限定了的时空里面，不一定是善良获得胜利，不一定是真理获得胜利，而经常是假、丑、恶获得胜利，这就是人生活着的意义。如果人生活着都是一片美好，老是好东西胜利，那活着有什么劲哪？那不必奋斗了，反正好的都会胜利。正因为好的东西不一定要胜利，经常是坏的东西胜利，我们活着要跟它们斗争，活的时候要反抗，这才是我们活着的意义。接下去，钱锺书又发挥"银笑"的词义，钱锺书是要把他的学问发挥到每一个角落里去，不肯放过任何一个联想。他暗指"幽默"的人实际上像卖艺的小丑一样，说笑卖钱，那么，又回到文章的第一段，"卖笑变成了文人的职业"，最后用"银笑"来扣它，这是一种暗合，好像对联一样，上联前面出了，在下面给它对上。

"幽默"的风格与启悟

1. 文章的三个特点

上面我们把这五段文字读了一遍，也赏析了一遍，通观全文，可以说，这是一篇非常精彩的议论散文。文章的主题是批评"幽默文学",这条主线是贯穿始终的。鲁迅是从社会效果上批判了"幽默文学",讲它"不合时宜",鲁迅并没有说幽默这东西不好,而是说在中国这种情况下,你在那儿领着人大笑,这是不合适的,那边日本要侵略我们,这边人民受苦受难,那边还有包身工,跟现在有的民谣一样,"站在天安门上往东西南北一看,什么南边贪官一大串,北边下岗工人一大片",都是一样的。就是在这样的时代中,提倡幽默是否合适?钱锺书所采用的角度和鲁迅先生是不一样的,他是从美学理论上、从艺术的本质上、从"幽默"这个词的本义上更加致命地给了"幽默文学"以打击。当然,这个打击是纸面上的打击。林语堂他们这些人提倡幽默文学,应该说动机还是好的。我觉得起码他们的动机是为了中国好,是善意的,所以我们看鲁迅和钱锺书在批评的时候,都把握了一定的分寸。现在有很多批评性的文字,其中有很多暴力性的语言,夹杂很多道德侮辱、人身攻击,这是当前文风不好的一种表现。现在有很多人,批评"文革"也好、批评什么也好,他本身就带着"文革"的文风,对对方、对对方的文风和文理都没有好好地研究、理解,就凭着闭门瞎想,给对方乱扣帽子,特别是在网络上,这种情况可以说是铺天盖地的。我觉得对年轻人,特别是不专门写文章的人影响是很恶劣的。我们是中文系的同学,希望不要沾染这种文风。写文章其实就是有助于自己身心修炼,文章写不好,这个人心也不好。文章写得好的人,不见得他的人格就好;但是文风不好的人,人格一定是不好的。这可以看得出来,在网络上,在文章里就可以对别人大泼污水、无原则地戴帽子的人,那他这种人一旦有了权力,那是不可想象的。

我们总结一下钱锺书先生这篇《说笑》,总结一下它的几个主要特点。第一个是推理严密，论证透辟。这是它的第一个特点。这五段文字可以说是环环相扣、一气呵成，读起来很洒脱。但是你经过分析就会发现洒脱中有法度，细微处见功夫。它既有现实的针对性，又有哲理深度和普遍意义。他写这篇文章的时候，针对的就是1930年代林语堂、周作人他们提倡这个"幽默文学"，可是我们今天过了六十多年读起来，仍然有现实针对性。这说明它可以超越时空。好的文章是应该超越时空的，我们为什么说鲁迅是伟大的呢？就因为我们今天再一次遭遇鲁迅时代。我在1980年代的时候曾经发现鲁迅的文章对我们没多大用处了，鲁迅说的什么洋奴啊、什么西崽，我们都没有啊，但是到了1990年代以后，我发现我又一次置身于鲁迅时代。今天这时代、这社会上的种种现象和鲁迅先生笔下所写的是那样的酷似，所以今天，我们格外需要重读鲁迅，重读中国现代文学。那么钱锺书这篇文章呢，表现出一个学者力透纸背的严谨和那种高瞻远瞩的大家气魄。以前还没有人把钱锺书这篇散文加以特别重视。我觉得这是非常好的一篇文章。

第二个特点，钱锺书的这篇《说笑》材料丰富，左右逢源。我们看，他这文章的一个最大特点，或者是让人佩服之处、让我也佩服之处，是能够打通古今中外，信手拈来，纵横潇洒。他既扯得远，又收得拢。这篇文章一共引用中国古人的话三次，西方古人的话四次。啊，不到两千字的文章，引用中西人士的有关论述七次，从而把"笑"和"幽默"这两个词的词义挖掘得淋漓尽致，使读者享受到畅游于知识海洋的乐趣。你读钱锺书的文章会长知识的，读他的小说你都会长知识的。当你读一个人的文章，从他文章中长了知识之后，我觉得作为一个有良心的人，应该感谢作者。我总觉得我从谁那儿长了一点知识，我从谁那儿知道了一点东西，我应该感谢他。我觉得我们很多人都需要感谢钱锺书的。要做到这一点，除了要有渊博的知识积累外，更需要有灵活驾驭材料、打通知识壁垒的良好悟性。我们学术界也有很多大的学者，学富五车，如果有一个特别高水平的记者来问他，设计好问题，能从他肚子里掏出很多东西来，但是他自己写文章呢，未必就能够写出什么来。有很多人就是一个活的"藏书架"，就是一个"立地书橱"，他这个肚子里书很多，有十万本书可能都读进去了，但是呢，拿不出来。这也是我们教育上的一个问题。你光有，就好像一个电脑一样，电脑光有大容量，你说我这电脑是10000G的，你10000G能装那么多，里面都装满了，但是你这个操作系统很笨拙，这操作系统不灵，286的操作系统，那你装那么多东西有什么用啊？人就像电脑一样，一方面要大容量，装好多好多东西；另一方面你要能够灵活地调动，"啪"一点，你这东西就能够出来，说要什么就要什么，这才是一个一流的人才。我们说钱锺书就是这样的人才，我们现在把他叫作通才型的大学者。现在北大，还有我们中文系，不也是实行这样的战略么？我们应该培养通才型的人，不能把人培养成只会干一两种工作的当代打工仔。当然，我们现在社会需要千千万万的打工仔，但我觉得北京大学不能这样，这并不是说要培养我们的精英意识，我们一方面要紧紧地立足于我们脚下这片土地，关心下层人民、关心下层社会，但另一方面你自己要把自己培养成为一个精英。你要对得起把你送入这个校门的那股力量，是很多很多力量把你送进这个校园里来的，你要对得起这股力量，你不能满足于自己将来就是挣一碗饭吃。一个北京大学的人还愁没有饭吃吗？你如果从大一就开始考虑吃饭的问题，是可耻的。你现在应该考虑的是"安得广厦千万间"

的问题，这才是一个有出息的北大人。所以我们从现在开始，尽量把自己培养成通才，实在当不了通才的时候，再去随便混碗饭吃，容易得很，哪儿不能活人哪？这是钱锺书给我们的第二点启发。

　　第三点是，文笔幽默，才华横溢。这是这篇文章的第三个特点。我们看钱锺书这篇文章谈论的是一个非常严肃的话题，是吧，处处是严肃的话题，但是又处处引人发笑，而且这个"笑"是我们心悦诚服地跟着作者笑，而不是对着他笑。我觉得我也挺有学问的，但我还是要佩服他，我读了他这个文章之后，我就是佩服他。他这文章里到处闪烁着机智的火花和快乐的光芒。钱锺书自己这篇玲珑锦绣的美文本身就说明了什么是真正的幽默。他反对"幽默文学"，但他自己这篇文章就是幽默文章，这篇文章本身就立起一个什么叫"幽默"的样板。就是说，你们提倡的那个东西不行，我没有提倡"幽默文学"，但我这个才"幽默"呢，这才叫真正的幽默。真正的幽默是"我不幽默"。所以他做了这么一个幽默文学的样板，就令人信服地表明了，作者并不是反对幽默，而是反对故意提倡的幽默。你反对的东西，如果你自己不能做到，那么你这个反对，就失去了一半以上的力量，人家会说，你就是因为做不到才反对的。有的人说，我反对京剧、我最讨厌京剧，那么我首先问你，你会不会唱京剧？你不会唱，你不会唱你有什么资格反对京剧。你必须会，甚至精通，你反对起来才有权威性，才有说服力。当然，这是比较高的要求。有的人，从来没有读过武侠小说，他就反对武侠小说，说武侠小说是青少年的"鸦片"。自己都没有读过武侠小说，你凭什么说这是鸦片呢？你反对什么东西，自己首先要做到。是吧？比如说，我这几年对我们国家现行的高考制度，有很多批判。于是就有人批评我，说，孔庆东对现在的高考制度充满仇恨,我们可以想象,孔庆东一定是高考成绩很差。我说,我说出我的高考成绩吓死你,我是我们这个高考体制的最大的受益者,但是我不能因为我自己是受益者,我就不指出它的缺点,我们应该看到还有那么多没受益的人。它还有缺点,我们就应该指出缺点来。我反对它不是因为我做得不好,恰恰是因为我做得好,我才更有资格来反对它。幽默问题也是这样,一个没有幽默的人、一个没有幽默才能的人,你反对人家幽默,你这是没有说服力的;你如果反对我幽默,你必须比我更幽默,那你才有反对我的资格,我才会听你一言半语的。

所以说,钱锺书这里表现出,真正的幽默是一种高级的智慧和高尚的人生态度的自然流露,如果人为地去制造,就容易变成无聊的滑稽表演。从这里,我们可以感受到,钱锺书不仅是一位大学者,还是一位入情入理的文学大师,更是一位特别热爱生活,特别善于生活,活得非常有情调、有乐趣的、有滋有味、有血有肉的人。我觉得这才是钱锺书的魅力所在。一个人,只是特别有学问,我觉得这不能构成魅力。学问是什么东西啊?不就是老学这个学那个吗?学了很多本事,别人会做桌子,你除了会做桌子还会做沙发立柜什么的,我觉得这个学者就跟木匠铁匠没什么区别,就是你的一种职业。如果你不能贯通它,最后不能落实到对生活的态度上,啊,那就是说"层次不够",只能这么来评价。

2. 怎样写好文章

总之,《说笑》这篇文章能够使我们对1930年代的"幽默文学"现象有更全面、更深入的了解,对"幽默"和"笑"的意义有一种焕然一新的体悟，对钱锺书的创作风格有很鲜活的感受。也就是说，虽然文章不长，我们可以得到这么多的启悟，而且对我们自己的写作也有多方面的启发。我曾经跟一些老师谈过，我们北大中文系当然有很多优点，我们每个学科都是国家重点学科，都是全国一流的，但是我们有没有自己的弱项？有没有自己的这个"气门"？怎么来评价？我想，我们这个北大中文系，比如说我们没有写作课，我们很多年都没有写作课，还有我们旗帜鲜明地不支持学生当作家，我觉得这是不是值得讨论和值得反省的问题？我们学生的写作，往往自己要在黑暗中摸索很长时间，摸索到大三，才把文章写得像个样子，而在大一、大二的时候，我们所写的文章经常不如理科生。应该要承认，是吧，我们的高考成绩不如理科生，就包括语文成绩，1990年代以来，中文系的生源已经不是最优秀的了。我上个学期给数学学院的学生上课，那是我们中国最聪明的学生，那都是国际上拿了奥林匹克金牌回来的，是吧？我说，大一的学生比大一的学生，我们中文系的比不了你们。我讲课最后剩十五分钟，我说每个人写一首小诗交上来，哗哗哗写完了交上来，我说绝对比中文系的写得好，中文系到大三才能写出这个水平来，那是因为学了好几年了。我想，我们应该除了学习这些什么理论啊、什么框架啊，学习这些东西之外，要有意识地加强自己写作技能的训练。上了大学了，没人管你了，没人督促你了，干什么都行了，你的以后就靠你自己来塑造了。有人说老师是塑造灵魂的工程师，这是不对的，自己才是塑造自己灵魂的工程师。你自己将来成为什么，要由你自己来塑造。比如说，你是一个中文系的学生，四年以后文章写得都不通，这样的人，大有人在的。我有一个同学现在在一个出版社，经常跟人家签合同，合同写得都是文理不通的，经常写什么"如果双方发生什么纠纷,不得互相埋怨",就这种土话都往上写。我说这简直是给哥们丢脸嘛。

所以说,我觉得钱锺书的文章对我们写作也是有很大启发的。不过,应该实事求是地说,文章写到钱锺书这个水平也是很不容易的,你看上去他是行云流水、轻松愉快,就跟你看台上的京剧演员表演一样,你看他演得轻松,那这"台上一分钟,台下十年功"啊。要达到这一步,钱锺书读了多少书啊。那么现在呢,有很多人都在写杂文,喜欢写杂文,我们现在这个时代比以前进步了,应该说气氛、环境都比以前宽松了,民主、自由的程度都比以前扩大了,这是应该承认的,所以很多人都觉得杂文好写,这是一种误解。很多人以为,我写不了小说、写不了诗歌、写不了戏剧,就去写杂文吧,杂文不就是骂人嘛,骂人还不会吗?所以这是造成当下杂文写作低水平的一个重要原因。其实,在我看来,杂文是最难写的,因为写杂文需要一个全方面的积累。鲁迅为什么杂文写得好啊?是因为他什么都写得好,是因为他学问就做得好。鲁迅出道的时候都快40了,积累了多少年哪?是不是啊?就好像在华山绝顶练了几十年的功夫,然后突然下山来了,所以才武林中纵横无敌呀。鲁迅写杂文就像那个"飞花摘叶,皆可伤人"一样,首先是因为他有成套的武功啊。鲁迅所写的这个《中国小说史略》,现在没有人能够超越呀;鲁迅写的这个小说,没有人能够超越呀。是因为你别的都写得好,你积累得特别多,你才能轻轻一挥洒就点到要害上了,这样的人才能写出好的杂文来。不要一开始动不动就写杂文,这样会把自己文笔写坏了,也容易把人修炼坏了。这是给大家一个劝诫。

当然,除了读书之外,还有更重要的是对人生、对世界万物的思索和探寻。一个人不管有多少学问,你没有一个丰富广阔的内心世界,是写不出优美的文章来的。我们当老师的经常说,要给学生一杯水,你自己要有一桶水,但是你要想,要达到钱锺书这水平,那得多少水呀?那得滚滚长江的一江水吧。我之所以在今天选择跟大家一块儿欣赏钱锺书《说笑》这篇文章,在开头已经讲了,就是想联系我们当前这个环境,谈一谈如何理解"幽默"这个问题。

理解现代派诗歌的几个形式要素
——以中国1930年代现代派诗歌为例

吴晓东，1965年生于黑龙江勃利县，北京大学中文系教授、博士生导师。研究方向为中国现代文学史、中国现代小说、中国现当代诗歌和20世纪外国小说。

著有《阳光与苦难》《象征主义与中国现代文学》《中国现代文学史》(合著)、《记忆的神话》《20世纪外国文学专题》《镜花水月的世界》《从卡夫卡到昆德拉——20世纪的小说与小说家》《漫读经典》《文学的诗性之灯》《废名·桥》《二十世纪的诗心》《文学性的命运》等。

这堂课安排我讲诗。但说实话我是不懂诗的，今天只好姑妄讲之，大家随便听听。

小说、诗歌、戏剧和散文这四种体裁中，现代派诗歌相对来说是最难懂的。以往在讲课过程中，不少同学说老师讲的这一首诗他们理解了，但遇到别的诗歌时还是读不懂，因此希望讲点阅读诗歌的方法。这次课的目的，一是主要解读以戴望舒、卞之琳为代表的1930年代现代派的几首诗歌，二是从中归纳、介绍几个进入现代派诗歌的具体角度。

从便条到诗

其实古今中外关于诗歌的理论最发达，书也最多，比如关于小说叙事学的书差不多是从20世纪中期才渐渐兴起，而关于诗歌的理论至少从柏拉图时代的《诗学》就开始了，但最复杂、最莫衷一是的领域也是诗歌。首先，关于什么是诗便是一个很难回答的问题。研究诗歌的人一般都知道苏格兰作家鲍斯威尔（1740—1795）在《约翰生博士传》一书中与约翰生的一段对话（约翰生是美国18世纪非常有名的作家和词典编撰家）：

鲍斯威尔问：先生，那么，什么是诗呢？

约翰生答：唉！要说什么不是诗倒容易得多。我们都知道什么是光，可要说明它却不那么容易。

这话意味着给诗下定义是十分困难的事,而指出什么不是诗倒相对容易。但果真如此吗?什么不是诗?留言条肯定不是诗,比如我们可以看看这一个留言条:

留言条

我吃了放在冰箱里的梅子,它们大概是你留着早餐吃的,请原谅,它们太可口了,那么甜又那么凉。

这看上去是一个典型的留言条,一个人偷吃了别人冰箱里的杨梅,觉得不好意思,想留个便条道一下歉。可实际上它却是20世纪美国大诗人威廉斯的一首非常有名的诗。我们再把它分行重新读一下:

留言条
我吃了
放在冰箱里的
梅子
它们大概是
你留着早餐吃的
请原谅
它们
太可口了
那么甜
又那么凉

理解现代派诗歌的几个形式要素

一个留言条分行写,就是一首著名的诗。这意味着诗歌尽管很难从本体意义上给它下定义,但它仍然有一些形式性的因素或者说程式化的要素,决定一首诗之所以是诗。其实我们分析一首诗也往往并不是从诗的定义和本质入手的,而往往是从诗歌的形式要素入手的。今天我就借助对中国1930年代现代派诗歌的解读,简单谈一下诗歌形式要素。

诗歌形式的五个要素

1. 分行

首先一目了然的就是分行。即使是一篇通讯报道,分了行也会有诗的感觉,美国学者卡勒举过一则通讯的例子:

昨天在七号公路上一辆汽车时速为一百公里时猛撞在一棵法国梧桐上车上四人全部死亡。

下面试试把这则通讯分行朗诵:

昨天
在七号公路上
一辆汽车
时速为一百公里时
猛撞

在一棵

法国梧桐上

车上四人

全部

死亡

朗诵时再加以悲哀的调子，还真是一首不错的诗呢。这一点很简单，不多谈。

2. 韵律

从韵律开始，进入了诗学相对复杂的层面。很多背过唐诗的人从小就会感到古体诗的韵律美。几岁的孩子可以什么意思也不懂但一口气背出几十首唐诗来。其中起作用的就是韵律感。为什么现在几乎所有两三岁的孩子，父母都逼着他们背唐诗，而不背郭沫若的《女神》呢，一方面他们认为唐诗有更永恒的经典的文学价值，另一方面也在于唐诗有强烈的韵律感。语言本身是有音乐性的，这种音乐性——一种内在的音节和韵律的美感不仅限于诗，日常语言中也潜在地受音节和韵律的制约。现代诗学的鼻祖雅可布逊曾举了个日常对话的例子：

问：你为什么总是说"约翰和马乔里"而不说"马乔里和约翰"？你是不是更喜欢约翰一些？

答：没有的事。我之所以说"约翰和马乔里"，只不过因为这样说更好听一些。

一个女孩子把"约翰"放在前面说，就引起了另一个女孩子的猜疑。把"约翰"放在前，正是出于音节的考虑。之所以"约翰和马乔里"更好听，是因为我们在说话时总会无意识地先选择短音节的词。比如，"五讲四美三热爱"，换成"五讲三热爱四美"，就怎么听怎么别扭。小说中也有韵律感的例子。有两个小说中的句子给我留下深刻印象，一下子就记住了。一是乔伊斯《都柏林人》中的句子："整个爱尔兰都在下雪。"一是巴乌斯托夫斯基《金蔷薇》中的一句："全维罗纳响彻了晚祷的钟声。"两句话当时就给我一种震动感。很难说清这种震动从何而来，但"爱尔兰""维罗纳"在音节上听起来的美感因素可能是其中重要原因。假如把上两个城市换一个名字，如"全乌鲁木齐响彻了晚祷的钟声""整个驻马店都在下雪"，就似乎没有原来的韵律美。所以声音背后是有美感因素的，而且还会有意识形态因素，有文化和政治原因。比如有研究者指出，我们对欧美一些国家名字的翻译，用的都是特好听的词汇：英格兰、美利坚、法兰西等等，听起来就感到悦耳；而对非洲和拉丁美洲小国的名字的翻译，洪都拉斯、危地马拉、毛里求斯、厄瓜多尔，听上去就巨难听，一听就感到是一些蛮荒之地。这可以说是殖民地强权历史在语言翻译中的一个例子。

现在我们来看台湾诗人郑愁予写于1954年的《错误》，它就是韵律感极强的一首诗：

> 我打江南走过
> 那等在季节里的容颜如莲花的开落
> 东风不来，三月的柳絮不飞
> 你的心如小小的寂寞的城

> 恰若青石的街道向晚
> 跫音不响，三月的春帷不揭
> 你底心是小小的窗扉紧掩
> 我达达的马蹄声是美丽的错误
> 我不是归人，是个过客……

开头两句中"走过""开落"在韵脚上呼应，"东风不来""跫音不响"在音节、字数、结构上也有对应的效果。本来单音节词，尤其是介词、连词、判断词（"是"）在诗中一般都尽量回避，但《错误》却大量运用，如"打""如""是"……反而使诗歌的内在音律更起伏跌宕。尤其是"达达的马蹄"有拟声效果，朗朗上口。诗一写出，有评论家说整个台湾都响彻了达达的马蹄声，到处都背诵这首诗。

中国现代诗中最注重诗歌的韵律性的是"新月派"诗人，如闻一多、徐志摩、朱湘等，代表作有徐志摩的《再别康桥》和《雪花的快乐》等。下面我们读《雪花的快乐》：

> 假如我是一朵雪花，
> 翩翩的在半空里潇洒，
> 我一定认清我的方向——
> 飞扬，飞扬，飞扬，——
> 这地面上有我的方向。
> 不去那冷寞的幽谷，
> 不去那凄清的山麓，
> 也不上荒街去惆怅——

飞扬，飞扬，飞扬，——
你看，我有我的方向！

在半空里娟娟的飞舞，
认明了那清幽的住处，
等着她来花园里探望——
飞扬，飞扬，飞扬，——
啊，她身上有朱砂梅的清香！

那时我凭借我的身轻，
盈盈的，沾住了她的衣襟，
贴近她柔波似的心胸——
消溶，消溶，消溶——
溶入了她柔波似的心胸！

　　这首诗我一直记着的是其中的"朱砂梅的清香"，为什么"朱砂梅的清香"让我难以忘怀呢？我说不清楚。但是它至少音节很美，像"爱尔兰""维罗纳"，另外朱砂梅是具体的，而具体性是文学的生命。

　　关于中国现代诗中韵律美的顶峰，有人说是现代派诗人戴望舒的《雨巷》（1928），它使戴望舒一举成名，得到了雨巷诗人的称号。叶圣陶甚至说《雨巷》替新诗的音节开了一个新纪元：

　　撑着油纸伞，独自

彷徨在悠长、悠长
又寂寥的雨巷
我希望逢着
一个丁香一样地
结着愁怨的姑娘

她是有
丁香一样的颜色
丁香一样的芬芳
丁香一样的忧愁
在雨中哀怨
哀怨又彷徨

她彷徨在这寂寥的雨巷
撑着油纸伞
像我一样
像我一样地
默默彳亍着
寒漠、凄清,又惆怅

她默默地走近
走近,又投出
太息一般的眼光
她飘过

像梦一般地
像梦一般地凄婉迷茫

像梦中飘过
一枝丁香地
我身旁飘过这女郎
她静默地远了、远了
到了颓圮的篱墙
走尽这雨巷

在雨的哀曲里
消了她的颜色
散了她的芬芳
消散了,甚至她的
太息般的眼光
丁香般的惆怅

撑着油纸伞,独自
彷徨在悠长、悠长
又寂寥的雨巷
我希望飘过
一个丁香一样地
结着愁怨的姑娘

这首诗的成功处在于运用了循环、跌宕的旋律和复沓、回旋的音节，衬托了彷徨、徘徊的意境，传达了寂寥、惆怅的心理，间接透露了痛苦、迷茫的时代情绪，旋律、音节的形式层面与心理气氛达到了统一。但有意味的是戴望舒本人却不喜欢这首诗，也许是因为它太雕琢、太用心、太具有音乐性。戴望舒很快就找到了新的诗学要素，取代了《雨巷》的是《我的记忆》。戴望舒的好友杜衡在《望舒草》序中说：从《我的记忆》起，戴望舒可说是在无数的歧途中间找到了一条浩浩荡荡的大路，并完成了"为自己制最合自己的脚的鞋子"的工作。这浩浩荡荡的大路也是1930年代一代现代派诗人所走的路，其诗学的重心就在于"意象性"。

3. 意象性

意象性是诗歌艺术最本质的规定性之一。诗句的构成往往是意象的连缀和并置，这一特征在中国古典诗歌中最突出，诗句往往是名词性的意象的连缀，甚至省略了动词和连词。如温庭筠的《商山早行》"鸡声茅店月，人迹板桥霜"，马致远的《天净沙》"枯藤老树昏鸦，小桥流水人家，古道西风瘦马"。这种纯粹的名词性意象连缀，省略了动词、连词的诗句，在西方诗中是不可想象的。可以对照一下唐诗的汉英对译，比如王维的诗"日落江湖白，潮来天地青"，它翻译成英语是这样的，"As the sun sets, river and lake turn white"。"白"在杜甫诗中可以是一种状态，在汉语中有恒常的意思，"白"不一定与"日落"有因果关系，但是在英语翻译中，必须加上表示变化过程和结果的动词 turn，前后是因果关系，而且必须有关联词 as。又如杜甫的诗"国破山河在，城春草木深"，译成英语则是这样，As spring comes to the city, grass and leaves grow thick",其中表示时间性的关联词as、动词comes、grow都得补足。从中我们可以看出意象性尤其是汉语诗歌艺术最本质的规定性之一。

现代派诗歌的突出特征就是意象性。《我的记忆》有鲜明的意象性特征：

我的记忆是忠实于我的
忠实甚于我最好的友人。

它生存在燃着的烟卷上，
它生存在绘着百合花的笔杆上，
它生存在破旧的粉盒上，
它生存在颓垣的木莓上，
它生存在喝了一半的酒瓶上，
在撕碎的往日的诗稿上，
在压干的花片上，
在凄暗的灯上，
在平静的水上，
在一切有灵魂没有灵魂的东西上，
它在到处生存着，
像我在这世界一样。

用实用性语言来说，这一大段诗一句话就够了：我的记忆生存在一切东西上。但戴望舒却罗列了一系列意象，这正是诗歌语言之所以区别于日常语言的本质之处，是意象性的典范之作。另一个典型的例子是废名的《十二月十九夜》：

> 深夜一支灯，
> 若高山流水，
> 有身外之海。
> 星之空是鸟林，
> 是花，是鱼，
> 是天上的梦，
> 海是夜的镜子。
> 思想是一个美人，
> 是家，
> 是日，
> 是月，
> 是灯，
> 是炉火，
> 炉火是墙上的树影，
> 是冬夜的声音。

香港文学史家司马长风说这首诗"不但没有韵，而且不分节，诗句白得不能再白，淡得不能再淡，可是却流放着浓浓的诗情"。它堪称"意象的集大成"，诗人的联想由"一枝灯"的意象延展开去，"灯"在深夜中给诗人一种知音般的亲切感，由此联想到"高山流水"的典故。继而触发了一系列比喻，既以具象的意象解释具象的意象，又以具象的意象解释抽象的意象（"思想"）。这首诗的另一值得关注之处在于，它几乎所有的意象都是具象的，是在现实世界可以找到对应的美好事物，然而被诗人连缀在一起，总体上却给人一种非现实化的虚幻感，似乎成为废名参禅悟道的世界，具体的意象最终指向的却并非是实在界，而是想象界，给人一种可望而不可即的缥缈感，所以司马长风说它洋溢着凄清夺魂之美。

4. 风格

从意象性顺便谈及的是"风格"。意象性是诗歌的普泛的属性，本身没有风格特征，但诗人选择哪一种类型的意象却标志着风格。比如法国象征派大诗人波德莱尔写诗就不回避看上去丑恶的意象，甚至专门写腐烂的尸体，因此被称为恶魔主义诗人。波德莱尔发明的是"审丑"的艺术，专门写尸体。如他的著名的《腐尸》，写一具腐烂的尸体，最奇怪的是这首诗竟是献给他的爱人的：

> 爱人，想想我们曾经见过的东西，
> 在凉夏的美丽的早晨：
> 在小路拐弯处，一具丑恶的腐尸
> 在铺石子的床上横陈，
>
> ……
>
> 天空对着这壮丽的尸体凝望，
> 好像一朵开放的花苞，

> 臭气是那样强烈，你在草地之上
> 好像被熏得快要昏倒。
>
> 苍蝇嗡嗡地聚在腐败的肚子上，
> 黑压压的一大群蛆虫
> 从肚子里钻出来，沿着臭皮囊，
> 像粘稠的脓一样流动。

这首诗我当年曾经在课堂上请一位女同学朗读，她读着读着就读不下去了，最后是换了一个高大威猛坚强的男生才把它读完。最后，波德莱尔把联想引向了爱人：

> ——可是将来，你也要像这臭货一样，
> 像这令人恐怖的腐尸，
> 我的眼睛的明星，我的心性的太阳，
> 你，我的激情，我的天使！

波德莱尔因此获得了"尸体文学的诗人"的称呼。这首《腐尸》则使人想起鲁迅《野草》中的《立论》，体现的是一种直面更真实也更本质的存在的精神。20世纪屈指可数的几个大诗人之一里尔克年轻时曾给大艺术家罗丹当过秘书，他说罗丹有一次对他感叹："我终于理解了波德莱尔的这首《腐尸》了，波德莱尔从腐尸中发现了存在者。"《腐尸》的意象反映的是生存、死亡等人类更本质的秘密。

与波德莱尔一对比，我们就可以看出，中国1930年代的一大批现代派诗人,尤其是戴望舒、何其芳体现出的是极端的唯美主义倾向,都是"古典美"的体现者,中国的现代派诗人在意象的选择上表现出一种"古典美"的风格。我们今天举过一个代表性的例子,这就是郑愁予的《错误》,它体现的就是古典美。它的意象有浓厚的传统的江南文化气息,让人神往。同时有旧诗词的氛围,有古典化倾向。容颜、莲花、柳絮、青石、春帏、跫音……都是古典诗词积淀甚久的意象,它标志了一个唯美主义抒情时代的诗风,风格体现为古典美,是一种极端的唯美主义倾向。这首诗的影响在近几年的新派武侠小说中也体现了出来。温瑞安的一部武侠小说就借用了《错误》作小说的回目,其中一回是:"我达达的马蹄是他妈的错误。"另一回则是:"我叽里呱啦的马蹄是美丽的错误。"温瑞安正像西方现代派画家为蒙娜丽莎添小胡子一样,是一种后现代的反讽写作,是调侃,有游戏化的迹象,是后现代主义美学的充分表现,正反衬了《错误》(1954)的唯美主义。

5. 情境

分析现代派诗歌,更好的一个角度是情境。它不完全是意境,而有情节性,但其情节性又不同于小说等叙事文学,其情境是指诗人虚拟和假设的一个处境,按卞之琳所说,是"戏剧性处境"。如他的《断章》,是现代诗中最著名的作品之一:

你站在桥上看风景,
看风景人在楼上看你。

> 明月装饰了你的窗子,
> 你装饰了别人的梦。

这是现代诗歌史上最有名的诗。小说家叶兆言——叶圣陶的孙子写过一部长篇小说叫《花影》,把这首诗作为题词,陈凯歌根据《花影》改编的电影《风月》也同样把它作为电影的题词——虽然这是陈凯歌拍得最糟的电影之一。单纯从意象性角度着眼,就无法更好地进入这首诗。虽然小桥、风景、楼、窗、明月、梦等也是有古典美的意象,但诗人把这一系列意象都编织在情境中,表达的是相对主义观念。单一的你和单一的看风景人都不是自足的,两者在看与被看的关系和情境中才形成一个网络和结构。这样,意象性就被组织进一个更高层次的结构中,意象性层面从而成为一个亚结构,而总体情境的把握则创造的是更高层次的描述,只有在这一层次上才能更好地理解卞之琳的诗歌。卞之琳的很多诗歌都是情境诗的代表作。再看《航海》:

> 轮船向东方直航了一夜,
> 大摇大摆的拖着一条尾巴,
> 骄傲的请旅客对一对表——
> "时间落后了,差一刻。"
> 说话的茶房大约是好胜的,
> 他也许还记得童心的失望——
> 从前院到后院和月亮赛跑。
> 这时候睡眼朦胧的多思者
> 想起在家乡认一夜的长度

于窗槛上一段蜗牛的银迹——
"可是这一夜却有二百浬?"

　　诗人拟设的是航海中可能发生的情境。茶房懂得一夜航行带来的时差知识,因而骄傲地让旅客对表。乘船的"多思者"在睡眼朦胧中想起自己在家乡是从蜗牛爬过的痕迹来辨认时间的跨度的,正像乡土居民往往从猫眼里看时间一样。而同样的一夜间,海船却走了二百海里。如同《断章》一样,《航海》也表现出一种相对主义的观念,即时空的相对性,同时也可以看出航海所代表的现代时间与乡土时间的对比。骄傲而好胜的茶房让旅客对表的行为多少有点可笑,但航海生涯毕竟给他带来了严格时间感。这种时间感与乡土时间形成了对照。最终,《航海》的情境中体现出的是两种时间观念的对比,而在时间意识背后,是两种生活形态的对比。

　　最后再来看《错误》。它更体现了一种情境的美学。它首尾有故事性,令人联想起一个有淡淡的伤感的哀婉的邂逅故事。我们不妨设想,一个江南女子倦守空闺,苦苦等候出远门的意中人,中间几个比喻暗示出女主人公的形象,描绘了一颗深闺中闭锁的心灵。这时候,一个游子打江南小城走过,他可能邂逅了这个女子,也可能暗恋上了她,抑或两个人还发生了爱恋的故事。但一切不过是美丽的错误,最终我只是一个匆匆的过客,在达达的马蹄声中,美丽的故事终于结束了。我曾经让同学根据这首诗歌想象一下可能发生的故事,结果同学们编造的故事有的非常复杂,差不多像一出台湾的电视连续剧。但是再复杂的剧本,它的故事也是确定的,而《错误》这首诗的想象情境却是不确定的、多义的,这就是诗歌营造的情境,它有故事性,但毕竟不是小说。所以它虚拟的情境就有一种复义性，提供了多重想象的余地，也容纳了多重的母题。首先它是关于江南的一种文化想象。江南可以说是让无数中国作家魂牵梦绕的地方，比如我们北京大学中文系85级的系友、1991年自尽的诗人戈麦，我最喜欢他几首关于南方的组诗。如《南方》：

> 像是从前某个夜晚遗落的微雨
> 我来到南方的小站
> 檐下那只翠绿的雌鸟
> 我来到你妊娠着李花的故乡
>
> 我在北方的书籍中想象过你的音容
> 四处是亭台的摆设和越女的清唱
> 漫长的中古，南方的衰微
> 一只杜鹃委婉地走在清晨

戈麦是一位更喜欢生活在自己的想象世界中的诗人。在自述中对南方生活的描绘，就是他想象中的南方。但是我们关于南方的想象从哪里来的呢？不知别人怎样，我和戈麦的南方想象都存在于文本之中，存在于古典诗词中，存在于像郑愁予的这首《错误》中。我第一次去南方之前，关于南方的想象都来自于文学作品，我早已经建构了关于南方的形象。到了南方之后才发现真正的南方和我想象中的并不一样。奇怪的是，以后我再想起南方，脑海里出现的仍然是文本中的想象化的南方，而不是现实中我见过的南方。这就是文化想象的力量。又比如关于北京这个城市，对于我来说，也存在于想象中。《错误》这首诗在我的南方想象中就占有非常重要的地位。这就是诗化的江南，或者说是古典化的江南。

同时，它也是关于游子的母题，让人想起辛弃疾的词："落日楼头，断鸿声里，江南游子，把吴钩看了，阑干拍遍，无人会，登临意。"这是宋词中不可多得的让人感慨的诗句。

当然它又是深闺的母题，这个深闺紧锁的形象，你可以把它看成少女，也可以看成少妇。无论是少女还是少妇，这在季节里苦苦等待的形象，如莲花的开落的形象同样让我们心动。

最后是邂逅的主题。"美丽的错误"暗示了一种邂逅或失之交臂的普泛的人生境遇，是我们每个人都可能经历过或体验过的，隐含了丰富的美感内容。所以最终我们从情境的视角来理解《错误》，会领悟到其中一种无奈的命运感。这就是它的最核心的"邂逅"的主题。

"邂逅"是文学家酷爱的情境之一，它的奥秘就在一次性。而关于一次性的思考，最深刻的小说家是捷克流亡作家昆德拉。他的最重要的小说是《生命中不能承受之轻》，我调查过，这也是北京大学中文系的学生读得最多的小说，读过这部小说的超过半数。小说一开头就在思考关于"一次性"和尼采关于"永劫回归"的命题，什么是"永劫回归"，昆德拉的意思是，命运只有是轮回的，才有重复，才有规律和意义，否则都只具有一次性，就会像引用一句德国谚语说的那样：只发生过一次的事就像压根儿没有发生过，而我们所说的生活，也就成了一张没有什么目的的草图，永远也完成不了。我的一个同学当年曾一遍遍地给我们讲他在一个假期在安庆坐长江轮渡时的体验。

他说他那一次一直远远地注视着一个在船头迎风伫立的女孩子，女孩的红色的纱巾或裙裾迎风飘举。他说那是他有生之年见到的最美丽的一个女孩以及最动人的形象。然而我的同学说他当时最真切的体验是一种彻底的绝望，因为他知道以后可能永远没有机会再遇上这个形象，这次机遇就成为一次性的，留给人的就是一种无限怅惘的感觉，甚至是一种绝望感。按昆德拉的思考，只发生过一次的事就像压根儿没有发生过，我们就可以说，我的同学真的遇见过那个最动人的景象吗？这一次性的机遇带给他的，是一种什么样的意义呢？这就是邂逅的主题以及它的一次性蕴涵的深沉的意味。

我知道很多人都喜欢日本画家东山魁夷的一篇散文《一片树叶》，里面说："无论何时，偶遇美景只会有一次。如果樱花常开，我们的生命常在，那么两相邂逅就不会动人情怀了。花用自己的凋落闪现出生的光辉，花是美的，人类在心灵的深处珍惜自己的生命，也热爱自己的生命。人和花的生存，在世界上都是短暂的，可他们萍水相逢了，不知不觉中我们会感到无限的欣喜。"日本人喜欢樱花，就是因为它的短暂性，樱花是一种比较有意思的花，一棵树单独看不觉有什么了不起，但是漫山遍野地看，就觉得无比灿烂。在樱花开放时节，日本人可以说是倾巢出动，日本电视台还有关于樱花的锋线的预报，预报现在樱花在什么地方盛开。有人会一直从日本的南端追踪到北海道。泰戈尔说，生如夏花之灿烂，死如秋叶之静美。樱花给人的就是这种感觉，既灿烂，又短暂。

东山魁夷的《一片树叶》是影响很大的散文，当年哲学家李泽厚就曾经在《华夏美学》中引用过这篇散文，谈他的生命本体问题："人和花的生存，在世界上都是短暂的，可他们萍水相逢了，不知不觉中我们会感到无限的欣喜。"东山魁夷的感受是欣喜，但是李泽厚认为：

> 这种欣喜又是充满了惆怅和惋惜的……这种惆怅的偶然，在今日的日常生活中不还大量存在么？路遇一位漂亮姑娘，连招呼的机会也没有，便永远随人流而去。这比起"茜纱窗下，我本无缘；黄土垄中，卿何薄命"，应该说是更加孤独和凄凉。所以宝玉不必去勉强参禅，生命本身就是这样。生活，人生，机缘，际遇，本都是这样无情、短促、偶然和有限，或稍纵即逝，或失之交臂；当人回顾时，却已成为永远的遗憾……不正是从这里，使人更深刻地感受永恒本体之谜么？它给你的感悟不正是人生的目的（无目的）、存在的意义（无意义）么？它可以引起的，不正是惆怅、惋惜、思索和无可奈何么？

李泽厚启示我们生命本体充满了偶然性，邂逅之美的本质就表现在它是偶然性与一次性的。正因如此，邂逅才令人难以忘怀。所以东山魁夷说无论何时，偶遇美景只会有一次，两相邂逅就不会动人情怀了。当然我们必须说，一次性的邂逅留给我们的有刻骨铭心的回忆，但是两相邂逅则会有故事。钱锺书在他的小说《围城》中就告诫读者怎样制造故事，他说送女孩子礼物千万不能送书，而应该把书借给她们，这样一借一还就有了两次见面的机会，很多故事就是这样开始的。我当年有个写诗的同学，遇到好看的爱情小说都要买两本，其中一本就是专门准备借给女孩子的。

头足倒置的繁华梦

——从"海上花"说起

韩毓海,1965年生于山东烟台,北京大学中文系教授、博士生导师,北京大学习近平新时代中国特色社会主义思想研究院副院长。

著有《五百年来谁著史》《一篇读罢头飞雪,重读马克思》《新文学的本体与形式》《锁链上的环:启蒙主义文学在中国》《摩登者说》《红玫瑰到红旗:变迁的中国现代观》《天下:江山走笔》等。

"海上花"这种说法,最初来自1904年出版的一部小说,叫《海上花列传》。

这个小说的开头很现代,甚至有些诡异。说是有一个人叫赵朴斋,做梦在海上踩着莲花跑,忽然一下子踩空了,头足倒置(呈倒栽葱式)掉了下来,爬起来一看,竟然到了上海华洋租界的边界——陆家嘴,于是这位赵朴斋就欣欣然进入陆家嘴找他的老舅,他的老舅就领着他,从此一一领略大上海的繁华。

海上奇书

1. 诡异的开头

小说开头之"现代"的地方,首先就在于它巧用"海上生莲花"的比喻,以此来预示上海这座现代大都市的存在其实是"头足倒置的幻象",换句话说,它寓意之奥妙,首先在于:"城市"如同"小说"一样,是被"创造"出来的,是"我们头脑的产物"。而我一向以为:对于所有关心"城市课题"、特别是从精神史角度从事城市研究的人而言,这点觉悟其实也便是研究城市问题之工作"入门"的前提。

正如费孝通先生指出的,城市并非一种"自然"的存在,起码与农村相比,城市乃是规划、组织和被建造乃至创造、规划出来的,或者说:城市从来都是"人工的"、规划的产物——这就是为什么,自从城市产生以来,农村就与"自然"画上了等号,与城市以示区别,这也就随之难免——在人类"战胜和征服自然"的口号下,城市消灭和征服农村,被认为是理所当然的"进步"。

其次，说《海上花列传》这个小说开头很现代，还不仅因为它开头就预示着上海这个城市是规划和人工的造物，更因为它以一个意象来暗示，城市是以它的"头脑"，倒立在地面上的。小说的主人公之所以采用"头朝下"的方式进入城市，恰如19世纪末上海的小报所预言：以"脑力劳动"立足于世的方式，将为"20世纪新饭术"，这也就是说，未来城市的马路上，将到处充满"用脑袋行走"的人。基于上述两点，我们说这个小说的开头是非常现代的。

《海上花列传》1894年出版，作者叫韩邦庆，字子云，是上海人。他的父亲做过刑部主事，幼年家里面还是有一点钱，他自幼随着他的父亲在北京住，后来到南方去参加科举考试——当时的科举考试是你是什么地方人，就要回什么地方考——但是他多次考举人都没有考上，在长期的科举考试期间旅居上海，又被排斥在当时的文化霸权之外不得志，故难免要幻想和构思一个新的乐园。

关键是，这个人当时大概穷极无聊，比较缺钱，可是他除了头脑之外又别无生财之道，故也只能用他的脑袋"在世界上立足"，而《海上花列传》，也就是韩邦庆在为《申报》写稿的时候出的"海上奇书"之一。《申报》是洋务运动的一个副产品，这种报纸自近代以来，就养活着一大批身无分文和长技，仅仅靠"头脑"混饭的"写手"。所以说，现代社会这种所谓"头足倒置"的形象，其实最可以从大量被称为"脑力劳动者"的人身上看到，而这个韩邦庆，就是这样一位以他的头脑，"倒立"在城市的大地上谋生的"城市劳动者"的先驱，这种以头脑立足于城市，采用"头足倒置"法在城市行走的人们，如今当然已经蔚为大观，《申报》特别是它的"副隽"，其实也就是当下中国各种各样都市报的祖宗。可惜的是，《海上花列传》出版的时候韩邦庆就死了,这个人只活了 39 岁,算是英年早逝。

2. "城市机器"和"机器人"的诞生

在近代欧洲,最早把城市"构思"出来的人,大概是托马斯·莫尔,他是《乌托邦》(1516)一书的作者,也是一个命不太好的人,莫尔起先在亨利八世时担任要职,但这个古板严谨、头脑机械的莫尔,偏偏逢上那亨利八世是个情种——结果非常不幸,莫尔由于反对国王的多情和离婚,先是被关进伦敦塔,1535 年又被送上断头台。

托马斯·莫尔在当下的教科书里,被说成英国"空想社会主义"的先驱者,可见这个人是非常先知先觉的。这尤其表现在:在当时他就看到了机器和机械的伟大力量,所以就认为,如果人行为如钟表,有了机械那样的伟大力量,如果一个城邦能如同机器那样组织得天衣无缝,并且不停运转起来,那它肯定会无比强大。托马斯·莫尔的《乌托邦》,其实就是随后出现在欧洲的"城市共和国"的最初想象和蓝本。

莫尔所发明的城邦,名字就叫作"城市机器"——也就是像机器一样组织起来、不停运转的"乌托邦",这样一个城市机制在欧洲的形成,其实是伴随着工业革命的大机器生产才得以诞生,或者说,在工业革命中才成为"现实"的,尽管早在工业革命之前,它其实已经被构思出来了。把它构思出来的托马斯·莫尔,与其说是"空想社会主义者",倒不如说是空想"现代主义者",或者是"现代"乌托邦的想象者。

为什么这样说呢?——因为所谓"现代",按照康德的说法,也就是一种规划、一个设计、一个"方案"。所以康德才说,启蒙是一项对"主体"的规划,我们今天经常引用哈贝马斯一句话说:现代性是一个"未完成的方案",其实也是这个意思,即"现代"首先是从头脑中作为"观念"诞生的。现代城市作为一项规划、一个在建设中形成和落实的"未完成的方案",就最为准确地表达了现代进程的这一面。

用马克思的话来说就是,城市是这样一种"现代造物",它在现实中还不存在的时候,已经在人的头脑中被理性地、观念地构建起来了,在这个意义上,城市其实是典型的"形而上学的造物",是观念的产物。一切形而上学,在马克思看来,都不能不是"头足倒置的幻象"。韩邦庆是现代中国第一个发现了城市是个"头足倒置的幻象"的人,作为近代中国用脑袋立足于世的人,他揭示了城市观念化的、或者规划的那一面。

但是在那个时代的中国,像莫尔那样从机器的观念来构想未来的城邦的,还并不始于韩邦庆,而其实主要的倒是一大批"科学乌托邦小说",比如当时非常有影响的科学乌托邦小说《法螺先生传》就很典型和突出,所谓"法螺"就是魔术,"吹法螺"也有吹牛、制造幻象、观念的意思,这一大批科学乌托邦小说,对于我们研究中国的"科学世界观"的形成,对于我们理解中国的"现代的起源"非常有价值,只是可惜——这些科学乌托邦小说的作者们,如今大都已不尽可考了。

今天学术界研究比较多的,其实是相对晚近的城市乌托邦小说,比如出现在 30 年代上海的新感觉派小说。新感觉派小说产生的背景是中国的 30 年代,当时随着上海成为国际大城市,一个"城市机器"的乌托邦也就终于出现在东方地平线上,自那个时代起,现代就被理解为"新感觉"和"新观念","机器"就是先进、文明、现代和力量的象征,这样的现代信念,从此也在中国潜移默化、得以确立,比如说,直到1976年,"农业机械化",即以机械和工业化的方式改造农村,还位居我们的"四个现代化"伟大方案之首,今天我们谈到现代的时候,往往强调"观念更新"乃至"全新的感觉"。

这其实就是为什么,在1930年代的中国,在以穆时英和刘呐鸥为代表的"新感觉"派小说中,充满了对于机器的描写,甚至小说的叙述节奏也采用了机器的节奏,小说的视角更多地采用了一种先进机器——摄影机的视角,或者说,摄影机的眼代替了人的眼。

而同时,与这种对未来世界、未来城邦的"理性"规划相伴随的,就是对于人的规划;或者说,与"城市机器"这一乌托邦观念相关的,就是对于"主体机器",或者"机器人"的构想。

现代世界上第一个"机器人",是由日本的和平主义者西村真琴在1920年代初创造的,西村真琴是一位生物学家,在日俄战争的时候,他曾跑到中国东北调查物种,还收养了一批中国孤儿。他创造的机器人的名字叫"学天则",这个名字本身就体现了它是"用科学世界观武装起来的钢铁化身",用斯大林同志的话说,那就是"用特殊材料构成的"。而"学天则"的面容和形象,据说是它的创造者按照东西方人的优点综合设计而成。"学天则"在1926年的东京博览会上公开展示,引起巨大轰动——在这种机器人身上,凝聚着的,其实是对于"20世纪的新人类"的热烈想象。

因此,所谓"机器人"——并不是指单纯指机械装置,而是指具有强烈的自律能力和组织能力的人,从知性上说,也就是指"理性人",一种具备崭新的世界观——"科学理性观"的人,从感觉上说——它的呼吸有着机器的强大节奏，其视野如同摄像机之镜头，所谓身躯坚强似钢铁、目光炯炯如电灯——总之在规划了世界之后，那些先知先觉者们同时完成的，就是对于"人"的想象，完成的是对于现代主体的规划。

当然，这样的"人"或者此类"主体"，在17世纪的欧洲，也就是托马斯·莫尔那个时代的欧洲，还根本不存在，在那个时候，它当然还是一种不折不扣的对新人类的想象和"吹法螺"，特别是，它还只能存在于刚刚从神学中脱胎出来、带着非常强烈的法螺色彩的"启蒙哲学"和"启蒙哲学家"的玄思那里，更准确地说就是：在德国古典哲学中作为"观念"而存在。所以说，我们务必要牢记的是："什么是启蒙"呢？想象和创造这样一种生活在乌托邦里的"新人"、新的主体，城市机器中的机器人，其实也正是启蒙的目标。

今天，我们之所以说到"现代"就要说到启蒙、理性、主体这些"观念"，说到"现代人"就往往会说到规划、设计等有意识和目的的行动的"主体"，而且说到"现代社会"往往就情不自禁地说到"城市"，是因为这些看似无关的事物和概念其实都是有关联的，或者说，这里面其实大有深意，值得我们仔细回味。

3. 康德的启蒙哲学

启蒙哲学的祖宗，当然一般而言就是康德。因为按照康德的说法，"新的人"就是规划、设计的产物，它既是一种被称为"主体"的观念，也是人类有目的、有意识地行动的结果。而且康德还说，这种规划和设计的冲动，也不一定就是外在的，恰恰相反，人自身就有这种"内在要求"和"内在冲动"，这种内在要求，其实也就是我们今天已经习以为常、津津乐道挂在嘴边的"自我设计""自我规划"。而所谓人的自我设计、自我规划的能力和冲动,也就是很被康德赞扬的所谓"自律"。

当然,康德的这些想法也不是从天上掉下来的,而是具体历史环境的产物,而且这里面更有些哲学史上的渊源和趣事。

首先,当年康德想象这种生活在乌托邦中的"新人"的时候,他是生活在东北欧的一个小城里——我们知道,康德一辈子也没有离开过这个小城。但是,或许必须顺便说一下的是——这个小城如今却已经不属于德国,二战之后,它归属了苏联,叫加里宁格勒。苏联解体之后,加里宁格勒的地位更加微妙,也就是说,它成为俄罗斯在"海外"的一块"飞地",因为它与俄罗斯之间,还隔着波兰和立陶宛这两个国家,一面临海(波罗的海)。自波兰和立陶宛加入北约之后,俄罗斯和西方世界之间围绕着加里宁格勒之间的纠纷,至今麻烦不断,而且这些归属麻烦中,还不包含另外一个非同小可的哲学史争论,那就是如果按照今天的民族国家的地理划分,康德就不再是德国人,而应该是俄罗斯人了。

作这样的交代是因为,当年我们伟大的哲学家康德,就是从这个东北欧小城出发展开思考和放眼世界,而且也为改造那里的"国民性"(自律)操碎了心,他的思想,是与这块他从来未曾离开的土地紧密相连的。这里的基本原因是:这个今天连归属都成了问题的地方,大概是具有强烈的东北欧风情,特别那里的老百姓,是具有北欧人的忧郁和东欧人的浪漫多情性格的人,这种性格,大概也就是今天被米兰·昆德拉反复赞美的"波希米亚"精神。只是,尽管今天昆德拉把这性格拔高到"天然"的"解构思维"的高度,把它吹得天花乱坠,甚至强调这里才是"欧洲自由精神"的真正故乡和发源地——可是于当年的哲学家康德来说，他的意见恐怕与如今昆德拉的看法，正好是大相径庭；因为康德当时最看不上的，恰恰就是东北欧的这种"波希米亚"性格，更认为这种性格缺乏"自律"，是需要被改造、被启蒙的。这里面就有当时深刻的历史原因。

这里的原因，皆因当时的东北欧乃是欧洲大陆上一块落后和欠发达的地区，康德认为这种落后和一盘散沙，乃是其人口素质使然，也就是说是其国民性和民族性使然，比如这里的人崇尚肉体和肉欲，浪漫多情——虽说这如今在昆德拉小说中被津津乐道，被视为自由的象征，但当年那崇尚"无情"的伟大哲学家康德，却着实为东北欧的这般"多情"所恼，而且他以为要彻底改变当地落后面貌，首先就必须彻底改造这种国民性，因此那就是需要"启蒙"，即必须从人口素质抓起——通过启蒙，创造一种新人，一种新的国民性。

这就是为什么，在康德版的启蒙的字典里，人的美德就是严峻、坚强、自律和理性——总之这翻来覆去几大项，说白了，其实统统都是针对北欧人的忧郁和东欧人的浪漫多情的有感而发，也就是说——这统统是对于如今米兰·昆德拉高度赞美的"波希米亚"性格的否定、是对于东北欧人民向来无师自通的"后现代精神"的彻底批判和改造，因为在当时一系列启蒙哲学家看来，前者就是"城市性格""主人道德"，而后者则是落后的"农村性格""奴隶道德"，康德版的"启蒙哲学"，之所以说就是"改造国民性"的哲学，其大致缘故，也就在于此。

故而，在当年的康德眼里，如今米兰·昆德拉"波希米亚"的多情好色，非但不是了不起的美德，而且是人生第一恶德，正如在我们中国，自贾宝玉之后，"情种"就属于应该被灭绝的物种——因为世界之残酷，仅凭一个情字打不下天下，而且这贾宝玉的毛病不仅仅是多情，还有"糊涂"——也就是所谓被感情"冲昏了头脑"。对于中国人来说，是否凭感情办事，这乃是判断某人是否"成熟"的一个重要标志——贾宝玉式的人生教训，对于青少年的教育意义恐怕也就在于此。而在康德这个启蒙哲学家那里，被感情冲昏头脑，或者说沉醉于感情之中不能自拔，这更是"非理性"——这也就是德国近代哲学所谓诅咒的"不成熟状态"，在康德看来，一个民族正如一个人，如果停留在"不成熟状态"还不仅仅是"糊涂"，同时也是"愚昧"，康德所谓"理性启蒙"，首先就是专指从这类"不成熟状态"中超拔出来。

于是，按照康德的标准，所谓新人、现代人，自然首先就是在知性上热衷于科学、崇拜理性的人，在感觉上也应该是像机器一样"无情"和冷酷的品种，意志上当然是严格自律，无欲则刚，总之最好是里里外外"酷毙"了才算完，这才能算作"成熟"。

我们之所以要这么"戏说"伟大的思想家康德，其实乃是为了强调他与我们的现代历史乃至当代生活的密切关系，也就是为了强调康德一如既往地活在我们心中和生活里。平心而论，康德不但是欧洲现代性的真正奠基人，大概还是近三百年来对于人类思想影响最大的人物。不得不戏说他一把的原因，更是由于他的思想和表述非常晦涩难懂，所以，对于这样的思想家，简直就是没有歪曲便没有理解，没有误读也就难以领会，没有戏说更无法传播他这些深奥的思想——而不论是否晦涩难懂，他至今依旧是先锋思想和摩登人物的祖宗，这一条总归是定论。

至于康德之于城市规划和现代城市理念的贡献，我们说起码有两条：一，没有康德的发明，我们就不能理解"城市机器"与"市民社会"之间的关系；二，没有康德的思考，我们也就无法展开关于现代主体与机器人之间的想象。所以在这个意义上，我们可以说：没有康德，我们就无法理解我们身处的社会和我们自己。

因为几乎可以说：现代城市和现代城市人，其实也就是康德"纯粹理性"思想的造物，这是在康德启蒙思想的指引下，人类三百多年现代进程的一种伟大的发明，从此人类摆脱"自然王国"和自然性格，进入"必然王国"和"理性"状态。

小说中的"现代"知识

自18世纪以来，随着德国古典哲学霸权地位确立，观念的哲学、观念的历史和观念的文学就构成了现代形而上学的基础，构成了"现代"知识的最主要的部分。但是，在19世纪末期之后，随着马克思主义的诞生，随着马克思对于形而上学和观念论、观念史的尖锐批判，社会史、经济史、政治史，特别是精神现象学，逐渐取代了观念论和形而上学的方式。对于我们这些从事社会科学研究的人来说，这就是"现代"知识发展的一个基本的线索。

1. "观念"的世界与"精神"的世界

在德国古典哲学的视野里，现代世界乃是观念的世界，当然，康德思想对于现代文学的影响也是巨大的，文学写作总是离不开思想、观念的指导，在这种视野里，现代文学写作也不免都是"观念化写作",就是有区别,那也是五十步笑百步的程度不同而已。

至于说到康德思想对于现代文学的影响,随便举个例子,也就是现在大学中文系研究的一个热点,1930年代上海的"新感觉派"小说家,这些人不但就是用观念图解、代替生活的"头足倒置"的作家,而且作为都市先锋,他们生活在和迷恋着充满机器的现代大城市,并且具有机器式的身体、思维和眼光,因此,我们可以说——他们即使作为"写作主体"也是充分观念化、机器化的。

换句话说,由于从康德开始,所谓"现代意识"就把"观念和思考之能力",也就是所谓构建"主体性"的能力,当作人之现代化的前提,这样一来,现代人类也就从此如马克思所说:"将它的木头脑袋放在地上,头足倒置地看取世界"(《资本论——政治经济学批判》),这当然也就使得思维上的"形而上学"成为不开避免的,从而不幸——使得现代文学作品之公式化、概念化倾向,其实也成为不可避免的。正是在这一点上,所有的现代写作,特别更包括那些呼唤"文学是人学"的写作,与诸如马雅可夫斯基等在列宁、斯大林思想指导下的观念化写作,其实没有什么本质的不同——因为他们都是大机器社会,或者说当时所谓"先进生产力"的产物,也都是观念的产物、观念的写作。

康德思想的影响源远流长。不但现代作家如此,当代作家也如此,不但外国作家如此,中国作家更如此。说到公式化、概念化写作,其根子在于观念论的思想方式,而观念论的思想方式,也就是马克思所谓德国形而上学——"德意志意识形态"的核心所在。

在1980年代的中国,以哲学家李泽厚为代表,中国知识界提出了重要的口号就是"回到康德"。这个口号,其实也就是1980年代中国思想的核心和当代意识形态的基础。1980年代的启蒙运动具有重要的历史地位。用今天的眼光来看，1980年代中国的启蒙思想，就是一种观念论的思想，例如"从愚昧到文明""从自然到必然""从感性到理性"，诸如此类的表述方式就表明，在那里，思想活动被理解为"观念"的进步，以至于现代进程至今还被理解为"观念更新"的过程。通过"从传统到现代""从东方到西方""从一元到多元"这样的表述，复杂的、具体的历史的过程也被理解为观念的演化；至于文学的情况我们更熟习了，当代文学的发展被解释为从现实主义到现代主义再到什么后现代主义，这些观念有时候就是"概念"的"大跃进"。所以我们今天来看中国的当代史，有时候得到的就仅仅是一部"观念史"，弄不好，得到的不幸将是"概念史"。结果——难免更不幸的是，我们学术考试的时候，所考的经常既不是作品，也不是作家，而是观念或者概念：比如什么是"现代主义文学"，什么是"后现代主义"之类莫名其妙的东西。

而超出在康德和德国古典哲学的观念论之外的，是对于"精神"现象的研究、分析和思考。特别是——在观念的形而上学之外，"精神现象学"在1980年代末成为中国学术界比较新鲜的亮点。但是，研究精神现象的比较重要的作品，也不是产生在中国的哲学写作中，倒是鲜明地产生在当代文学的写作中，因此，我一向以为我们讨论现代性和现代主体性问题，可以有社会科学的角度，也就是社会史、经济史、政治史的角度，而同时也必须有"精神科学"的角度，即精神史的角度。无论社会史、经济史、政治史还是精神史，这些方式也都是对于德国古典哲学以来的"观念史"方式的批评。而从精神史的角度来讨论现代主体的形成，观察中国的现代进程，最好的文本，我认为就是文学。

必须注意的是：精神史与观念史并不一样，精神的分析与观念的逻辑也是不一样的，虽然我们经常把这两种方式混同起来。简单说，从观念史的角度来看，现代主体性的形成，就是一个从"自然王国"到"必然王国"的进步过程，从现实世界到观念世界的过程，观念史的时间是直线的、进步的。这大致是康德和黑格尔的方式。从精神史的角度看，主体性的形成，是指主体内在"自我治疗"和"自我康复"机制的形成，它分析、考察观念世界形成背后的精神动力，在时间上是"周期性和循环"的。这大致就是弗洛伊德和拉康的方式。

我们这一节从这两个角度来讨论现代主体性的形成，举一部很有意思的作品，就是王安忆的《我爱比尔》。该小说与1980年代的现代启蒙小说的区别在于，它不是要传播当代中国人的"西方观"和"全球化"观念，而是从精神分析的角度，去观察作为"观念"的"西方"和"全球化"在当代中国的形成过程——换句话说，揭示这种观念主体背后现实的和精神的动力。

先说小说创作的时代背景：这篇小说写在1995年，虽然转过年来的1996年，就爆发了被称为"亚洲金融危机"的资本主义全球化危机，但王安忆写作时代的上海，却正是"全球化"声浪最高的时刻，也是"与国际接轨"的口号在中国家喻户晓的时刻。所以小说中暗含着一个危机模式和危机治疗机制。

我们小说的主人公，是一个专门傍外国人的上海女孩阿三，这是改革开放以来，一个非常具有中国特色的上海现象。阿三们的主要活动场景是大饭店。王安忆这篇小说的主要背景也就是上海的大饭店。小说提供的时间既是直线的，又是循环的。所谓直线是指，小说情节的顺序是：一，阿三进入"大饭店"；二，阿三被驱逐出大饭店；三，阿三被抓进监狱；四，阿三从监狱逃跑，重新逃向城市和大饭店。所谓循环是指，小说的叙述顺序是：从阿三逃向大饭店始，到阿三逃向大饭店终。下面我们结合这样的叙述结构来分析这篇小说。

2. 阿三与大饭店

王安忆抓住大饭店来写，我感到有意义的是以下几点：

第一点，从历史考古学的视野来看，今天国际化城市中的大饭店，起源于16世纪中期之后，威尼斯和热那亚城市共和国派驻于欧洲各地的"商业联络站"。在这里我们作一点"大饭店"的历史考古学之所以重要，是因为其实就是这些"联络站"构成了一个贸易投资网络，将初期的资本主义世界联合成一个"世界体系"。今天的国际化城市里的星级饭店，虽然规模设施更为现代化，但其实还是扮演着跟当年威尼斯"商业联络站"同样的角色，这些大饭店在全世界都是一样的，连它的房间布置都是一模一样的。这里是所谓"全球化"的样板间，所谓标准化管理，也就是管理得如同机器一样严丝合缝，有条不紊。所以说，如果不理解"大饭店"，从某种意义上说也就不能理解"全球化"。

"全世界有产者联合起来"——这个口号当然也是康德的发明，这不仅仅意味着全世界的有产者通过"财产契约"的方式，被组织进一个和谐、完美的秩序之中，而且更提示这种"联合"的基础，最初也就是这样跨国家的"贸易联络站"。因为自资本主义起源的1500年以后，在欧洲，这些投资、商业联络站的地位，受到1648年欧洲《威斯特法利亚条约》制度的明文保护，这一条约规定"国王之间的战争，不能影响国家之间的商业贸易和投资关系",它从此预示着:国家(包括其首都)不能避免战争乃至就是战争本身,只有遍布欧洲、跨国的商业联络站,才能把不同国家以"和平"的方式组织进一个"世界体系"——这就是康德所幻想的超国家的"世界市民社会"。康德认为,这一社会秩序的确立,也就标志着"世界永久和平"的到来。当年康德曾经为威尼斯的商业联络站在他所居住的小城挂牌而欢呼雀跃,为这种跨国家的商业组织方式之诞生而激动不已。今天,"全世界有产者联合起来"的方式,全世界有产者组织起来的和谐、完美的秩序,就特别体现在遍布世界大城市栉次鳞比崛起的大饭店中。也正是这些大饭店,将当今的全世界"有产者"、跨国和跨地域的投资者联合了起来。

所以,第二点就是,大饭店是康德所谓"大同世界"乌托邦的现实基础,是体现所谓现代世界秩序的"必然王国"。一旦进入"必然王国",现代人也就等于获得了主体性。这就是为什么,当我们小说的主人公阿三进入大饭店的时候,她就感觉到了真正的生活开始了,感到了自己生活的意义,感到自己进入到全球资本主义的世界体系里面去了,也就是说,一旦踏进饭店大堂,她就等于已经全身心"融入了全球化的世界潮流之中"了:

> 阿三走进酒店,扑面而来的是蒸蒸日上的气息。钢琴弹奏着一支舒伯特的夜曲。灯火通明里包着一处暗,有着烛光融融,就是咖啡座。柜台里的小姐忙碌着住房或者退房,红帽子推着行李车轱辘辘地穿行。电梯一会儿上,一会儿下。——她心里跃跃然的,大堂里所有情景都在向她招手,灯光映着她的眼睛,她自己

都能看见眼里盈盈的光亮。她想：还是这里好啊！谁也不求谁，人人有份。迎面而来的人脸上都带着微笑，就像一家人一样。这才是大家庭呢！全世界有产者和无产者都联合起来。阿三脸上也露出微笑，她在大堂有些熙熙攘攘的人群中穿行，耳边不断传来各种语言的谈话。这里，夜夜都举行着盛会，想来就可以来。

这里"全世界有产者和无产者都联合起来了"，其实也就是康德当年所构思的超越民族国家暴力、能够给我们带来"世界永久和平"的"全球市民社会"的当代中国通俗版，而且，我认为王安忆通过摩登阿三的眼睛所描述的这一大饭店里"蒸蒸日上"的蓝图，比起当代中国那些市民社会论者和"全球化"论者的讳莫如深、高深莫测、不知所以，那可是要鲜活、生动、栩栩如生得多了。

3. 从观念世界到现实世界：阿三被逐出大饭店

正是按照康德的设想，黑格尔说，从自然王国到必然王国——这就是历史的终结。

可是，《我爱比尔》有趣的地方在于，我们的小说家偏偏没有将历史终结于此，而是峰回路转了。这是因为：大饭店这个"必然王国"里，竟然发生了"意外"事件或者危机，我们的主人公阿三，作为当代中国"先进文化"的代表，自以为代表着迎向全球化的先觉者，她竟然很不幸地被西方朋友当作妓女"举报"了，从而被从全球化的联络站（大饭店）中，无情地驱逐了出去。

结果，我们随着小说的叙述，发现阿三自以为一旦踏进饭店大堂，她就等于"融入了全球化之中"，竟然是一厢情愿之举，这里也并非"谁也不求谁,人人有份。全世界有产者和无产者都联合起来的大家庭",更不是"夜夜都举行着盛会,想来就可以来"的所在,恰恰相反,阿三这个必然王国秩序的向往者,竟然成为必然王国里的秩序破坏者,被采用强制手段驱逐了。阿三不知道、也许王安忆也没想到的是,被从全球化中驱逐出来的不仅仅是阿三,因为随着1996年亚洲金融危机,全球化梦碎,被从"蒸蒸日上"的资本主义世界体系和秩序中无情驱逐出来的,还包括曾经被我们当作追赶样板的"四小龙"。它们的罪名与阿三竟然相同,同样是"破坏资本主义金融秩序",这样,在那个时代,我们小说主人公阿三的命运,恰恰也就成为那傍美国大款的"四个小"的缩影。

如此看来,王安忆看似平缓的小说叙述中,其实从一开始埋伏着更深一层的危机和紧张。阿三被从大饭店驱逐出来,不但使得从自然王国到必然王国的必然性叙述,突然被暴力打断了,而且世纪之交的世界历史表明:这还不仅仅是小说中的暴力,也不仅仅是想象的暴力,因为发表于1995年的小说中的暴力,不幸成为1996和2000年两次现实世界暴力的"警报"和预报——因为资本主义全球化的必然王国,也突然间峰回路转,从1648年欧洲《威斯特法利亚条约》的欧洲版,一下子就变成2000年伴随着呼啸在中国驻南斯拉夫大使馆上空的导弹的WTO世界版——这种叙述的转折和戏剧性,不但是王安忆与当代中国市民社会论者和全球化论者的区别,而且终于也就成为当代中国思想分歧的要害之一。

或者说,在我们这个到处都在讲"历史终结论"的时代,王安忆这个写小说的女作家,她的叙述却没有终结在"从自然王国到必然王国"这套历史规律里,她对于全球化蓝图(必然王国)的理解,并没有停留《威斯特法利亚条约》时代的康德版的全球化宣言中，结果，正是当代中国文学的写作，使我们不安地看到：20世纪末WTO版的全球化美梦，在被暴力打断之前，已经在王安忆的小说里被摧毁了。我认为这也是她比当代中国那些高深莫测、不知所云的市民社会论者和全球化论者高明的地方。

相对于这种内含危机和严重紧张感，让我们读来非常不安的小说文本来说，当代中国知识领域的一大缺陷，恰恰就是对于西方世界，对于所谓代表现代历史唯一正确方向的必然王国的认识，这种非常乐观的叙述表明，当代中国思想进程，一直还停留在康德所描述的《威斯特法利亚条约》时代的威尼斯共和国，或者18世纪英国自由放任主义的自由市场阶段。而对于当代世界以美帝国军事霸权为主导的全球化秩序，竟然缺乏起码的认识和了解。

而回顾一下资本主义的历史，我们会知道：当年康德将启蒙和"世界市民社会"的理想，寄托在四处放债的威尼斯商人身上，起码是由于这些商人并不直接参与"国王的战争"，而仅仅是为战争各方放债而已，故康德将这种市民社会视为和平的希望，或许还有一点道理。但是，20世纪全球资本主义的霸主，早已经是武装到牙齿的华尔街商人，从里根－萨彻尔到沃尔夫威茨（小布什时代的美国国防部首长），全球资本主义这根胡萝卜早已经变成大棒，如今这大棒的学名就叫作"新自由主义"。说白了——今天新自由主义的"全球化"，也就是以美国强大的军国主义武力为前驱和后盾的，所谓明人不做暗事，在中国思想界大谈"看不见的手"的时候，当代新自由主义大师弗里德曼，也早已经重新阐释了斯密"看不见的手"，直言不讳地赋予了这个教义以崭新的当代意义，他言简意赅地指出了："如果没有一个隐蔽的拳头,市场这只隐蔽的手永远也不会奏效。这正像如果没有 F-15 战斗机的设计者麦克唐纳·道格拉斯,麦道公司就不可能发展兴旺。而今天,有把握使世界接受硅谷技术的隐蔽的拳头,就是美国的海军、空军、陆军和海军陆战队。"

"一个人不可能两脚同时踏入同一条河流"——"看不见的拳头"代替了"看不见的手",今天的全球化资本主义必然王国,其实并不是当年自由贸易时代的那个全球资本主义必然王国。而恰恰是这两个必然王国之间的反差,揭示了启蒙的历史辩证法,揭示了《威斯特法利亚条约》的康德时代版,为什么发展到 20 世纪末 WTO 的中国版,那只能是个喜剧、搞笑版。

更何况,在资本主义的历史上,正如 18 世纪的英国是靠金融危机和军事霸权搞倒了威尼斯与荷兰一样,20 世纪的美国同样是以金融危机和军事霸权搞倒了英国、德国和日本这些竞争对手。因此,金融危机和军事霸权其实也就是资本主义得以兴旺发达的常态和规律。然而,当代中国流行的叙述却完全相反:当代中国所谓的自由主义者们,竟然将亚洲金融危机,理解为资本主义的"反常"状态,正如他们自我安慰、自欺欺人地将美国轰炸中国大使馆称为"误炸"。

韩国著名思想家、韩神大学教授白承旭先生在《20 世纪中国的历史经验和韩国社会》一文中曾经言简意赅地说:"有意思的一点是,90 年代后半期在中国展开的新自由主义的争论中,在主张中国应从'健全的资本主义'重新出发的秦晖,和主张现时期的资本主义只能是反动的新自由主义的汪晖与韩毓海之间,又出现了类似的观点。"

旁观者清,我以为韩国学者的区分是准确的,而且在我看来,将危机和暴力理解为"美国"的"误炸",继而宣扬什么"健全的资本主义"

和资本主义才是最健全的制度——这些人的智商其实就如同阿三,这些阿三们爱"比尔",但忘了问问"比尔"是否爱她,这些阿三们希望做"一夜美国人",但是他们或许被爱情冲昏了头脑,竟然没有搞清楚:爱美国、爱比尔,与了解美国、懂得比尔,那还完全是南辕北辙的两码子事哩!——最起码,美国人民从来也不像他们这些以"自由主义"卫道士自况者那样,相信什么"看不见的手",美国人民的"可爱"之处恰恰在于:他们从来只崇拜看不见乃至看得见的"拳头",至于什么"看不见的手",绝大多数美国人民均认为那是早已经过了时的胡说八道,陈词滥调,是垃圾。

结果,对于这些"生活在别处"的人来说,一个哈姆雷特式的问题竟然是:为了说明资本主义是健全的制度,是人间正道和必然王国,那就只能为美国的暴力、美国的拳头、进而为资本主义的暴力做辩护士,而把这看得见的拳头,说成"看不见的手"。

正如一个著名电脑广告里面说的:"世界没有联想,人生将会怎样?"对于当代中国某些人来说,一旦资本主义不代表历史的终结,一旦美国不代表"历史必然性",那么他们就会产生严重的价值危机和人生危机。而这些人最根本的焦虑正是——"如果没有美国,人生将会怎样?"

与王安忆充满紧张感和危机感的叙述相反,当代中国以"自由主义"为名的叙述是乐观的、高度简单化的、也是极为非历史的抽象叙述,这一"现代"观念化叙述在世纪末的崩溃和实际上的土崩瓦解,昭示着当代中国思想和精神的深刻危机。

而这种焦虑再次说明:当代中国思想叙述的立足点,并非现实的世界,而是观念的世界。而观念世界解体的直接结果,就是精神分裂。

4. 时间观念的解体与现代精神分裂：《夜总会里的五个人》

小说《我爱比尔》对于大饭店的描写，其中有意义的另外一点，就是王安忆认为大饭店与其说是现实的，不如说是观念的。恰恰是这个观念，如同玻璃罩一样，将现实隔开了，将世界分隔为自然的与必然的这两个世界，而阿三属于后一个世界，而且她即使肚子吃不饱，也还是非常痴迷地恋爱着这个"观念的必然世界"：

> 虽然饥肠辘辘，可是阿三的心情没有一点不好。她喜欢这个地方。虽然只隔着一层玻璃窗，却是两个世界。她觉得，这个建筑就好像是一个命运的玻璃罩，凡是被罩进来的人，彼此间都隐藏着一种关系，只要时机一到，便会呈现出来。

这个"玻璃罩"就是现代社会空间的缩影，它是观念的造物，也要靠观念来维持，即这个世界中人，必须如阿三一样相信："凡是被罩进来的人，彼此间都隐藏着一种关系，只要时机一到，便会呈现出来。" 这种关系说白了就是：城市是一座巨大的机器，我们都是它的齿轮和螺丝钉，我们之间彼此啮合运转，是齿轮和螺丝钉之间的关系。这里的关键在于：我们相信作为齿轮和螺丝钉是有意义的，城市机器的运转离不开我们——这就是我们生存的意义。

可惜，生活在观念世界里的人们也有他们的麻烦。一旦某个齿轮被废弃，某个螺丝钉被甩出来，城市人所遭遇的，就不仅仅是生存的危机，而更是精神的危机和观念的危机。生活在观念世界里的人物，如同阿三一样,就是肚子吃不饱,可是只要能进入"玻璃罩",她就会感到很满足、很幸福,可是一旦被从观念中抛出来,那她首先感到的却是找不到北。所谓现代精神危机,就好比一向用头脑在马路上倒立行走的人,一旦回到用脚接触大地的现实处境中,即当发现机器没有你照转的时候,所产生的精神崩溃。

下面,我们暂时离开一下王安忆的小说,插入对于1930年代的"新感觉派"小说家穆时英的名篇《夜总会里的五个人》的分析,因为这个小说提供了作为"观念"的城市时间破碎之后所产生的严重后果。我们的讨论,将通过现代"时间观念"的破碎来展开。

这部作品里有五位主要人物——胡均益(近代商人)、郑萍(都市大学男生)、黄黛茜(都市女性)、季洁(都市知识诗人)和缪宗旦(市政府官员市长秘书)。这五个家伙的共同处在于,他们都是"从生活里跌下来的人"。如果说韩邦庆的主人公赵朴斋是"头朝下"呈倒栽葱状跌下,那么这五个人则是呈所谓垂直落体运动,一旦从观念的世界落到了现实中,他们就产生了严重的精神危机。

所谓观念的破碎,在这部小说里首先是"时间观念"的破碎,换句话说,他们陷入精神危机,首先是因为他们再也跟不上城市机器的节奏了;一旦被城市机器甩出来,丧失了"观念的时间",他们就找不到人生的意义了。所以,当思考"他们从哪里跌下来的"的时候不难发现,实际造成了他们的跌下者乃是"观念"的"跌下"和失效,因此他们所面临的,与其说是现实生存的危机,倒不如说是严重的精神危机。

其实,所谓特定的"时间观念",乃是构成现代"城市观念"的重要部分。我们都知道,生活在城市机器中的人,并非是按照自然时间——也就是日出和日落为价值坐标的,因为他们的时间观念,是按照科学的物理时间来规划的。这就是所谓"世界时间",尤其以格林威治国际时间为标准的近代最大发明物——"钟表"出现于世界后,自然时间也就不作数了,按照自然时间所划分的日历,在中国也就成为"农历",也就是农民的时间,而按照钟表和格林威治"世界时间"划分的基督教日历,则成为"公历",也就是普遍的时间、都市里的时间。

我们还知道,人的生死衰老也好,农作物的生产也好,人的生活规律的安排也罢,向来都是以太阳的升降(阳历)和月亮的缺满(农历)为标准的。所以,在人们之日常生活场所中没有出现钟表前,在人的"自我意识"当中,所谓"一秒钟"的存在,恐怕是从来没有被强烈意识到的,也是没有什么"必然性"的。然而,在《夜总会里的五个人》中,这五位人物却异常敏感于"一秒钟"这种机械的时间计量单位,这一时间单位成为决定其命运必然性的上帝之手。比如:胡均益通过金业交易获得的财产,又同样通过金业交易,一秒一秒地变成泡影;黄黛茜往昔的美丽,"过了五年后",却骤然开始一秒一秒地贬值;而对于季洁来说,一秒钟则相当于把一根火柴拗成两半的时间。对五个人来说,"时间的足音"在心里"悉悉地响着(郑萍)","每一秒钟像一只蚂蚁似地打他-她的心脏上面爬过去"似的,是令他们强烈意识到的必然性的尺度,也是支配他们生活世界发条的动力所在。

这五个人对"一秒钟"的敏感,其实暗示着"五个人"的"齿轮"性质,而同时——"理性的时间观念",不但是机械论的,而且也是逻辑论的,这样的时间观念符合或者其中包含着逻辑上的"因果律"和"排中律",而这就是这种时间观念中所包含的"意义"。于是一旦因果律和排中律的链条断裂，那么作为"观念"的"时间"也就破碎了，时间的意义也就丧失了。于是，在小说中，我们看到了一出"等待戈多"式的在"观念时间"中追求意义的戏剧：

胡均益因错过了该卖掉黄金的合适的一秒钟，因此不能不等待下一个回升的一秒钟，结果后者的一秒钟始终不出现，时间就像脱节了的齿轮那样呆立不动——他忽然间发现自己的财产全都泡汤了；郑萍因错过了女友林妮娜变心的一秒钟，就像脱节了的齿轮那样不知所措，结果眼睁睁看着从前的恋人变成了陌生人；黄黛茜因不幸听了"女人是过不得五年的"之旁白的一秒钟，就像脱节了的齿轮那样，虽欲前行，腿却如卡住似的，顿时失去了以往的自信；季洁因打开了各国语言版本的 Hamlet 一同开口念出"你是什么？我是什么？什么是你？什么是我？"——这一秒钟，就像脱节了的齿轮似的，思维突然以异常快的速度独自空转起来，陷入了没完没了的自言自语；至于缪宗旦，他则在拆开了市长的手书（撤职通知书）的一秒钟，就像脱节了的齿轮那样被挤掉到外头，从此他以往五年如一日的、"顺时间的"人生价值就失去了所有意义。也就是说，其实不用着季洁"你是什么？我是什么？什么是你？什么是我？"之类的直接提示——我们也能看出：这五个人"跌下"的故事，已经明确表现了穆时英对都市人的"观念时间破碎"导致精神分裂的思考。

换句话说，城市人作为观念人，依赖于机械时间中包含的逻辑意义而生存，这种时间观念给人造成了"时间直线进步"的幻觉，而一旦观念的时间破碎，那城市人作为观念的主体也就从内部解体了。"必然王国"崩溃的时候，精神分裂也就到来了。而当作品里的人物缪宗旦，歇斯底里地高呼："我是自由人啦！……明天起没有领薪水的日子了!"——这种歇斯底里恰恰表明:这"五个人"面对所谓"自由"和"自由人"统统不知所措,他们宁可让自我成为社会中的一齿轮,重归观念的主体性,也不想要失去对"观念系统""必然王国"的归属感。换言之,他们所谓的"主体性",莫过于认同已经时间化－钟表齿轮化－机械化的观念意义上的主体性,他们所谓的自由和"自由人",在这个意义上,也就是"必然王国"的奴隶和在那里"做奴隶的自由"罢了。

5. 精神自我治疗机制与"阿三走后怎样"

资本主义制度被叙述成"历史的终结",也就是因为它被解释为"必然的王国",而这种所谓"必然王国",是如机器一样运转的理性王国,这个王国乃是人类观念的造物。因此,按照马克思的说法,德国古典哲学的核心就是观念论,它的整个基础就是形而上学,是头足倒置的"观念的产物",在这个意义上,马克思比尼采和弗洛伊德更早、也更尖锐地指出:自由主义对于资本主义制度的非历史叙述,从根本上来说就是"精神病"的。实际上,马克思对于资本主义的诊断,一开始也就不仅仅是经济学意义上的,而是观念论批判,是精神的和叙述学意义上的——更准确地说,就是在"形而上学批判"意义上的。而这从《资本论》这部伟大著作的副标题——"政治经济学批判"中,能最明确地看出来。

马克思说资本主义是"反常态"的变态社会,首先是指出它是反常的形而上学和观念论的产物,而在这个意义上,所谓现代"精神危机"不但是不可避免的,而且也是从这个意义上说,被形而上学所判定的"非理性"和"疯狂",恰恰就是恢复和通向"正常"的第一步,换句话说:"危机"、革命甚至疯狂,就是从"反常"恢复到正常的必由之路——这就是马克思"全面危机"和"总危机"理论的核心所在。

因此,马克思的"全面危机"从来不仅仅是指经济危机。马克思不仅仅是一般的经济学家,他对于现代经济制度的思考,是与他对德国形而上学和观念论的批判密切联系着的。所以他说,德国精神危机,不过是德国经济和社会危机的影子。但是能够如此理解马克思危机理论的人,在历史上并不多见,特别是在经济学家中更是十分稀有。就我个人认为,最准确地理解了马克思经济危机理论的,就是匈牙利伟大的经济学家卡尔·波拉尼(他是卢卡契的表亲),他的著名论断是:从漫长的人类经济史看来,自我调控的资本主义理性"市场机器",完全是一种"反常态"的经济装置,因为它把丰富的经济活动,理解为"机器"的活动。"关于自我调控的市场的设想,乃是从现代机器的角度对于经济活动的强制和设计,它本身就是18世纪以来欧洲形而上学的产物。"正是在这个意义上,波拉尼一针见血地指出:"周期性"经济危机,不过是经济活动周期性"自我恢复"到常态的机能而已。

而当代杰出的思想家沃勒斯坦、阿瑞吉和福柯、拉康都曾经强调:与马克思的"危机理论"同样伟大的,乃是马克思的"周期性"和"循环论"的时间观念。他们认为:正是由于马克思揭示了现代社会经济危机的"周期性",弗洛伊德才在马克思思考的基础上,揭示了现代人的精神危机和歇斯底里也是"周期性"的。但是正如这些思想家所指出的,马克思与弗洛伊德的基本区别在于:在马克思看来,总危机之后的革命就是"最后的斗争",它标志着资本主义这个"必然王国"的崩溃和"自由王国"的到来。而弗洛伊德及之后重要的理论家却认为，危机只是一种资本主义的"自我治疗机制"。换言之，在马克思，危机是精神、社会和经济由"反常"过渡到正常的方式，是从"必然王国"向"自由王国"迈进的开始；但弗洛伊德更强调危机的不能超越的"周期性"，换句话说，弗洛伊德极大地扭转了马克思关于现代革命的理论，在弗洛伊德之后的理论家们，几乎没有一个像马克思这么乐观地预言革命，他们大多数认为，危机不过是从一个"反常状态"，进入到一个新的"反常状态"的循环的开始。而革命，也并非从必然王国向自由王国迈进的方式，而是从一个"必然王国"，到另一个"必然王国"循环的开始。甚至，并不存在马克思所谓"从必然王国向自由王国的飞跃"，因为危机仅仅是在两个"必然王国"过渡的一瞬间发生。

也许没有什么"自由王国"。这就是尼采为什么悲怆地说："人们恐惧'自由'，比他们不能忍受'必然'尤甚。"这也就是《北京人在纽约》的主人公王启明的自我说服："有谁不愿意受剥削呢？有人剥削你多踏实！没有人剥削你了——那不他妈的就是失业吗！"而这就是弗洛伊德所谓"自我说服"机制的中国通俗版，这就是所谓资本主义的自由不过是"自愿当奴隶的自由"。因为资本主义社会中的人，如同"夜总会里的五个人"一样，他们统统对于"自由"不知所措，宁肯让自我成为社会中的一齿轮，重归观念的主体性，也不想要失去对"观念系统"的归宿——正是在这一点上，我认为《夜总会里的五个人》是非常重要的小说。

如果说经济危机和精神危机一样，都是"周期性"的话，那么，马克思之后的理论家一般认为：危机就不是马克思所说的资本主义世界崩溃的先兆，这种周期性，呈现的毋宁是弗洛伊德所谓的"自我治疗机制"的定期启动，而正是通过这种周期性的危机，社会得以短暂恢复常态，但与此同时——却也给资本主义社会重新注入了动力，使它得以开始向着新的一轮"反常状态"循环。因此，波拉尼和凯恩斯都曾经这样说过：危机对于资本主义既是必要的，也不失为一件"好事"——因为"危机"才是资本主义真正的动力所在。

马克思的"总危机"理论就是这样被弗洛伊德修改或者"发展"了。在精神分析的理论视野里，危机是一种"必然王国"的自我治疗机制，这种自我治疗为朝向新的"必然王国"准备了动力。在这个意义上，主体的构造或者主体性的形成，就不再是黑格尔式的"从自然王国到必然王国"，而是拉康所谓的自我治疗和自我恢复机制。

这就是为什么我们只有从这种精神危机和危机治疗机制出发，才能再次回到对于王安忆小说的分析：《我爱比尔》的叙述结构是循环的，或者说也是周期性的——从奔向大饭店起，到奔向大饭店终——这种循环既是现实或者故事的循环，更是阿三精神自我治疗的过程。

然而，小说最有中国特色，也最有趣味之处在于，恰恰是社会主义的"监狱"，治好了阿三的精神分裂，因为恰恰是监狱的处境给了阿三这样的错觉：这就是她既不是被几个外国小伙子举报，并被国际友人们从大饭店温暖的大家庭中无情抛弃出来的，更不是因为在外国人眼里她是妓女，所以本来就该进"监狱"。恰恰相反——小说后半部分关于"监狱"生活的描写，使得阿三被"西方的目光"分裂的"自我"重新在"监狱的视野"中整合起来，而有了这一部分的描写。阿三和读者完全可以被诱导相信：她之所以离开大饭店进了监狱，完全是社会主义国家的无产阶级专政造成的！"看得见的拳头"永远属于"社会主义"，而"看不见的手"则是资本主义的专利和象征。

自我欺骗的谎言重复一万次就成为弗洛伊德所嘲笑的"真理的暗示"。赖昌星成为被压迫的"持不同政见者"和投奔自由的象征,这是当代中国最伟大的皇帝的新衣的故事。于是——这样一个被资本主义世界抛弃的故事,就顺理成章地变成了被社会主义专制"压制"的故事,而阿三也就再也不是一个被全球资本主义世界抛弃的人,而重新变成了逃离社会主义铁幕,投奔自由世界的勇士形象(正像小说一开头就用电影蒙太奇的手法向我们揭示的那样),尽管有着种种的艰难险阻和不愉快,阿三作为获得了人生目标和动力的、特别有追求的人,已经在小说的开头被给定了。

这就是当代世界的精神治疗战略——这一战略对于所谓前社会主义国家的公民尤其有效,而且或许也就是专门为他们所发明的。

因为每当他们匍匐在资本主义的压榨下不断产生幻灭感、挫折感的时候,治疗他们的万能良药就是这样一句话:你难道想回到(复辟)社会主义"集权社会"吗?

这就是这部小说给予我们的,在这个意义上,王安忆的《我爱比尔》就是1990年代的中国精神史,这小说给我们的,比一般哲学家能够给我们的要多得多。

回到《海上花列传》

费孝通先生在一篇关于上海社区历史的文章中,曾经言简意赅地指出:第一,应该研究"精神的上海"或者上海"意识";第二,上海的城市社区发展,大致上经过了三个阶段——近代租界的"石库门"

阶段、社会主义时代的单位大院阶段、改革开放以来的开发区和大饭店阶段。我们前面已经分析了大饭店的阶段，最后再通过《海上花列传》，来谈谈所谓"石库门"阶段。

也许这个题目现在太时髦了，它时髦的原因也与当代中国对现代性的一种理解有关。根据这种理解，现代性不是从自然王国到必然王国的"理性化"过程，也不是精神危机的自我治疗机制，现代性说起来其实很简单，它就是一种城市生活方式，或者小资（康）生活方式而已。它说白了就是吃得舒服住得舒服，意味着一种生活格调和生活品味罢了。这种对于现代性的理解，正好与康德将生活世界、将感觉理性化的叙述相反，它是将理性世界生活化，将理性感觉化。这一派学说在理论界的主要代表，就是哈贝马斯，而在现代中国作家里的主要代表是张爱玲等，这一派的主要代表作之一，便是张爱玲特别推崇、又被侯孝贤拍成电影的《海上花列传》。

在我看来《海上花列传》也是有价值的，这部小说很突出的价值，就在于描写、发明了"女性机器人"，"海上花列传"的最好对仗，乃是"机器人传奇"。

我们知道，理性人或者机器人，是德国古典哲学的伟大发明，然而，伟大如康德也有遗漏，比如说——他一概地说到了机器人和"理性人"，而没有分男女，分性别。

这个漏洞就使得我们在这里，能够专门从性别的角度，来对现代主体的性别问题展开讨论，特别是，我们不妨讨论一下"女性机器人"这种东西，或者女性的"理性人"的产生。而这里我特别要预先说明的是，将机器人分出性别，这还真不是启蒙哲学家玄思的结果，因为"她"的出现，在很大程度上就是现代文学的产物。

1. 披着美女外衣的机器人

《海上花列传》这个小说，胡适曾经做了一些研究，一方面是做了结构分析，一方面是做了点考据。而对于这部小说最独到的评价，首先是由鲁迅作出的，鲁迅首先把它定性为"狭邪小说"，鲁迅对该小说评价不高的理由是它有很多发泄的地方，因为赵朴斋是实有其人，而且是韩邦庆的朋友，小说竟然写赵的妹妹赵二宝也被卖到妓院里去，所以这个书刚出来的时候，赵朴斋声言把所有的书都买了去禁毁，故鲁迅说他这是坑赵朴斋，发泄不满，搞轰动效应。

关键是，鲁迅对于小说家看待女性的态度非常不欣赏，按照鲁迅的批评就是："欲使阅者按迹寻踪，心通其意，见当前之媚于西子，即可知背后之泼于夜叉，见今日之蜜于糟糠，即可卜他年之毒于蛇蝎。"

历史上不断鼓吹它的人是张爱玲，她的看法，与鲁迅可以说是完全相反，而且张爱玲可以说一辈子最爱的只有两部书，一部当然是《红楼梦》，另一部就是这个《海上花列传》。14岁的时候，张爱玲就看了这部小说，从那以后就非常热衷于此书。张爱玲对《海上花列传》的热爱发展到这样的程度：她晚年倾尽全力进行了再创作，不是像高鹗续《红楼梦》一样续书，而是做了一个改写——因为《海上花列传》很奇怪，作者的描述全是白话，而人物的对话全是苏白，也就是苏吴方言，所以今天看这个小说非常有意思，第一是很麻烦，我们今天不懂上海话就看不懂书中人物怎么对白，再一个你看它有点可乐，它有点像赵本山的小品：有一个人串着说普通话，但是赵本山出来全是东北话。张爱玲做的工作，是把所有的苏白全部都翻译成现代白话，又翻译成英文。她这么自视甚高的一个人，晚年倾尽全力去帮助韩子云去补写《海上花列传》，可见她对这个小说的喜欢。

这个小说有意思的地方首先当然是场景，这里的场景当然也不是大饭店，一般认为小说的主要场景就是妓院，但张爱玲却最反对这种说法，认为它是写1894年上海租界一个高等交际场所里的事情，这个高等交际场所叫作"长三书寓"，一听起来好像我们北大的"才斋"一样，总之很文雅的一个名字，我看了以后也吃了一惊，原来还有这么些个好名目。

为什么叫长三书寓呢？我们今天就不知道了。这需要一点考证。我下面的考证是引用了一个美国学者贺萧的成果，她的成果可能印证了张爱玲的说法。

"书寓"是个在20世纪就早已经被淘汰无存的所在。19世纪后半叶会弹唱、说白的艺妓称书寓，专门接待当地的文人学士，通常称她们为"书史"（说书倌人）、"词史"（诗词倌人）和"先生"，其表演场所为"书楼"，栖息寓所为"书寓"。

而且19世纪早期，一年都有一次会唱，相当于考核，来认定书寓资格，彼时书寓展示各自弹唱、说白和操弦技艺，通过者方可继续谓之书寓。书寓不独花容玉质、华服美饰，其酬宾的烟枪同样出名，书寓自视清高，以文化才艺而非色相谋生，所谓"卖嘴不卖身"，更不侑酒陪席，且门第森严，倘有苟且，必焚其卧具，扫地出门。

但是，到了20世纪初，中国的书寓传统已经荡然无存，充满诗情画意的社交场所，已经蜕化为粗俗的商业买卖，只要花钱就可以买到性，这是一个很重要的变化。对于这个变化，我们的历史讳莫如深。

而所谓"长三",原来的意思是牌面上两排三点的骨牌,专指20世纪初的高级交际花,她们不像书寓那么有才气,但擅长宴席赌局的应酬,周旋于达贵富商之间,她们乘豪华马车"出局"(这是宋代官员出公差的说法),虽然日日应酬,但是却一般不能指望她与客人发生性关系,所以即使"长三"也不能说她就是高级妓女。"长三"一直在上海维持到1930年代,后来就彻底消失了。

非常详细的考证,我们可以参考贺萧《危险的愉悦——20世纪上海的娼妓问题与现代性》这本书,我们就会看到,原来在19世纪末20世纪初,在上海是存在包括书寓在内的交际场所的,但是,这样的交际场所在历史中被一个完全商业化的社会瓦解掉了,我们今天已经不知道有这样一种交际场所,而简单地把书寓等同于妓院,这也许的确是简单化了。

张爱玲解释说,中国的女性进入书寓这样的社交场合,带有半独立性半自由性,这个地方是不是可以产生爱情呢?她说可以。为什么呢?张爱玲说,因为第一,从男性方面来说,中国过去的婚姻都是父母包办的,在这之前都没有和女性交往的经验,所以这样的地方是唯一的男女交往的地方。第二,它是一个非常有文化和生活气的场所,是现代城市生活方式的象征,这种城市生活方式,并不是观念化的,即不是如同报馆、学校、事务所那样代表"现代观念",而是"生活化的",它代表和推广着"现代城市生活方式"。而艺妓制度乃是现代城市生活方式的一种,张爱玲说因为艺妓的传统在中国已经没有了,我们今天很难理解当时的人际关系,很难从"生活方式"的角度对现代作出理解,这就造成了我们对于现代理解的片面。这里用哈贝马斯的说法就是,我们对于现代性的理解远不完整,为什么?因为我们要么如德国古典哲学将现代理解为"观念的",要么如马克思将现代理解为商品的,而不能从生活世界——"私人的公共领域"来理解现代性。第三,也是按照哈贝马斯的说法,康德以来对于"理性"的理解也是不完整的,因为理性不是"观念的理性",而是"生活中的理性",是马克斯·韦伯所说的"世俗的理性",这个意义上的"理性",其实也就是林语堂、周作人所谓"生活中的哲理""有趣味的哲学",而《海上花列传》并非海淫海盗之书,恰恰是宣传这样一套世俗理性、"生活中的理性"的好教材——用周作人的说法,它不是"载道"的,而是"言志"的。

为什么小说是传播"世俗理性"的好教材呢?就是因为小说通篇在算"感情账",表面上是言情的,实际上却是非常精明地盘算。只看到前一点,看不到后一点,那这个小说就没有味道,也没有价值了。所以说它不是言情小说,而是世俗理性的教材。

我们知道小说其中关键是写了这么几对人之间的事儿,当然最著名的就是写王莲生、沈小红和张蕙贞这三个人之间的关系,这个王莲生是个洋务派的官员,沈和张是两个艺妓。他写得有意思之处在于,感情的复杂盘算和节外生枝:王莲生非常喜欢沈小红,经常和她在一起。但他又怕控制不住沈小红,有想拿她一把的意思,就去找另外一个张蕙贞,结果让沈小红发现了,故事于是发生了一连串的反应。

先是沈小红也去找了一个唱京剧的武生,王莲生知道这个事情之后大怒,就决定娶张蕙贞,要沈小红的好看,这段写得很好笑,王莲生这样一个懦夫一下子来了脾气了。可没有想到,张蕙贞更有她的算计,她说,王莲生你娶我我当然非常高兴了,但是你还可以经常到沈小红那里去走动走动,这样一来也可以气气她,二来表明我们之间是互相放心的。这个王莲生对沈小红旧情未了，于是正中下怀，经常到沈小红那里去，却又发现张蕙贞也找了一个唱京剧的武生，总而言之，这是一连串的反应。韩邦庆并非言情，而是写在爱情的、感情的世界当中的钩心斗角，互相盘算，这个也就是三角关系的起源。即爱情的动力竟然需要一个"他者"在场。所以我们说："三角关系"的叙述方式，其实是一种最为理性化的讲故事方式，因为表面上看是个感情的世界，其实背后却是一个高度的理性世界，故事的发展完全要遵循着"辩证法"的逻辑。

我们看张爱玲的《倾城之恋》，《倾城之恋》的故事套子，其实就是这样的，还有《沉香屑 第一炉香》里葛薇龙、卢兆麟和乔琪他们之间的关系其实也就是这样的，主人公特别爱这个人，但为了这个爱他又去找另外一个人，结果反倒激起这个人一怒之下也去找了另一个人，两个人到这个时候才发现他们非常爱，这样就是一个需要"他者"才能充满动力的世界结构，这完全是黑格尔的辩证法逻辑。

韩邦庆写了这样一个复杂的、充满盘算和理性的"情"的世界，他就成为现代文学这一支的先驱。我们说不但张爱玲的许多小说都从这里得到了启发，而且她这个人本身，待人接物也是将感情的世界充分理性化了的，故与其说张爱玲是个塑造高度精明的城市女性的好手，不如说她一直在宣扬一种"世俗的理性"。我觉得《红玫瑰与白玫瑰》里面写的那个振保和娇蕊，就是一例，两个人的感情，始终是在对立中存在、产生、发展，就是这个小说的最后是这两个人物换了位，小说的说教性反倒更加加强了。原来娇蕊是非常浪漫或者非常随意的一个人，挺另类的，而振保是很顾家、很顾自己的事业、一门心思往上钻的一个人，最后娇蕊很浪漫，忽然投入，真的爱上了振保，结果这个振保害怕了，关键时刻他不能真的找娇蕊这样的人，最后的结果就是分手，分手之后多年，两个人彻底倒过来了，他们在电车上遇到，这个娇蕊变成了老老实实嫁一个人，完了之后生俩孩子，非常顾家、踏踏实实的一个人；而振保变成到处去花天酒地的一个人。两个人互相倒个儿，这就是黑格尔的辩证法的通俗教材，小说的叙述逻辑完整地遵循着"自然－感性－理性"这样的哲学，所以，张爱玲的小说不仅仅是公式化、概念化的，而且也是说教性非常强烈的。

2. 性爱机器人

因此，张爱玲小说的特色不仅仅不是什么言情的，恰恰相反，它是高度理性化的，也是辩证的，张爱玲小说的戏剧性，来自于机械的辩证法，因此它是我们学习现代中国"启蒙的辩证法"的好教材。

而从某种意义上说，王安忆的阿三，其实也就是从《海上花列传》到张爱玲笔下那些"精明"的都市女孩的延续。因为用张爱玲分析"海上花"的逻辑，我们当然也应该说阿三并不是个坏女孩，更不是一般意义上的妓女，恰恰相反，她不但是个前卫画家、艺术家，而且方方面面都是前卫的，这才是王安忆高明的地方——实际上，王安忆想说的是：阿三是一种"新人"，她的生活方式是前卫的，阿三代表了一个乌托邦——阿三是当代中国真正的"都市先锋"。

阿三非但不是妓女，而且她并不"贱"，相反，她很"高贵"——这种高贵来自于她的将感情充分"理性化"了。阿三没有什么多愁善感的浪漫之处，用康德的话来说，这就是一种"理性的高贵"。因此，都市先锋阿三是高贵理性的象征，因为这种感情的"理性化"，乃至于"无情"，阿三相反获得了一种"自尊"：

> 自从马丁之后,阿三也再没使谁爱上过她了。这也是大堂邂逅的弊病,从一开始就注定不可能的。注意她的周围,那些比她更年轻、更摩登,也更开放的女孩们,似乎也都没有过爱情这回事。出于自尊,阿三也不去想爱情了,好像是你不爱我,我还不爱你呢!爱情有什么?我想,我是再不能爱谁了,连马丁也不能,因为,因为我爱"比尔"。

张爱玲的名言是:有思想则以思想悦人,有容貌则以容貌悦人,两间殊无区别。而王安忆的阿三在这一线索上作出了进一步发展,那就是"有身体则以身体悦人"。于是,在阿三的背后,就站起来"以身体写作"的卫慧和棉棉。在卫慧那里,身体被高度理性化、技术化了,身体既非爱情的观念象征,也非精神苦闷的象征,更不是欲望的象征。身体仅仅被理解为"机器",性爱的机器——这是一种最类似于现代商业竞技体育的理解——正如罗纳尔多被理解为"射门机器"、乔丹被理解为扣篮机器——面对这样的身体,这样的性爱机器人,我们自然不是面对欲望情感,而是面对一部完美的性装置(性具),在这个意义上,卫慧热衷于描绘女性内裤品牌,就如同描绘包裹罗纳尔多的阿迪达斯运动服一样,不过是对机器人外包装的描绘罢了。

于是不但没有爱情,没有欲望的象征、苦闷的象征——而且也没有了"欲望"。自1980年代初的《爱是不能忘记的》到《男人的一半是女人》,从1990年代初的《废都》到《像卫慧一样疯狂》,在性行为的文化障碍全部被扫清之后,我们得到的其实也就是作为性交辅导教材的"毛片"——这又是一个伟大的皇帝的新衣的故事。

而这就是阿多诺和霍克海默所说的"启蒙的辩证法"。换句话说,在"启蒙"之后，我们得到的不是原始、野蛮、充满激情和身心舒畅的动物之性，而是可以与计划完备的体育比赛相媲美的制度化、知性化的"男女床上健身活动"。小津安二郎通过他的摄影机记录下城市的野蛮：在一幢大饭店里，几乎每一个房间里的男女在同时吃喝拉撒、做爱。正是在这样的城市地平线上，站起了阿三——一个都市先锋、前卫女性——城市机器人的形象，而早在1930年代刘呐鸥小说中，她其实已经有一个高贵的名字："白金女体的塑像。"

3. 何谓超越启蒙辩证法的"人的全面解放"？

现代世界起源于康德哲学的致命划分：该划分是在理性与感性之间，在自然与必然之间，在现实世界与观念世界之间进行的。现代世界是观念的世界、理性的世界，也是必然的世界，黑格尔进一步强制我们相信：只有这个观念必然性的世界是有意义的，离开它就等于堕入危险的虚无和无意义的深渊。

是卡尔·马克思让我们看到了观念的世界是"头足倒置"的世界，是卡尔·马克思让我们洞悉资本主义社会是怎样一个变态的社会。在这个意义上，马克思将各种危机视为解放的先兆，在形而上学大厦土崩瓦解的地方，弗洛伊德尽管理解了马克思却为马克思的洞见所吓倒——而只有尼采在马克思起步和弗洛伊德止步的地方启航。因此——马克思和尼采，是率先在现代形而上学的废墟上开始思考的思想家，他们率领人类思想，向形而上学止步的地方，向那个被形而上学判为"无意义"的虚无世界，向"必然王国"之外的"自由王国"进发。

"无产阶级是现存世界的解体和已经解体"，在《德意志意识形态》中发出上述呼吁的马克思，为观念世界解体后的世界指出新的方向，他还说，这就是"人的全面解放"——不仅仅是知性的解放，而且也是感性和意志的解放，马克思特别指出：而这种解放，并不是进一步将感性和感觉"理性化"，使人成为感性的机器、做爱机器人，恰恰相反，首先就是使人全面摆脱"机器状态"。

因此，正是根据马克思的教诲，阿多诺和霍克海默在《启蒙辩证法》中阐发说，所谓"人的全面解放"，既是指从观念机器的状态中解放出来，也是指从"感觉机器"中解放出来，既是指从康德的理念机器人状态中摆脱，也是从萨德的"做爱机器人"中摆脱，就后者（感性领域）而言，无论是禁欲的机器还是纵欲的机器，也都是"机器"，也都是非人的状态。因此，所谓人的全面解放，并不是从观念的机器走向欲望的机器，从禁欲的机器走向纵欲的机器——而那里并不是马克思所谓"这就是罗德斯岛，从这里跳吧！"，恰恰相反，这就是解放道路上的陷阱。

到此我们就看到了王安忆的最后一个贡献：《我爱比尔》这部小说的另外一个高明之处，恰恰就在于她讽刺性地揭示了当代中国的"思想解放运动"，究竟是如何落入这一"解放的陷阱"之中去的。

鬼和与鬼有关的
——鲁迅《女吊》讲稿

王风，1966年生于福建福州，现任教于北京大学中文系。主要研究领域有中国近现代文学、中国学术史、中国文化史。具体涉及的学术分支和课题，包括近代文章、现代散文、周氏兄弟和废名等现代作家、章太炎和王国维等现代学者、古琴史、古琴器等，均有多篇论文。

编有《废名集》，获第二届中国出版政府奖图书奖。协助郑珉中先生编辑《故宫古琴》，具体负责所有琴器的说明撰写。出版有《世运推移与文章兴替——中国近代文学论集》《琴学存稿——王风古琴论说杂集》。

今天天气不大好,我们来讨论一篇与鬼有关的文章,也许气氛还合适,这篇文章就是鲁迅的《女吊》。《女吊》是鲁迅去世前写的最后几篇作品之一,他是 1936 年 10 月 19 日去世的,《女吊》是 9 月 19 日到 20 日写的,也就是鲁迅去世前整整一个月,那时他的身体已经相当糟糕了。10 月 17 日,鲁迅去世前的两天,他会见了一对日本夫妇,丈夫叫鹿地亘,妻子叫池田信子。这对夫妇后来写文章回忆说,鲁迅谈话间提到"这一次写了《女吊》",神情颇为得意,"把面孔全部挤成皱纹而笑了",想来那时鲁迅的笑貌就像核桃吧。接着鲁迅就大谈"与死相关的事情:关于自杀,古今东西的幽魂,古老所谈的冥鬼等等","我还似乎听见鲁迅的笑声:'在日本,就是被砍了头的人,变了幽魂,也是有头的罢。在中国却是没有头的'"。是有这么个区别,中国的说法,砍了头的人变成鬼后确实就没有头了,最早的例子是刑天,"刑天舞干戚,猛志固常在",被砍了头就"双乳作眼肚脐化嘴"——当然刑天不能说一定是鬼,但由此也可见没有头照常活动的想法是很悠久的。

周氏兄弟与鬼

先看文章开头,开头说:"大概是明末的王思任说的罢:'会稽乃报仇雪耻之乡,非藏垢纳污之地!'这对于我们绍兴人很有光彩,我也很喜欢听到,或引用这两句话。"王思任是绍兴人,鲁迅的老乡。当时有一个被认为是祸国殃民的奸臣叫马士英,"且欲奔求吾越",因为某种原因要跑到越地去,王思任就写了一封信,把他痛骂一顿,信里有这句话。浙东的地方性是非常强悍的，越地几乎最早的历史记载就有勾践卧薪尝胆雪耻报仇的故事，所以他这里提到"报仇雪耻之乡"是跟这个有关系的。这种地方形象往往跟这里原初的民风，以及后来由此形成的文化想象有关系，一提到这个地名，就很容易联想到复仇之类。关于这一点很容易举到的相似例子是韩愈的《送董邵南游河北序》，"燕赵古称多感慨悲歌之士"，河北一带人对此往往非常得意，这句话可以说是硬语盘空，写得非常有气势。清末一个有名的古文家曾经讲道，读这篇文章中的这一句话，"凡三周其气不能出声"，要开口读，气一下转不过来，得调三口气，才能把这句话读出来，文章读到这程度真是太有感觉了。鲁迅引王思任的话其实也是要给这篇文章定一个很硬的调子，也就是亮出作者的情绪和态度。诸位在中学时，大概都会听过语文老师讲名作家的故事，老师会说某某作家写一个东西，开头的第一句话写了多少遍才有合适的，我想没人听说过中间一句话，或每句话改了多少遍，这是因为开头往往决定整个作品的调子，调子定好，后面自然就顺流而下了。

　　接着鲁迅写道，"但其实，是并不的确的；这地方，无论为那一样都可以用"，这是一个很急的转折，他一开始好像重点落在绍兴，也就是会稽，会稽是报仇雪耻之乡，但他马上就把地方性给否定了。这句话说得有些拗口，实际上是说无论哪个地方都有报仇雪耻的风气或习惯，并不是只有绍兴有，这样一转折，就把会稽放一边，仅剩下报仇雪耻这个主题。这里有鲁迅常见的语气，"但其实""并不的确""无论""那一样""都可以"等，显出作者不以为意的神态，但这不以为意的背后，是相当强硬而阴郁的。关于文章开头的话题，我可以举另外一个例子，比如周作人，他也有一篇谈鬼的文章，写的不是吊死鬼而是河水鬼，也就是落水鬼，题目是《水里的东西》，这样开头："我是在水乡生长的，所以对于水未免有点情分。学者们说，人类曾经做过水族，小儿喜欢弄水，便是这个缘故。我的原因大约没有这样远，恐怕这只是一种习惯罢了。"这个开头和《女吊》的开头有点相似，篇幅也差不多，但语气就不一样。两篇文章的调子和态度有很大不同，在开头都能显现出来，这甚至是好作家下意识的流露，他在状态中。《水里的东西》头开得很悠闲，也有转折，"我的原因大约没有这样远，恐怕这只是一种习惯罢了"，"大约""恐怕""罢了"，也是不以为意，但跟鲁迅用一种非常拗口的语言就很不一样，《女吊》开头让人喉咙发紧，《水里的东西》一开始读你的心态就会松下来——当然这并没有好坏之别，只是两篇文章要表达的意思很不相同。

接下来一段又是转折，提到绍兴人"在戏剧上创造了一个带复仇性的，比别的一切鬼魂更美，更强的鬼魂。这就是'女吊'"，点到了这篇文章的主题。接着鲁迅的笔荡开去："我以为绍兴有两种特色的鬼，一种是表现对于死的无可奈何，而且随随便便的'无常'，我已经在《朝花夕拾》里得了介绍给全国读者的光荣了，这回就轮到别一种。"关于这个《无常》，我也可以先给大家作个"绍介"，《无常》是鲁迅1926年6月23日写的，比《女吊》早了差不多十年，这是一篇相对轻松诙谐的文章，整体感觉跟《女吊》很不一样。其实无常是不是鬼是可以存疑的，鲁迅提到无常是所谓"生人走阴"，阎罗王的生死簿里已定好了人死的日期，无常就是到了时间去阳间把人领来向阎罗王报到的公差。这种鬼通常是活的人到阴间去当差，生人走阴，所以可能也不大算是鬼。《无常》的情绪相对比较活泼，比如提到无常在绍兴戏里的情节，无常有一次按阎罗殿里规定的时候去拘捕一个人，这个人得了伤寒痢疾，被一个庸医害死了，无常去看了以后发现他的妻子哭得很悲伤，心一软，让那人在阳间多待了几刻钟，回到阎罗殿时，阎罗王觉得无常肯定收受了贿赂，就把无常打了一顿。另外一个细节是迎神赛会时候的无常，旁边有一个漂亮的女人扮他的妻子，还有一个小孩子，跟无常长得一样，"小高帽，小白衣；虽然小，两肩却已经耸起了，眉目的外梢也向下"，"这分明是无常少爷了，大家却叫他阿领，对他似乎都很不表敬意；猜起来，仿佛是无常嫂的前夫之子似的。但不知何以相貌又和无常有这么像？吁！鬼神之事，难言之矣，只得姑且置之弗论"。这里的意思实际上是这样的，农村迎神的时候，无常跟无常嫂旁边的孩子，长得非常像无常，但又被叫阿领，所谓"领"，就是过去普通所说的"拖油瓶"，寡妇再嫁时带着儿子嫁给后来的丈夫，那么拖油瓶"拖"过来的这个孩子应该跟继父没有血缘关系，因为他是前夫之子，但在农村的迎神会上，这一点完全被忽略了，无常少爷与无常没有血缘关系，但相貌又很像无常。鲁迅用调侃的语调写这样的细节，那么他的用意呢，他自己做了交代，他从小就对无常特别感兴趣，认为一切鬼族中，就是它还有点人情："我至今还确凿记得，在故乡时候，和'下等人'一同，常常这样高兴地正视过这鬼而人，理而情，可怖而可爱的无常；而且欣赏他脸上的哭或笑，口头的硬语与谐谈……"这里所谓"鬼而人，理而情"，应该说可以概括鲁迅写无常时的关怀。鲁迅和周作人谈鬼的时候，他们所看到的也就是鬼背后的人，理背后的情，所谓人情的东西，他们对鬼感兴趣，实际上是对鬼背后体现的人情感兴趣，因为所有鬼这样的东西，都是人的创造。在周作人的很多文章里也有类似的表达，

《水里的东西》结尾解释他为什么要谈河水鬼，说："河水鬼大可不谈，但是河水鬼的信仰以及有这信仰的人却是值得注意的。"也就是说中国民间的人情可以通过鬼、对鬼的态度、对鬼的信仰的方式表现出来，反映出来。他关心的实际上是这个，鬼只是一个表面的东西。1930年代中期周作人还写过一篇文章，叫《鬼的生长》，文章前半部分，周作人对一个死无对证的问题做了一本正经的考证，那就是人死后变成鬼，鬼在阴间会不会接着长大变老，死时多少岁，过一年是不是长一岁。他先引用了一条材料，在清代纪晓岚《阅微草堂笔记》的《如是我闻》里，讲了这么一个有关鬼的故事：有一个人晚上在墓道间行走，看见一个十六七岁的小伙子，长得非常可爱，跟一个七八十岁的老太太，在那里神态亲密，像谈恋爱的样子，这人很惊讶，觉得老太太实在太淫荡，勾引这么一个小伙子，第二天一问才知道那是两个鬼。为什么会这样呢？因为这两个人生前结婚了，男的十六七岁就死掉了，女的又多活了五十多年，死时是七八十岁。周作人由这个故事得出结论，鬼死后是不会生长的，死的时候多大就一直是那个年纪。接着他又引了一条宋代邵伯温《闻见录》里的资料：有一个人生了一对龙凤胎，一男一女，男的活了下来，女的落地就死了。过了十多年，母亲生病正在休息的时候，女的来拜见，说原来被庸医误了，母亲对她说这是命，命该如此。女儿不服气，说为什么哥哥活下来她却死了。母亲回答说，哥哥活了，你死了，这就是命，女儿便哭着走了。又过了十多年，那女的二十多岁，再来拜见母亲，说她投胎去了。于是周作人又得出结论，看来鬼死之后确实是会长大变老的，因为她是死胎，后来成大姑娘鬼了。周作人在《鬼的生长》里面花了很大篇幅，一本正经地、非常费劲地，当然也相当有趣地考证鬼死后生不生长的问题,最后的结论却莫衷一是。这么考证了半天,其实是为了介绍一本书,这本书叫《望杏楼志痛编补》,作者钱鹤岑是民国时的旧文人,他的三个孩子夭折了,所以里面就有《乩谈日记》。扶乩可能大家不了解,那是与鬼通话的专门技术。这位钱老先生就通过这种办法与阴间的三个孩子以及其他死去的亲人对话,比如问他们是否长大了,是否娶妻生子等等,记录了许多奇奇怪怪的事,一直到三个孩子都投了胎才结束。当然这里的鬼是有生老病死的,周作人抄了很多内容,最后说:"《望杏楼志痛编补》一卷为我所读过的最悲哀的书之一,每翻阅辄如此想。如有大创痛人……路人旁观亦哭笑不得。自己不信有鬼,却喜谈鬼,对于旧生活里的迷信且大有同情焉……"在非常荒唐的人鬼对话里,周作人看到了人性中非常普遍的一面,亲情、人情、父爱等等。《鬼的生长》开了半天玩笑,最后引出了一个最悲哀的话题,实际上所关怀正在这里:"我不信鬼,而喜欢知道鬼的事情,此是一大矛盾也。虽然,我不信人死为鬼,却相信鬼后有人。"这话是说得很有感情的,所谓"鬼后有人",正是核心所在。当然,他的关心,他的表达是非常理性的。周氏兄弟性格不太一样,鲁迅就不会说得这么平和,他通常是要借所写的对象,所谓借别人的酒杯浇自己的块垒,借题发挥,在《无常》里就表达了这样一种意思,他说公正的裁判是在阴间,实际上指向人间的黑暗,这是愉快谈论无常时的借题,也显现出鲁迅人生所特有的对抗姿态。

我们回到《女吊》,接着他开始讨论"女吊"这个词,说翻译成白话是"女性的吊死鬼",不过"吊死鬼"通常已含有"女性的"意思,古代投缳的女子居多,《尔雅》上就有"蜆,缢女"等等。有关女性问题是周氏兄弟非常关心的,鲁迅在五四时期写过一篇有名的文章,叫《我之节烈观》,讨论有关节妇烈妇以及妇女地位等问题。在《女吊》中,他其实是强调复仇者的女性身份,一般来说女性处于弱者的地位,所以是弱小者的复仇。有关女性的话题并不是这篇文章的重点,我也就不多谈。随后他提到从绍兴地方戏的看客嘴里听到"女吊"的称呼也叫作"吊神","横死的鬼魂而得到'神'的尊号的,我还没有发现过第二位"。有关"吊神"名称这层涉及神与鬼的位置问题,有一个比较有趣的现象,在西方,神是存在于日常生活中的,比如礼拜、施洗等等,而中国人与鬼的交往比跟神的缘分要深得多,这似乎是因为通常来说神处于高贵的集团,鬼比较卑贱,所以更容易交往。中国古代,大的来分有所谓天神、地祇、人鬼,但中国的鬼神系统是非常复杂的,这也只能大致说来,比如还有佛、仙、妖、怪等等,佛是从佛教来的;仙通常与道教有关;妖怪是那些乱七八糟的活物,各种事物都能化身为带灵性的东西,就是所谓妖怪。中国人习惯把它们一锅煮了,相互混淆。《西游记》就是比较典型的例子,里面有两个系统,西方的佛和东方的玉皇大帝,孙悟空居于其中,其实是妖,从石头缝里蹦出来的。妖魔鬼怪虽然一般比较可怕,但在人看来,总是等而下之,精神上可以居于优势地位。而神就比较严重了,比人高贵,所以只能顶礼。其实这样说是普通情况,事实也并不尽然,鲁迅所谓"'神'的尊号"也只是大致而言,有一些低级的神,与民众还是关系密切的,比如土地爷是级别很低的一种神,其地位相当于我们现在政治结构中的居委会一级,孙悟空拿金箍棒敲敲地面,他就得出来伺候。各个地方都有土地庙,很小,土地爷在迎神赛会是被人开玩笑的对象,受欺侮。还有灶王爷也是神,我们知道,腊月二十三是灶王爷上天的日子，要给他供麦芽糖，把他的嘴粘住，不让他到天上说这家人坏话，灶王爷是守护一个家庭的神，级别最低，老太太送灶王爷上天的时候，经常带着训斥口气对灶王爷说，你上去以后别说我家的坏话，说了我要怎么怎么着。当然级别高的神是很威严的，鬼则是比较低级的东西，通常也比较可怕，不是好东西。西方有所谓吸血鬼，已演化为一种有传统的文化，在许多传说中都有它的形象，中国所谓阎罗殿系统是鬼系统。我们这个民族对鬼的记载是比较早的，有名的就是志怪，魏晋南北朝的志怪一本正经地记录这事，态度很严肃，因为信以为真。后来就不一定了，比如苏东坡，所谓以鬼自晦，即自我隐藏，苏东坡不得志时，在家里没事干，闷闷不乐，来了客人就要听鬼故事。有一次来了一个人，苏东坡就让他讲鬼的故事，那人说他实在没有，苏东坡就说"姑妄言之"，姑且乱讲一个，瞎编一个故事。所以《聊斋志异》有"姑妄言之姑听之，豆棚瓜架雨如丝"这样的诗句。另一类是"以鬼为戏"，有钟馗捉鬼的故事，有个画家叫罗两峰，还画鬼趣图，在中国古代以鬼为题材的绘画作品很多，里面的鬼是很好玩的。还有如《阅微草堂笔记》是以鬼设教，讲鬼的故事常常涉及教化的问题。中国古代文人与鬼普遍有着密切的关系，这跟信不信有鬼不完全是一回事，而是一种文化传统。到五四新文化运动，提倡民主科学，这时提及鬼的问题往往是与反迷信有关。1918年有一个《灵学杂志》，当时陈独秀、钱玄同、刘半农都针对它发表过文章，鲁迅在《随感录三十三》里就"灵学"和迷信问题，提到现在的"科学也带了妖气"，迷信披上了科学的外衣。这是当然的，只要迷信活着，就会与时俱进，现在算命也早已进入了计算机时代。另外可以提到，1949年后有一本很有名的书《不怕鬼的故事》，这跟当时

1960年代的政治斗争有关。所以鬼的问题在五四以后已变成一个比较严重的问题。

周氏兄弟谈鬼并不只涉及迷信问题，常是别有用意，鲁迅在《野草》中有一篇《失掉的好地狱》，谈地狱主要不是为了谈鬼，这地狱只是一个寓言。周作人也有文章《我们的敌人》，批判的是"附在许多人身上的野兽与死鬼"，要打鬼，这是以鬼设喻。但更多的如周作人在谈到鬼的问题时所言：对鬼的关心有文艺的、历史的关心，还有人情的关心。后来他在一篇《说鬼》的文章里总结了两句话：一句是"人间的鬼伎俩也值得注意"，就是所谓人里的鬼，这个鬼是要打的；另一句是"了解一点平常不易知道的人情"，这就是鬼里的人，这是要关怀的。这两句话可以概括周氏兄弟与"鬼"的关系。

文章节奏的控制

接下来两段，谈到40年前绍兴的"大戏"和"目连戏"。鲁迅对这种"野戏"有着特别的爱好，他的《社戏》讲他小时候在农村看野戏时非常快乐的经历，据说这篇文章从未从中学课本里消失过，诸位一定再熟悉不过了。不过《戏社》开头是被删改了的，原来的开头部分谈到鲁迅看京剧时糟糕的经历。京剧号称国剧，鲁迅跑到北京就去看京剧，看了留的印象很坏，剧场里秩序坏，凳子坐着很不舒服，咿咿呀呀地唱，听不懂唱的是什么，想中途退场又出不去，所以感觉很不好。不止鲁迅，周作人对京剧印象也坏，他们对梅兰芳就有个人的成见，但他们对野戏的爱好是很深的，所以鲁迅一生魂牵梦萦的就是小时候见到的戏台上的无常和女吊。

这五段已经占了文章的四分之一强,还没有进入主体部分,这种写法比较特殊,一般人是做不来的,控制不住。普通写文章,一开头总是忙着点题,赶快进入主题。这五段占了那么大篇幅,如果按中学对作文的要求,就会被老师批为东拉西扯,而且这些完全是议论,老师该给你说说如何"描写"了。但我们看这五段,其实是蓄积了文章的气氛,所谓"山雨欲来风满楼",表面轻描淡写,却不断把阴郁的气氛造起来,不断给人预感,一种文章发展趋势的预感。这预感其实在开头就有了,开头很硬,预示着空气,经过漫长的等待,在一片安静之中,天空越来越阴沉了。五段过后,戏终于要开演了。

接着逐渐进入文章的主要部分,开始写到戏台上,"当没有开场之前,就可看出这并非普通的社戏,为的是台两旁早已挂满了纸帽,就是高长虹之所谓'纸糊的假冠',是给神道和鬼魂戴的"。这里"高长虹之所谓'纸糊的假冠'",按鲁迅的说法是个"今典"。1920年代,高长虹跟鲁迅争论的时候,给鲁迅贴了一个标签,"鲁迅遂带其纸糊的权威者的假冠","纸糊的假冠"在这里被顺手提到了。这种写法在鲁迅作品中很常见,散文中有,小说尤其《故事新编》中非常多,这就是所谓"杂文笔法",是鲁迅特有的。简单地说,在叙述或议论中,扯到一个话题,顺便给予这个话题无直接关系又可联想到的事情一个讽刺,产生幽默的效果,可谓之杂文笔法。在《无常》里面,用到很多这样的词汇,像碰壁、绍兴师爷、放冷箭、正人君子、老婆儿女等等,这些词汇就是"今典",不是古代的典故而是当下的引用,后来人阅读需要专门的考证,其实这都是现代评论派的人攻击周氏的文章里用的,被引了来,也就成其为杂文笔法。还有在《故事新编》里,有"鸟头先生""'禹'是一条虫"等等，鲁迅自谓"油滑"，"油滑"在学术界也因此成为一个特有的美学词汇，不是普通的贬义词了。鲁迅自己这么说，当然不过自谦而已，不过，是自诩也说不定。

往下，"所以凡内行人，缓缓的吃过夜饭，喝过茶，闲闲而去，只要看挂着的帽子，就能知道什么鬼神已经出现"，这时总算写到具体的情境，看戏的人出来了，可以注意这句话的句式和词汇，"缓缓的""闲闲而去"，极力地把气氛松缓下来，这是作者有意识在控制叙述的"速度"，实际上预示着一种比较紧张的气氛即将出现。但这么说了两句，他又把笔头转开了，去考证什么是"起殇"，"起殇"与《九歌》中的"国殇"是什么关系。在叙事当中不断穿插议论，一紧一松，是《女吊》最基本的手法，也是鲁迅控制文章节奏的极为高明之处。随后，就是对"起殇"的描写，这是很精彩的一个段落，节奏也骤然间紧张起来了：

> 在薄暮中，十几匹马，站在台下了；戏子扮好一个鬼王，蓝面鳞纹，手执钢叉，还得有十几名鬼卒，则普通的孩子都可以应募。我在十余岁时候，就曾经充过这样的义勇鬼，爬上台去，说明志愿，他们就给在脸上涂上几笔彩色，交付一柄钢叉。待到有十多人了，即一拥上马，疾驰到野外的许多无主孤坟之处，环绕三匝，下马大叫，将钢叉用力的连连刺在坟墓上，然后拔叉驰回，上了前台，一同大叫一声，将钢叉一掷，钉在台板上。

这里的句式和词汇，比如"环绕三匝，下马大叫"，比如"一同大叫一声，将钢叉一掷，钉在台板上"，同前面的"缓缓的""闲闲而去"

相比较，明显地可以看出作者的手紧了，这是有意识推动气氛的紧张感，为女吊的出场做铺垫。

从"看客"到"起殇"，总体上气氛由松而紧，而其内部，又是间以叙事和议论的一紧一松，文章就以这样音乐般的感觉推进。接着，是又一层铺垫，这回轮到了男吊。"于是戏文也接着开场，徐徐进行，人事之中，夹以出鬼"，诸如"徐徐进行"，其轻松闲在正与上一段"闲闲而去"云云是同一伎俩，随后介绍各种"没出息鬼"，地位也与前段之考证"起殇"来源相当。但是，"一到'跳吊'时分"，突然间就"提勒"了起来，确实"情形的松紧可就大不相同了"。不过在这读着心一紧的千钧一发之时，鲁迅又插了一句，"'跳'是动词，意义和'跳加官'之'跳'同"，这么微小的地方还要来个节奏变化，真是细入毫巅又可谓"捣乱"之至。来这么一下后，才心满意足地"台上吹起悲凉的喇叭来"，一直到"就跳下，走掉了"，是这一节的主体部分，相当于前节的招呼孤魂野鬼。再下来讲男吊之不易跳，王灵官如何保护扮男吊者不被真男吊弄走，功能也类似于前节议论充当"义勇鬼"的小孩回家可能挨打。结尾"就如要人下野而念佛，或出洋游历一样，也正是一种缺少不得的过渡仪式"，又是一个杂文笔法，当然"下野念佛"与"出洋游历"这横笔一扫扫得比较宽泛，所指未必特别具体。凡此种种，都是在笔下变化这一乐章的节奏，为主角垫场。

终于，高潮出现了：

> 这之后，就是"跳女吊"。自然先有悲凉的喇叭；少顷，门幕一掀，她出场了。大红衫子，黑色长背心，长发蓬松，颈挂两

条纸锭,垂头,垂手,弯弯曲曲的走一个全台,内行人说:这是走了一个"心"字。

女吊是千呼万唤才出来的,这里可以注意的是,鲁迅要强调的,是女吊的女性特征,"垂头,垂手,弯弯曲曲的走一个全台"。前面两节的招魂和男吊,都是为女吊热场子,写得非常之强悍,似乎要给人以更激烈的期待,而待得真出场了,却特别写她女性的柔婉,而且"走了一个'心'字",这是从反方向的更强烈的刺激。应该明白这样的道理,首先,形象的强烈与否不在于绝对的硬度,而在于背景的反衬,赳赳武夫群中虬髯虎目的大豪杰,其"跳脱"程度未必超过羽扇纶巾的一介书生,或者可以肯定地说,绝对不如曼妙而舞的一位妙龄少女,女吊出场之所以没被喧宾夺主,正是这个缘故。其次,节奏的紧张与否并不在于绝对的强度,而在于松紧之间的落差,议论的穿插除了文章的摇曳之外,其作用更在舒缓之后拔地而起的震撼,高音的听觉感受从来有赖于低音的对比,否则喊破喉咙也不见得有用。正是这个缘故,就这么才说了几句,鲁迅的笔又荡开了,考证为什么要走"心"字,为什么要穿红衫等等,一直扯到劝说"'前进的文学家和'战斗'的勇士们不要十分生气",担心他们要变成"呆鸟"。

文章的色彩和戏剧性

好在绕多远都得回到女吊,"她将披着的头发向后一抖,人这才看清了脸孔:石灰一样白的圆脸,漆黑的浓眉,乌黑的眼眶,猩红的嘴唇",回头一想才发觉,前段的"长发蓬松"敢情是遮着脸,写的是身段,这儿"头发向后一抖",才是要专写"脸孔",而如何呢,"圆脸"是"白的","浓眉"是"漆黑的","眼眶"是"乌黑的","嘴唇"是"猩红的",再加上前面的"大红衫子"和"黑色长背心",正如后来一个作家柯灵的总结:"最刺目的,几乎可以说是对于视觉的突击的,是女吊的色彩。如果用绘画,那么全体构成的颜色只有三种,大红、黑和白,作着强烈的反射。红衫、白裙、黑背心,蓬松的披发,僵白的脸,黑眼,朱唇,眼梢口角和鼻孔,都挂着鲜红的血痕。"当然,基于鲁迅对美感的敏锐甚至挑剔,正如他接着说不喜欢其他地方的女吊拖着假舌头一样,柯灵所谓"眼梢口角和鼻孔,都挂着鲜红的血痕",即使确有其事,他也不会写进去。他是在大块地搭配红、黑、白三种颜色,这三种颜色都是非常极端的,鲁迅更要强调其极端,所以,白是"石灰一样",黑是"漆黑""乌黑",红是"大红""猩红",唯恐人不知是非常有刺激性的红白黑。这些鲁迅喜欢的色调与他强烈的性格是吻合的,《铸剑》中有"黑色人",那是他自己的影子;无常之所以让他喜爱是因为"单是那浑身雪白这一点,在红红绿绿中就有'鹤立鸡群'之概"。鲁迅在美术方面很用心也很有能力,比如他直接促成了中国现代版画运动,再就是一辈子搜集汉画像石拓片,汉代墓室里砖石壁上刻着许多奇特的图像,可以拓下来,拓片是大块的黑白,实际上他晚年关心的现代版画也是大块黑白,这在鲁迅的审美偏好里是一个非常基本的基调,带进文章是很自然的事情,《野草》中《影的告别》,就始终是白与黑的对比。红跟黑白一样,也是非常极端同时又互为相反的色调,直接组合既强烈又纯净,《野草》里的《死火》,其实就是三种颜色的相互映衬,先是"高大的冰山,上接冰天,天上冻云弥漫……山麓有冰树林……一切冰冷，一切青白"，白的极端，在鲁迅就是"青白"，《铸剑》里剑炼出来之后，"慢慢转成青色了。这样地七日七夜，就看不见了剑，仔细看时，却还在炉底里，纯青的，透明的，正像两条冰"。《死火》接下来写"我"坠入谷中，"上下四旁无不冰冷，青白。而一切青白冰上，却有红影无数，纠结如珊瑚网"，死火"有炎炎的形，但毫不摇动，全体冰结，像珊瑚枝；尖端还有凝固的黑烟"，在一个白的大背景下，有无数红色的影，在红色当中又有一点黑，这种颜色对比非常纯净，同时也非常强烈。无常是"粉面朱唇，眉黑如漆"，女吊的脸也是白底子上的大红大黑，当然无常"就是雪白的一条莽汉"，而女吊穿着红黑的衣服，二者有区别，但用色的原则是一致的。顺便可以提到一个小节，鲁迅非常欣赏一位晚辈画家，叫陶元庆，陶元庆1920年代看戏曲表演，回来画了一幅设色画《大红袍》，活脱脱就是女吊，鲁迅可谓喜爱至极，这幅画现在大概不在了，但许钦文小说集《故乡》依鲁迅建议用作封面，如果诸位没有机会亲自去绍兴瞻仰女吊，这本书的原版还可供望梅止渴。

对极端色彩的激烈使用是鲁迅的偏好，当然也不是所有时候都这样，比如《腊叶》，也用了很多色彩，"他也并非全树通红，最多的是浅绛，有几片则在绯红地上，还带着几团浓绿。一片独有一点蛀孔，镶着乌黑的花边，在红，黄和绿的斑驳中，明眸似的向人凝视"，这里的颜色也有比较极端的，像通红、浓绿、乌黑等，但我们一点也没有读《女吊》时的那种强烈的视觉冲击。为什么？因为它有许多过渡的色彩在起作用，比如浅绛、绯红等等，不存在绝对极端的色彩，色彩的极端是在对比之中产生的。这篇文章五颜六色，整体的画面感觉就像一幅水彩画，背景是各种各样的颜色，中间一片腊叶，叶上一个蛀孔，像眼睛一样。《腊叶》是写给"想要保存我"的"爱我者"的，鲁迅很少显露的温情在颜色的使用上也透露着信息。

并不是每个作家对颜色都有鲁迅的敏感，但好作家绝不会乱用或滥用这类词汇，把一篇文章弄得脏乎乎的，其实有时不设色感觉也绝佳，比如周作人《水里的东西》写到落水鬼："据说是身体矮小，很像是一个小孩子，平常三五成群，在岸上柳树下'顿铜钱'，正如街头的野孩子一样，一被惊动便跳下水去，有如一群青蛙，只有这个不同，青蛙跳时'不东'的有水响，有波纹，它们没有。"在这里是看不到任何色彩的，感觉不到柳树是绿的、河水是白的，更别提落水鬼是怎么样的了，这还真是白描。周作人在这方面与鲁迅的感觉很不一样，大概也是性格的原因，鲁迅很愿意填入大片的色块，而周作人通常只是线描勾勒，这是一种明清版画的感觉。

说了这么多，鲁迅在女吊身上用笔究竟是非常少的，这两处加起来无非也就百字上下。第一处是描写女吊穿着，第二处是脸上的模样，至于动作，先是"弯弯曲曲的走一个全台"，再就是"头发向后一抖"，所言无非如此，看上去再普通没有了，是个人都写得出来。事实当然并不这样，戏曲舞台上，名角不是非要唱到响遏行云时才会有掌声，通常是出场一亮相，全场一声好，这叫"碰头好"，更有人未到台上，帘内一声"嗨"，就来了个碰头好，这种效果的原因很微妙，观众所冲未必都是名气。鲁迅笔下的女吊，没有表情，没有多余动作，但读着只觉压迫感四面八方而来，道理是一样的。这么说我想太抽象了，这里有两个例子可以比较，写的都是女吊，作者也都是绍兴人。一篇是柯灵《神·鬼·人》的"鬼"部分，女吊出场时"'目连嘻头'吹完一支'前奏曲',接着是一阵焰火,女吊以手掩面,低着头出现了……她双手下垂:一手微伸,一手向后,身体倾斜,就像一阵鬼头风似的在台上转"。这里的女吊是"以手掩面",不像鲁迅笔下的以发遮面,而且步伐非常快,"像一阵鬼头风似的在台上转",鲁迅那儿却是"弯弯曲曲的走一个全台"。然后,"看她接着就在戏台中央站定了,一颗蓬松的头,向左、向右、向中,接连猛力地颠三下,恰像'心'字里面的三点……"与鲁迅的也不一样,谁说得对呢?我没有考证,所以这儿暂时无可奉告,不过,文学作品不是人类学或民俗学调查报告,所以对错即使不能说绝对不重要,至少可以说不是顶重要的,其实在"原貌"这个问题上我是宁愿选择不相信鲁迅的,周作人说过,鲁迅是个有戏剧感的人,对小时候的许多回忆都有些戏剧化,对照后来周作人有关讨论鲁迅作品的文章,可以知道鲁迅经常是选择性遗忘和审美性误记。有关女吊的段落,鲁迅追求的效果,是女性柔和外表包裹下的那种强悍,所以只能"弯弯曲曲的走",也必然只写凌厉的色块,其他包括女吊的表情,一概从略。而柯灵显然没有这样的自觉,知道什么说什么,记得多少写多少,末了还得"补说一句,那神情实在是很令人惊心夺魄的。她冷峻、锋利,真所谓'如中风魔',满脸都是杀气",其实这么补充,反而是不怎么"惊心夺魄"了,鲁迅不说,倒真是"杀气"逼人,这就是所谓"笔力"。另外一个例子出在许钦文《美丽的吊死鬼》:"在吊死鬼出台以前,必先吹一阵尖声的号筒,连响十八的,造成阴森森的空气。吱的一声叫,吊死鬼甩着披散的乱头发跑出台来,非常好看:圆圆的两只大黑眼睛下面,显着鲜红的两颊,嘴巴是翘耸耸的;红衫外面罩上青的长背心,也很醒目,真是美丽。"他更是一切不管,只"甩着披散的乱头发跑出台来",整个写作节奏是乱的,至于像"非常好看""真是美丽"这样的表白,打死鲁迅也不会用的,那是感到实在传达不出来了,只好硬下结论,所谓"技穷",这就是比较恰当的例子。

刚把女吊的脸看清楚,鲁迅又把笔转开,扯起假舌头的问题,认为没有假舌头好,"更彻底,更可爱","假使半夜之后,在薄暗中,远处隐约着一位这样的粉面朱唇,就是现在的我,也许会跑过去看看的,但自然,却未必就被诱惑得上吊"。可以感觉到语调的故作轻松,其实这个时候,气氛已相当紧张了。终于,文章推向了最高潮:"她两肩微耸,四顾,倾听,似惊,似喜,似怒",这里把句子的节奏控制到了最紧的程度,一般而言,短句式可造成句子的紧张,速度也会比较快,此处短到两字句排列了。然而"终于发出悲哀的声音,慢慢地唱道:'奴奴本是杨家女,呵呀,苦呀,天哪!……'"所谓"慢慢地唱",所谓"呵呀,苦呀,天哪!……"一转而为极度的柔弱,只是诉苦,但这是以至柔表现至刚,手法正与柯灵直言"冷峻、锋利"反其道而行,由此形成极度的反差,这种反差,相距越远,力度越大。"奴奴本是杨家女,呵呀,苦呀,天哪!……"这两句唱是文章的最高音,但其实并未唱出什么,鲁迅把具体内容全省掉了,说"下文我不知道了。就是这一句,也还是刚从克士那里听来的"。克士是他的弟弟周建人,但既然可以"听来",为什么不能多打听打听,就写这么两句呢?

有关绍兴地方戏里女吊的故事,有不同的说法。戏里演的女吊,本名叫王芙蓉,一种说法是她父母双亡,被叔叔卖到了妓院,受尽凌辱上吊自杀;还有一种说法,她是童养媳,被婆婆卖到了妓院,在里面自缢而死,她的夫家姓杨,我想鲁迅的"杨家女"的误记就是由此而来的。不过,悲苦的女人与杨这个姓似乎总有点缘分,记得中学时读何心《水浒研究》,里面有一条说,《水浒传》里淫荡的妇人多姓潘,给我留下颇为古怪的记忆,如果这可以成为道理的话,那鲁迅错得也算有根据了。至于有关的唱词,记载也有些区别,比如在柯灵的文章里面,是这样的:"奴奴本是良家女,从小做一个养媳妇,公婆终日打骂奴,悬梁自尽命呜呼!"然后才是"呵呀,苦呀,天哪!……"另一种是这样的:"奴奴本是良家女,将奴卖入勾栏里;生前受不过王婆气,将奴逼死勾栏里。呵呀,苦呀,天哪!将奴逼死勾栏里。"大戏和目连戏唱词都表现着一定的叙事情节,鲁迅却全给省略掉了,只剩下悲哀的呼喊。为什么选择这样的写法,我想这是一个很有意思的问题。我们可以把它同《无常》作个比较,《无常》里也有无常的唱词,鲁迅这样写道:"其中有一段大概是这样:'……大王出了牌票,叫我去拿隔壁的癞子。问了起来呢,原来是我堂房的阿侄。生的是什么病?伤寒,还带痢疾。看的是什么郎中?下方桥的陈念义la儿子。开的是怎样的药方?附子,肉桂,外加牛膝。第一煎吃下去,冷汗发出;第二煎吃下去,两脚笔直。我道nga阿嫂哭得悲伤,暂放他还阳半刻。大王道我是得钱买放,就将我捆打四十!"这里所引无常的唱词,可谓不厌其细,把细节全写了下来,生的什么病,开的什么药,第一天吃药怎么样,第二天吃药怎么样,无常怎么动了恻隐之心,大王又如何反应,都给出来了,和《女吊》笔法正相反,为什么呢?是不是《无常》早十年写的,那时鲁迅的记性好些?不好这么说吧。无常让鲁迅最感兴趣的是对死的无可奈何和随随便便,而且鲁迅写的是无常的诙谐、无常的可爱,引出这些细节正可描摹无常这一面。但在《女吊》,情况就不一样了,文章的气氛不同,《女吊》中鲁迅要的是复仇，要的是女吊心中的悲苦，这情绪实际上就在她石破天惊的喊叫中表现出来，至于她的悲惨经历，受了何种压迫，如何死的，这些细节都不重要了，其实应该说，细节反而要削弱鲁迅希望达到的效果。所以可以大胆认为，不管鲁迅是否记得女吊的唱词，他都会这样写，省略掉大部分内容。这在文章中是所谓加法减法的问题，在《无常》中那种不厌其细的写法是加法，而在《女吊》中是减法，一定减到使最突出的句子显露出来为止，其实涉及女吊的所有文字也就这么多，不用再多了，也不能再多了。两文相较，一是多多益善，一是以少覆众，奇正虚实，神明变化，运用之妙，存于一心，斯可谓用兵如神。

再下来文章就要结尾了，气氛缓和了下来，这是真缓和，写得很轻松幽默，说王灵官是热烈的女权拥护家，在危急之际出现，一鞭把男吊打死，放女的独去活动了。这是戏台上演的，要还阳，须讨替代，男吊和女吊争抢替身，王灵官出来就把男吊打死了，女吊就成功地还阳了。鲁迅接着说："中国的鬼有些奇怪，好像是做鬼之后，也还是要死的，那时的名称，绍兴叫作'鬼里鬼'。"鬼在阴间也还会死，"鬼里鬼"实际上是有一个专门的字表示的，叫"聻"。但他又生出疑问，"男吊既然早被王灵官打死，为什么现在'跳吊'，还会引出真的来呢？我不懂这道理，问问老年人，他们也讲说不明白"。到这里，实际上已经是文章结尾了，而且还特别像《无常》的结尾，"莫非人冥做了鬼，倒会增加人气的么？呀！鬼神之事，难言之矣，这也只得姑且置之弗论了"。都是言有尽而意无穷，收束得既干净又蕴藉。

鬼和与鬼有关的

决绝的人生姿态

以上结尾已经很好了，但接着又来了一段，这一段从阅读感觉上说，文气稍微有些改变，好像突然间另起一行，不是特别顺畅。为什么要加这一段，因为还有一个"讨替代"的问题没有解决，鲁迅说这是利己主义，然后讲到复仇，又点回原来的话题，说"讨替代"会忘记了复仇，"被压迫者即使没有报复的毒心，也决无被报复的恐惧，只有明明暗暗，吸血吃肉的凶手或其帮闲们，这才赠人以'犯而勿校'或'勿念旧恶'的格言"。其实女吊本就是要讨替代的，在民间的戏剧中，讨替代和复仇的关系很难说清楚，但鲁迅写女吊，是要赋予她复仇的禀质。

《女吊》之前鲁迅所写的一篇文章是《死》，作于九月五日，里面拟了他的遗嘱，当然这是文章里的遗嘱，是借此向世人表达他的意思，其中有一条，"损着别人的牙眼，却反对报复，主张宽容的人，万勿和他接近"，这几句话和《女吊》第二段中一句话倒很照应："不过一般的绍兴人，并不像上海的'前进作家'那样憎恶报复，却也是事实。单就文艺而言，他们就在戏剧上创造了一个带复仇性的，比别的一切鬼魂更美，更强的鬼魂。"这是赋予女吊以复仇的象征，来反衬上海"前进作家"的憎恶报复，而在鲁迅看来，反对报复的人才是最可怕的，"只有明明暗暗，吸血吃肉的凶手或其帮闲们，这才赠人以'犯而勿校'或'勿念旧恶'的格言——我到今年，也愈加看透了这些人面东西的秘密"。所以在《死》里，鲁迅表白他最后的态度："让他们怨恨去，我也一个都不宽恕。"

复仇之于鲁迅是一个很大的话题，需要专门的时间才能说清楚，今天主要讲文章，有关这个思想性的课题只能简单提示一点，也就是他所谓的复仇并不是具体的报复，不是针对某个具体对象，不然就真成"讨替代"了。复仇对鲁迅而言事实上是一种人生体验，具体举一个例子，比如《铸剑》，《铸剑》里面有一个黑色人，正像《过客》里的过客一样，这个黑色人也是鲁迅自我的形象投射，黑色人要替眉间尺杀王报父仇，因为眉间尺行踪被发现，无法进宫，黑色人出现，要拿眉间尺的头颅和剑去报仇。他们有一组很重要的对话，眉间尺问："但你为什么给我去报仇的呢？你认识我的父亲么？"黑色人答道："我一向认识你的父亲，也如一向认识你一样。但我要报仇，却并不为此。聪明的孩子，告诉你罢。你还不知道么，我怎么地善于报仇。你的就是我的；他也就是我。我的魂灵上是有这么多的，人我所加的伤，我已经憎恶了我自己！"黑色人报仇有何目的？没有，他只是复仇的化身，就像复仇的神灵一样，寄托在任何复仇者身上，"你的就是我的"。鲁迅不愿意女吊"讨替代"，他笔下的女吊同黑色人一样，也是复仇的化身，他借女吊这具体的形象，来表达他的人生态度。复仇可以说是鲁迅人生美学的一部分，《女吊》所展现的是他决绝的人生姿态。

　　无常跟女吊是鲁迅最喜欢的两个鬼，鲁迅写它们前后相隔了十年，写无常时他心情应该是愉快的，到女吊就完全不一样了，《无常》中鲁迅关心的问题同周作人关心的一样，是人情的问题，即鬼背后的人，所以他强调众神鬼之中，只有无常还有点人情。女吊身上，鲁迅寄托的是复仇的关怀，写作时，死的问题对鲁迅来说真成问题了，他的身体状况已经非常糟糕，因此这篇文章读来有死神唇吻的气息，像是他将所有剩余的生命力在这篇文章里燃烧净尽。在这死亡的边缘，鲁迅借女吊来抒情，来为他的人生作一定格，对于世间，这既是道别，更是永存，因为，他终于化身女吊，问候每一个人，不管你愿意不愿意。

《平凡的世界》不平凡

——《平凡的世界》现实主义长销书模式分析

邵燕君，1968年出生于北京，现任教于北京大学中文系。2004年创立"北大评刊"论坛，2015年创立"北京大学网络文学研究论坛"，任主持人。现任中国作家协会网络文学委员会委员、《网络文学评论》（广东省作协主办）特邀副主编、全国网络文学研究会副会长。主要从事文学生产机制研究和文学前沿研究。

著有《新世纪第一个十年小说研究》《倾斜的文学场——中国当代文学生产机制的市场化转型》《美女文学现象研究》《新世纪文学脉象》《网络时代的文学引渡》等，与曹文轩教授共同主编《中国小说年选》（2004—2009，共6本）。

一

2002年，如果不是为了做博士论文《当代文学生产机制的市场化转型》[1]，需要特别关注读者市场的反应状况，我这个"科班出身"的"学院派"研究者恐怕怎么也不会注意到路遥和他的《平凡的世界》。在我一贯的印象里，路遥对当代文学发展的主要贡献到《人生》就为止了，他在文学史上的位置更因其英年早逝而被圈定。虽然《平凡的世界》是一部规模宏大的巨著，但当代文学早已前进了十万八千里，一部传统现实主义风格的长篇小说还值得进入研究视野吗？

然而，当我在为博士论文收集材料时，这部平凡得几乎被我忽略掉的作品却不断冒出来，通过一个个具有说服力的调查结果一次次地冲击着我的研究视野，默默地向我显示着其"不平凡的力量"。

最先让我感到冲击的是一项在业内颇受称道的读书调查："1978—1998大众读书生活变迁调查"，它是中国科学院生态环境研究中心国情研究室受中央电视台"读书时间"栏目委托，对1978年以来中国公众的读书生活及历史变迁进行的调查研究。调查范围虽然限于北京，但调查结果被认为对全国出版业有参考价值[2]。

该调查中有一项是关于"二十年内对被访者影响最大的书"，调

---

[1] 该博士论文于2003年5月在北京大学中文系通过答辩。论文《〈平凡的世界〉不平凡——现实主义长销书模式分析》发表于《小说评论》2003年第1期。

[2] 该调查结果及研究分析见康晓光等著《中国人读书透视——1978—1998大众读书生活变迁调查》，广西教育出版社1998年版。北京印刷学院出版系主任、在期刊研究界颇有建树的李频先生在其力作《期刊策划导论》（河北教育出版社2001年版）中，称赞它是一本"特色鲜明、颇富理论与应用价值的出版文化研究著作"（见22页），并将之作为重要参考资料之一。

查方法是分几个时间段,由被访者[1]根据回忆列举出在每个时间段内对自己影响最大的书。这样的调查方法难免产生一些记忆上的失误,但却最能见出经过岁月的淘洗,真正铭刻在读者心中的书籍的影响力。

调查者根据被访者所列举书目进行综合统计,统计结果是:在1985—1989年期间,对个人影响最大的书籍居前三位的依次是:《红楼梦》、"金庸作品"、《水浒传》,"新时期"小说中,入选的唯一作品是《平凡的世界》(第17位)。在1990—1992年期间,居前三位的依次是《读者文摘》杂志、"金庸作品"、《红楼梦》,共有五部"新时期"小说榜上有名,分别是《平凡的世界》(第13位)、"贾平凹作品"(第16位)、《穆斯林的葬礼》(第19位)、《白鹿原》(第24位)、《曼哈顿的中国女人》(第28位)。在1993—1998年期间,居前三位的依次是"经济学书籍"、《中国可以说不》、《读书》杂志,《平凡的世界》的位置明显上升到第七位,其他被列举的"新时期"小说有:《曾国藩》(第17位)、《白鹿原》(第29位)、《穆斯林的葬礼》(第30位)、"王朔作品"(第37位)、"贾平凹作品"(第39位)。

在此基础上,评选出"到现在为止对被访者影响最大的书",前三位分别是《红楼梦》《三国演义》《钢铁是怎样炼成的》,《平凡的世界》排在第六位,在调查公布的前28部作品中,没有其他"新时期"以来的当代小说入选。

从以上调查可以看出,《平凡的世界》自问世起,就在读者中产

---

[1] 被访者共有一千位,其中五百位为街区随机抽样访问,五百位为书店、书摊随机拦访。调查者认为这样的抽样方式可以更准确地呈现出北京人的读书状况。

生着持久的影响[1]。这种影响不仅是稳定的,而且是逐步上升的。也就是说,随着时间的推移,它不但在读者的记忆中显示出越来越重要的意义,而且在当下读者的阅读生活中占据越来越中心的位置。北京的读者群在全国的读者范围内属于较高的层次,从以上调查结果来看,这个读者群特别崇尚经典,《红楼梦》《三国演义》和《钢铁是怎样炼成的》是公认的中国古典经典和当代外国"革命经典",《平凡的世界》可以说是唯一入选的由"新时期"以来中国作家创作的"当代本土经典"。

第二份对我产生冲击力的调查是由唐韧、黎超然、吕欣于1998年进行的"茅盾文学奖获奖作品调查"[2]。它是针对茅盾文学奖前四届20部获奖作品的接受情况所进行的一项全面调查,调查范围集中在广西地区,收回有效问卷的470位读者中,大部分是在校文科学生(354位),也有从事记者、编辑、大中学教师、图书管理、会计、工程师、行政管理等工作的人员,年龄在30岁以下的读者占绝大多数(369位)。

这次调查的重点之一本来是针对《白鹿原》的接受和评价状况的,但结果却让调查者感到"耐人寻味"。调查结果表明,在20部获奖作品中,读者购买最多的是《平凡的世界》(占读者总数的30%),读者最喜欢的作品也是《平凡的世界》,324位回答该问题的读者中,有145人将之列为第一喜欢的作品,列它为"最差作品"的仅一人。而《白

---

[1] 《平凡的世界》第一部发表于1986年,但在这项调查中,它在1978—1984年这个阶段就被列入提名,这显然是一个错误。这或许是由于提名者将《人生》等路遥其他作品与《平凡的世界》混淆,或许正说明《平凡的世界》对这些提名者的影响非常久远。

[2] 调查结果《茅盾文学奖获奖作品调查报告》见《广西大学学报·哲社版》1999年第5期。

鹿原》的知名度虽最高，但只有20人将它列为"第一喜欢的作品"，却有21人将它列为"最差作品"。

调查者在分析中也特别指出，《平凡的世界》受欢迎程度最高有一个特殊的因素，即调查对象为大专以上文化的知识分子，他们自身在艰难中成材的经历使他们对作品产生了特殊的感情共鸣，而且广西地处偏远，如果调查对象是城市长大的高级知识分子、文学圈子中人或初中文化程度的其他行业的从业人员，这部书与其他作品受欢迎程度的反差，也许不会有这么大。但同时，调查分析者也指出，茅盾文学奖获奖作品在这部分被调查读者中受欢迎的程度仍有重要意义，因为他们是文学作品传播的重要中介，他们的意见在其他受众中比较受重视，"大概可以与有持家经验的主妇对她的邻居在购物方面的建议，比教授在电视上的推荐更容易被采纳相似"。与之相比，许多专家在《白鹿原》一面世就给予其各种高度评价（如称《白鹿原》为"传世之作"），虽然暂时能对增加销售量产生一定影响，但也会激发读者的逆反心理。

第三份令我惊讶的调查来自我自己于2002年6月在北京大学学生中做的一项小小的"一手调查"。我选择的是大学一年级的一个数学班。从专业来看，文学与数学可以说是"南北两极"，从年龄来看，这些学生大都出生在1983年前后，是真正的"80年代新一辈"。选择这样一个班做调查，应该可以得到一个比较自然的结果。事实上，当调查问卷发下去后，我想，如果收上来一大堆"白卷"，应该说正属于很"自然"的一种结果。

但当问卷收上来后，我再次感到了震动。47位接受调查的同学中，超过三分之一的人（16人）读过这本书[1]，其中有五位表示"非常喜欢"，并认真写下了喜欢的理由。其中，左俊城同学写道："路遥能在平凡中揭示现实生活中的人们所忽视的东西，能有一种感人至深的震撼，在平凡中告诉我的却是不平凡。生活这本书，路遥读得很认真，抓住了不为常人所注意的农村的生活现实，然后用朴实的语言写出伟大的作品。"在回答"如果只有买一套书的钱，是买'反腐作品'还是《平凡的世界》？"这个问题时，他表示："我宁愿再买《平凡的世界》，再仔细用心去读三遍。我实在喜欢这部作品。"李彩艳同学写道："最让我感动的是书中主人公在艰苦环境中奋斗不息的精神。它常常在我遇到困难时给我巨大的精神力量，使我克服它并勇敢地走下去。"[2]还有四位同学表示，虽然现在还没有读过这部作品，但有人向他们认真推荐过，如果有时间会去读[3]。

我在北京大学图书馆所做的图书借阅率调查显示了大体类似的结果。我选择的是从1999年7月起到2002年5月止的离现在最近的三个学年的借阅情况。结果显示，《平凡的世界》这部1986年问世的作品，其借阅率并不大低于在它之后陆续出版的曾轰动一时或正在轰动的纯文学作品（《平凡的世界》平均每套的借阅人次[4]为20.5；《白鹿原》

---

[1] 作为对比数据，我还在调查中询问了其他一些当代作家的被阅读情况，结果是：读过余华、莫言、阿来、苏童、马原、格非作品的分别为十人、九人、九人、七人、二人、一人。而读过张平、周梅森、张宏森等人"反腐作家"作品的合计为三人。

[2] 这两位同学来自农村的贫困家庭，但另三位也表示"非常喜欢"的同学两位来自大城市，一位来自小城市，家庭经济条件为"一般"。在这次范围有限的调查中，出身背景与对这本书的喜爱程度关系不明显。

[3] 其中康宁同学写道："真没看过路遥作品，但读完的朋友说很感人，故事很真实很贴心，包含着一种不屈的个性。"

[4] 因为不同书籍图书馆馆藏套数不同，为做对比，只能用平均每套的借阅人次。

为 22 人次；《废都》为 31 人次；余华的《活着》为 24.5 人次；阿来的《尘埃落定》为 19 人次；王安忆的《长恨歌》为 20 人次），与正在走红的畅销小说的距离（张平的《抉择》为 23 人次；周梅森的《人间正道》为 17 人次；卫慧的《蝴蝶的尖叫》为 24.5 人次；池莉的《来来往往》为 34.5 人次）也相差不远。

除此之外，一项在山东、广东、湖北、四川、重庆等省市的中学里针对 429 名优秀女初、高中学生的调查也显示，《平凡的世界》是她们最钟爱的当代文学作品[1]。在《出版广角》杂志举办的"感动共和国的 50 本书"评选中，《平凡的世界》也成为三部有幸进榜的"新时期"小说之一[2]。

这些调查显示，《平凡的世界》对读者的影响不但是广泛深远的，而且它的读者群是不断更新的，这正是长销书最重要的魅力特征。长销书与畅销书的主要区别在于，它并不一定曾轰动一时，但是在读者中有着长久的影响力。这种影响不止表现在稳定的、"细水长流"的销量上，更表现在对读者认同机制长期、深度的契合上。从时间上看，读者对长销书的认同不仅不会因时间的推移而弱化，相反，随着时世变迁，长销书原本的基础内涵会被赋予新的价值，焕发出新的生机；从认同方式上看，长销书读者的认同不是停留在浅层的愉悦、猎奇等层面上，而是在人生观、社会观等深层价值观念上。通过一部书潜移默化的影响和长期的凝聚，处于零散状态的个体或小群体的认同感悟

---

[1] 这些中学优秀女生钟爱的书刊还有《读者》《青年文摘》《辽宁青年》《简·爱》以及鲁迅著作，参见田良臣、刘电芝《影响优秀女中学生成长因素的调查分析》，《西南师范大学学报·哲社版》1999 年第 6 期。

[2] 另两部进入前五十名的"新时期"小说是张志扬的《第二次握手》、李存葆的《高山下的花环》。参见《"感动共和国的 50 本书"评选透视》，《出版广角》1999 年第 8 期。

逐渐融合，可能汇成一股"内力深厚"的社会性的文化力量[1]。十几年来《平凡的世界》在读者中产生的就是这样一种"不平凡的力量"。

以上调查所及的仍是比较显见的读者层，其实，《平凡的世界》还有一个"隐见的读者层"是我们的调查难以抵达的，这就是该书盗版本(特别是其中低劣盗版本)[2]的读者层。据笔者观察，《平凡的世界》一直是盗版书摊上的长销书，越靠近民工聚集区的书摊上，它越是常备书。盗版书虽然大大损害了该书正版的发行量[3]，但低廉的价格却使它到达了许多像《平凡的世界》中主人公那样在底层挣扎的人群手中。想想那些用身上仅余的饭钱来购买一部精神食粮的穷学生，那些在低矮的窝棚里、昏暗的灯光下寻找温暖和激励的"揽工汉"们，他们绝对是路遥的"核心读者"。我们不知道这个读者群到底有多庞大，也许他们构成了《平凡的世界》实际读者群中"沉默的大多数"。

二

像《平凡的世界》这样一部十几年来在读者中产生深远影响的常

---

[1] 参阅伍旭升《大轰动——中外畅销书解密》，第104页、179页，广州出版社1993年版。

[2] 笔者所见到的盗版本有四种。一种较高级的"仿正版"，按中国青年出版社出版的三卷本仿制，售价为30元（书上标价为64元）。一种为假冒"云南人民出版社"的一卷本，字号很小，但印刷质量尚好，售价大约12元。还有两种假冒"内蒙文化出版社"和"时代文艺出版社"的一卷本，纸张、印刷质量都极其粗劣，售价大约七至十元。据书摊老板介绍，30元的那种购者多为城市居民，后几种的购者主要是打工者。

[3] 该书"华夏版"责编陈泽顺先生表示，这部书的正版发行一直深受盗版书的困扰，盗版盛行是其正版印数不高的主要原因。据他估计，盗版至少有十几个版本，盗版总数在四十至五十万套之间。材料来源：笔者于2002年8月26、27日对陈泽顺先生进行的采访，经陈先生审核，同意引用，下称《陈泽顺访谈录》。

销书有可能成为"新时期"文学的经典。用布迪厄的说法,所谓"经典"就是"长久的畅销书"[1]。但"长久畅销"并不意味着经典,一部作品能不能迈入经典之列不在于它是否能得到"沉默的大多数"的认可,而在于它是否能得到握有颁发"象征资本"权力的权威机构的认可。这些机构包括评奖机构、批评研究机构、教育机构等。特别是教育机构的认可尤为重要,因为唯有教育机构才可以为一部"被认可了的作品"长期提供"经教育转化了的公众",从而形成"广大和持久的市场"[2]。

从"主流"的角度上看,《平凡的世界》获得了最高规格的"象征资本"。它以榜首的位置获得"第三届茅盾文学奖",并获首届国家图书奖提名奖;在全书还没有完成的时候,就开始在中央人民广播电台"小说连播"节目全文广播;2000年又入选"百年百种优秀中国文学图书"[3],权威的现实主义批评家秦兆阳、朱寨、曾镇南都曾给予路遥很高的评价和切实的鼓励、支持[4]。

但是,这样一部在"官方"和"民间"都轰轰烈烈的作品,在理论界里的感觉却是"默默流传",这显示了自1980年代中期文学开始"向内转"起,我们所称的那个由"新潮作家""新潮评论家"和"新潮编辑"构成的"文学精英集团"所推崇的文学原则与主流意识形态

---

[1] 参见布迪厄《艺术的法则——文学场的生成和结构》,第181页,刘晖译,中央编译出版社2001年版。

[2] 同上书,第180—181页。

[3] 由人民文学出版社组织,专家投票选出。一直十分推崇路遥的朱寨担任"终评委员会"的两名主任之一。

[4] 参见路遥《早晨从中午开始——〈平凡的世界〉创作随笔》,陈泽顺选编:《路遥小说名作选》,第513页,华夏出版社1995年版。

以及普通读者的趣味标准之间出现了巨大的鸿沟和隔膜。以西方现代派文艺理论为主要理论资源的"文学精英集团"所进行的文学形式变革是以挑战现实主义文学原则为基本出发点的，它挑战的既是一向在当代文艺界居于主流地位的"现实主义审美霸权"[1]，也是普通读者长期以来形成的现实主义审美习惯。正是以"背对公众"为立场，以"输者为赢"为逻辑，先锋性的文学实验才得以进行。应该说，中国当代文学之所以能较迅速地实现从"写什么"到"怎么写"的重心转移，较顺利地确立"文学回归自身"的"自主"原则，与"文学精英集团"所依据的西方现代文艺理论在当时中国的整体文艺环境中处于强势地位有直接关系。但"双刃剑"的另一面是，西方理论的强势话语也使"文学精英集团"的"话语权力"在一个时期内过度膨胀，以致令许多不那么"新潮"的文学作品在刚刚摆脱了"工具""喉舌"地位后，又受到新的"精英霸权"的压抑。

这样的压抑在《平凡的世界》的出版、传播过程中有着典型性的体现，其中最有代表性的一个"细节"就是被称为"支撑了中国当代优秀长篇小说出版半壁江山"的人民文学出版社与这部"现实主义力作"失之交臂。

路遥在完成《平凡的世界》（第一部）时，最初是请人民文学出版社的编辑来看稿的。路遥的成名作《惊心动魄的一幕》就是在当时任《当代》（人民文学出版社所属刊物）主编的秦兆阳的直接帮助下刊发的，以后，《当代》又刊发了路遥的《在困难的日子》里。由发

---

[1] 有关经典（canon）和审美领导权 (aestheitc hegemony) 的概念和分析请参阅陈晓明《经典焦虑与建构审美霸权》，《山花》2000 年第 9 期。

现路遥的老牌出版机构为其进行最后的"封顶",这原本可以成为出版界的一则佳话。但是,人文社派去看稿的年轻编辑在只看过一部分书稿后就轻率做出退稿决定。痛失《平凡的世界》令老编辑出版家何启治先生(人文社前副总编辑、《当代》杂志前主编,路遥《在困难的日子里》责编,也是主发《古船》《白鹿原》的终审负责人)追悔不已,引为他在人文社四十年编辑生涯的最大憾事之一[1]。这件事表面看来是一次"个人失误",但一位年轻的编辑居然如此自信,以致违反操作常规[2],轻率对待路遥这样一位与人文社素有渊源的著名作家以宗教般的虔诚惨淡经营数年的呕心沥血之作,正说明他背后所依恃的那套审美价值体系此时是何其的强势和傲慢。对此,何启治先生的分析是:"路遥用生命的最后几年写作《平凡的世界》时,正是新潮人物纷纷拥到前台的时候。现在看来已显盲目的追新求异风一时成为主流,赢得阵阵喝彩,像是进行一场文学革命。一个编辑在这种形式下没有足够的定力,很容易随波逐流,甚至成为新潮的忘情歌者。"[3]

这次"失之交臂"既是人文社的损失,更是《平凡的世界》的损失。这部书后来版权几经辗转,印数都不高[4]。如果对照一下《白

---

[1] 参见何启治《文学编辑40年》,第73—74页,人民文学出版社2001年版。

[2] 像《平凡的世界》这样的作品按常规至少需要三位以上的资深编辑认真审读后才可以表态。出处同上书,第73页。

[3] 见何启治《文学编辑40年》,第73页,人民文学出版社2001年版。

[4] 《平凡的世界》出过多种版本。最初由中国文联出版公司出版(1986年),后又由北京华夏出版社出版(1994年),1999年以后,版权又转入《经济日报》和陕西旅游出版社。另外,西安陕西人民出版社1993年出版的五卷本《路遥文集》、广州出版社和太白文艺出版社2000年出版的《路遥全集》都包含《平凡的世界》。中国青年出版社2000年出版的"百年百种优秀中国文学图书",获得路遥家属一次性授权,印刷一万册《平凡的世界》。陈泽顺先生认为,这部书版权的频繁转移,也是造成多种盗版本流行的原因之一。材料来源:《陈泽顺访谈录》。

鹿原》的销售状况（1993年出版，初版时未预计会畅销，印数为一万四千八百五十册，后来应销售需求陆续加印，到2002年印数已突破百万册，据何启治先生估计，盗版数只多不少[1]），这部书如果一开始就落户于人文社这样的"现实主义作品生产大户"，即使初版时没有赶上大规模的"市场化"运作，以它在读者中受欢迎的程度，应得到比现在更广、更有效的传播。

《平凡的世界》（第一部）于1986年由中国文联出版公司出版并由《花城》杂志发表后，评论界的反映比较冷淡，这种冷淡尤其与《人生》发表后的热闹形成鲜明对照。这些年来，理论界对这部作品的评价可以从有关文学史的写作中得到一个比较明确的把握。在近几年出版的文学史论著中，被公认学术成就高、影响大的有洪子诚所著的《中国当代文学史》（北京大学出版社1999年版）、陈思和主编的《中国当代文学史教程》（复旦大学出版社1999年版）和杨匡汉、孟繁华主编的《共和国文学50年》（中国社会科学出版社1999年版）。其中洪子诚先生的《中国当代文学史》极其深刻地论述了"社会主义现实主义"这一新中国文艺"规范"确立和逐渐解体的过程，但路遥的《平凡的世界》没有成为作者论述这一问题的关注对象。杨匡汉、孟繁华先生主编的《共和国文学50年》设有"农民文化与乡土之恋"一章（共10章），论及"知青文学""寻根文学"、张炜的《古船》、陈忠实的《白鹿原》以及贾平凹的一些作品，也是未曾提及路遥。陈思和先生主编的《中国当代文学史教程》以"民间"的概念开创了一个全新的文学史视角，该书在第十三章第四节专门讨论了路遥的《人生》，但提到

---

[1] 参见何启治《写作未必和市场的回报成正比》，《传媒》2002年第2期。

《平凡的世界》的只有一句话。

这几部文学史之所以在学术界获得很高的评价，其中一个重要原因就是，它们各自以鲜明的学术个性突破了以往以现实主义为基本原则的写作规范，从而具有了"重写文学史"的意义。所谓"重写"正意味着"审美领导权"的争夺较量。或许是出于对"现实主义"规范的有意疏离，或许由于传统现实主义风格的作品难以被容纳进新的文学史框架，《平凡的世界》成为这些文学史的"盲点"，这样的"集体忽视"，其实正显示了在"现实主义审美领导权"弱化以后继续创作的传统现实主义风格作品的位置。

需要强调的是，这几部文学史的态度并不体现"文学精英集团"的激进观点，因为虽然以个性见长，但它们毕竟是作为高校学生的教科书或重要参考书，有的还是"集体创作"，无论是立论还是行文都尽量平衡、客观。应该说它们是对这些年来"学院派"整体批评观念比较全面、折衷的反应。正因为如此，《平凡的世界》被"学院派"忽视的状况就表现得更为彻底。这些文学史是建立在著述者多年的教学和研究成果上的，曾经影响了一大批学生，作为最权威的教科书，它们还必将在很长一段时间内影响中国大部分"科班出身"的文科学生的价值体系（相对而言，"学院等级"越高、越接近"文化中心地区"的学生受"精英标准"的影响越深，而一些影响范围相对"地方"的文学史仍按照较为传统的书写体例给予这部作品一定文学地位[1]）。

---

[1] 如王庆生主编的《中国当代文学》（华中师范大学出版社 1999 年版）和金汉、冯云青、李新宇主编的《新编中国当代文学发展史》（杭州大学出版社 1993 年版），对《平凡的世界》有所论及，基本是内容介绍及其获"茅盾文学奖"的情况。不过，田中阳、赵树勤主编的《中国当代文学史》（湖南师范大学出版社 1998 年版）和陈其光主编的《中国当代文学史》（暨南大学出版社 1998 年版）也都没有提到路遥。

大学中文系的教育对象是未来的高校教师、研究者、杂志编辑、出版编辑(出版商)、记者、书评人、作家和文化官员。他们是"有影响力"的人，精英文化标准会潜在影响着这类作品被生产、传播以及被接受的方式。

如果说《平凡的世界》因恪守传统现实主义的写作风格而受到"文学精英"的忽视贬抑的话，它也因同样的原因得到普通读者的深切喜爱。在《平凡的世界》流行的过程中，读者间的相互推荐起到了更重要的作用[1]，朋友推荐给朋友，老师推荐给学生，父母推荐给孩子，哥哥姐姐推荐给弟弟妹妹……这种令人感动的"口耳相传"与"学院派"的淡漠之间形成巨大的反差。

经过五四以来现实主义文学的长期影响，特别是经过"社会主义现实主义"文学的强力"打造"，现实主义的审美规范已经内化为读者深层的阅读期待，它正是过去教育体制长期教育的结果，是一种潜在的市场资源。而自从文学发生"向内转"、进行形式变革起，当代文学就开始了对西方各种现代派文学浪潮进行高速率、高密度追赶的旅程。表面上看，"文学失去轰动效应"不过几年，实际上，"文学精英集团"所推崇的文学潮流和普通读者的理解力和趣味之间已隔了一两个世纪。要读懂先锋文学的作品，必须首先告别巴尔扎克，然后从福楼拜一直读到博尔赫斯，要做完这番功课，非大学文学专业十年八年的训练不可。这样，文学没法不成为"圈内人"的事。每一种文学上的创新从获得"权威机构"的认可到经教育机构传播普及都需要一

---

[1] 笔者在北京大学数学班进行的调查显示，十六位读过《平凡的世界》的读者中，十四位曾经接受过他人推荐。中央电视台曾拍摄过十四集同名电视连续剧，对扩大传播产生了一定影响，但从笔者所看到的调查情况来看，影响有限。

段很长的时间,但中国的当代文学却没有一个相对单纯、平稳的发展环境。跟不上文学变革进程的普通读者索性把目光投向《平凡的世界》这样的作品,并将自己心目中"经典"的位置留给它们。

《平凡的世界》的畅销并不是孤立的个案,与它同获第三届茅盾文学奖的《穆斯林的葬礼》也一直在读者中广受欢迎,它在读者中的影响力也远远大于在文学界的影响力[1]。《平凡的世界》和《穆斯林的葬礼》一刚一柔,一土一洋,在纯文学曲高和寡的时代,满足着广大读者的阅读需要。当然,"茅盾文学奖"也为这两部作品的畅销提供了"象征资本"[2],但比较一下其他获奖但未畅销的作品就可以看出,这两部作品受读者偏爱主要是凭借自身的魅力。这样的畅销作品实际上为"茅盾文学奖"增添了含金量,以致在其屡屡受到来自"文学精英集团"的批评时,成为有关组织者反驳的有力论据之一[3]。正是在现实主义这一点上,主流意识形态的审美原则与市场原则找到了某种意义上的契合点。

由于与普通读者的接受水准之间存在着巨大的鸿沟,"文学精英

---

[1] 参阅李跃红《理想价值的极地之光——论〈穆斯林的葬礼〉及在当前文学中的意义》,《云南学术探索》1995年第5期。唐韧等人所发表的《茅盾文学奖获奖作品调查报告》也显示,在"读者最喜爱的作品"中,《穆斯林的葬礼》居第二位,仅次于《平凡的世界》,见《广西大学学报·哲社版》1999年第5期。

[2] 《平凡的世界》"华夏版"责编陈泽顺先生是路遥的大学同学和多年好友。他认为,该书1991年获得茅盾文学奖有偶然性,与前两年的政治风波有直接关系。在当时的政治环境下,一部分比较"讲政治"的评委认为这是一部正正经经的现实主义作品,而比较"讲艺术"的评委认为,这毕竟不是一部"政治化"的作品。双方评委在这方面达到了一致。如果不是特殊的政治事件改变了文坛的标准倾向,这部作品未必能获此殊荣。材料来源:《陈泽顺访谈录》。

[3] 茅盾文学奖评选办公室负责人牛玉秋在接受采访时曾说:"虽然有各种各样的议论,但获得茅盾文学奖的作品一直是畅销的,说明读者还是欢迎的。这句话我不知对来采访者说过多少遍,但不知什么原因,没有一家媒体刊登出来。"见徐林正《茅盾文学奖背后的矛盾》,《陕西日报》,2000年6月23日。

集团"颁发的"象征资本"的权威性也受到很大的限制和质疑,成为某种程度的"自说自话"。"市场化"转型后,"市场原则"日益对"文学场"的"内部等级秩序"产生影响。"市场原则"的过度膨胀对文学的发展产生很多危害,但有一点是值得肯定的,它使普通读者的阅读口味受到尊重,为争夺"审美领导权"的斗争注入了新的因素。由《上海文学》于2001年发起的有关"重说'纯文学'"的讨论中,包括一些当年文学形式变革的主要倡导者、参与者在内的评论家和作家提出反思"纯文学"的概念,主张加强"纯文学"对现实生活的介入性,不但关注"怎么写",也要重新关注"写什么",甚至提出"纯文学"应从古典文学和通俗文学中借鉴某些技巧,以吸引更多的读者。所有这些从某种意义上都可以视为在新的社会环境下,部分"文学精英"试图通过调整"精英标准"从而重新争取"审美领导权"的努力。

三

特别值得注意的时,对于文坛的"冷遇",甚至对于发表和出版的艰难,路遥在创作《平凡的世界》之前就有着清醒的意识。对于他来说,运用一种"类似《人生》式的已被宣布为过时的创作手法"结构这部长篇巨著不是出于一种文学观念上的无知或文学技巧上的无奈,而是一种"清醒状态"之下的坚定选择,是"个人对群体的挑战"[1]。

---

[1] 参见路遥《早晨从中午开始——〈平凡的世界〉创作随笔》,陈泽顺选编:《路遥小说名作选》,第464—465页、第469—470页,华夏出版社1995年版。

路遥在生命最后一段时间内完成的长达数万字的《早晨从中午开始——〈平凡的世界〉创作随笔》可以视作一份补发的挑战宣言。

在这份"宣言"里，路遥表示，他之所以采取这样一种"冥顽而不识时务"的创作态度，是因为他坚信现实主义在中国没有过时，"在现有的历史范畴和以后相当长的时代里"，仍会有"蓬勃的生命力"。原因主要有两个方面，一方面是，现实主义在当代文学的发展中还没有达到类似19世纪俄国和法国现实主义文学那样的高度，以致作家必须重新寻找新的路径。事实上，现实主义文学无论在表现当代社会生活还是在表现五千年历史上都还没有"令人十分信服的表现"。另一方面，路遥认为，检验一种文学手法是否过时，"目光应投向读者大众"。以目前中国读者的接受状态来看，只有"出色的现实主义作品"才可能满足各个层次读者的需要，这是任何一种"新潮"文学手法都做不到的[1]。

显而易见，路遥这里所说的现实主义不是一般意义上的文学精神和创作态度，而是以托尔斯泰、巴尔扎克、司汤达等欧洲19世纪批判现实主义大师的作品为代表、由马克思主义文艺理论家做出抽象概括的"经典现实主义"原则。由于经典现实主义原则（强调客观的真实性和理性法则，以及"典型环境下的典型人物"）在1950—1970年代文学，尤其是"文革文学"中发生极度变异，"新时期"文学的起步是从向经典现实主义原则回归开始的——回归就意味着发展。但回归的路并没有走多远，就被汹涌而来的现代派浪潮所打断。路遥十

---

[1] 参见路遥《早晨从中午开始——〈平凡的世界〉创作随笔》，陈泽顺选编：《路遥小说名作选》，第467—468页，华夏出版社1995年版。

分不满于当时理论界"一窝蜂"地"趋新"的风潮,他虽承认对西方现代派文学技巧的借鉴和实验对中国文学发展的积极意义是"毋庸置疑"的,但严厉指责文艺理论界对这类作品创作实绩的过分夸大,乃至贬低、排斥其他文学表现形式,甚至认为这种"病态现象"会造成与"'四人帮'的文艺"殊途同归的"新的萧瑟"[1]。

可以说,向经典现实主义回归是路遥深怀于心的"未了情结"。这个"未了情结"其实也深怀在许多作家和广大读者心中[2]。但在当时"听不到抗争和辩论的声音,看不见反叛者"的情况下,支持路遥的唯一力量是读者,"你之所以还能坚持,是因为你的写作干脆不面对文学界,不面对批评界,而直接面对读者。只要读者不遗弃你,就证明你能够存在。其实,这才是问题的关键。读者永远是真正的上帝"[3]。

一部只面对"读者上帝"创作也深受"读者上帝"喜爱的作品必然包含了中国当代读者认同机制中最普遍、最恒定的要素,通过挖掘这些要素可以探究出"现实主义长销书"的基本模式,对当下的文学生产有重要的参照价值。

从读者调查的情况来看,《平凡的世界》在读者中深受欢迎最主要的原因是这部作品对农村生活的真实描写和主人公(如孙少安、孙少平)艰难奋进的个人经历在读者中引起极大的情感共鸣,那些如梦

---

[1] 参见路遥《早晨从中午开始——〈平凡的世界〉创作随笔》,陈泽顺选编:《路遥小说名作选》,第464—466页。

[2] 有关论述参阅於可训《在经典与现代之间——论近期小说创作中的现实主义》,《江汉论坛》1998年第7期。

[3] 见路遥《早晨从中午开始——〈平凡的世界〉创作随笔》,陈泽顺选编:《路遥小说名作选》,第464—465页,华夏出版社1995年版。

魇般的生活经历通过一个个精雕细镂的细节描写（如"吃饭"的细节、"揽工"的细节、种种"活人"的细节，等等）勾起有相似经历者刻骨铭心的记忆[1]。尤为可贵的是，路遥在创作中始终要求自己"不失普通劳动者的感觉"，他不是像"民粹派""启蒙者"那样"到民众中去"，而是"从民众中来"，他不是为民众"代言"，而是为他们"立言"，他自身的形象经常是与笔下的典型人物形象——浑身沾满黄土但志向高远的"能人""精人"合二为一。以"血统农民"的身份塑造出从中国农村底层走出来的个人奋斗的"当代英雄"，这是路遥对当代文学的独特贡献。

以扎实可信的细节创造逼真的现实感，这本就是现实主义作品最基本的魅力所在。路遥与其前辈作家（比如路遥极其崇拜的、堪称其"文学教父"的柳青）的不同之处在于，他书写的不是集体的记忆，而是个人的记忆。无论是孙少安办砖场还是孙少平求学打工，都不再像"梁生宝买稻种"那样是肩负集体的使命，而只是为了自己更好地"活人"。在社会主义现实主义的作品中，"个人记忆"一直受到"集体记忆"的压抑，而正是这些被压抑、被扭曲的"个人记忆"实际上构成了一些"流行革命经典"（如《钢铁是怎样炼成的》《青春之歌》）的流行因素，但它一直没有得到真正自由充分地书写。在《平凡的世界》之前的"伤痕文学""改革文学"中，主人公所负载的仍主要是"集体记忆"，只不过支撑这些"集体记忆"的意识形态系统有所变更。《平凡的世界》是路遥立意创作的一部史诗性的作品，政治斗争一直是这

---

[1] 比如在关于茅盾奖获奖作品的调查中就有读者表示，《平凡的世界》是"我生活的写照"。见《茅盾文学奖获奖作品调查报告》，《广西大学学报·哲社版》1999 年第 5 期。

部作品的大背景和情节主线,但路遥有意让他的主人公远离政治旋涡的中心,孙少安、孙少平的成长历程基本像约翰·克利斯朵夫、于连那样是在特定历史环境下的个人奋斗。这种向经典现实主义回归的努力使"典型人物"从"高大全"中解放出来,成为既扎根于黄土地、又闪耀着"永恒的人性"光辉的"民间原型",也使"批判现实主义"批判、抗争的对象从具体的政治制度、社会现实转移到更广义、抽象的生活、命运。同时,也使这部作品在一定程度上脱离了具体的时代背景,在中国当代的文学生产环境中获得了更广泛的适应性:既以朴实、真实深得读者信赖,又在被主流意识形态接纳的过程中比《白鹿原》等作品顺利[1]。

优秀的现实主义作品不但能创造出逼真的现实感,还能成功地创造一种乌托邦式的意识形态幻觉。《平凡的世界》里那套扎扎实实的现实描写背后有一种非常光明乐观的信仰:聪明、勤劳、善良的人最终会丰衣足食、出人头地、光宗耀祖。书中一个个推动故事发展的情节安排(孙少安、孙少平不断获得善人帮助、大人物赏识,得到润叶、田晓霞等高干女儿"七仙女式的爱情")都是基于这种信仰,这给了读者极大的心理满足和阅读快感。如果把《平凡的世界》与《人生》做一下比较就可以看到,《平凡的世界》不仅是细演的人生,更是完美的人生。高加林在事业追求和道德背叛之间的矛盾,"王侯将相,宁有种乎"式的怨愤不平,在孙少安、孙少平这里消失了。在他们这

---

[1] 《白鹿原》的终审负责人何启治先生认为,该书出版以后之所以在一段时间内受到"莫名其妙"的待遇,主要是因为书中的某些政治、历史观念与长期以来形成的教条化、简单化的文艺政策发生了冲突。资料来源:笔者于2002年8月20日对何启治先生进行的采访。采访记录经何先生审核,同意引用。

里，事业成功与道德完善是一致的[1]。他们是"精人""能人"，又是最仁义的好人，是中华民族传统美德的化身。有人认为，在《平凡的世界》里，路遥减弱了与现实抗争的力度，有意调和矛盾[2]。如果真是这样的话，很难解释为什么高加林和孙少平同样得到读者的普遍认同，创造他们的路遥会得到读者的一贯信赖。更合理的解释是，不是路遥变了，而是现实生活的基础变了。《平凡的世界》写的是1975年到1985年期间北方农村的变迁史，酝酿、创作于1982年到1988年这六年期间。这段时间内应该说是农村发展的"黄金时代"。土地所有制改革刚刚实行，在饥饿线上挣扎了多年的农民有望过上丰衣足食的好日子。靠政治秩序建立起来的人与人之间的等级关系开始解体，民间伦理重新确立，勤劳者致富，懒惰者受穷，被农村户口束缚了多年的"能人""精人"们也有了寻求别的生活机会的可能，高加林的问题有了可能的解决方案。路遥是一位真诚而敏感的作家，他在书中也写到了一些改革的负面效应，如孩子们不再上学，农民掠夺性地使用土地，农民的欲望被刺激起来，"共产主义时代"的温情关系解体……但后来生存境遇越来越恶化的农民不堪重负被迫出外打工、社会腐败和不公现象益发严重的情况此时还没有出现。正是这样一个相对的"黄金时代"的生活基础，奠定了这套朴素信仰的"光明内核"：社会虽然有无数的不公正，但通过不屈不挠的艰苦奋斗终能获得成功

---

[1] 王大进于《当代》2000年第5期发表的长篇小说《欲望之路》也以传统的现实主义笔法讲述了一个"高加林进城以后"的故事，被认为是"《人生》的延续和深化"（参见闻立《现实主义——道路依然宽广》，《当代》2000年第6期）。但在主人公邓一群身上，事业成功和道德完善是背道而驰的。这样的人物虽然体现了"直面惨淡人生"的现实主义真实性，但由于没有成功地制造意识形态幻觉，很难得到读者的深切喜爱和自愿认同。

[2] 参阅邢小利《三个半作家及三个问题》，《陕西日报》，1996年1月22日。

和幸福。这套信仰是民间土生土长的，又合资本主义个人奋斗的精神，它提倡以个人的而非集体的方式改变底层人民的命运，在一个"后革命"的时代正是政府倡导、老百姓普遍接受的主流意识形态。

其实，《平凡的世界》十几年来魅力不减，而且越来越在读者的阅读生活中占据中心位置的原因正在于这种时间上的错位：当年孙少安、孙少平面临的生存困境至今在很大程度仍是广大农村青年现实面临的困境，对于许多希望凭一己之力改变命运的求学者、打工者来说，他们甚至面临着更残酷的生存压力。而路遥在"相对黄金时代"形成的"黄金信仰"又在一个道德危机的时代为苦苦挣扎着的下层青年带来了难得的温暖和有力的抚慰。同时，这套信仰也使其作品在客观真实性和意识形态的包容性之间达到了极佳的平衡。

如果路遥没有在1992年英年早逝，他的创作生命一直延续至今，面对着众多当代作家所面对的不那么"明朗"的现实，以路遥的敏感和真诚，他的作品里还能有如此坚定的"黄金信仰"吗？抽掉了这样的"黄金信仰"，现实主义作品还能保持长销书的魅力吗？答案是不容乐观的。即使如此，作为标尺，《平凡的世界》创下的被广泛认同的文学模式及其"耐人寻味"的流通方式都可以在很长一段时间内为同类作品的生产提供一个有多面价值的参照。

对于《平凡的世界》这部作品，我还想多说几句的是，作为"现实主义长销书"的代表作品，它的文学史价值不仅在于它恪守了现实主义的原则，更在于它发展了现实主义，在向"经典现实主义回归"的道路上达到了其他当代文学作品未曾达到的高度。虽然经过现代派大规模的冲击、洗礼，面对剧烈变化了的社会结构，让现实主义完全地回到经典的道路上已不可能。与在20世纪整个世界范围内发生的现实主义由经典向现代的转变一样，中国当代文学中的现实主义也逐步从经典形态向现代形态发生转化，在吸收了大量现代主义技巧和文学观念后形成的"现代现实主义"，理应成为未来中国现实主义文学的一种主要发展方向[1]。但是对于现实主义的发展在另一个方向上探索的意义和价值，文学史和文学批评如果不做出适当的评估和肯定，无论出于何种原因都是有缺憾的。

虽说一部作品主要凭借自身的魅力在一两代人之间"默默流传"，这本身就是一种光荣和伟大，但不借助文学史的力量，这样的光荣与伟大很可能会被历史长河淹没得不留痕迹。尽管当代受众的接受程度不能作为评判一部作品文学价值的主要标准，但所谓文学标准也不是绝对的，它本身会随着"审美领导权"的变化不断调整。当然，调整也不是自动发生的。及时发现、认真审视那些被忽略了的重要的文学现象，以使之不成为文学史永久的"盲点"，这也正是当代文学研究者的任务。

---

[1] 我个人认为余华的《活着》和《许三观卖血记》是目前中国当代文学在探索"现代现实主义"方向上最优秀的作品。

"冲击诗歌的极限"

——海子与1980年代诗歌

姜涛，1970年生于天津，现任教于北京大学中文系，研究领域为20世纪中国新诗及中国现代文学。

著有《公寓里的塔：1920年代中国的文学与青年》《巴枯宁的手》《"新诗集"与中国新诗的发生》《图本徐志摩传》，编著《20世纪中国新诗总系》（第一卷），译著《现实主义的限制——革命时代的中 小说》等，个人诗集《我们共同的美好生活》《洞中一日》《鸟经》。

海子以及海子的诗歌，很多同学都会有一定了解，甚至还可能相当熟悉。在当代诗歌的群落中，海子大概是被阅读得最多、影响最大的诗人中的一个，选择这个话题来讲，大家会很容易进入。但是，这个话题也不好讲，原因很简单，海子被谈论得太多了，很难再讲出什么新意，所以想来想去，我最后设计了这样一个标题："海子与1980年代诗歌"，即不只是讲海子，而是将他放在1980年代诗歌的背景中去谈论，这或许与其他思路有所不同，在介绍海子及其诗歌的同时，也可以为大家理解当代诗歌的内在要求、抱负，提供一个特殊的角度。

"海子神话"及其背景

1. 海子与海子的死

依照这门课的惯例，首先要介绍一下诗人的基本情况：海子，本名查海生，与20世纪两位文学大师穆旦（查良铮）、金庸（查良镛）同姓。他于1979年考入北京大学法律系，当时年仅十五岁，在大学期间，开始诗歌写作，曾与他的好友骆一禾、西川合称北大诗歌的"三剑客"。其中，骆一禾不仅是海子最好的朋友，也是他的诗歌最重要的阐释者，在诗歌写作及批评方面都有卓异的建树。不幸的是，在海子去世后几个月，他也因脑病而亡故，这也是当代诗歌的一大遗憾。西川的名字，大家一定也很熟悉，作为当代诗坛的一员"压阵大将"，他的诗歌不仅被广泛传播，而且还有随笔、游记等著述，甚至"写而优则演"，还在贾樟柯的电影《站台》中出演了一个重要角色。有兴趣的同学，可以看一看这部电影，欣赏一下西川的风采。1983年，海子从北大毕业，分配到中国政法大学任教，孤独一人住在昌平县城，由此开始了一种高强度或者说是"冲击生命极限"的诗歌生涯。1984年以后的五年间，他先后写下了近三百首高质量的抒情诗歌和一系列诗剧、长诗。这些作品经友人整理，被命名为"《太阳》七部书"。大家可以想一想，"书"是一个特殊的名字，我们只用它来命名那些对人类经验构成总结性的"大作"，比如《新旧约全书》《亡灵书》等，用"书"来命名海子的诗歌，在某种意义上，也暗示出海子对诗歌的特殊理解和期待，这一点下面我们还要重点讨论。1989年3月，海子选择在山海关附近的一处山坡上，卧轨自杀，年仅25岁。

海子的死，引发了诗歌界以及社会上的持续反响，正如骆一禾所称：海子的死不是一个事件，而是一种悲剧、一种精神氛围。自古以来，诗人、文人自杀，就似乎一定要包含特殊含义，必须从精神的、文化的层面给出更高的解释，海子的死，经过友人和评论家不断解说，也不断被象征化，甚至"成为我们这个时代的神话之一"。这一神话包含许多部分，比如贫穷、孤独、不被理解的诗人形象，为诗歌"殉道"的圣徒精神，对世俗化、物化世界的抗议，对超越性、终极性境界的冲击，以及英雄主义、浪漫主义理想的终结等等。更有甚者，有论者还认为海子选择"山海关"这个地方自杀，是有特殊意义的，因为这是一个"巨大的种族之门"，诗人是用自己的生命来叩击它，从而向历史的权威挑战。另一种思路，是不断将海子的写作哲学化，从中演绎出当代最时兴的哲学理论，但给人的感觉，似乎是很多谈论海子的人，其实更关心他们自己，他们不过在借"海子"表达自己的想法。针对种种"过度阐释",西川在一篇文章中,曾提供了一些更为具体的解释,譬如,他谈到海子曾因练气功而产生幻听等现象,还在一封遗书中说某人要谋害他,要家人为他报仇,而在诸多因素之中,情感生活的挫折,可能是他选择死亡的主要导火索。谈论这些问题,并不是要消解所谓"海子神话"的光环,而是要提醒我们自己,每个人都要独自面对具体的生活、具体的困境,即使是海子这样一个"不食人间烟火"的诗人。

据说,在海子死后的几年之内,先后有不少于14位当代诗人离开了人世,这里面包括另一位北大诗人戈麦和更为有名的顾城。在上个世纪末,"诗人之死"已成为一个重要的文化现象,引起了一些学者的关注,有兴趣的同学还可以继续这方面的探讨,这里我们就不再细说了。无论怎样,海子的诗歌或"海子的神话",对当代诗歌产生了深远的影响,尤其是对喜爱诗歌的文学青年,更是具有强大的感召力。在我个人看来,这一影响主要还是体现在价值、伦理层面,在一个全面世俗化的世界里,海子的诗歌生涯证明了对诗歌、对想象力的追求,还可以成为一个人的"使命"甚至"命运"。这类似于某种诗歌的"职业伦理"教育,让许多刚刚接触诗歌的青年,确立了自己对诗歌的信念。当然,影响也有不好的一面,对海子的热情崇拜,也使得大量模仿者产生。比如,"麦子"是海子诗歌的一个关键意象,竞相书写"麦子"也一度成为诗歌的风尚,有人就戏称当时中国诗坛上"麦子大丰收"。在这里,我不妨也讲讲个人的一些经验。在大学时代,我也曾是一个海子诗歌的狂热追随者,从阅读到朗诵、从抄写到模仿,一应俱全。有一年春天,一些喜爱诗歌的朋友结伴去植物园。那时的文学青年难免"矫情",记得出门时一个喝醉的朋友,竟然在门口席地而坐，对着迎面而来的游客高声朗诵海子的《面朝大海，春暖花开》。这一大胆、怪诞的行为，引来了游客的惊异与不解，有人鼓掌以示接受祝福，也有好心人误会了朋友的本意，竟在他身边投下了零钱。

2. 1980年代诗歌的背景

当代诗歌，更准确地说，是当代先锋诗歌，是以朦胧诗（1970年代末1980年代初）为起点的。在朦胧诗之后，当代诗坛一直处于剧烈分化与组合之中，以1980年代尤为显著。更新的一代诗人要超越朦胧诗人，寻求新的诗歌史形象，他们当时提出了"pass 北岛"的口号。在文学代际的更替中，一代新人要登上历史舞台，攻击前人，或"丑化"前人，是一种常见的战略，这一点并不稀奇。但值得重视的是，他们从另一个角度，提出朦胧诗人身上存在的两个问题。一是历史代言人姿态。在朦胧诗人的作品中，往往存在某种受难英雄的自我想象，依据这种自我想象，诗人代表"集体"发言，对历史进行反思或控诉，北岛的名作《回答》就是一个例子。这样一种"姿态"产生于特殊的历史语境，具有很强感召力，但在新一代诗人看来，"代替历史发言"是一种自我夸张的表演，远离了个体的、当下的生存感受，他们更倾向于书写真实的日常经验。另一个问题，是"意象"主义的倾向。朦胧诗虽然是一场美学上的先锋革命，但在表达方式上，仍未摆脱新诗传统的样式，如偏爱使用那些十分文学化的、具有象征色彩的意象，这使他们的写作有一种内在的"成规性"，打破这种成规，寻找新的语言活力，也就成了当代诗歌的内在要求。

在所谓的"pass 北岛"之后，1980年代的先锋诗坛也进入了一个群雄逐鹿的时期，各地出现了大大小小各种诗歌群落。一方面，充满激情的实验冲动被广泛分享；另一方面，中国民间文化中的草莽气息也被唤醒，诗人们纷纷揭竿而起，抛出自己的宣言，诗坛也仿佛成了一个热闹的"江湖"。为了展示先锋诗坛风起云涌的全景，在1986年《深圳青年报》《诗歌报》还推出了"中国诗坛1986'现代诗群体大展"。以此为蓝本，《中国现代主义诗群大观1986—1988》一书也随后编辑出版，对于1980年代末的诗歌青年来说，这可以说是一本"红宝书"，书的封面封底都是大红色，有很强的视觉冲击力。这本选集，不仅是诸多崭新的诗歌技巧、实验的大观，也是年轻诗人的"入门手册"，汇集了"数十流派、近百诗人力作约万行，并收有各诗歌艺术自释、群体简介等背景资料"，可以说将当时大大小小的诗歌流派一网打尽。只要一书在手，对当时诗歌"江湖"的分布，就可有大致的了解。其中，有著名的"非非""他们""莽汉"等流派，还有很多不十分知名、甚至很快湮没的诗歌群体。具体的写作方式暂且不论，只从这些流派的名称上，就可看出那种普遍的反叛、挑衅姿态，比如上海的一群诗人就自名为"撒娇派"，在宣言中他们是这样解释的："活在这个世界上，就常常看不惯。看不惯就愤怒，愤怒得死去活来就碰壁。头破血流，想想别的方法。光愤怒不行。想超脱又舍不得世界。我们就撒娇。"

这些流派的诗歌取向，当然是各不相同的，譬如有对语言形式的极端关注，诗人韩东就提出"诗到语言为止"的著名口号，还有对"前文化""前语言"感觉的还原追求，还有就是上面提到的"莽汉派"等，以一种反叛的、破坏性方式消解诗歌的神圣性，"反文化""反崇高""反诗歌"也是流行一时的风尚。这些颠覆性的诗歌实验，表面上鱼龙混杂、各不相干，有的甚至还处在争论之中，但在背后，都自觉不自觉地分享了一种共同的抱负，即要打破以往诗歌史提供的有关"诗"的认识，在一个更开阔、更复杂的空间里，探索诗歌的道路。诗人臧棣（也是北大中文系的老师）后来就在一篇文章中，将这种抱负概括为"对可能性的追求"。"可能性"的追求，意味着诗歌写作不再是为了满足某种既定的诗歌标准或美学规范，而更多地要把诗歌当成一场语言的冒险。当然，这种情绪是偏激的、鲁莽的、甚至是行为主义的，很多探索之作只有一时"实验"价值，在诗艺上十分粗糙，或者根本无法卒读。1990年代以后，部分诗人提出了"中年写作"的概念，以期用一种更为复杂、沉实的写作理念，纠正1980年代诗歌写作挥霍无度的青春性。

海子的诗歌写作，正是发生在上述背景当中的，但在一种常见描述中，他被当成一个横空出世的诗歌天才、一个本质意义上的抒情诗人。说到天才，一个不言自明的假定会是，天才的写作和生活，是一种极端的个人行为，或超越了同时代平庸的同行，或者说根本上超越了他的时代，这是"海子"在一般读者心目中的基本印象。1990年代后期，在网上曾流传过一份《诗坛排行榜》，用水泊梁山一百单八将的名字比附当代诗人。譬如，在这个榜上，北岛就被排在晁盖的位置，而海子则是榜外高人，给他的评语是："不敢高声语，恐惊天上人。"虽然这是一种对死者的尊重，但也似乎暗示了海子与当代诗歌的某种疏离关系。的确，从诗歌方式来说，海子与他的时代也有深刻的不可通约性，首先，他对诗歌的理解似乎是极端浪漫主义的，对浪漫主义之后的诸多现代主义文学，他基本上持否定态度，认为它们是经验碎片化、分裂化的产物，这与1980年代对"现代主义"的狂热是极不协调的。其次，在诗歌的题材、构成和手法上，海子也与1980年代诸多口语化、平民化以及语言的过度实验拉开了距离，他的抒情短诗大多以乡村经验为背景展开，用抒情的文字构造一个质朴、梦幻般的世界，主要的意象为天空、河流、土地、黑夜、村庄等具有原型意味的元素性形象，给人的印象是，他的写作更多地具有情感的自发性和传统的浪漫品质，而与当代的先锋性实验迥然相异。但这只是一个表面的印象，从内在的角度看，海子的诗歌生涯或者说他的"殉诗"历程，非但不是与当代诗歌的展开没有关联，反而是以一种剧烈的方式凝聚了当代诗歌，特别是1980年代诗歌的抱负、勇气和隐衷。

海子诗歌的形式创造性

首先，海子的诗歌写作，是在1980年代的整体氛围中成长起来的，最初的影响则是朦胧诗人们的探索，这包括两个方面：一方面，江河、杨炼等气势恢宏和立足于文化、传说、神话的史诗性写作，是他诗歌的出发点，一种"史诗"的情节一直支配着海子的诗歌道路；另一方面，顾城是海子的另一个出发点，顾城诗歌透明、纯澈的童话风格，自由灵动的气息，都对海子的写作产生着内在影响，海子的诗歌中也经常洋溢着一种顽皮的孩子气和自由嬉戏的精神，这一点是为很多评论者所忽略的。其次，在与同代诗人的关系上，海子不仅处于论辩状态，当时一批四川诗人尝试的文化史诗写作，就与他的"大诗"尝试形成呼应之势，这也导致了他后来离开北京、向西部漫游、寻找写作同道的举动。在某种程度上,他的诗歌方式并不被当时的北京诗坛认同。

1. 充满张力的语言

这是海子诗歌的一些背景情况,但从我个人的角度看,海子与当代诗歌的内在一致性,主要还是体现在他对崭新的语言形式、修辞力量的发现上。上面已经谈到,1980年代诗歌是一种过度"实验"的诗歌,诗人们开始认识到,现代诗歌首先应是一场与语言的搏斗,是一场不断寻求语言可能性的冒险。而海子的诗歌成就,也正是体现在这一点上。按照一般的理解,抒情是一种自发的行为,在根本是对修辞、技巧的反动,海子自己也曾说:"诗歌是一场烈火,而不是修辞练习。"然而,从文学的构成上讲,在"抒情"与"修辞"之间并不存在真正的对立,抒情力量的获得,其实也要借助一种文学的程式,或者说是一种修辞的结果。在这个意义上,海子的一些短诗虽然单纯、质朴,有直指人心的力量,但并不是说,它们放弃了诗歌的技艺,相反,他的许多作品都精雕细刻,充满了大胆的实验,从语言层面拓展了诗歌的可能性。《亚洲铜》等作品形式上的完美,已经被讨论过很多,下面我们就以海子的几首短诗为例,讨论一下他在诗歌形式方面的创造性。《面朝大海,春暖花开》大概是海子诗作中流传最广的一首,有些不知海子其人的读者,也读过它。我听说在上海有家房地产公司还把它用到了商业宣传里,他们打出的广告词就是:"我有一所房子,面朝大海,春暖花开。"我们来看这首诗的第一段:

> 从明天起,做一个幸福的人
>
> 喂马,劈柴,周游世界
>
> 从明天起,关心粮食和蔬菜
>
> 我有一所房子,面朝大海,春暖花开

这是一首十分特殊的诗作,从风格上看,平白如话,只是一个诗人的抒情性独白,但却具有极大的感染力,每个人都会不同程度地被其打动,但说不出为什么,换句话说,这种感染力似乎是不可分析的,是一种神来之笔。但在这里,我觉得还是可以作一点点分析的。具体说来,在这首诗中,海子显示出了一种对语言性质特殊的敏感,并把这种敏感转化成一种创造性。

首先,从标题上讲,"面朝大海,春暖花开"两个词,尤其是后者,是非常滥俗的习语言,甚至是文学的废弃物,一个稍有文学素养的人在写作时,都不会轻易使用诸如"春暖花开""姹紫嫣红"这样的词汇,但海子却大胆地将如此"大俗"的因素引入诗中,作为标题,一开始就形成一种奇异的感受,与整首诗的抒情语气形成反差,让读者感到面前像推开了一扇窗子,一个温暖光明的世界显现出来。在随后诗行的展开中,这种特殊的用词、用句技巧也起到了重要作用。比如第一句,"从明天起,做一个幸福的人",在某种意义上,也是在暗中模仿一种日常的语言方式。我们通常都会这样说:"从明天起,我要怎样怎样","我要锻炼""我要存钱""我要减肥"等等,但"做一个幸福的人"却不是上述可以计划、可以设计的行为,相反,在我们的生活经验中,"幸福"是一件可望而不可求的事。当我们读到这样一个决绝的句式("从明天起,做一个幸福的人"),获得的恰恰是一种幸福的不可能感，是一个与幸福无缘的人的天真假想。海子使用了一个相当日常的句式，却传达出相当非日常的、沉痛的个人感受。再看后面的句子："喂马、劈柴，周游世界／从明天起，关心粮食和蔬菜"。这是诗人对"幸福生活"的想象，却同样充满了一种天真的假定性，是一个与日常生活脱节的人，对所谓幸福生活的假想，特别是"粮食和蔬菜"两个词，都是被一般的诗歌所排斥的日常词汇，在诗中出现的，往往是玫瑰、丁香、菊花、橡树等高贵的植物，这两个"非诗意"形象的出现，又一次形成特殊的风格张力。

打破所谓"诗意"与"非诗意"的界限，将日常语言、日常经验纳入诗中，一直是诗歌现代性的突出体现，诗人穆旦在晚年就曾在一封书信中谈到这个问题，他认为新诗中最大的一个分歧是：在"风花雪月"的审美经验外，能否用现代生活的形象写诗。这样一种"分歧"，在某种程度上，也延续到了当代。上面提到，1980年代诗人对朦胧诗的反动之一，就是要打破语言的精致性、成规性，焕发出粗糙的活力。在海子这里，他其实也有意无意参与了这种反动，通过将非诗化的、日常的经验引入诗中，制造意外的惊喜甚至是震惊的效果。这样的技巧，在海子的诗中是十分常见的，比如《太阳与野花》一首中有这样的句子："月亮，她是你篮子里纯洁的露水／太阳，我是你场院上发疯的钢铁。"如果说，月亮、露水、太阳是纯粹的诗意语言，"发疯的钢铁"一句的突然出现，就产生了震惊的效果，形成诗歌表达上一种爆发性的、乖戾的强度。

通过上述简单的分析，可以看出表面浑然天成的诗作，却包含着丰富的修辞特征，海子正是巧妙地利用了一种诗化的抒情体式与非诗化的日常词汇、经验间的张力，在不同语言类型风格的落差中，实现了一种"化腐朽为神奇"的转换，用文学术语说，就是所谓的"陌生化"的效果。这种转化的能力，是海子非常擅长的，不仅表现在个别的词语、句式的使用上，还表现在其他层面，西川就曾提到，海子拥有一种惊人的"文化的转化力"。阅读海子的诗歌，尤其是长诗和诗剧，读者会感到一个芜杂的语言世界扑面而来，各种语言、文化的因素，比如俚语、日常词汇、谣曲，自由地组织，有时还激发出戏谑、杂多、狂欢的效果。这里举一个例子，就是他的诗剧《弑》。这个诗剧的情节大致如下：古巴比伦王举办了一个全国性的赛诗会，目的是选拔王位的继承人，而残酷的规则是所有的失败者都将被杀死。有四个年轻人为了刺杀巴比伦王，参加赛诗会，从而展开了一个复杂、血腥的杀戮故事，最后在"王"的设计下，他被自己的儿子杀死，而这个儿子也自刎而死。很显然，海子借用了一些西方戏剧的资源，如索福克勒斯的《俄狄浦斯王》、莎士比亚的《哈姆雷特》等，整个诗剧的风格也十分庄严、凝重，但古今杂糅、雅俗并置的方式也得到了淋漓尽致的应用，海子调动了各式各样的语言资源，作荒诞的、恶作剧式的处理。比如，在诗剧中出现了"十三反王"这一组形象，代表历史上的众多反抗者，其中就包括洪秀全、项羽、李自成等，海子还为他们写了一只《"十三反王"歌》：

　　十三反王打进京
　　你有份，我有份
　　十三反王掠进京
　　你高兴，我高兴

……
十三反王进了京
不要金，只要命
人头杯子人血酒
白骨佩带响丁丁

在"十三反王"相继独白后，这一段文字由这十三个大"魔头"一齐合唱，还有流浪儿组成的歌队伴唱，在一片峻急、压抑的氛围中，对民间歌谣的模仿，显然带来了一种意外的效果，使得肃杀之中洋溢着诙谐，荒唐之中包含了神秘。在剧中，这样一种"文化转化力"是屡见不鲜的，比如，在剧中的人物公主"红"身边，还出现了两个老车夫，这两个老车夫一个叫老子、一个叫孔子，这是在家外的名字，在家里，他们一个叫"喜鹊"、一个叫"乌鸦"，海子还安排他们一前一后，在舞台上笨拙地舞蹈，哇哇乱叫。另外，海子还会突然引入一些当代的语言，让巴比伦王的口中也冒出这样的话："这么多死去的同志们，同志们，你们好／矛，盾，戟，弓箭，枪，斧，锤，镰刀。"在风格、语言、形象的古今混杂中，海子似乎在和很多东西开玩笑，不仅亵渎了传统，也有意挪用、戏仿当代的革命话语，但重要的是，通过这些"转化"，不同的历史、文化因素在诗中形成了对撞，一种巨大的包容性和穿透力也得以形成。

2. 对装饰性的反动

上面讨论的是海子处理语言、经验质料方面的创造性，在诗歌的展开方式上，他也有独特的尝试。他的很多诗作，读起来一气呵成，但仔细分析却缺乏必要的逻辑，与其说是精心构思的产物，不如说是一场词语、想象的爆炸，譬如《祖国（或以梦为马）》一诗，也是海子的名作，而且是一般朗诵会上的保留节目，写得激昂扬厉，非常适合集体朗诵，有很强的感染力，我们来看其中的第三、四两节：

　　此火为大　祖国的语言和乱石投筑的梁山城寨
　　以梦为上的敦煌——那七月也会寒冷的骨骼
　　如白雪的柴和坚硬的条条白雪　横放在众神之山
　　和所有以梦为马的诗人一样
　　我投入此火　这三者是囚禁我的灯盏　吐出光辉

　　万人都要从我刀口走过　去建筑祖国的语言
　　我甘愿一切从头开始
　　和所有以梦为马的诗人一样
　　我也愿将牢底坐穿

简单地说，海子在这首诗中倾诉了他毫不妥协的诗歌态度（"远方的忠诚的儿子""物质的短暂情人"）、和对"语言"的狂热信仰（"此火为大"），从形式上看，它似乎遵循着一般朗诵诗的基本模式，以"我"的激情的独白展开，但是读者在受到情感冲击的同时，也会被诗中杂多纷乱的词语和形象所震撼，尤其是这第三、四节：从"祖国的语言"到"乱石投筑的梁山城寨"，再到"敦煌"，再到寒冷的骨骼、坚硬的白雪，众神之山，一直到最后"将牢底坐穿"（我们都熟悉，海子在这里借用了一首革命烈士的诗句），词语、形象在诗中急速转换着,但其中没有多少逻辑关联,最关键的是一种强悍的节奏感,在语无伦次中,产生一种天马行空般的自由纵横能力。这种自由的展开方式,与海子对诗歌修辞特征的考虑,是有所关联的。在新诗史上,"意象主义"是一种非常有势力的话语,"意象主义"的一个中心特征是看中语言的装饰性与暗示性,但海子对这一点有本能的敌意,在他看来,过度迷恋语言的雕琢会导致一种真实感受和生命粗糙活力的丧失,在一篇文章中,他写道:"对于表象和修辞的热爱",是诗歌的世纪病。刚才也提到过,他认为"诗歌是一场烈火,而不是修辞练习。"这段话本身虽经不起推敲,但从某种角度说,它其实是表达海子自己的诗歌追求,要打破诗歌语言上的装饰性,打破对所谓烦琐、优雅之美的营造,而恢复诗歌的一种自发性、直接性,让语言接近生命的原初激情——用他的话来说,就是所谓的"实体"或黑暗的力量(类似于"物自体",但更接近"生命意志")。这些说法多少都有点神秘主义倾向,但它们的确说明了海子的诗歌追求,这种追求直接表现为一种语言的加速度。因此,我们在海子诗中常能感到一种自由的、狂放的自发性力量,洋溢着天机竣利的即兴色彩,语无伦次又歪打正着。换言之,他看中的不是语言的装饰性,而是语言本身在惊人的联想中产生的扩张力和包容力,或者用一个形象的说法来描述:"是一个词迫使下一个词歌唱"。我们再看另一首诗《歌:阳光打在地上》

> 阳光打在地上
> 并不见得
> 我的胸口在疼

> 疼又怎样
> 阳光打在地上
>
> 这地上
> 有人埋过羊骨
> 有人运过箱子、陶瓶和宝石
> 有人见过牧猪人。那是长久的漂泊之后
> 阳光打在地上。阳光依然打在地上
> 这地上
> ……

全诗以"打"这个词为中心,不断向前推进,读者与其说在品味诗意,不如说在感受语言简捷、短促的力量。

对语言装饰性的反动,还有另一种表现,就是将词语上升到"元素"的高度,或者说让它具有文化"原型"的意味,以形成诗歌的扩大的境界和表达上的简洁,譬如"黑夜""土地""麦子"等,用一些评论者的话来讲,海子甚至不是用"词"而是用"词根"来写作。譬如"麦子"或"麦地",虽然后来成了诗歌中臭名昭著的复制品,但在海子那里,对它们的使用,却充满了创造性。"麦子",对于中国人而言,无疑具有特殊的意义,它象征了农耕文化某种核心的隐衷,收获、饥饿、生存的根据。照理说,"麦地"存在于北方,而海子是南方人,应该写的是"水稻",这说明在他的笔下,"麦地"这一"词根"首先不是基于真实的生活经验,而更多的是一种符号,一种有着巨大象征性的符号。我们再来看下一首诗《五月的麦地》:

全世界的兄弟们

要在麦地里拥抱

东方 南方 北方和西方

麦地里的四兄弟 好兄弟

回顾往昔

背诵各自的诗歌

要在麦地里拥抱

有时我孤独一人坐下

在五月的麦地 梦想众兄弟

看到家乡的卵石滚满了河

黄昏常存弧形的天空

让大地上布满哀伤的村庄

有时我孤独一人坐在麦地里为众兄弟背诵中国诗歌

在这首诗中,"麦地"的具体形象并没有得到呈现,只是直接作为一个词语"在这里",它甚至不是中国的,而是超越文化的,接近一种他所说的实体,神秘、不可知、盲目的本源。海子诗歌的"元素"感,就是这样产生的。比较一下戴望舒《雨巷》中的"丁香",虽然很抒情、很美,但只是作为一个装饰性的"意象",服务于一种恍惚迷离的情调。

3. 负面的想象力

除了诗歌语言上的特性外,海子的诗歌想象力也是极为独特的,在讨论这个问题之前,我们不妨读一读海子的绝笔之作《春天,十个海子》：

> 春天，十个海子全都复活
> 在光明的景色中
> 嘲笑这一野蛮而悲伤的海子
> 你这么长久地沉睡到底是为了什么？
>
> 春天，十个海子低低地怒吼
> 围着你和我跳舞、唱歌
> 扯乱你的黑头发，骑上你飞奔而去，尘土飞扬
> 你被劈开的疼痛在大地弥漫
> ……

这是一幅死亡的自画像，诗人描绘了他自己死后的复活场面，充满绝望和悲伤色彩。春天，是万物复苏的季节，也是生命循环的开始。《圣经》上说：人的生命来于尘土也归于尘土，而在海子看来，"尸体也不过是泥土的再度开始"，这样一种基督教意义上的"复活"仪式，在现代诗歌中是屡见不鲜的，艾略特的《荒原》中也有如下的句子："你去年种下的尸体／今年有没有发芽。"在这首诗中，"复活"被更为戏剧化地展现出来：十个"海子"，也就是十个"我"围绕这一个"我"跳舞、唱歌，整个场面是具有巫术色彩的，十个复活的"我"对这一个死去的"我"的尽情戏弄，总让我联想起金庸笔下的"桃谷六仙"，而"你被劈开的疼痛在大地弥漫"一句，也似乎预示了他后来的死亡，几乎就是一个谶语。在这首短诗中，海子想象力的特质也显露出来，

简单地说，就是对身体、死亡、黑暗的倾心。

对于"身体"，海子是有特殊敏感的，而且在他诗中，有一种"同化"的想象，即身体与泥土、与自然、与世界，在本质上是同一的，都是原始力量的外在表现，被同一种力量所支配。因此，人与万物是不存在界限的，不仅尸体是泥土的开始，而且人的身体、器官也是与自然世界相互错杂的，"我的脸／是碗中的土豆／嘿，从地里长出了／这些温暖的骨头"（《自画像》），从"脸"到"土豆"，再到"温暖的骨头"，遵循着身体与自然"同化"的逻辑，诗人想象力不断延伸着。再比如《思念前生》的一段，"庄子想混入／凝望月亮的野兽／骨头一寸一寸／在肚脐上下／像树枝一样长着"，骨头在身体中，像树枝一样生长，与上一例一样，都给诗歌带来一种奇异的色彩。有的时候，这样一种技巧导致了令人震惊的比喻，比如他是这样形容桃花的，"温暖而又有些冰凉的桃花／红色堆积的叛乱的脑髓"（《你和桃花》），在传统的修辞成规中，"桃花"总会与阳光、春天等意象相连，但在这里，"桃花"的鲜艳，与"脑髓"一词的暴力、血腥，彼此碰撞，极为鲜明地传达出盛开的花朵在诗人眼中呈现出的狂乱生命力。在诗歌史上，将生理上的官能感受融入诗歌形象，或者说"用身体来思想"，是极为重要的现代技巧，海子的方式无疑丰富了这种技巧。但更为重要的是，在海子后期诗歌中，随着语言的加快、紧张，对身体的关注不断发展成一种特殊的负面"想象力"，暴力的、死亡的和分裂的景象遍布他的诗歌。

为什么说是"负面"的想象力？因为在一般的文学经验中，存在着基本的价值等级，比如崇高／邪恶、优雅／粗鄙、光明／黑暗、天空／大地等一系列的"二元模式"。在经典的文学想象中，这些价值等级是稳定的，比如北岛的诗歌想象就依据这一等级产生，或者说完全是"正面的"。而海子虽然在观念上"反现代"，但在感受上，却发展了波德莱尔以来现代文学关于"黑暗""恶"的关注，并形成他想象力的核心，这也让他的诗歌与以往抒情诗歌的优美形态，形成了巨大的反差。相对于浪漫主义传统中"我"的完整、自足，分裂、劈开的身体是他诗歌中常见的形象："在劈开了我的秋天／在劈开了我的骨头的秋天／我爱你，花楸树"（《幸福的一日》），而在《黎明》一诗中，我的身体又被想象为一本翻开（劈开）的书：

> 我空空荡荡的大地和天空
> 是上卷和下卷合成一本
> 的圣书，是我重又劈开的肢体
> 流着雨雪、泪水在二月

这些不完整、分裂的身体想象，在海子的长诗中更是多见，最突出的表现是"断头"这一形象：一颗头颅在天上飞翔。在海子那里，"断头"与失败的英雄相关，英雄虽然失败，但他的"头"升在空中，就成为了太阳。在身体的分裂、器官的翔舞中，万物同一，天空与大地也是颠倒的，受盲目的力量支配，充满了杀戮、献祭的仪式感。这种分裂、混乱的状态，非常类似于鲁迅小说《铸剑》结尾"三首俱烂"的场面，世界的、精神的、价值的秩序被彻底打乱，代之以某种黑暗力量的循环。可以参照的是，在另外一些诗人那里，世界、天地的秩序的稳定，则是想象力的来源，比如西川的名作《在哈尔盖仰望星空》，就包含这样一种结构：星空是神秘、稳定的秩序象征，而星空之下、旷野之上一个人的敬畏之情（像个领取圣餐的孩子），正是来自天与地、神与人之间的垂直性紧张。在这样的结构中，诗歌提供的经验空间十分阔大，还有一种向上的升腾感，崇高的风格与意义的饱满，恰好与海子笔下的无序、暴乱的世界想象形成对照。

通过上述一些具体的诗例，我们领略了一下海子诗歌的形式创造性，他的诗歌在具有质朴的抒情力量的同时，又充满了丰富的杂多性，或奇异、滑稽，或暴烈、凌厉，有一种混响式的轰鸣效果。这种对诗歌语言、想象的挥霍性和创造性使用，在新诗史上是十分罕见的。在1980年代诗歌的背景中，这种形式创造性非但不是孤立的，反而与1980年代诗歌的整体理想，有内在的一致性。上面已经谈过，1980年代的诗歌革命的动力，可以说成"对可能性的追求"，这意味着要在既成的诗歌传统与样式之外开掘活力，这种追求的一个结果，甚至是要改变对"诗"的一般性理解。

海子的诗歌理想

从历史的角度看，新诗的发生是一种诗歌散文化的结果（打破了过去的诗体规范），用白话口语写成的散体"新诗"不像"诗"，或者说新诗不"美"，是它最初面对的最大的合法性危机。为了化解这一危机，将新诗写得更"美"，更像是"诗"，由是也成为新诗的一个基本动力。然而，随之而来的是，在某种意义上，"诗歌"越来越被理解为一种"美"的文学，抒情叙意是其基本方式，自然风景或内心的隐秘情感是其大致题材范围，而充满朦胧暗示的意象表达，又是其主要的美学特征。用 1930 年代诗人杜衡的说法，诗歌被当作一种"泄露灵魂隐秘的艺术"。这种想象有着非常深刻的影响，因为它不仅符合多数读者的期待，也似乎符合某种文学的规律：诗，作为"纯文学"的极致，应该是一种特殊的、优美的、具有内在排斥性的文体。值得注意的是，它过度发展，就会导致一种精致、唯美，但又过于成规化的诗歌趣味的产生。在 1980 年代，对诗歌语言精致性、成规性的反动，是诗人们共同的冲动：在第三代诗人那里，如韩东、于坚等，口语化风格的追求，激活了诗歌的清新活力；在西川等北方诗人那里，智者的、箴言式的口吻的采用，也与对所谓"美文学"的反感相关，诗歌蕴涵的深远与风格的崇高，都有助于矫正肤浅和矫情；而在海子这里，他采用的方式是恢复语言与原始生命冲动的关联，诗歌的目的不是美，而是生命的神话。他曾经有这样一段话："写诗并不是简单的喝水，望月亮，谈情说爱，寻死觅活。"甚至对他自己擅长的抒情诗歌，也持贬抑态度，他曾说："抒情，是一种自发的举动。它是人的消极能力。"对于诗歌，他给出了另外的理解。

具体说来，从风格上，增强诗歌的强度和力度，焕发语言质朴、粗糙的活力，这是海子的方式，更为重要的是，从观念上，他将"诗歌"提高到无以复加的高度，这表现为对"创造力"的推崇。长久以来，诗歌只被理解为一种浅斟低唱，表现为风花雪月式的文体，"抒情"性也被不恰当地窄化了，但海子复活了一种深刻的浪漫主义传统，即将诗歌的想象力等同于人类最高级的创造力。在浪漫主义诗学中，有两个概念是最关键的："情感"与"想象"，但在 20 世纪中国文学的接受中，"浪漫主义"的"情感"一面得到了强调，但"想象"的因素在某种意义上却没有受到重视。在柯勒律治、雪莱等浪漫主义诗人那里，"想象"不单单是一个修辞的问题，而是一种化合万物、使不同因素达到有机综合、赋予世界整体性与生命的能力，而"诗人"也被认作现代社会里"未被承认的立法者"。海子的诗歌思考，在一定程度上延续了这种思路。譬如，在他的诗中，诗人是作为一个"王者"的形象出现的，"秋天深了 神的家中鹰在集合／神的故乡鹰在言语／秋天深了 王在写诗"（《秋》），作为"王"，诗人上升到了"造物主"的地位，他的写作有了一种造型的、创造的功能，在《旧约》中上帝正是用"语言"创造世界的（"神说要有光，于是有了光"），创世的过程就是命名的过程。

这种观念落实在写作中，就是对"长诗"的冲击。海子把自己的诗歌理想，设定为"大诗"，以区别于新诗史上常见的"纯诗""小诗"或一般的抒情诗。所谓"大诗"，指的是一种具有历史、经验、情感和文化包容性的诗歌，比如古代的史诗，以及像《神曲》《浮士德》这样的对人类经验具有总结性、造型性的作品。为了阐发这种认识，海子提供了一种非常个人化的诗歌谱系，区分两种类型诗人："王子"和"王"。"王子"是指活在"原始力量"周围的抒情诗人，如凡·高、雪莱、荷尔德林、叶赛宁等，他们与"原始力量"的对话是"一种抒发性的舞蹈"；王，是指另一类巨匠型艺术家，能够将"原始力量"变成主体的力量，为我所用，如歌德、但丁等，他们与"原始力量"的关系是"正常的、造型的和史诗的"。海子的诗歌抱负，是要从"王子"成为"王"。这种抱负与当代先锋诗歌的基本内驱力——要重新刷新诗的定义、范围——也是深刻相关的。比如，他的长诗《土地》等作品，完成的是一个庞大的象征体系，从自然的轮回转到人与兽的混合，以繁复、巨大的幻想能力和造型能力，拓展了诗歌表现的疆域，正如骆一禾所言："他挑战性地向包括我在内的人们表明，诗歌绝不是只有新诗七十年来的那个样子。"

但海子长诗的悲剧性，也由此产生。他的后期写作结合了两种冲动，一方面是史诗的、大诗的冲动，但另一方面他选取的实现方式，则是一次性的、行为主义的。这二者之间有深刻的矛盾："史诗"作为一种构架庞大的写作，需要的是百科全书式的复杂和经验的广度以及一种真正睿智的态度，是一种积累的、缓慢的巨匠型的工作；但海子选择的是直接突入，一次性抵达。他说：伟大的诗歌，"是主体人类在某一瞬间突入自身的宏伟"，这种突击性、一次性的解决方案，恰恰是1980年代激进的、语言行为主义态度的体现，希望以某种单一的、极端的方式获取"宏伟"，而"史诗"所要求的中介性、过程性，恰恰在这种理想中被拒绝。

在短短几年内，海子写出了他的"七部书"，这种"不断加速"的写作，本身就是一次性的行为。他的长诗或"大诗"，是以一个巨大的想象空间为前提的，依照骆一禾的描述："东至太平洋以敦煌为中心，西至两河流域以金字塔为中心，北至大草原南至印度次大陆以神话线索'鲲鹏之变'贯穿的广阔地域"，海子是在这个广大的自然地貌上建立起自己的诗歌象征和原型系统的。这是一个惊人的描述，在新诗史上，另一个有此宏大空间感的是郭沫若。然而，一个诗人是如何驾驭这一庞大的文化、历史空间的呢？海子的"大诗"中，具体的历史、经验是十分稀薄的，在其中你很难读到一个现代人的生存现实，他的诗歌理想只存在于文化典籍中，或者说只存在于文本中。他借用的典籍包括《圣经》，印度史诗《摩诃婆罗多》《罗摩衍那》，希腊神话、戏剧，歌德《浮士德》等，他主要是通过"阅读"

和"想象"来直接抵达他的诗歌理想的,而缺乏对现代生活的经验和洞察,这就使他的"大诗"在宏大的同时,也显得空洞、重复,经不起阅读。

海子在一首诗中称"我已走到了人类的尽头",就像孙悟空一个筋头翻了十万八千里来到世界的尽头一样。但在现代文学当中,一个人更典型的姿态是"在路上",或者是鲁迅所描述的"过客"姿态。"走到人类的尽头",这样一种态度非常决绝,带来了他人难以企及的超越感,但"路上"复杂的风景,或者说现代人的当下处境和繁复经验,也很难被这种态度接纳。在谈到但丁的时候,20世纪的大诗人艾略特曾说过,为什么但丁能够写出《神曲》,用海子的话来说,他为什么能够写出一部"大诗",是因为但丁生活在一个看得见"幻象"的时代,在那个时代人们有着统一的信仰、知识体系,所以《神曲》的写作是可能的。但现代社会是一个漩涡状的、焦虑的、破碎的世界,人的经验在纷繁的流变中变得高度复杂,需要一种另外的方式加以整合。海子的写作虽然朝向"大诗"的理想,但与现代生活有一种深刻的不可通约性,这也是他悲剧的另一个方面。

作为一门古老的艺术,诗歌在某种意义上已经发展到了尽头,尤其是当代诗歌,它要承受来自三方面的压力:古典诗歌的辉煌成就、西方诗歌传统的挤压以及新诗在近一百年发展中提供的传统。在重重压力之下,诗歌写作要想焕发自己的生命力,开掘出自己的可能性,不得不首先将自己变成一场大火,像涅槃的凤凰一样,重新塑造自己的形态,展开全新的、令人震惊的羽翼,这是1980年代诗歌的理想,虽然是一种偏执的、失掉优雅分寸感的理想,这正是海子的价值和悲剧所在。

女性、革命与日常生活的性别政治
——丁玲与《"三八节"有感》

贺桂梅,1970年生于湖北咸宁,北京大学中文系教授、博士生导师。中国丁玲研究会副会长、中国赵树理研究会副会长。主要从事20世纪中国文学史、思想史、女性文学史研究与当代文化批评。

著有《转折的时代——40—50年代作家研究》《人文学的想象力——当代中国思想文化与文学问题》《历史与现实之间》《"新启蒙"知识档案——80年代中国文化研究》《女性文学与性别政治的变迁》《思想中国——批判的当代视野》《赵树理文学与乡土中国现代性》《打开文学的视野》等。

这里主要讲丁玲和她的《"三八节"有感》，并尽力拉开历史与理论视野，涉及女性与革命尤其是女性主义和马克思主义的理论关系等问题。希望能提出一些新的理论范畴和分析视野，来描述现代文学研究中以前没有被很深入地讨论的性别问题。因为要整体地处理"现代文学中的女性与革命"这样大的问题难度很大，所以把讨论缩小到丁玲，从她早期的《莎菲女士的日记》和《梦珂》讲起，重点落在延安时期的杂文《"三八节"有感》。

1. 问题：女性与革命的分与合

如果说20世纪中国历史有一个最核心的关键词，那也许是"革命"。美国著名历史学家费正清曾说，从19世纪末到整个20世纪的中国，形形色色、各种各样的革命样态都上演了。在这些革命中，最重要的有六次。最早的是太平天国运动，这是一场农民革命；接下来是戊戌变法，这是一次知识分子变革和宫廷政变结合在一起的革命；继而1911年的辛亥革命，这是一次推翻帝制建立现代共和制国家形态的革命；再次是1915—1919年的五四新文化运动，这是继辛亥革命这一政治革命之后的"文化"意义上的革命；然后是1921年开始的中国共产党领导的社会主义革命；还有一次更为特殊的革命即1966—1976年发生的所谓"文化大革命"。

我这里所讲的是狭义上的"革命"，即中国共产党领导的、以无产阶级为主体的、以社会主义为目标的革命。这场革命和女性的关系非常密切。如果了解一点中共党史，读一点中国妇女运动史就会知道，在共产党领导的革命中，妇女解放是非常重要的构成部分。这也是中国共产党的领导者非常有意识地倡导的。毛泽东的许多论述都是很多人耳熟能详的，比如他在《湖南农民运动考察报告》中说的"四大绳索"，这其中就有"夫权"，夫权是和妇女问题直接联系在一起的。还有周恩来以及许多共产党领导，他们都非常关心怎么把女性解放议题纳入无产阶级革命这场运动当中。更准确地说，性别解放和阶级解放在他们看来是合在一起的事情。这是一种观念上的，或者说是基本理论原则上的重视。1949年新中国建立之后，颁布的第一部法律是《婚姻法》，那是在1950年。这部《婚姻法》有人叫它"女人法"，因为它基本上是站在女性的立场上来确立女性的继承权、女性对孩子的抚养权，以及女性和丈夫的家庭关系等事情。从这部法律可以看出，共产党是多么重视女性，社会主义中国的女性可以说是当时全世界妇女地位最高的。女性的工作权、财产权、参政权、受教育权等在法律上获得了与男性平等的地位。这些东西听起来很老套，但很重要。比如，有些同学会觉得香港是很开放、"很现代"、很国际化的地方，而事实上那里的女性直到1972年才有继承权。在韩国和日本，女性能够得到继承权和作为户主的权利也是非常晚的。相对来说，中国女性很早就拥有了这些社会权利。

　　很简单地介绍这些常识只是想说明：在20世纪中国的历史当中，革命和女性的关系是非常密切的。但是在今天很多人的理解中，这两件事情是分开的，甚至会认为革命压抑了女性。为什么会这样？这涉及女性问题如何作为一个独立的话题被提出来讨论的当代历史。

　　大家知道"女性文学"这个概念是1980年代中期提出来的，女性议题成为独立的社会话题也是在这个时间。随着女性文学概念的提出，继而有了很多有关女性问题的理论尤其是西方当代女性主义理论的介绍和引入。1980年代以来关于女性、女性文学、女性主义的讨论最突出的特点，就是把女性与革命这两个问题分开。好像你要讲女性主义，就不会去讲所谓革命，或者不会去讲马克思主义。举一个明显的例证：在毛泽东时代女性问题和阶级问题是合在一起的，所以讲女性时，都是一个工人或农民阶级身份的女性形象，而到了1980年代以后讲女性问题的时候，就都变成了中产阶级知识分子的女性形象。我曾写过一篇文章叫《当代女性文学批评的三种资源》，简单地梳理了当代中国特别是1980—1990年代讨论女性问题的三种思想资源。其中有"新启蒙主义"，引用"新启蒙"思想资源的人都会这么说：我们首先是个人，然后才是女人，而且不希望在做"人"和做"女人"之间形成冲突。还有西方女性主义的批评理论，具体来说是1960年代之后形成的西方当代女性主义理论。当我们讲女性主义理论的时候，其实应该分清楚所谈的是哪一种女性主义，因为女性主义事实上是有很多种的。比如激进主义女性主义，它的特点是把女性遭受压迫的根源指认为男性，认为女性在社会上遭受歧视最关键的原因是男权的压制。此外还有存在主义女性主义、后现代女性主义等。在1980年代产生很大影响的是激进女性主义，它是以批判男权为特征的。

马克思主义也关心女性的问题，但是它关心的方式基本上是把性别问题和阶级问题重叠在一起，认为只要解放了工农阶级，性别的问题也就随之解决。它的主体是一个工人或者农民的形象，它不关心（或不那么关心）这个形象是一个男人还是一个女人。所以后来有人批评马克思主义女性主义理论是"性别盲"，就是它只有阶级意识和阶级立场，而没有性别视点和性别立场。"性别盲"的最大问题是用阶级解放的方案去取代性别议题，它虽然谈的是女性问题，但却希望把女性问题变成一个阶级问题,而不承认女性和男性有很多生理的、文化上的差异。这种理论上的"性别盲"造成了1980年代之后女性议题从革命议题中的分离。

在相当长的一段时间里,中国妇女政策的基本观念就是毛泽东所说的"男女都一样""妇女能顶半边天"。它的好处是强调女人和男人平等,都一样是民族—国家的国民(或更准确地说是人民—国家的"人民"),是一个社会权利的主体,可以获取与男性同等的社会权利,但是它的缺陷是,所谓男女"都一样",要求的是女人跟男人一个样,它预设的那个潜在的标准主体形象其实是男性。所以"文革"后经常讨论的女性社会问题就是"铁姑娘""女强人"的遭遇,很多女性因为要做很重的工作得了妇女病、把身体累垮了等。这里的关键原因,是不去考虑女性主体的特殊性。更重要的是,在毛泽东时代,人们很少讨论女性承担的特殊劳动(家务劳动),由此造成很多女性的"双重劳动"。这是我要重点讨论的一个问题,人们从观念上不会认为家务劳动,比如做饭、洗衣、养孩子、照顾老人等,也是一种具有社会价值的"劳动",同时又因为"男主外、女主内"等传统观念的影响,自然而然地认为这些劳动应该由女性承担。

先讲一个比较有意思的例子。《青春之歌》作者杨沫的儿子老鬼出了一本书,叫《母亲杨沫》,这本书在2005年的影响挺大。老鬼写他妈妈因为生孩子、养孩子而要承担相应的家务劳动,因此不得不放弃一些正常的社会工作,但她在工作尤其是写作上有很强烈的愿望和热情。这种工作与家庭的分裂使她在精神上感到非常狂躁。老鬼的印象中,他母亲是个家庭观念很淡漠的人,对孩子和相应的家庭事务并不关心,有时也会打孩子。她得了一种很奇特的病——"神经官能症",一个人的身体如果承受了太多压力,可又没有办法用语言来讲述、没有办法作出疏解和宣泄的时候,就可能会产生疾病,这可能与女性必须承担的"双重劳动"有密切关系。她们一边是职业女性甚至是"女强人",承担社会工作;另一边则要在家里理所当然地承担家务劳动,她要生孩子、养孩子,照顾丈夫并洗衣做饭,这使得她承担了比男性更多的劳动,给她造成了比男性更重的压力,可是她又缺乏语言来表述这一切,这有时会使她们脾气变得比较差,因为她们承受着身体上带来的困惑,可是又讲不清楚,缺乏合法的、有效的语言来表达这种压力和困惑。如果大家觉得杨沫这个例子比较想当然的话,那么可以回想一下在 2002 年很红的一部电视连续剧《激情燃烧的岁月》。这部某种程度上可以称为家庭情景喜剧的电视剧,有意无意地呈现出了毛泽东时代相当典型的家庭日常生活状态的一面。剧中所有与家庭相关的场景中,都是那个妈妈在做家务带孩子,而那个战斗英雄石光荣却从来就认为这些与他无关。可以说,在毛泽东时代,我国女性的家务劳动尤其是她的性别角色是很少被讨论的,父权制也基本上没有得到深入反省。很长一段时间里,整个社会结构方式,基本上是父权结构,这在《激情燃烧的岁月》里表现得也很典型。

概括地说,在整个 20 世纪的中国,女性问题和革命的关系是非常密切的,而且彼此的协作互动有很长的历史。现在我们需要承认,在以往的妇女政策确实会带来一些问题,但又不想像 1980 年代那样采取简单的态度。应该做的,或许是重新正面思考在中国革命历史中女性主义和马克思主义之间的历史渊源,然后才能探询怎样更好地把女性问题和阶级解放或社会平等的革命结合起来。进行这样的历史清理时，一个重要的理论资源或思考参照，是社会主义女性主义。

社会主义女性主义是出现在1970年代英国和美国的一种女性主义思潮。一般来说，社会主义女性主义者是左派而且是马克思主义者，同时又是女性主义者。她／他们试图把女性主义和社会主义问题结合起来，提出来的一个口号是："一种更好的、更有效的女性主义应该在两个战场上作战。"一个战场当然是要反资本主义，这是马克思主义和社会主义革命要做的事情；但同时还要去反对另外一个东西也就是父权制。社会主义女性主义的思考起点是：为什么许多完成了社会主义革命的国家仍旧是一个父权制的国家？东欧是这样，实际上苏联也是这样。那些国家承诺说：等我们解放了，等我们夺得了政权，等我们解放了无产阶级，女性的问题自然就可以解决。但事实是，当社会主义政权建立的时候，它的内在结构仍然是父权制的。这些在1970年代出现的女性主义者，她／他们要面对和回应的就是这样的历史问题。这也是我感兴趣的问题。

我发表的一篇文章《延安道路中的性别问题》，就是想正面讨论这个问题。这些问题可能是非常敏感的，但是我们不得不采取一种历史的态度来直面它们。有两种态度是需要反对的。一种态度是像一般的特别是西方化的女性主义者那样，把女性的问题和马克思主义的问题一刀两断地切开。我觉得这是不正视中国历史的特殊性。另一方面我也反对很多男性左派的态度。因为一旦回到左派的时候，他们就只讲马克思主义，而认为提出女性问题太中产阶级、太个人。这两种态度我觉得都是应该被讨论的，我希望把这两者结合起来讨论。

英国社会主义女性主义者海蒂·哈特曼（Heidi Hartman）发表过一篇著名的文章叫《马克思主义和女性主义不快乐的婚姻——导向更

进步的结合》。她有一个说法被广泛引用：马克思主义和女性主义的婚姻，就像大英法律所描述的丈夫和妻子的结合一般，二者合而为一，这个"一"就是马克思主义。当女性主义者想把性别问题带进马克思主义革命的时候，她／他们总要面临这样的质疑，认为性别问题不如阶级问题重要。事实上哈特曼提出的问题在第三世界社会主义革命中表现得尤其突出。当你在一场无产阶级革命（尤其是发生在第三世界国家的民族革命与社会革命）中提出女性的那些不能被普遍阶级议题兼容的特殊问题时，你会觉得自己特别尴尬，或者你觉得自己这样做特别不合法。以我们要讨论的丁玲为例，1942 年丁玲写了那篇著名的杂文《"三八节"有感》。这篇文章提出的是女性所承担的额外家务劳动在革命体制中是不是应该被正面讨论这样一个重要问题。可是与阶级解放和中国民族解放这样的大问题比起来，丁玲所提的这个问题却显得那么暧昧。所以就会有这样的小故事：丁玲的文章发表之后，贺龙很生气，说我们在前面打仗、卖命，你们在后面骂娘。《在延安文艺座谈会上的讲话》结束之后，所有与会者一起照相。大家都坐好了，毛泽东就到处看看说：哎，丁玲在哪儿？坐到我身边来，别到明年这个时候又骂娘。

当然，这样的小故事带有"传说"的成分，但这些的历史细节让人觉得，在一场革命运动、一个革命政权里讲性别问题，是多么说不出口，多么尴尬和暧昧。那背后的关键原因或许是，从观念上，人们会认为性别问题没有阶级问题重要，不仅如此，它更像是与个人、与私生活相关的私域问题。这也是社会主义和女性主义理论讨论的问题，其实也是我今天想要讨论的问题。

2. 理论范畴：社会性别制度

我想使用"性别制度"这个理论范畴来展开相关的讨论。我的讨论不仅仅停留在立场、女性意识、文学性这些抽象的对象上，而想要更深入地涉及背后的性别观念制度问题。文学界在讨论女性问题的时候，很多都比较浪漫化、情绪化和理想化。我们特别强调女性要有自主意识，而自主就表现在女性能够选择她的婚姻，由此"爱情"和"婚姻"常常是文学讲述女性的最主要话题。五四新文化运动的主题是个人自主和婚姻自由，落实为一个故事，就是女性去选择自己的婚姻。可是很少有人去讨论女性在获得爱情并结婚之后，这个"爱的小家庭"是以什么样的性别秩序组织起来的。人们也讨论女性应走出家庭，获得社会地位，如"男女都一样""妇女能顶半边天"，但是在讨论女性社会化的过程当中，不去讨论一个非常重要的部分就是她在家庭里充当了什么样的角色。可以说以前的现代文学研究比较多地体现在一些个体性的和文学性的性别意识层面，而不去关注一个最大的问题即一个人如何成为"女人"的观念和体制层面。

美国著名的人类学家也是女性主义者盖尔·鲁宾（Gayle Rubin）写过一篇文章叫《女人交易——性的政治经济学初探》，发表于1975年，那时她还是一个研究生，这是她的硕士学位论文。文章提出要确立一些新的理论范畴来讨论女性为何受压迫这个问题。这个范畴就是性／社会性别制度（sex/gender system），它描述的是如何将男人和女人（gender）生物性的性差别（sex）转变为社会性别的社会制度，并强调这个过程是构造性的而非自然的。鲁宾引证道，马克思说：钱就是钱，它只是在某种关系下才成为资本，只有当你拿这些钱去投资去追求利润的时候它才是"资本"；黑人就是黑人，只有在一种关系里他才成为一个奴仆,才会成为一个低劣的种族。鲁宾因此发挥说:女人就是女人,说一个女人是女人这个判断没有任何意义,只有在某种关系当中她才成为妻子、保姆、仆人、色情女招待、妓女、打字秘书等等。也就是说,使一个人成为"女人"的是一套社会关系的体制。社会性别制度有两个最关键的讨论对象,就是婚姻和家庭。简单地说,只有在婚姻和家庭的关系里,才使得一个女人成为"女人"。

当然,这听起来是一种老掉牙的说法,所谓女性文学、女作家文学反反复复在写的就是婚姻(更多地称"爱情")和家庭。但从性别制度角度来讨论婚姻和家庭,就需要关注它们背后的组织原则是什么。这两个社会领域都属于一种亲属关系,依照人类学最简单的常识,人类社会从猿到人的转变有两个标志:一个是语言,人会说话,猴子不会说;另一个是亲属关系的确立,人有亲戚,猴子没有亲戚,它可能会乱伦。亲属关系是人类社会关系确立的最早基石,而亲属关系是通过一种社会交换关系来确立的。最基本的亲属关系是婚姻关系,婚姻关系也是一种社会交换关系,是通过"交换"某种东西来形成不同社会集团之间的社会关系,这个所谓"东西"就是女人。可以说亲属关系的整个基本原则就是通过交换女人而确立起来,它基于一种"乱伦"禁忌的基本原则,即通过把自己家的女孩子嫁入别人家中而形成一种社会连带关系,而这个女孩子是没有权利来决定自己的婚姻归属的。当然这种状况主要指的是前资本主义社会,或者说传统社会、封建社会,还包括奴隶社会。农村关于女孩子有很多说法,最重要的一个说法就是"赔钱货"。这个称谓大致也可以看出一点交换关系的影子吧。父权制婚姻关系的实质就是男性主导的家族之间的交换关系,交换的是女人,这种状况一直持续到现代的"爱情"观念的出现。在现代社会，个人观念出现之后才有所谓的"爱情"。恩格斯那篇著名的文章《家庭、私有制和国家的起源》讨论的核心内容就是这个问题。许多激进的女性主义者都会引用这篇文章。恩格斯说：婚姻对于被交换的女人来说，就是一种买卖关系。直到一种现代"个人"观念的出现，这样一种亲属关系和婚姻秩序才得到反省和批判。要使得这种联姻关系不断地再生产，就需要在家庭内部生产符合这个交换体系所需要的人，生产这个制度所需要的"男人"和"女人"，以确保男人和女人能加入一种异性恋的婚姻制度。这个制度要确保管制女人的欲望，不要让女人变成一个同性恋者，也不要让女人变得有太强和太主动的欲望。因为如果只需要她做一个交换物的话，那么她只是一个不需要主体性的客体，因此这个过程中女性太主动便会出问题。

婚姻和家庭这样一种社会关系包含了观念和制度的两个层面，或许可以称之为"装置"。日本学者柄谷行人在他的《日本现代文学的起源》中把这一套观念和制度体制很形象地称为"装置"。话语的装置就像一个机器一样，他把你生产成社会所需要的人。借用这个说法，使女人成为女人的装置有两个：婚姻和家庭。通过这个机器创造出来的女人必须有女性气质，这种女性气质必须符合这样一个交换原则的要求。为了保证这种交换关系的进行、保证家族制度的延续，她必须作为一个客体出现。

这当然不是说今天我们社会的亲属关系还是这样。不过当我们讨论婚姻家庭、讨论亲属制度的时候，要知道它的起源是什么。这个起源是不那么光彩的，尤其是在家庭关系内部。这其实也就是弗洛伊德的精神分析理论在讲的东西，弗洛伊德理论认为，一个小孩生出来的时候，在社会心理上是没有性别的，它不知道男女的差别意味着什么,而且女孩也不知道自己"不如"一个小男孩。那么怎样把一个不知道自己性别的小孩变成一个小男人和小女人?用精神分析的说法就是菲勒斯(phallus),这不是说男性有生理上的优势,而是将这种生理上的差别转换为一种社会权力,使男性觉得自己是高人一等的那种人,至少是比没有菲勒斯的女孩要厉害、强大的人。当女孩意识到自己是个小女人的时候,她必须接受自己作为一个客体、作为一个因为没有菲勒斯而不能太积极主动地展露自己愿望和欲望的人。

总之,当讨论婚姻和家庭这两个问题的时候,要意识到它是在怎么生产着女人,它在什么意义上是一种使女人成为"女人"的制度。这种理论显然是非常激进的,如果我们正面来讨论这些问题的话,那我们全部的生活基础都会出现问题。但理论的意义就在于,它追问我们生活的最基本构成,然后去讨论有没有可能形成更好的形态;如果没有更好的,那怎么样协调,从而使我们在这个装置里面无论作为男人还是作为女人可以生活得更好一点。

3."做女人":丁玲早期小说的性别立场

用"社会性别制度"这个理论范畴来讨论丁玲,是因为丁玲在现代中国文学史、文化史和政治史上具有某种典范性。她是现代中国的女作家当中,如果不是唯一的话,至少是有意识地正面讨论过这些问题的最重要的一个。她会去质疑那个所谓的"恋爱关系"里的"爱情",她会去质疑男女结合的小家庭秩序的合理性。也许她质疑得最深的就是这种家庭关系。丁玲是一个精力充沛、思想也非常活跃的人。从好处来说,她非常有活力;从坏的那一面来说,则是"泥沙俱下"。也就是说,她经历很多事,吸收很多新的信息,并且她也会怀疑所有那些被人们视为理所当然的事情，可是这些经历、信息和批判并没有得到明晰的整理，更多时候在她那儿是很感性而且有时是乱成一团的。这也保证了她是一个开放的、所涉历史内涵十分丰富的研究对象。在她身上，在她的生命历程中，有很多问题值得人们去讨论。

我的专业主要是1949年以后的当代文学，后来我也开始研究现代文学。其实进入现代文学研究这一点，我自己没有想得太清楚，是不那么自觉的。我有一个重要媒介就是丁玲，通过她而进入到现代文学研究。我写的那些现代文学的论文，大部分所写的是丁玲，或是以丁玲作为一个切入口进入20世纪中国文学和历史。比如讲知识分子、女性和革命的关系，讲革命+恋爱小说，讲延安道路的性别问题，这些都是跟丁玲有些关系的。当我意识到这一点时，想过可能是我比较喜欢丁玲这样一种人格的样态。她非常活跃，非常有能量，十分具有开放性。有一次我跟一个朋友聊天，她说她不喜欢丁玲，她喜欢萧红，而那个朋友恰好是比较内向、比较封闭的。有时候你选择一个研究对象其实是跟你的个性，或是跟你渴望得到的某些自我气质、性格有些关系的。美国女记者叫海伦·斯诺，曾是《西行漫记》的作者艾德加·斯诺的妻子，1938年她到过延安，见到了丁玲。她说丁玲是一台发电机，她身上有永远也用不完的能量。这个说法或许比较形象地概括出了丁玲的特点。

丁玲在社会性别制度问题上的典范性，就表现在她会比较正面地、直接地讨论这些问题。尤其是，在现代中国女作家中，她是少有的非常有意识地质疑爱情与家庭制度的那种女作家。丁玲最早接受的思潮是无政府主义，在现代中国历史上，很多后来接受马克思主义和社会主义思想的人，在这之前其实都是无政府主义者。无政府主义有很多主张，最重要的一个主张就是"毁家论"，质疑家庭的合法性。无政府主义倡导打破一切强制性的社会权力形态，特别对家庭制度有激进的批判，倡导"毁家""废姓""非孝"等观念，曾在1920—1930年代的时尚青年中影响广泛。作家废名为什么叫"废名"，就是因为他连名字也不要了。丁玲其实也不姓丁，她原名蒋冰之，在一群受无政府主义思想影响的朋友圈里，大家都不要姓，她随便选择了笔画最少的"丁"作为自己的姓氏，起了"丁玲"这样一个名字。这些都可以看出早期丁玲所受到的无政府主义思想的影响。

丁玲早期作品最能代表其创作风格的，是她的第一部小说集《在黑暗中》收入的四部小说，即1927年发表的《梦珂》、1928年的《莎菲女士的日记》《暑假中》和《阿毛姑娘》。你读完会发现有一个特点，就是在她的作品里面，女性永远都在家外，从来没有进入过家庭秩序；即使有那种可能性的话，最终也会想方设法从家庭关系中摆脱出来。《莎菲女士的日记》里的莎菲是一个漂泊在都市、在公寓里过着孤独生活的人，她可能从和凌吉士的恋爱关系中发展出一种家庭关系，可是当她知道凌吉士所谓的家庭只是要女人在客厅里做他年轻漂亮的太太、给他生几个白胖的儿子时，她就离开了凌吉士，并最终识破了所谓"爱情"的虚幻性。丁玲的第一部作品《梦珂》，其中的女主人公梦珂也是游离在家之外的。当然在这里也要区分"老家"和"新家"。所谓老家，是父母的家，或者说父亲的家；新家可能是和一个丈夫结成的现代核心家庭。在丁玲的早期小说里，女性是游荡在老家和新家之间的，她不会落实到具体的家庭关系里面。当然，这不妨碍丁玲作为一个现实中的人，去跟胡也频过着恩恩爱爱的夫妻生活。不过，如果读过丁玲的传记，会知道丁玲最初和胡也频也不是一种以

"结婚"为目的的恋爱关系，他们其实在实践一种无政府主义性质的同伴关系，只是意识到这种关系的不稳定性才最终结合。同时也可以说，也许正因为在恩恩爱爱的夫妻生活里感受到家庭生活的磨难，她对家庭这个制度本身的思考才变得更自觉。因此，关于丁玲，首先需要意识到的是她受过无政府主义的影响，对"家"有一种很自觉的反叛和拒绝。这是丁玲所写的"摩登女郎"（modern girl）与冰心、庐隐、冯沅君等人所写的"新女性"很不同的地方。

在丁玲早期的小说里，她对于所谓的"做女人"是非常敏感的，有非常清醒的意识。莎菲遭遇的那些"性"与"爱"尴尬，首先是她非常清楚"做女人"是什么意思。"做女人"就是你即使喜欢那个男孩，你也不能主动地表白，你得用很多方式表现你自己很被动，让这个男孩觉得是他自己爱上了你。这篇小说不断地描写女人谈恋爱时的心理技巧，莎菲非常懂这些东西。如果联系到婚姻和家庭这两个话语的也是制度的装置，就会知道"做女人"就是要符合"成为交换物"的标准：不能有太主动的选择，不能有太强的欲望，而必须假装那个掌握着主动权的主体是男性，女性才可以在这个交换关系中顺顺当当地获得一个秩序中被给定的位置。而莎菲的所有问题就在于，她是一个主体，首先是她有自己选择的能力，然后是她有欲望，而且最关键的是，她同时还能够意识到她自己的欲望是如何被流行的社会观念所建构出来的。莎菲最后决定放弃那个英俊的新加坡男士凌吉士的一刻，是那个男人终于吻了她。她那时才知道，那个吻并不象她想象的那样激动人心，那么让她激动得要昏过去，那个吻一点味道都没有。当我们在想象爱情时，完全没有意识到"爱情"是被构造出来的一种观念，或者用一种理论性的说法，是一种意识形态。《莎菲女士的日记》这部小说在很多层面上有对性别秩序的冒犯，它描述的是这样一个主体性很强的女人，在面对"做女人"时遭遇的困境。当然最后她也会拒绝那个性别秩序中的"家"。

再简单地提一点丁玲的第一篇小说《梦珂》，这部小说其实比《莎菲女士的日记》更值得解读。它向我们展示的其实是一种制度，看／选择女人的制度。《梦珂》的故事分三部分。第一部分发生在校园。一个女模特遭到绘画教授的性骚扰，梦珂对这件事情非常愤怒，她去制止和指责那个男教授，可是没有人觉得她这样做是对的，也没有任何人帮她，这一事件导致她非常愤怒地退了学。小说第二部分写她到了亲戚家，这里有三四个极其优雅风趣、善于周旋男女关系的男性。她沉醉在一种谈恋爱的感觉里，可是最后她发现，这些男人并不是像她那样在谈恋爱，而是在比赛谁先占有梦珂这个美丽、纯洁的女孩。当梦珂知道这一点之后，就从这个亲戚家出走了。到了第三部分，梦珂不可能再回到亲戚家，也不想再回到父亲家，因为父亲给她订了一桩婚事，告诉她可以和谁结婚，她当然不想回到那个家去。她的选择是去一个剧社做女明星，在这样一种商业媒介中，把女性当作一件"商品"的观看和选择是以更直接、更赤裸裸的方式呈现出来的。这个故事如果这么讲的话，你们可能觉得没有什么特别之处，但是如果我们有一点点媒体的知识与理论，解读就会不同。人们一般会认为，我们是怎么想的，就可以怎么自然地把自己表达出来，而没有意识到其实更重要的，是通过什么样的媒介来帮我们表达。一个是视觉的媒介，一个是声音的媒介，还有一个是语言的媒介。《梦珂》里做女模特、被男人的目光观看、谈恋爱和进入剧社做女明星，其实都是一种社会观看女人的方式。这种看的方式被合法化为一种制度和职业，让你看起来非常舒服，你一点都不觉得你的看有什么不正当的地方。看女模特、谈恋爱的时候男人看女人、演戏的时候女演员被别人看，这些其实是现代都市一种看和选择女人的制度。《梦珂》在书写一个年轻女性的社会化经历时，其实就是在展示这种看女人的制度，也是在具体地回答鲁迅的那个问题：娜拉出走后将遇到什么、她将有怎样的选择。

1930年代初期丁玲"向左转"，变成了一个马克思主义者。在她变为一个马克思主义者的时候，或许是认为革命、社会主义可以解决所有的问题，既包括阶级问题，也包括性别问题。但有意思的是，到了1940年代，延安时期的丁玲再一次提出了女性问题。而且这一回非常具有冒犯性的是，她是在革命政权内部来谈女性问题，矛头直指当时被进步人群视为"圣地"的革命政权和革命秩序。

丁玲延安时期最应该解读的有三部作品。一是《我在霞村的时候》，这在今天读起来还是非常让人震惊的一部小说。它讲的是中国一个小乡村里的青年女性贞贞，她本来可以按照一般的中国农村女孩那样生活——恋爱结婚然后为人妻、为人母。她当时也有一个恋人，可是，日本人侵入这个村庄后把她抢走了，事实上她变成了慰安妇。在所有强调民族尊严的小说或是宣传文章里，一个女人如果被抢去当了慰安妇，可能的出路就是她变成了一个民族败类，或者是她自己去死。可是在丁玲笔下，这个做过慰安妇的女人，是一个受到叙事人的尊敬和景仰的，有着非常积极、活跃的主体性的女性。贞贞处在一个非常敏感和尴尬的位置上，因为她成了慰安妇，某种意义上她既不是中国人，也不是日本人，同时，她也不可能进入到家庭秩序中去。小说写到她原来的恋人还愿意娶她，但她不愿意。她唯一愿意的是到一个新的地方去开始新的生活。总之,即使处在一个家国之间的、极其尴尬的身份处境中,贞贞还是一个能够掌控自己命运的主体,这样的小说除了丁玲大概别人也写不出来。在 21 世纪人们重新开始讨论战争与女性的关系,特别是日本帝国主义侵略战争中的"慰安妇"问题时,这部小说又受到许多关注。延安时期丁玲值得分析的另一部作品是《在医院中》,讲述一个女护士在延安医院里遭遇的一些问题,并对革命机构中存在的许多问题进行了一种批判性的呈现,其中投身革命、认同革命的新女性与革命体制本身处在一种紧张的纠缠关系里。对这部作品我在《转折的时代》这本书里面做过比较多的讨论。更值得详细分析的,是延安时期丁玲直接探讨女性问题的一篇杂文《"三八节"有感》。

4.《"三八节"有感》:革命与日常生活中的性别政治

就讨论的女性与革命这样的主题而言,《"三八节"有感》或许是绕不开的篇目。它在整个 20 世纪中国历史上也许都是第一篇,至少是影响最大的、正面讨论革命制度中女性问题的文学作品。《"三八节"有感》的篇幅不长,写作的时间是 1942 年 3 月 7 号,地点在延安。这篇杂文的第一句话就说:"不知道到什么时代,女人才不被作为特别的问题提出来?"在任何时代女人都是特殊的问题。然后说:"延安的女性可能比中国其他的女性要幸福一些,但是延安的女性照样还有她自己的问题。"这个问题是什么呢?

引动丁玲写这篇杂文的,是发生在延安的两起离婚事件。关于离婚事件,我们找不到太多具体的历史材料,但可以在别的一些地方看到当时关于离婚的争议。材料之一是海伦·斯诺 1938 年到延安后,在《续西行漫记》（中文译本由陶宜、徐复翻译，解放军文艺出版社2002年版）中记录下的一个事件：一个老布尔什维克因为"美学上的原因"，要跟他的老婆离婚，这个老婆是跟他一起走过长征的，刚刚生下一个又白又胖的儿子。这个"美学上的原因"自然是嫌她长得不够好看，不够文雅风趣。这个事件在延安引起了很大的震动，讨论者分成两派：一派是支持离婚的，一派是反对离婚的。有意思的是，在这件事情上延安所有的女性都站到了一起，都在谴责这个老布尔什维克。所以这个老布尔什维克后来挺惨的，只有他的两个手下和勤务兵跟他在一起，他一出门就会被人骂，人们甚至像打过街老鼠那样追逐他。这样的一个事件，身在延安的丁玲或许是会知道的。海伦·斯诺也记录下了一个人的反应，这就是康克清。延安时期中共的高层干部中有30个女性高级将领，她们的身份非常特别：一方面她们是共产党的高级干部，而另一方面她们是更著名的共产党领袖的妻子。所以，普通的红军战士们都叫她们是"通天人物"。这30个女性的故事都是很有意思的，也有人专门写书（《巾帼列传——红一方面军三十位长征女红军生平事迹》，郭晨著，农村读物出版社1986年版）去研究她们。其中的康克清，是中国第一个女将军，少将，她能够带兵打仗，是一个职位很高的女将。她知道这件事后，首先是支持这两个人离婚。她说如果两个人的政治态度不一样就应该离婚；可是另一方面，她又对那个妻子提出批评，说她算不得一个贤惠的家庭主妇，政治上落后，我并不同情她，有些妇女甘心依附于男子，为他们生儿育女，这个人的妻子就是这样的类型。康克清一边认为两个人的政治态度不一样当然可以离婚，但是她觉得在这个过程当中，这个妻子、这个女人应该承担的责任更多。因为她在政治上很落后,而且甘心于依附男人。

那么丁玲怎么看待这个离婚事件呢?事实上丁玲的态度和康克清的完全不同,这个不同也决定了她要写一篇《"三八节"有感》。

康克清认为那个妻子个人不够努力、不够积极,她落后了,所以她丈夫才抛弃她,这样听起来好像这个离婚事件是正当的。可是丁玲的态度却不是这样,她说:我希望男子们,尤其是有地位的男子和女人本身,都把这些女人的过错看得和社会有联系一些。这句话听起来很平淡,可是它包含着一个很重要的观念,就是她希望去追问的不是那些女人,尤其那些被抛弃的女人的个人品质问题,她认为应当把这当成一个社会问题来讨论,应涉及的是一个社会制度的问题。丁玲讨论的是两个层面。首先她认为,在整个延安,女性仍旧处在一种看女人和选择女人的制度当中。女同志的结婚永远使人注意,而不使人满意。她们不能同一个男同志比较接近,更不能同时和几个都接近。无论是嫁给了科长、嫁给了诗人,还是嫁给了"土包子",人们都不满意。在任何场合下,她们都会被作为最有兴趣的话题谈起;而且不管什么样的女同志,都会得到她应有的那一份非议。所有这些和一切的理论无关、和一切的主义无关、和一切的开会演说无关,但是却是人人都知道、人人都不说、人人都在做的事情。事实上,丁玲在这里讲的是一种文化心理、文化心态或文化观念。一般认为,文化心态和文化观念仅仅是一种主观意念或抽象理念上的东西,是很"虚"的、不会产生社会力量的东西。但关于文化的讨论使这种看法变得复杂,因为这种意念或观念上的东西是靠制度来支撑的,并且将依靠制度的实施而产生社会控制作用。比如把女人作为最有兴趣的话题来谈论,延安的女性到底应该嫁给科长、"土包子"还是诗人等议论,事实上背后有一个制度的支撑，这个制度保证了人们可以这么看待女性、这么议论女性。这个制度也许可以简单地说是一种实质性的男权制度，因为潜在的标准还是将女性作为客体性的、被选择的对象物。当一种观念不被质疑而被作为理所当然的现实时，它就像一种制度一样，是一种物质性的存在。因为那个观念的东西如果不被反省时，它就是一种控制人的力量，而且这种控制使得你无话可说，你自己都觉得这是合情合理的。这时候观念就变成了一种控制人的权力，也就是一种物质力量。丁玲首先指出的就是这样一个层面，在这个革命体制里面，这种性别观念、这种性别秩序、这种看和选择女人的制度仍然是存在的。人们首先应该反省的，就是这样一种男权本质的观念体制。

丁玲提出的第二个层面的问题是结了婚的女性在家庭里遭受的所谓"无声的压迫"。这个词用得很重，"无声的压迫"说的是女人成婚以后，在家庭内部的生活压力。她要生孩子、养孩子，还要做家务活、照顾老人甚至丈夫。家庭生活之所以对女性造成比男性更多的压力，一个重要的方面是观念问题，也就是受到传统性别观念比如"男主外，女主内"的影响，人们认为这些家务劳动"理所当然"是女人应该做的事情。另一个重要的方面是生理问题，毕竟是女人在生孩子，连带的，养育和照顾孩子也被视为女性的专职。这两方面共有的最关键问题是，女性在家庭内部承担的这些劳动不被视为"劳动"，唯有在社会公共场域的劳动，比如职业劳动、写作、社会活动等才被视为"劳动"。因此，从理论上首先需要讨论的是家务劳动在什么意义上作为劳动而存在。

按照马克思理论的最简单原理，剩余价值是一个劳动者生产出来的劳动量，和维持这个劳动者再生产所需要的数量之间的差额。维持这个劳动者再生产所需要的东西，就是保障他的衣食住行，用工资来买房子、买衣服、买车等等。但是人们从来不去计算的是：买的房子需要人打扫，穿的衣服需要人洗，人的再生产包括了生孩子，那个孩子得要有人生、得要有人养，而这后一种劳动即"人的再生产"却从来不被讨论，这些劳动就是家务劳动。如果常常由女性来承担的家务劳动，或必须由女性来承担的劳动比如生孩子，不被视为劳动的话，女性的社会价值和社会地位就会受到极大的贬损。这种常被视为职业女性"额外"负担的劳动，是造成她们"落后""不求上进"，甚至被迫"甘心依附男人"的很重要原因。而如果假装看不到女性的这些额外负担，而只单方面要求女性"进步"，指责女性"落后"，那么在丁玲看来，就是"无声的压迫"。

现在很多媒体经常报道说很多女性很乐意在家做"全职妈妈"。如果这些女性自己愿意这么选择，当然没有问题。但是，她要明白两点：第一，如果有一天她丈夫不爱她了，她得考虑到这一点，她怎么保障她自己？第二，如果她做一个全职的母亲、一个全职的家庭主妇，首先她自己心里得明白她所做的这些事绝不是闲着没事自己玩，她是在劳动，也应该被丈夫承认为是劳动。因为这个东西本来就是劳动，只不过以前没有被定义。这种家务劳动本身是劳动，而如果不把它视为劳动，就是某种意义上的剥削。这是马克思主义女性主义和社会主义女性主义理论讨论得最多的问题。事实上，在丁玲写作《"三八节"有感》的时代，延安这个新型革命圣地就开始探索如何将家庭劳动以"社会化"的方式分流出来。最主要的形态是延安保育院的设置，可以说是一种很早的幼儿园形态，让孩子大部分时间受到社会化管理，以此减轻年轻夫妇的负担。由于家务劳动常常由女性所承担，所以这实际上是一种减轻女性压力的方式。而且，新中国成立之后，幼儿园、养老院乃至公共食堂的建立，以及产妇的产假制度等，特别是 1950 年代后期提出的"家务劳动社会化"，都在不断尝试以统一的社会化管理分流此前被视为女性专职的家务劳动。可以说，在这个方面，女性的社会化（职业化）与家务劳动的社会化始终是同步展开的，也是革命与女性问题紧密连接的具体表现。但是，一则因为传统性别观念制度上的顽固延续，另一则是家务劳动社会化只是采取单方面用社会机构分流家务活动而无法更彻底地解决女性的双重劳动问题，因此，家务劳动对女性造成的压力仍旧存在。这涉及观念问题，涉及社会性别制度和社会机构设置问题，也涉及人类社会再生产中女性的独特位置问题。可以说，这个问题在今天也没有真正解决。并且，社会主义单位制度解体之后，因为家务劳动社会化更多地采取的是一种向外的资本化管理方式和向内的家庭代际分担（比如由退休的父母辈来养育孩子）的方式解决，又带来了新的问题。

有意思的是，丁玲在 1940 年代就把这些问题提了出来。因为这篇文章，丁玲在延安的革命体制受到了较多的非议和批判，她在后来也部分调整了自己的看法。但应该说，丁玲在《"三八节"有感》中提出的问题却是始终存在的。这也是为什么到今天，《"三八节"有感》仍旧是丁玲被谈论最多的作品之一，每年"三八妇女节"，这篇文章都被人们翻出来重读和讨论。但人们往往在强调的是丁玲提出问题所对革命政府造成的冒犯，由此过度关注女性议题与革命议题之间的矛盾性，而较少讨论丁玲提出女性问题及其指向的特殊深度。

丁玲在文章中也提出了关于女性问题的解决方案，而这是朝向两种人说话的。她一方面强调要把女性的问题看作一种"社会问题"而不是她们自身的品质问题，更宽容地看待女性的弱点，同时要从制度上给予女性更多的扶持。这也是她所说"我更希望男子们，尤其是有地位的男子，和女人本身都把这些女人的过错看得与社会有联系些"的含义。但另一方面，她用更大的篇幅来直接对"女同志"说话，提出"女人要取得平等，得首先强己"。她对女性提出的四点建议，"第一，不要让自己生病""第二，使自己愉快""第三，用脑子""第四，下吃苦的决心"，看起来都是非常琐碎的"小话"，但却是每个人在日常生活中每时每刻需要面对的问题。某种意义上，女性问题、男女平等问题正是一种"日常生活的政治"，因为性别制度常常是在爱情、婚姻、家庭这些"私人"领域内部展开的，似乎是很"个人"的问题。但正因这种个人问题的广泛性，实则也是性别问题政治化的缘由。如果因为这些附加在女性身上的家务劳动的压迫仅仅被转化为对女性"个人品质"的指责，无疑是取消了性别政治、女性解放的合法性。但同时，也正因为性别造成的压力是在这些与个人密切相关的领域内运作的，因此如果缺少每一个女性个体的自觉意识和"强己"的毅力，女性解放问题同样会陷于空洞化。1960—1970年代，在美国、日本等发达国家的第二波女性主义热潮中，"个人的就是政治的"成为另一个具有广泛影响力的口号，一方面这是针对将女性问题视为个人问题，或用阶级、社会议题的正当性来取消日常生活中性别平等议题的合法性的反抗，另一方面也凸显出女性解放议题实则需要每个女性在文化观念和日常生活实践上的积极参与，才能获得真正的深入。从这个角度而言，丁玲在《"三八节"有感》中提出的四条"小话"的建议，同样有其重要意义。

显然，在今天重新面对中国革命的现代史，重新关注中国女性议题，都需要正视并讨论在婚姻和家庭秩序的社会结构上存在的这些问题。这种正视不是简单地将"女性"与"革命"分离开来，而应该在深入 20 世纪中国革命实践与女性解放实践的历史过程中，在相对客观地评价中国特殊历史经验的基础上，考察两者互动的实践形态及其冲突的理论性内涵。在很大程度上应该说，唯有这些问题得到解决，女性与革命议题才能得到更进一步的有效结合，而整个社会解放的程度才能得到更进一步的提高。要做一个有批判力的女性主义者，不能仅仅做一个激进主义的女性主义者，不能只是去批判男性，因为男人也是社会性别制度的一部分；应该在一种更开放、更广阔的视野中去讨论女性问题。既要讨论父权制，又要讨论组织资本和劳动的社会制度。另外，在讨论性别问题时，一方面应该关心社会分配的不公、权力的不平等这些社会与政治问题，另一方面也应该讨论文化观念问题，讨论日常生活场域中的性别政治问题。这种文化、观念的东西在对人的控制方面，尤其是在婚姻和家庭这两个装置里面，丝毫不比经济、制度的东西力量弱。正是在这样的意义上，在展开女性解放的社会活动的同时，进行更深入的文化批判活动是相当重要的。这或许也就是我们展开女性与革命问题的历史研究的意义所在。

象征的技艺

——废名小说的"文章之美"

张丽华,1980年生于湖北黄石,现任教于北京大学中文系。研究领域为20世纪中国文学与文化、周作人研究、文类研究、翻译与中国现代文学等。

著有《现代中国"短篇小说"的兴起》,曾在《文学评论》《鲁迅研究月刊》《中国现代文学研究丛刊》发表多篇学术论文。

废名（1901—1967）是现代文学诸作家中"读者缘"颇为奇特的一位，其作品在当时即被公认晦涩，是"第一名的难懂"；然而，正如其好友鹤西（程侃声）所称，"废名君的文章，以难懂出名，可是懂了一点就必甚为爱好"（《谈桥与莫须有先生传》），周作人、朱光潜、李健吾、施蛰存等同时代的评论家皆是废名文章的爱好者，对其作品赞赏有加，且颇有会心之理解。废名在现代文学史上留下了不少"破天荒"的小说作品，如《桥》（1932）、《莫须有先生传》（1932）、《莫须有先生坐飞机以后》（1947—1948）等，这些作品在小说史上颇难定位，但直到今天，它们仍然不断激起"懂了一点就必甚为爱好"的读者和研究者孜孜解读的兴趣。

周作人曾将废名的晦涩，归结为文体的简洁生辣，将之比附于明末以文风奇僻著称的"竟陵派"，又称"我觉得废名君的著作在现代中国小说界有他独特的价值者，其第一的原因是其文章之美"（《枣和桥的序》）。朱光潜在对废名《桥》的评论文章中则写道，"看惯现在中国一般小说的人对于《桥》难免隔阂；但是如果他们排除成见，费一点心思把《桥》看懂以后，再去看现在中国一般小说，他们会觉得许多时髦作品都太粗疏浮浅，浪费笔墨"，因此，"读《桥》是一种很好的文学训练"（孟实：《桥》）。将大多数读者与废名隔绝开来的，大概并非废名作品本身的困难，而是如朱光潜所说，源于现代读者"安于粗浅"的小说阅读习惯。假如我们打破"小说"的形式成规和阅读期待，从周作人所说的"文章之美"的角度进入，或许可以找到打开废名奇僻幽微之文学世界的另一条通道。

1. 废名小说文体略识

废名在文坛初露头角的作品是短篇小说集《竹林的故事》，其时他尚未"废"去名号，署的是本名"冯文炳"。废名1922年考入北京大学预科，1924年升入北京大学英文学系，《竹林的故事》所收的十四篇短篇小说，即大致创作于这一时期。这部小说集中的作品，虽然最早的几篇还残留着模仿的痕迹，但很快便显示出废名独特的个人风格，已约略可以见出日后《桥》《莫须有先生传》的文体端倪。1935年，鲁迅编选《中国新文学大系·小说二集》时，从《竹林的故事》里选了三篇作品——《浣衣母》《竹林的故事》《河上柳》，作为废名小说的代表。为便利起见，我们先以这三篇作品为例，对废名小说的文体特质略作分析。

《浣衣母》写于1923年8月，这篇作品从文体到主题，皆可见出模仿鲁迅的痕迹。小说的主人公李妈是一位住在城外河滩上替人洗衣的普通妇人，原本受尽全城人的尊敬，但一位卖茶的单身汉的寄住，引起了乡村的骚动与谣言。小说开头便是以倒叙的方法从这一谣言写起：

> 自从李妈的离奇消息传出之后，这条街上，每到散在门口空坦的鸡都回进厨房的一角漆黑的窠里，年老的婆子们，按着平素的交情，自然的聚成许多小堆；诧异，叹息而又有点愉快的摆着头："从那里说起！"

这种对于乡村谣言的传神描写，即颇有鲁迅的笔法；而从"年老的婆子们"的议论中引出主人公"浣衣母"的间接写法，亦是鲁迅小说《药》

和《明天》中的典型技巧。此外，小说中写到李妈的女儿"驼背姑娘"的死，"一切事由王妈布置，李妈只是不断的号哭……"，这一情节也与《明天》中单四嫂子失去孤儿的情景，似曾相识。废名自己后来回忆说，在这篇作品中，"一枝笔简直就拿不动，吃力的痕迹可以看得出来"（《〈废名小说选〉序》）。所谓"吃力"，显然和他的小说技巧尚不成熟、还处于模仿阶段有关。尽管从文体到主题都有明显的模仿痕迹，但与鲁迅的作品相比，废名在《浣衣母》中的表达要冲淡许多，无论是寡妇孤儿的悲哀，还是礼教的迫害，都笼罩在一种小说无意中所展露出的人情之美中，批判的锋芒被稀释了不少。如果将鲁迅的小说比作木刻画，那么废名的作品一开始便呈现出铅笔素描般的轻淡之感。

除了《浣衣母》，《竹林的故事》集中其他几篇早期作品，也存在或多或少的模仿痕迹；不过，废名很快就形成了自己的个人风格，这在写于1924年的《竹林的故事》中即已明显表现出来。这篇后来被用作小说集题名的作品，很有废名的特色，小说几乎没有情节性的故事，所写的只是平凡的乡村生活，作者意在借竹林的主人公"三姑娘"这一美好的少女形象，来表现乡村的人情之美。废名在此所塑造的淳朴美好的乡村少女形象，对沈从文有着显著的影响。在"三三""翠翠"这些沈氏笔下著名的少女形象中，我们不难看到"三姑娘"的影子。不过，和沈从文的写法相比，废名的文体更具含蓄的古典趣味。"翠翠在风日里长养着，把皮肤变得黑黑的，触目为青山绿水，一对眸子清明如水晶"，这是《边城》里的名句，沈从文对翠翠的描写，从肤色到眼睛，颇为详尽，接近西方小说言无不尽的写实传统。相比之下，废名对"三姑娘"的描写则要含蓄得多：

> 三姑娘这时已经是十二三岁的姑娘,因为是暑天,穿的是竹布单衣,颜色淡得同月色一般,——这自然是旧的了,然而倘若是新的,怕没有这样合式,不过这也不能够说定,因为我们从没有看见三姑娘穿过新衣:总之三姑娘是好看罢了。

在废名这里,少女相貌的美好似乎是不可写的,只好用饶舌的方式写上下四旁的衣装:旧衣也好,新衣也罢,总之"浓妆淡抹总相宜"——至于如何"好看",则作为空白,留给读者去想象。这种"留白"的技巧,后来成为废名小说中十分常见的修辞艺术。

从《浣衣母》到《竹林的故事》,再到《河上柳》,废名在小说中对故事情节的放逐,愈发大胆。写于1925年4月的《河上柳》,不要说没有情节,连故事也几乎消亡殆尽,整篇小说所表现的只是"陈老爹"如意识流般的心理活动:从衙门禁演木头戏后的失落,到对于亡妻曾经在杨柳树上点灯的怀念,再到大水淹没杨柳的回忆……值得注意的是,在表现陈老爹内心意识的流动时,"河上柳"这一"风景",扮演了重要的角色:

> 老爹突然注视水面。
> 太阳正射屋顶,水上柳荫,随波荡漾。初夏天气,河清而浅,老爹直看到沙里去了,但看不出什么来,然而这才听见鸦鹊噪了,树枝倒映,一层层分外浓深。
> ……
> 接着是平常的夏午,除了潺潺水流,都消灭在老爹的一双闭眼。

> 老爹的心里渐渐又滋长起杨柳来了，然而并非是这屏着声息蓬蓬立在上面蔽荫老爹的杨柳，——到现在有了许多许多的岁月。

这里，风景并非客观之物，而是存乎主人公的眼与心——注视水面可见柳荫荡漾，闭眼则外物消失；而心里滋长出的杨柳——回忆的经验世界，同样也是"风景"之所在。正是基于这一对于"风景"的理解，小说以"老爹的心里渐渐又滋长起杨柳来"为过渡，从主人公的现实生活悄然切换到了回忆世界——紧接着这一段引文，便是陈老爹对于过往岁月中与杨柳有关的回忆。这种对于风景与人物内心之关系的处理方式，以及在现实世界与回忆／幻想世界中的自由穿梭，开启了废名后续诸多小说的先声。

以上三篇经鲁迅选入《中国新文学大系·小说二集》的废名小说，的确代表了三种特色，同时也能见出废名的小说创作从模仿到形成个人风格的过程，可见鲁迅眼光之敏锐。在《小说二集》的导言中，鲁迅对废名《竹林的故事》之后的小说评价不高——"可惜的是大约作者过于珍惜他有限的'哀愁'了，不久就更加不欲像先前一样闪露，于是从率直的读者看来，就只见其有意低徊，顾影自怜之态了"。所谓"率直的读者"，其实也可以理解为以"小说"的形式成规和期待视野去阅读的读者。假如我们换一种眼光，从文章的角度来看，或许会另有发现。

在1937年的评论文章《一人一书》中，施蛰存将废名视为中国新文坛中"第一名"的文体家，在他看来：

> 在写《竹林的故事》的时候，废名先生底写小说似乎还留心

> 着一点结构，……但在写作《枣》的时候，……似乎纯然耽于文章之美，因而他笔下的故事也须因文章之便利而为结构了。……看废名先生的文章，好像一个有考古癖者走进了一家骨董店，东也摩挲一下，西也留连一下，纡回曲折，顺着那些骨董橱架巡行过去，而不觉其为时之既久也。……用我们中国人的话说起来，也就是所谓"涉笔成趣"。

在废名的小说中，故事"因文章之便利而为结构""涉笔成趣"之作，最典型的代表，莫过于1932年出版的《莫须有先生传》。

《莫须有先生传》是一部自叙传式的小说，它以废名1927年前后隐居西山的生活为底本，"莫须有先生"即废名自己的投影。这部作品与《桥》出版于同一年，可是风格却截然两样。《桥》的风格是简洁而凝练的，而《莫须有先生传》却来得恣意汪洋。卞之琳说，"废名喜欢魏晋文士风度，人却不会像他们中一些人的狂放，所以就在笔下放肆"（《冯文炳选集序》）——用"放肆"来形容《莫须有先生传》的文风，可谓恰如其分。尽管风格两样，但在联想的跳跃、情文相生的语言机制上，《莫须有先生传》与《桥》却有着内在的共通之处。《桥》且按下不表，这里先来看《莫须有先生传》的文风：

> 莫须有先生蹲在两块石砖之上，悠然见南山，境界不胜其广，大喜道：
> "好极了，我悔我来之晚矣，这个地方真不错。我就把我的这个山舍颜之曰茅司见山斋。可惜我的字写得太不像样儿，当然也不必就要写，心心相印，——我的莫须有先生之玺，花了十块

左右请人刻了来,至今还没有买印色,也没有用处,太大了。我生平最不喜欢出告示,只喜欢做日记,我的文章可不就等于做日记吗?只有我自己最明白。如果历来赏鉴艺术的人都是同我有这副冒险本领,那也就没有什么叫做不明白。"

"莫须有先生,你有话坐在茅司里说什么呢?"

这一段是小说第六章《这一回讲到三脚猫》的开头,写的是莫须有先生出恭的神态。莫须有先生坐在茅司里自言自语,他的思绪十分跳跃:从山舍的命名,到写字,到印玺,再到告示、日记、文章,最后讲到艺术的赏鉴,各个联想物之间有一点微弱的联系,但背后却没有总体的指涉,类似于在能指层面不断跳跃的成语接龙游戏。在这个滑稽的、不登大雅之堂的场景里,作者还插入了一句"悠然见南山",这既是对陶渊明诗句的引用,同时又是对莫须有先生真实动作的描摹。这种在文本中随时插入古诗文的情形,在《桥》和《莫须有先生传》中都很常见。这些诗文皆是未经剪裁、长驱直入的,废名并没有有意识地将诗文典故与当前文本的语境加以协调,而是如庾信一般,"以典故为辞藻,于乱辞见性情";当典故的历史含义与当下的文本语境产生落差时,便造成这种特殊的又热闹又嘲讽的效果。

周作人曾形容《莫须有先生传》文章的好处道:"这好像是一道流水,大约总是向东去朝宗于海,他流过的地方,凡什么汉港湾曲,总得灌注潆洄一番,有什么岩石水草,总要披拂抚弄一下子,才再往前去,这都不是他的行程的主脑,但除去了这些也就别无行程了"(《〈莫须有先生传〉序》)。这段关于流水的比喻很贴切,与施蛰存所说的如考古癖者在古董店中巡行的感觉,颇为相似。诗文典故以及自由联想中的各个物件，在废名的文章中，类似于流水所遇到的汊港弯曲、岩石水草，被披拂抚弄一番之后，文章又继续前行了。这种流水般的文脉，不仅是废名文章局部的文体特色，也可以用来形容《莫须有先生传》的整体结构。莫须有先生在西山的奇遇，如同堂吉诃德的漫游，其间的偶然和巧遇，似乎皆非行程的主脑，但除去这些也就别无行程了；换言之，莫须有先生的故事，没有任何先在的目的性，亦不指向一个外部的现实世界，仿佛是文本内部一种自足的生长和蔓延。如果借用浪漫主义的一个批评术语，这种文本的"不及物性"，与其"文章之美"恰好构成了互为表里、互为因果的关系。

2.《桥》的文章与意境

废名的小说《桥》1932年4月由开明书店出版，分上下两篇，计四十三章。这部小说的写作始于1925年11月，上篇各章在结集出版前，曾经过废名的大幅修订；开明书店的单行本出版之后，废名又开始续写下卷（未结集，收入王风编《废名集》第二卷）。因此，后来他戏称自己是"十年造《桥》"。《桥》既是从《竹林的故事》到《莫须有先生传》之间的过渡，也是废名小说文体的集大成者。

《桥》的情节构造十分松散，上篇十八章写小林与琴子的儿时生活，下篇二十五章写小林长大后的回乡及其与琴子和细竹之间微妙的爱情。小说的主要人物只有三位：小林、琴子和细竹，琴子与细竹是堂姐妹，小林与琴子自幼定下婚约，而回乡后的小林对长大了的细竹姑娘，亦萌发爱意——整部小说即围绕这小儿女的微妙爱情与田园诗一般的乡村生活而展开。实际上，这一故事线索，对于理解《桥》并不重要。《桥》的各章最初在《语丝》上刊出时题作《无题》，其发表的先后并不遵循原稿的秩序。按照当时发表的顺序,《语丝》的读者显然无法读出小说的时间线索。对此,废名早有自觉,他在1930年代将《桥》的上篇各章修订之后揭载于《骆驼草》时,便在《附记》中声明道:

> 无论是长篇或短篇我一律是没有多大的故事的,所以要读故事的人尽可以掉头而不顾。我的长篇,于四年前开始时就想兼有一个短篇的方便,即是每章都要它自成一篇文章,连续看下去想增读者的印像,打开一章看看也不致于完全摸不着头脑也。因为这个原故,所以时常姑且拿到定期刊物上发表一下。

1935年,周作人编选《中国新文学大系·散文一集》时,则干脆从《桥》中选了六篇作为小品散文的代表,并称"废名所作本来是小说,但是我看着可以当小品散文读,不,不但是可以,或者这样更觉得有意味亦未可知"。由此看来,废名的《桥》甫一问世,即打破了"新文学"刚刚建立起来的短篇小说与长篇小说乃至小说和散文之间的文类界限。

对于这部情节松散、"文章"大于"故事"的小说,周作人的观感是:"仿佛是一首一首温李的诗,又像是一幅一幅淡彩的白描画。"(《书房一角·桥》)在诗与诗、画与画之间,并不需要连贯的线索,因此结构的跳跃,正是题中应有之义。废名自己在《桥》的序言中也交代,"上篇在原来的计划还有三分之一没有写,因为我写到《碑》就跳过去写下篇了,以为留下那一部分将来再补写,现在则似乎就补不成",于是主人公的十年的光阴,便以小说上下篇之间"一叶的空白"的形式而存在了；对于这一结构上的空白，废名说："从此我仿佛认识一个'创造'。真的，我的《桥》，它教了我学会作文，懂得道理。"（《桥·序》）这句话似乎语带禅机。的确，这种"跳跃"和"空白"的美学，不仅存乎《桥》的结构，在《桥》每一章的行文中，亦比比皆是——而这也正是造成废名小说令人感到"晦涩"的重要缘由。

废名在1927年所写的《说梦》一文中，曾论及其小说的"晦涩"，并为自己辩解道：

> 有许多人说我的文章 obscure，看不出我的意思。但我自己是怎样的用心，要把我的心幕逐渐展出来！我甚至于疑心太 clear 得利害。这样的窘况，好像有许多诗人都说过。
> 我最近发表的《杨柳》（无题之十），有这样的一段：
>
> 小林先生没有答话，只是笑。小林先生的眼睛里只有杨柳球，——除了杨柳球之外虽还有天空，他没有看，也就可以说没有映进来。小林先生的杨柳球浸了露水，但他自己也不觉得，——他也不觉得他笑。………
>
> 我的一位朋友竟没有看出我的"眼泪"！这个似乎不能怪我。

《杨柳》即《桥》的下篇第七章，这一段写的是小林在河边看细竹为小孩子扎杨柳球时的观感。假如没有废名自己关于"眼泪"的解释，这段文字的确令人费解。不过，由"眼泪"的解释作回溯式的阅读，我们却不难解析出废名文章典型的组织方式，并由此获得解读其"晦涩"之文的某种"密码"："小林先生的眼睛里只有杨柳球"这一句是实写，指的是小林被细竹所扎的"一个白球系于绿枝"之上的杨柳球所吸引；而接下来"小林先生的杨柳球浸了露水"，则跳跃到了隐喻的层面——"浸了露水"的"杨柳球"，而且是在小林的眼睛里，这一眼睛里湿润的球状物，喻指的似乎只能是"眼泪"，而破折号后面"他也不觉得他笑"，则再次从"哭"的角度暗示了"眼泪"这一喻旨。从这一角度来看，废名的确是"用心"地要把自己的"心幕"逐渐展开来，以便贴近他想要表达的对象。

这种表现手法，其实是废名小说中常见的技巧，我们在上文所分析的《竹林的故事》与《河上柳》中，已略见一斑：首先，不直接说出想要表达的对象，而是从上下四旁去描写，最终将对象（如三姑娘的"好看"、小林的"眼泪"）烘托或者暗示出来——对此，我们可以称之为"空白"的美学；其次，在实写与隐喻或回忆之间，缺乏明显的过渡，同一景物或物件可以在现实世界与幻想世界之间自由驰骋，这里的"杨柳球"与《河上柳》中的"柳树"其实扮演了同样的角色——对此，我们可以称之为"跳跃"的艺术。这种"空白"与"跳跃"，并不是一味地削减、经济，而是一种间接而有力的美学手段。这一技巧在《竹林的故事》《河上柳》中还只是初露端倪，《桥》则将这一手法运用得炉火纯青。

我们不妨再来看《桥·花红山》中的一段：

　　琴子微笑道：

　　"火烧眉毛。"

>   细竹听见了,然而没有答。确乎对了花而看眉毛一看,实验室里对显微镜的模样。慢慢的又站起身,伸腰——看到山下去了。
>
>   "你喜得没有骑马来,——看你把马拴在什么地方?这个山上没有草你的马吃!"
>
>   她虽是望着山下而说,背琴子,琴子一个一个的字都听见了,觉得这几句话真说得好,说尽了花红山的花,而且说尽了花红山的叶子!
>
>   "不但我不让我的马来踏山的青,马也决不到这个山上来开口。"
>
>   话没有说,只是笑,——她真笑尽了花红山。

这是琴子和细竹在清明节后游览花红山,见到了漫山的杜鹃花(映山红)之后的对话。太阳之下杜鹃花的盛开,似乎没有恰当的语言可以直接描摹,因此废名借用了姐妹俩的对话来表达:琴子的"火烧眉毛"形容花的颜色——火红;而细竹的"这个山上没有草你的马吃"则形容花的密集——满山是花,没有草的生长之地。这里,琴子和细竹似乎变成了练习联句的诗人,将她们的对话拼贴起来,便如同近体诗中的对句,从不同的角度互文式地描摹了花红山花开的盛况。

有意思的是,在这段对话中,姐妹二人对对方话语的反应,又类似针对对方"诗句"的评论,如细竹的"对了花而看眉毛一看",琴子觉得这几句话"说尽了花红山的花";这些嵌入在小说叙述中的评论,则将读者的注意力引到"诗作"的字面上来——如"眉毛""马",而叙述的脉络竟由此跳脱和衍生开去——琴子接着便由细竹的"没有草你的马吃"联想到"不让我的马来踏山的青……"换言之，在废名这里，用来烘托和描写那似乎不可言传之对象的文字本身（能指），也具有传达美感和衍生意义的可能。这种由"能指"衍生出跳跃式联想的方式，与中国近体诗在文字上进行对偶相生的艺术，颇有异曲同工之妙。

在1950年代的《杜诗讲稿》中，废名提出了一个"文字禅"的概念。所谓"文字禅"，指的是诗句中的意象并不是对现实世界的摹仿，而是"从写诗的字面上大逞其想象，从典故和故事上大逞其想象"：如杜甫的"有猿挥泪尽，无犬附书频"，"猿"有现实的所指，"犬"却是因对仗而起的联想，是从"黄犬寄书"的典故而生的想象；又如李商隐的"此日六军同驻马，当时七夕笑牵牛"，"驻马"是写实，"牵牛"则是由上联对应的字面（"马"）而来的想象——李商隐的诗句原本表达的是凄怆之情，但因为对仗的关系，字面上却显得热闹非凡，仿佛有六七牛马在欢笑似的。近体诗的对仗机制，为这种由字面（能指）而不断衍生出新的联想和意义（即废名所说的"文字禅"），提供了有力的保障，而这也正是中国诗"以少写多""说尽了而又余音不绝"的奥妙所在。废名笔下共同作诗、互相评诗的琴子和细竹，显然深谙这一中国诗文的传统。

废名自己曾说："我分明地受了中国诗词的影响，我写小说同唐人写绝句一样，绝句二十个字，或二十八个字，成功一首诗，我的一篇小说，篇幅当然长得多，实是用写绝句的方法写的，不肯浪费语言。"（《废名小说选序》）所谓"写小说同唐人写绝句一样"，并不意味着文字的简洁，或是在小说中追求唐人绝句般的意境，而是一种对于意在言外、以简驭繁的表达技巧的锤炼。上文所分析的《杨柳》

《花红山》中的例子，或许有助于我们理解废名所说的"用写绝句的方法"来写小说的真正意涵。实际上，废名此语，不仅是他的创作谈，更是可以作为一种阅读技巧来把握：《桥》的每一个章节，亦可当作一首古典诗词来阅读——这要求我们不再用读小说的方式去追踪线性的故事情节，而是需要来回扫描其结构布局，关注其中的前后照应、暗示与烘托，以读诗的方式来领悟作者所要表达的对象与主题。《桥》最早在《语丝》中连载时，不仅整部小说尚无名目，各章的小标题也处于待定状态，只好一律以"无题"相称；如果我们仔细考察废名后来为《桥》各章所加的小标题，尤其是下篇的各章，如"灯""棕榈""沙滩""杨柳""黄昏""灯笼""花红山"……便不难发现，它们不仅标识着故事发生的时间和地点，同时也是各章的"题眼"。抓住这一"题眼"，废名从上下四旁进行的烘托和暗示，也就庶几可解了。

废名在北大读的是英文系，他这种对于"中国文章"的理解，最早其实是由西洋文学启发而来。他在 1930 年代曾说："我读中国文章是读外国文章之后再回头来读的"（《中国文章》）；在 1957 年的《废名小说选序》中，更是明确指出，"就《桥》和《莫须有先生传》说，英国的哈代，艾略特，尤其是莎士比亚，都是我的老师，西班牙的伟大小说《吉诃德先生》我也呼吸了它的空气"。而朱光潜在评论废名的小说《桥》时，则将它与普鲁斯特与伍尔夫的作品相提并论：

> 它表面似有旧文章的气息，而中国以前实未曾有过这种文章；它丢开一切浮面的事态与粗浅的逻辑而直入心灵深处，颇类

> 似普鲁斯特与伍而夫夫人……
>
> 普鲁斯特与伍而夫夫人借以揭露内心生活的偏重于人物对于人事的反应,而《桥》的作者则偏重人物对于自然景物的反应。他们毕竟离不开戏剧的动作,离不开站在第三者地位的心理分析,废名所给我们的却是许多幅的静物写生。

朱光潜的评论并非特例,温源宁也有类似的看法,废名表示自己虽然"当时只读俄国十九世纪小说和莎翁的戏剧",但"后来读了点吴(尔夫),艾(略特)的作品",认为"确有相同之感"(朱光潜等:《今日文学的方向——"方向社"第一次座谈会记录》,1948)。这意味着,在废名小说中,其"中国文章"的形式背后,实有着西洋文学的灵魂——这是一位"用毛笔写英文"的作家。

在《桥》中,废名对人物内心世界的呈现和分析方式,已颇具现代意味,的确非中国的"旧文章"所能涵盖。我们来看《桥·灯笼》中的一段描写:

> 这时小林徘徊于河上,细竹也还在大门口没有进来。灯点在屋子里,要照见的倒不如说是四壁以外,因为琴子的眼睛虽是牢牢的对住这一颗光,而她一忽儿站在杨柳树底下,一忽儿又跑到屋对面的麦垅里去了。这一些稔熟的地方,谁也不知谁是最福气偏偏赶得上这一位姑娘的想像!不然就只好在夜色之中。
>
> "清明插杨柳,端午插菖蒲,艾,中秋个个又要到塘里折荷叶,——这都有来历没有?到处是不是一样?"史家奶奶说。
>
> "不晓得。"

> 琴子答,眼睛依然没有离开灯火,——忽然她替史家庄唯一的一棵梅花开了一树花!
>
> 这是一棵蜡梅,长在"东头"一家的院子里,花开的时候她喜欢去看。

这一段所极力描摹的是琴子的"心不在焉"。小林徘徊于河上,细竹还没有回来,琴子在灯下与奶奶闲谈,虽然人在屋内,但思绪却全在小林身上,因此是"一忽儿站在杨柳树底下,一忽儿又跑到屋对面的麦垅里去了"(即猜测小林此时的所在地)——这里,"站"和"跑"的行动主体,并不是现实生活中的琴子,而是琴子的意念。再到后面,"忽然她替史家庄唯一的一棵梅花开了一树花!",这是很拗口的一个句子,意思是,琴子的思绪又飘到了下文所交代的"东头"一家(即细竹家)院子里的梅花上了。文章表面上是由奶奶所说的清明、端午、中秋,按照四季更替的顺序,琴子接着就联想到冬天的梅花,可作者真正想表达的是少女之心的飘忽不定、暗自担心。这种对于人物内心活动的呈现方式,的确如朱光潜所说,乃是"丢开一切浮面的事态与粗浅的逻辑而直入心灵深处",颇具普鲁斯特与伍尔夫所代表的西方意识流小说的意味。

值得注意的是,这种对于人物内心活动的分析和展示,废名并没有直接从普鲁斯特和伍尔夫的作品中获得灵感,他有他自己的"创造"。我们再来看《桥·诗》中的一段:

> 他要写一首诗,没有成功,或者是他的心太醉了。但他归究于这一国的文字。因为他想像——写出来应该是一个"乳"字,

> 这么一个字他说不称意。所以想到题目就窘:"好贫乏呵。"
>
> ……
>
> 一天外出,偶尔看见一匹马在青草地上打滚,他的诗到这时才俨然做成功了,大喜,"这个东西真快活!"并没有止步。"我好比……"当然是好比这个东西,但观念是那么走得快,就以这三个字完了。这个"我",是埋头于女人胸中呵一个潜意识。
>
> 以后时常想到这匹马。其实当时马是什么色他也未曾细看,他觉得一匹白马,好天气,仰天打滚,草色青青。

如果说上引《灯笼》一节写出了琴子的"心不在焉",这里写的则是小林在面对细竹"少女之胸襟"时的"心猿意马"。如同《花红山》中的琴子和细竹一样,小林在此也成了一位诗人——这里更为显豁,因作者直接交代"他要写一首诗"。引文中略去的部分,是小林为写出这首"诗"所想到的典故和意象——"杨妃出浴"的故事、红桃、月中桂树等,然而这些都不能令人满意;直到有一天,看到"一匹马在青草地上打滚",小林(或者说作者废名)才找到了恰当的形象,以表现心中的诗思。

朱光潜认为,与普鲁斯特和伍尔夫相比,废名揭示人物内心活动的特色在于侧重人物对自然景物的反应;如果更加具体一点来说,在废名的小说中,如上引《灯笼》和《诗》中的例子,主人公的意识之流动,皆是以一种意境化的方式来表达的,即以自然景物中的具象来表达人物内心的意念。这种以具体的形象来表达抽象的、不可捉摸的意念的方式,颇具朱光潜在《谈美》中所说的"寓理于象"的"象征"意味。这一象征手法,与《诗经》中的"比"不同,而是更接近于"兴"

的手法，因为在作为能指的具象（如"梅花""白马"）和作为所指的意念（如琴子的心不在焉、小林对细竹之胸襟的遐想）之间，并没有必然的、有理据的联系。从《诗》中所展示的小林作诗的过程——如放逐掉"杨妃出浴""红桃"等与"少女之胸襟"更具关联性的意象来看，废名其实是在有意避免具象（能指）与意念（所指）之间的相关性或相似性。

对于这种意境化、或者说"象征"的技巧，废名后来在《谈新诗》的《已往的诗文学与新诗》一节中，通过对温庭筠和李商隐的诗歌艺术的分析，有着精彩的阐述。在废名看来，温庭筠的词，因其"具体的写法"以及对具象的频繁使用，堪称"视觉的盛宴"，而李商隐的诗则借典故来驰骋他的幻想，其典故亦是"感觉的联串"，这种不具逻辑性的"上天下地的幻想"以及对于具体的形象、感觉与经验的重视，蕴含着突破已有诗歌形式（如腔调、文法）的内在力量，乃是以自由表现自己为诉求的"新诗"所应取法的资源。在论述温庭筠词的"自由表现"手法时，废名举了《花间集》的几首作为例子，并称其"写美人简直是写风景，写风景又都是写美人"。如《花间集》的第二首《菩萨蛮》：

> 水精帘里颇黎枕，暖香惹梦鸳鸯锦。江上柳如烟，雁飞残月天。藕丝秋色浅，人胜参差剪。双鬓隔香红，玉钗头上风。

在废名看来，前两句是写幻想中的美人闺房里的情景，可是接着"江上柳如烟，雁飞残月天"，一下子就跑到闺外的风景里去了，闺中的"暖香惹梦"与闺外的"江柳残月"之间，并没有任何理据性的关联。

废名说，这就是幻想，如此落笔，温词中处处皆是，而这也正是温庭筠最令人佩服的地方——"上天下地，东跳西跳，他却写得文从字顺，最合绳墨不过"，"仿佛风景也就在闺中，而闺中也不外乎诗人的风景矣"。我们很难说究竟是温庭筠的词启发了废名《桥》的写作技巧，还是通过《桥》的写作，使得废名"学会作文，懂得道理"，因而对温词有着别有会心的领悟。无论如何，在《桥》的意境化或是象征化的表现方式与废名对于温词的阐释之间，我们能够看到一种鲜明的互文关系。

《桥》的这种文章与意境，在现代文学的小说中似无后续，却意外地在卞之琳一派的新诗中得到了回响。卞之琳诗歌的以小写大、以具象写抽象，与《桥》的意境化和象征化的技巧，颇有会通之处。卞之琳自己也曾说："我主要是从他（废名）的小说里得到读诗的艺术享受，而不是从他的散文化的分行新诗。"（《冯文炳选集序》）这里我们引用一首卞之琳的《无题一》，以见一斑：

> 三日前山中的一道小水，
> 掠过你一丝笑影而去的，
> 今朝你重见了，揉揉眼睛看
> 屋前屋后好一片春潮。
>
> 百转千回都不跟你讲，
> 水有愁，水自哀，水愿意载你
> 你的船呢？船呢？下楼去！
> 南村外一夜里开齐了杏花。

在这首诗中，诗人以水自居，描写爱情从萌芽（"一道小水"）到生长（"春潮"）、泛滥（"水愿意载你"）的过程。最后一句"南村外一夜里开齐了杏花"，似乎是从《桥·灯笼》中的"忽然她替史家庄唯一的一棵梅花开了一树花"化用而来，其功能则类似温庭筠词中的"江上柳如烟，雁飞残月天"，从闺中不可言传的情思，突然转向了闺外的风景，虽然"上天下地、动跳西跳"，却又似乎"最合绳墨不过"，爱情的生长、绚烂，似乎非"南村外一夜里开齐了杏花"不能表达。

3.《桥》的诗学与哲学

通过上文的分析，《桥》的诗学特质可大体概括如下：首先，"空白""跳跃"的文体特征背后，是一种与中国近体诗的描写技巧以及文字上的对偶相生颇为类似的美学；其次，废名对人物内心活动的开掘，糅合了西方小说与温（庭筠）李（商隐）诗词的传统，开辟了一条独特的以具象写抽象、以心象写意念的路径，与西方浪漫主义的象征诗学颇有会通之处。这可以说是废名在现代小说文体上的独特贡献，也是他的文章至今仍然值得一读再读、难以超越的地方。李健吾说，废名有"具体的想象"（《咀华集》）；朱光潜则称，《桥》"没有成为'理障'，因为它融化在美妙的意象与高华简练的文字里面"（孟实：《桥》）。这两位评论家皆堪称废名文章的知音。

《桥》的这一诗学特质的背后，蕴含着废名作为一位小说家对语言与事物之关系的独特思考。《桥·黄昏》中有这么一段对话：

一年前，正是这么黑洞洞的晚，三人在一个果树园里走路，

N 说：

"天上有星，地下的一切也还是有着，——试来画这么一副图画，无边的黑而实是无量的色相。"

T 思索得很窘，说：

"那倒是很美的一幅画，苦于不可能。比如就花说，有许多颜色的花我们还没有见过，当你着手的时候，就未免忽略了这些颜色，你的颜色就有了缺欠。"

……

T 是一个小说家。

这里的 N 和 T 皆可视为废名自己的化身。所谓"一落言诠，便失真谛"，N 和 T 的对话，所表达的正是这一对于语言表达限度的体认。对此，禅宗的方式是"不立文字，以心传心"；然而，作为一个小说家，却不得不面对这样的悖论——如何以有限的颜色，来表现"无量的色相"。在《桥》中，废名自己示范了一些方式，其文体的"空白"与"跳跃"，以及以象征化的方式对人物内心活动的呈现，向我们启示了一种有与无、繁与简之间的辩证。

废名在《桥》中所实验的这种文体和手法，与他的艺术观亦息息相关。对此，废名在《桥》中也有不少自我指涉之处。《桥》上篇写的是小林儿时的生活，废名多次想表达的一个观念是，在儿童的世界里，艺术与现实的界限是不存在的，或者说是可以轻易跨越的。如《井》中，小林的姐姐埋怨他在扇子上画的石头是"地下的石头，不是画上的石头"，小林则回应道："那么——牠会把你的扇子压破"；又如《"送牛"》中，小林试图偷拿寿星面前的供桃，被姐姐窥破后，则辩称"我要偷寿星老头子手上的桃子"。在儿童的思维里,画中的世界(连同影子里的、夜里的、梦中的、镜中的世界)与现实世界之间,并没有划出鲜明的界限,二者之间似乎可以来去无碍。如果我们联想到废名在《说梦》一文中,曾将文章和艺术的世界比作"梦"的世界,那么,他在《桥》中所表露的这种"艺术观",可以解释他对于"文章之美"的偏爱,即他的文章并不追求对于现实世界的"及物性",而是更为关注文字或者说文章本身的美感与自足性,因为"文章"的世界,并不比现实世界缺少生动性或真实性。

《桥》的下篇写的是成年之后的小林,但小林本质上乃是一位诗人。我们可以看到,他特别钟情于一些临界的意象,如时间的临界——黄昏,空间的临界——坟、塔、桥,等等。这些对于临界意象的描写,是《桥》中格外迷人的段落。如写到"黄昏":

> 天上现了几颗星。河却还不是那样的阔,叫此岸已经看见彼岸的夜,河之外——如果真要画它,沙,树,尚算得作黄昏里的东西。山——对面是有山的,做了这个 horizon 的极限,有意的望远些,说看山……(《桥·黄昏》)

又如"坟":

> 小林又看坟。
> "谁能平白的砌出这样的花台呢?'死'是人生最好的装饰。……坟对于我确同山一样是大地的景致。"(《桥·清明》)

"黄昏"是日与夜的临界,废名却从空间上着眼,从河两岸的景色写起;而写到"坟"这一空间意象时,却又带入了时间的维度,即生与死的临界。

很明显,对这些临界意象作出诗人般冥想的小林,同样是作者废名的化身。废名自己对于"黄昏""坟"这些临界意象,亦有着特殊的迷恋。在《说梦》中,废名曾说,"我有一个时候非常之爱黄昏",其《竹林的故事》,即原拟以"黄昏"为名,并以希腊女诗人萨福(Sappho)的歌作为卷头语——"黄昏啊,你招回一切,光明的早晨所驱散的一切,你招回绵羊,招回山羊,招回小孩到母亲的旁边";而在《桥》的序言中,废名也曾指出,这部小说他一度拟题为《塔》——埋葬佛骨的塔,与坟一样,亦是以"死"来装饰"生"的"大地的景致"。废名最终作为小说题名的"桥",则是此岸与彼岸的交界。在《莫须有先生传》中,废名曾借莫须有先生之口道出他对"桥"的特殊感情:

> 好比我最喜欢过桥,又有点怕,那个小人儿站在桥上的影子,那个灵魂,是我不是我,是这个世界不是这个世界,殊为超出我的画家的本领之外了。

《桥》所描绘的,正是这样一个能够在现实与幻想、日与夜、生与死、此岸与彼岸之间自由穿梭的儿童和诗人的世界。在1935年的《诗及信》一文中,废名有一首和鹤西的诗,或许有助于我们理解这种梦与醒、死与生两个世界同时共存的奇妙想象:

> 我是从一个梦里醒来，
>
> 看见我这个屋子的灯光真亮，
>
> 原来我刚才自己慢慢的把一个现实的世界走开了
>
> 大约只能同死之走开生一样，——
>
> 你能说这不是一个现实的世界么？
>
> 我的妻也睡在那壁，
>
> 我的小女儿也睡在那壁，
>
> 于是我讶着我的灯的光明，
>
> 讶着我的坟一样的床，
>
> 我将分明的走进两个世界，
>
> 我又稀罕这两个世界将完全是新的，
>
> 还是同死一样的梦呢？
>
> 还是梦一样的光明之明日？

在此，诗人成了梦与醒、死与生、幻想与现实两个世界之间的"通灵者"；而"黄昏""坟""塔""桥"这些连接日与夜、生与死的临界意象，则可以视为作为"通灵者"的诗人再好不过的象征。在这个意义上，废名的小说《桥》，同时也可以读作一部作者的诗学宣言。

在《桥》的下篇，废名曾借小林之口说道，"我感不到人生如梦的真实，但感到梦的真实与美"（《桥·塔》），这句话通常被视作《桥》的诗学纲领。对此，废名后来在《阿赖耶识论》中还有一番哲学式的表述：

> 其实五官并不是绝对的实在，正是要用理智去规定的。那么

> 梦为什么不是实在呢？梦应同记忆一样是实在，都是可以用理智去规定的。梦与记忆在佛书上是第六识即意识作用，第六识是心的一件，犹如花或叶是树的一件。……梦与记忆都是可经验的对象，不是"虚空"。

所谓"阿赖耶识"，在废名这里，即是包含了第六识在内的"心"的代名词。在废名看来，梦与记忆的世界，与我们通常所说的感官所感知的世界，具有同样的"实在"性。这番关于"阿赖耶识"的"实在"论，无疑有助于我们更好地理解《桥》的诗学特质：在废名这里，无论是五官所见的实象，还是梦与记忆中的虚象，皆是作为"实在"来描写的，不是"虚空"。因此，在他的小说中，常常是实象与虚象交叠共存，并互相濡染，产生交互感应——这正是其小说中意象"东跳西跳"的内在逻辑，亦是其象征手法的理论依凭。在这个意义上，废名小说的"文章之美"，也就不仅仅只是一个形式的概念，它本身就是"实在"的内容与目的。